KB264066

# 하루살이

下

HIGURASHI
by MIYABE Miyuki
Copyright © 2005 MIYABE Miyuki
All right reserved.

Originally published in Japan by KODANSHA LTD., Tokyo.
Korean translation rights arranged with OSAWA OFFICE, Japan
through THE SAKAI AGENCY and SHINWON AGENCY.

이 책의 한국어판 저작권은 THE SAKAI AGENCY와 신원 에이전시를 통해
MIYABE Miyuki와의 독점계약으로 도서출판 북스피어에 있습니다.
저작권법에 의해 한국 내에서 보호를 받는 저작물이므로 무단전재와 무단복제를 금합니다.

* 이 도서의 국립중앙도서관 출판시도서목록(CIP)은 e-CIP 홈페이지(http://www.nl.go.kr/cip.php)에서 이용하실 수 있습니다.(제어번호: CIP2010004761)

미야베 월드 제2막
宮部 みゆき
흔들리는 바위
下
미야베 미유키 지음 | 이규원 옮김
明暗
북스피어

下

차
례

하루살이
下

† 일러두기
　본문의 모든 주는 옮긴이 주입니다.

6

사키치가 우는 모습을 헤이시로는 처음 본다.

그의 고통을 헤아려 주기도 전에 눈물의 엄숙함에 주눅이 들어 한마디도 하지 못했다.

내놓고 우는 것은 아니었다. 눈물도 겨우 세 방울이다. 그는 고개를 숙인 채 황망히 손등으로 눈물을 훔치더니 두 손을 다다미에 짚고 납죽 엎드렸다.

"엉뚱한 일로 심려를 끼쳐서 참으로 면목이 없습니다."

"나한테 사죄할 일은 아니지."

온화한 목소리로 말하고 싶었지만 짠하고 열없어서 그만 무뚝뚝하게 응하고 말았다.

"고개를 들어. 새삼스레 뭘 그리 깍듯이 절을 하누."

예— 하고 목울대 떠는 목소리로 대답하더니 고쳐 앉는다. 고개는 여전히 숙이고 있는데, 지난 며칠 새 표 나게 뾰족해진 턱을 목깃 속에 감추고 있다.

"우에한 한텐을 입고 오지 않았구나."

사키치는 약식 기모노 차림이다.

"너 혹시, 주인한테 폐를 끼쳤다고 우에한을 그만둘 생각이냐? 그건 안 돼. 너희 주인 한지로가 너와 함께 이리로 오겠다던 것도 필시 너를 걱정해서지 책망하려던 것은 아닐 게다. 자초지종을 잘 말하면 틀림없이 이해해 줄 거야. 경솔하게 굴지 마라."

헤이시로의 훈계 같은 이야기에 사키치는 무릎 위에 얹은 손을 오므려 주먹을 쥐었다.

"게다가 오케이도 있지 않느냐. 행여 이혼 따위를 할 생각은 하지도 마라."

사키치는 고개를 푹 숙인 채 눈만 끔뻑거렸다. 헤이시로는 내처 물었다.

"혹시 벌써 얘기를 한 거냐? 헤어지자고?"

한 번, 또 한 번, 숨을 고르듯 호흡을 하고 나서 사키치는 작은 소리로 대답했다.

"예, 했습니다."

"오케이가 뭐라고 하더냐?"

사키치는 다시 눈을 끔뻑거렸다.

"그럴 수 없다고 했겠지. 당연하지."

"당연……하다고요?"

"두말하면 잔소리지."

"하지만 저는."

반론하고픈 마음은 없다. 송구스러워하는 데도 지쳤다.

헤이시로는 꿇었던 무릎을 풀어 책상다리를 하고는 숨을 길게 내쉬었다. 그러고는 그의 무릎을 쳐다보며 입을 열었다.

"이봐, 사키치. 이 사건은 공식적으로는 마무리되었다. 그렇기 때문에 너도 이모아라이 언덕에서 무사히 돌아올 수 있었고. 그건 알고 있겠지?"

사키치는 잠자코 고개를 끄덕였다.

"미나토야가 갖은 수를 써서 조사를 면하게 해 주었다. 그날 저녁부터 규베가 내내 그 소리만 했으니까. 사키치가 오라를 받는 일은 없을 것이다. 그것만은 이 주름투성이 모가지를 걸고라도 약속드린다, 하고 말이야. 실제로 그리되었다. 아오이는 병사한 것으로 처리되겠지."

사키치는 눈을 질끈 감았다.

"하지만 그것은 뒤집어 보면 미나토야 측에서는 네가 아오이를 죽였다고 믿고 있다는 말이 된다. 그렇지?"

대답을 기대하고 던진 말은 아니었지만 헤이시로는 새우등을 하고 있는 사키치를 잠시 쳐다보았다.

"하지만 우리는 그렇게 생각하지 않아."

고개를 수그린 채 사키치가 눈을 번쩍 떴다. 헤이시로의 말이 무척이나 뜻밖이라는 듯이.

"우리는 납득을 못하겠다, 사키치. 전혀 납득할 수가 없어. 그래서 걱정이다. 불안하기도 하고. 네가 돌아와서 다 얘기해 주기를 학수고대하고 있었다."

그러자 사키치가 그답지 않게 비굴한 표정으로 천천히 눈길을 들었다.

"그럼 나리도 제가— 그, 어머니를 해쳤을지도 모른다고— 생각하십니까?"

헤이시로가 뭐라고 말하기도 전에 웃음이라도 터트릴 것 같은 얼굴로 내처 말을 잇는다.

"그렇지요. 그건 당연해요. 아무리 봐도 제가 수상한 놈이죠. 더구나 누워 있는 시신 옆에서 붙들렸으니까요. 의심을 받아도 할 말이 없습니다. 누구라도 당연히 저를 의심하겠지요."

결국 목에 뭐가 걸린 듯한 목소리로 웃음을 터뜨린다. 헤이시로는 턱을 괸 팔을 무릎으로 받친 채, 어금니를 꽉 물고 허하게 웃고 있는 사키치를 쳐다보았다.

"의심하는 것과 불안해하는 것은 다르다, 사키치."

사키치는 웃음을 뚝 그쳤다. 눈초리에 다시 독기가 괸다.

"뭐가 어떻게 다릅니까?"

"혹시 오케이한테도 똑같은 말을 듣지 않았니? 아마 비슷한 말을 들었을 게다. 그 아이는—네 처가 되었으니 아이라고 부르기도 뭣하지만—여전히 세상 물정에 어두우니까, 나처럼 마음대로 말도 못하고 눈물을 흘리며 넋두리하듯 말했겠지만 마음은 같았을 거야."

사키치의 입술이 꽉 닫혔다. 이 사내가 이렇게 고집스런 낯을 하는 모습은 처음 보는군, 하고 헤이시로는 생각했다.

"나나 오케이, 그리고 유미노스케도 마찬가지지만,"

헤이시로는 온화한 목소리로 말을 이었다.

"혹시 네가 아오이를 해쳤다 해도 능히 그럴 만하다고 생각한다."

그런 의미에서는 사실 너를 의심하지 않는 것은 아니다. 헤이시로의 말에 사키치의 어깨가 움찔하며 떨렸다.

"그래서 불안한 거야. 하지만 한편으로는 만약 사실이 그러하다면 필시 네가 솔직하게 다 말해 줄 거라 믿고 있다. 이모아라이 언덕 지신반에 있던 자들한테는 말하지 못해도, 미나토야 소에몬과 규베한테는 말하지 못해도, 우리한테는 다 말해 주리라고 믿는다. 아무 의심 없이 굳게 믿고 있다."

제 말을 강조하려고 헤이시로는 짐짓 주먹을 불끈 쥐어 보였다.

"어쩌면 너는 단지 사건에 휘말렸을 뿐 아오이를 해치지 않았을 가능성도 얼마든지 있어. 그런 경우라도 너는 사실대로 말해 주겠지. 이것도 역시 굳게 믿고 있다. 그래서 너와 이렇게 얘기할 자리를 기다리고 있었다. 오케이도 아마 그랬을 게야."

사키치는 눈가를 썩썩 문질렀다. 눈 가장자리가 빨갛다.

"오케이나 나나 처음부터 이렇게 말했으면 더 듣기 좋았겠지. 사키치, 우리는 널 믿는다, 너는 무슨 일이 있어도 누굴 죽일 수 있는 사람이 아니다, 이렇게 말이야."

헤이시로는 가만히 고개를 저었다.

"하지만 그건 위선이야. 왜냐하면 오케이와 나, 그리고 유미노스케도 알고 있거든. 네가 아오이에게, 미나토야에게 오랫동안 속아 왔다는 사실을. 그것이 너를 얼마나 놀라게 하고 상처를 주고 아프게 했는지 잘 알고 능히 짐작하고 있다. 그러니 입에 발린 말은 그만두자. 너는 살인을 할 만한 사람이 아니라고 얼렁뚱땅 좋게만 말할 수는 없다. 상대가 아오이라면—뭣하면 미나토야 소에몬이라고 해도 좋겠지—어쩌면 네가 분노와 슬픔에 겨워 일을 저지른다 해도 무리가 아니라고 생각하지 않을 수 없구나."

여기서 헤이시로는 목소리에 힘을 넣었다.

"하지만 이것이 너를 믿지 않는다는 말은 아니다. 그건 결단코 달라. 오케이나 나나 유미노스케나 너를 믿고 있거든. 우리는 네가 반드시 진실을 이야기해 주리라 믿고 있어. 어쩌면 이모아라이 언덕 저택에서 얼굴을 마주했을 때 불행한 다툼이 일어나서 네가 아오이를 죽이고 말았을 수도 있지. 하지만 네가 결코 우리에게 거짓말로 사실을 감추지는 않으리라 믿는다."

안 그러냐, 하고 헤이시로는 조용히 물었다.

"우리가 너를 좀 더 내버려둬야 했을까. 사키치는 살인 같은 걸 저지를 사람이 아니라고 무작정 감싸 주는 말만 했어야 할까? 안 그리면 너를 믿지 못한다는 뜻이냐?"

그렇게 말을 끊자 방 안은 쥐 죽은 듯 조용해졌다. 헤이시로는 더는 무슨 말을 해야 할지 몰라서 그저 사키치만 바라보고 있었다.

그때 사키치가 문득 손으로 얼굴을 가리고서 푸욱 하고 공기가 빠지는 소리를 냈다. 얼핏, 이자가 웃어? 하고 생각하던 헤이시로는 이내 안도했다. 사키치는 터지려는 울음을 참고 있었다.

"오, 오케이는,"

손바닥 사이로 사키치의 신음 같은 목소리가 흘러나왔다.

"오케이가 어쨌게?"

"나리와, 똑같은 말을, 했습니다."

"그렇겠지, 음."

"하지만, 저는,"

사키치의 목소리가 눈물에 물크러지는 양 떨렸다.

"나를 못 믿겠으면 떠나면 될 거 아니냐고 했습니다."

아이들이 다툴 때나 할 만한 소리다. 헤이시로는 미소를 지을 수 있었다.

"그야 '믿는다'는 말의 뜻이 다르지 않느냐, 사키치. 이제는 알겠느냐?"

사키치는 연신 고개를 끄덕였다.

"그래. 하지만 어쩌겠느냐. 처한테는 아무 말이나 나오는 대로 퍼부어서 응석을 부리고 싶었던 게지."

헤이시로는 응어리가 풀린 듯 등이 가뿐해지는 기분을 느꼈다. 덕분에 이야기도 거침없이 나오고 있다.

"으, 응석, 인가요."

사키치가 축축함이 묻어나는 목소리로 물었다.

"그럼. 한번 생각해 봐라, 사키치. 만약 오케이가 당신은 하늘이 두 쪽 나도 누굴 죽일 위인이 아니다, 나는 누가 뭐래도 당신을 믿는다고 했다 치자. 그래도 너는 화를 냈을 거야. 당신이 뭘 안다고 그런 소리냐, 당신이 나의 무엇을 그렇게 단단히 믿는다는 말이냐, 아무렇게나 말하지 마라, 하고 말이다."

어차피 오케이는 한 번은 울 수밖에 없었으리라. 남편을 끔찍이 아끼는 아내란 그런 법이지, 암.

사키치는 헤이시로의 말을 눈꺼풀로 되새김질하는 양 연신 눈을 끔뻑이고 있다. 눈동자 속에서는 오오지마에 있는 집으로 돌아가 오케이와 나눈 대화나 당시 오케이의 표정을 떠올리고 있겠지.

사키치는 마침내 얼굴을 가리던 손을 내리고 방금 전까지의 완고한 태도를 버렸다. 헤이시로는 사키치가 고쳐 앉기를 기다렸다가 가만히 물었다.

"사키치, 네가 아오이를 해쳤느냐?"

그는 고개를 들어 헤이시로의 눈을 보며 분명하게 대답했다.

"아니요. 저는— 아, 아오이 님을, 죽이지 않았습니다."

사키치가 그 방에 들어갔을 때는 이미 아오이가 쓰러져 있었다고 한다. 수건으로 목이 졸려서. 소스라치게 놀라 조심스레 몸을 흔들어 보려고 손을 뻗는데 그 집에서 일하는 오로쿠라는 하녀의 눈에 띄고 말았다. 그다음은 이미 알려진 바와 같다.

헤이시로도 어깨에서 힘이 빠졌다. 이제야 누름돌이 치워졌다.

"알았다. 나는 네 말을 믿는다. 아오이를 죽인 범인은 따로 있다."

접시로 손을 뻗어 양갱 한 조각을 집어 입안에 던져 넣고 우적우적 씹었다.

"참 달구나. 너도 먹어라."

사키치가 희미하기는 하지만 본래의 그다운 미소를 되찾았다.

"이제부터 바빠지겠구나."

"바빠지다뇨?"

"암. 몰라서 묻냐."

헤이시로는 차를 꿀꺽 소리 나게 마셨다.

"범인을 찾아야지. 이대로 놔둘 수 있나? 누가 왜 아오이를 죽였는지 너도 알고 싶지 않니?"

사키치의 홀쭉한 볼에 방금 전과는 전혀 다른 강인한 선이 나타났다. 그야말로 팽팽하게 당겨진 시위와 같은 긴장감이었다.

"알고 싶습니다."

목젖이 데굴 구른다.

"그럼 밝혀내 보자. 우리 힘으로 해결해야지. 우리 말고 또 누가 있겠니."

"하지만 나리, 미나토야 나리 쪽이나 이모아라이 언덕 지신반 쪽에서 곤란해하지 않을까요?"

헤이시로는 코털을 뽑았다.

"매끄럽게 달래 놔야지. 나한테 맡겨라."

시각이 시각인지라 어떨까 싶었지만 헤이시로는 고헤이지를 가와이 상회에 보내 유미노스케를 불러오라고 일렀다.

"그 아이한테 기록을 맡겨야겠다."

"무엇을 기록하시게요?"

"지금까지 있었던 일들. 나는 여전히 상세한 사정을 모르겠다. 상황을 처음부터 살펴보려면, 네 마음이 무겁겠지만 일일이 기억해서 말해 줘야겠다."

사키치는 각오가 되었는지 힘주어 고개를 끄덕였다. 그 모습을 지켜보던 고헤이지가 툇마루 끝에서 헤이시로에게 물었다.

"나리, 그러시면 혼조 모토마치에도 일러두는 편이 낫지 않을까요?"

헤이시로가 흠칫하며 눈을 크게 떴다. 고헤이지는 마사고로를 말한 것이다.

"그건 그렇지만,"

곁눈으로 고헤이지의 통통한 얼굴을 살핀다.

"네가 웬일이냐, 그런 말을 다 하고. 내가 오캇피키 부리는 걸 못마땅해하지 않았느냐?"

"상황에 따라 다릅지요."

고헤이지가 시치미를 뗀다.

"그럼 그리해라. 먼저 가와이 상회에 들른 다음— 아니, 먼저 혼조 모토마치에 가서 마사고로를 데려와라. 가와이 상회에는 마사고로의 수하를 보내는 편이 낫겠다."

"난데없이 오캇피키의 수하가 찾아오면 가와이 상회 주인님이 놀라실 겁니다. 도련님 얼굴을 아는 제가 가와이 상회에 가고, 가와이 상회 사람을 시켜서 혼조 모토마치에 연락하게 하시지요. 마사고로님이라면 밤길을 혼자 걸어올 수 있지만 가와이 상회 도련님을 혼자 가마에 태울 수는 없지 않습니까. 가와이 상회 사람이 따라와 버리면 그것도 번거롭고요."

어? 헤이시로는 머릿속이 혼란스러워졌다.

"아무 쪽이든 네 좋을 대로 해라."

"알겠습니다요."

고헤이지는 시치미 뗀 얼굴 그대로 고개를 숙였다가 얼굴을 번쩍 들어 사키치를 보았다. 둥근 얼굴을 더욱 동그랗게 만들고는 웃음을 짓는다.

"잘 돌아왔어, 사키치 씨."

그러더니 사키치가 뭐라고 대답하기도 전에 얼른 나가 버렸다.

"일은 잘하면서 저렇게 숫기가 없어서야."

헤이시로는 웃었다.

"잘 돌아왔어, 라고? 좋은 말이구먼. 그렇지. 너는 이제 정말로 돌아온 거다. 고헤이지가 제대로 말했군."

사키치는 축축해진 눈으로 고헤이지가 사라진 쪽을 향해 고개를 숙였다.


유미노스케를 기다리는 동안 헤이시로는 아내에게 일러서 사키치에게 밥상을 차려 주었다. 그는 펄쩍 뛰며 사양했지만 기어이 차려 준 밥상이다. 사키치는 방아깨비처럼 연신 허리를 꺾고 나서야 밥상을 받았다. 일단 젓가락을 들자 하루 종일 밖에서 놀다 들어온 아이처럼 허겁지겁 먹어 치웠다.

"저도 이렇게 시장한 줄은 몰랐습니다."

"그렇겠지."

마사고로가 먼저 도착했다. 자기가 왜 불려 왔는지 잘 알고 있는, 개운한 얼굴이다.

헤이시로가, 우리 힘으로 범인을 찾아볼 생각이네, 하고 말하자 얼굴이 더욱 밝아졌다.

"주제넘은 말이지만 아우 하나를 밖에 대기시켜 두었습니다. 아우더러 당장 오오지마에 가서 오케이 씨한테 상황을 전하라고 할까요?"

"오, 빈틈없이 준비했군. 그렇게 해 주면 오케이의 마음도 한결

가벼워지겠지.”

마사고로는 사키치에게 미소를 보였다.

“그래도 사키치 씨, 오늘 밤은 아무리 늦더라도 오오지마로 돌아가는 편이 좋겠어.”

사키치는 빨개진 얼굴로 고개를 끄덕였다. 마사고로는 그 홍조를 못 본 척했다.

“그런데 나리, 이제 그만 유미노스케 도련님을 적에 올리시면 어떻습니까? 그러면 그때그때 가와이 상회에 데리러 가시지 않아도 될 텐데요.”

헤이시로는 턱을 잡아당겼다.

“그래도 되겠지만 그 아이가 아직 담요를 적시거든. 뭐 좋은 방법이 없을까?”

“어른으로 대접해 주면 어른이 되게 마련이지요.”

“나야 벌써부터 인정해 주고 있지. 짱구는 밤에 담요를 적시지 않나?”

“아뇨, 전혀.”

“유미노스케도 그래야 하는데.”

“그보다 적에 올리시는 김에 혼처를 정해 두시면 좋습니다.”

중대한 일을 스스럼없이 말한다.

“유미노스케를?”

“마음대로 골라잡으실 수 있을 텐데요.”

“혹시 자네 집안에 적당한 처자가 있나?”

“벌써 오래전에 치워 버렸습니다.”

“아깝군.”

그때 퍼뜩 떠올랐다. 헤이시로가 오, 하며 손뼉을 치더니 오토요의 혼처가 정해질 모양이라고 하자 마사고로는 크게 반가워했다.

한가로운 분위기로 담소를 나누고 있는데 누군가 시끄럽게 앙앙거리며 다가온다. 유미노스케다. 무슨 벌집 흉내를 내는 것이 아니라 진짜 울고 있다.

“와앙.”

그는 방으로 뛰어들어 그대로 사키치에게 달려들었다. 그 순간 터진 “우와앙―”은 배 속에서부터 터져 나오는 소리 같았다.

“다행이에요. 정말 다행이에요, 사키치 씨.”

헤이시로는 잠시 그 장면을 흐뭇하게 지켜보았다. 유미노스케의 요란한 울음소리가 고비를 지나 작게 늘키는 소리로 잦아들기를 기다렸다가 가만히 물었다.

“애야, 유미노스케.”

“예, 이모부.”

“담요는 다 말랐니?”


오후지가 사키치에게 이미 오래전에 아오이가 죽었다고 밝힌 것은 뎃핀 나가야 터에 올린 미나토야의 새 저택 정원에 등나무 꽃이 필 즈음이었다고 한다.

사키치는 꿈에서 본 장면을 설명하듯 조금 분명치 않은 말투로 입을 열었다.

“나리도 아실지 모르겠군요. 처음에 미나토 상회 사람들은 그 저택을 '새 집'이라고 불렀습니다. 누가 이름을 지어서 그렇게 부른 것이 아니라 그냥 새로 지은 집이니까 자연스레 그리 부르게 되었지요. 하지만 센다가야 쪽에도 '새 집'이라는 이름을 가진 동네가 있습니다. 그래서 미나토 상회 사람들이 별 생각 없이 '새 집'이라고 하면 거래 상인들 중에는 미나토 상회 주인이 센다가야 쪽에다 집을 마련한 모양이라고 오해하는 사람이 나오기 시작했습니다. 그러다 보니 차츰 새로 지은 집을 등나무집이라 부르게 되었지요."

그러니까 오후지의 집일본어로 후지는 등나무라는 뜻이다이란 말이겠군. 오후지가 졸라서 지은 집이니까. 헤이시로가 그렇게 묻자 사키치가 고개를 끄덕였다.

"그렇지요. 마님은, 그러니까 오후지 님은 모처럼 그런 이름으로 부른다니까 이참에 등나무 꽃이 피는 집으로 만들자고 하시고, 이미 손질이 끝난 정원에 뒤늦게 등나무를 더 심자고 하셨습니다."

헤이시로는 이모아라이 언덕 저택에서 규베를 만났을 때 오후지가 어떤 연유로 정원사 사키치를 불렀는지에 대해 대강 들은 바 있다. 그렇게 말하자 사키치는 고개를 크게 끄덕였다.

"너는 본시 우리 집안사람이니까 앞으로는 이 집 정원을 관리해 달라고 하셔서."

"그랬다고 하더군."

"그때 저는 기뻤습니다."

다시 먼 산을 바라보는 눈을 하고서 말한다.

"우리 집안사람이라고 하셨습니다. 오후지 마님이 저를 용서해 주셨다고 할까 인정해 주셨다고 할까, 그렇게 생각했습니다."

"네가 사람이 너무 좋기만 해서 그래."

헤이시로는 저도 모르게 그렇게 말했다. 사키치는 헤이시로의 얼굴을 보고 멋쩍은 듯이 슬쩍 코를 만졌다.

"아, 됐다, 말허리를 잘라서 미안하다. 그래서 등나무집에 드나들게 되었구나."

사월도 중순이면 이미 등꽃이 피기 시작한다. 오후지가 가능하면 당장 올해부터 꽃을 보고 싶다고 해서 옮겨심기를 서둘러야 했다. 한지로 주인과 사키치는 열의를 다해서 일했다.

"잘 자란 것을 다른 데서 캐다 심어서 정원수를 감고 오르게 해 놓았습니다."

어차피 정원은 다 가꾸어진 상태라 등나무 걸이를 따로 만들 수도 없었다. 과연 뿌리를 내리고 잘 자라 줄까 하며 사키치는 마음을 놓지 못했으나, 오후지의 열의가 통했는지 정원수에 감긴 등나무는 멋진 꽃을 피우고 푸른 정원수들 사이에서 기품 있는 색을 보여 주었다고 한다.

"등나무는 강하니까요."

마사고로가 아무렇지 않게 말했지만 헤이시로는 그 말이 예사롭지 않게 들렸다. '오후지는 드세다'라는 말을 하고 싶었겠지.

"그 등나무가 원래 자라던 곳은 한지로 주인님이 오랫동안 드나들며 관리하시던 정원이라서 저도 그 꽃을 본 적이 있습니다. 어른 팔뚝만큼 긴 꽃타래를 늘어뜨리는데 정말 훌륭했습니다. 만개하면 등나무 걸이가 꽃에 다 파묻혀 그 자리에 연보랏빛 구름이 솟아난 듯 보일 정도였습니다. 등나무집에 옮겨 심어도 꽃이 피는 기세는 변함

없이 장했습니다. 하지만 색이 조금 변하더군요. 붉은 기운이 더 강해졌습니다."

등꽃은 아련한 연보랏빛이 제 색깔이다. 색이 진해지면 분위기도 바뀐다.

"자주 있는 현상은 아니지만 놀랄 일도 아닙니다. 정원에서 자라던 나무이니 흙이 바뀌면 색이나 모양이 조금 변한다 해도 이상한 일은 아니지요. 한지로 주인님은 등나무집 흙이 쇠 기운이 강한 모양이라고 하셨습니다. 그래서 붉은 기운이 강한 꽃이 피는 거다, 뭐, 더 선명하게 피는 등꽃도 호사스럽고 좋지 않은가, 하고 말입니다."

그렇게 말하고 사키치는 목을 살짝 움츠렸다.

"한지로 주인님은 그때 이런 말도 하셨습니다. 미나토 상회 안주인이 워낙 기가 드세서 꽃이 그런 색으로 피는가 보다고요. 물론 오후지 마님이 안 계신 자리에서 흉보듯이 한 말입니다."

마사고로가 고개를 끄덕인다. 헤이시로는 후후후, 하고 웃었다. 앉은뱅이책상 앞에 앉은 유미노스케는 그런 이야기를 하는 사키치의 얼굴에서 눈길을 떼지 않은 채 능숙하게 붓을 놀리고 있다.

"그래서…… 등꽃이 만발할 때 제가 손질을 하러 들르니 오후지 님이 정원에 나와 계시다가,"

사키치의 말이 느려진다.

"이 등꽃은 흔치 않은 색이라 하시기에 쇠 기운이 강한 땅에 대해서 말씀드렸습니다. 올해는 이런 색으로 피지만 내년에는 변할지도 모른다, 혹시 마음에 들지 않으시면 비료를 달리해서 색을 조절해볼 수도 있다는 말씀도 드렸습니다. 그러자 오후지 님은,"

사키치는 마치 목이 막힌 듯 가볍게 쥔 손가락을 입에 갖다 댔다. 아무도 이야기를 재촉하지 않았다.

"뭘 어떻게 해도 이 등꽃은 빨갛게 피게 되어 있으니까 그냥 놔두어도 된다고 하셨습니다. 그 표정이 왠지 섬뜩해서 저는 그……."

"음, 그래. 이건 또 무슨 말인가 했겠지."

헤이시로가 앞질러 주었다.

"예."

사키치는 어깨를 떨어뜨렸다.

"어째서 그렇습니까 하고 묻지도 못하고 있는데 오후지 님이 문득 날카로운 목소리로 말씀하셨습니다."

─ 한데 사키치, 훌륭하게 자랐구나. 방금 네 말하는 양을 보니 흠잡을 데 없는 정원사로구나.

말투는 칭찬이라기보다 질책 같았다고 한다. 그래도 사키치는 일단 감사하다며 얌전히 고개를 숙였다. 오후지는 그 모습을 가만히 쳐다보다가 툇마루 디딤돌 쪽으로 물러갔다. 그러고는 하던 말을 잇듯이, 등을 보인 채 이렇게 덧붙였다.

─ 저승에 있는 아오이도 훌륭하게 장성한 너를 보면 틀림없이 기뻐하겠구나.

"저승에 있는 아오이."

유미노스케가 그렇게 따라 말하며 받아 적는다. 사키치는 자기가 한 말이 또박또박 글자로 바뀌는 양을 지켜보다가 헤이시로 쪽으로 얼굴을 돌렸다.

"그때는 얼른 알아듣지 못했습니다. 하지만 조금 지나 방금 놀라운 말을 들었음을 깨닫고, 무례한 짓이었지만 오후지 님을 쫓아가 벼락같이 물었습니다. 무슨 말씀이십니까? 제 어머니가 돌아가셨다고요? 언제요?”

오후지는 대답하지 않았다. 다만 딱 한 번 몸을 틀어 옆얼굴을 보이며 희미하게 웃었을 뿐이다. 그러고는 방 안으로 들어가 버렸다.

“차마 신발을 벗고 방 안까지 쫓아 들어갈 수는 없었습니다.”

추적추적 내리는 비에 얼굴을 적시며 어찌할 바를 모르고 그저 서 있을 수밖에 없었다.

“가만히 있을 수는 없었습니다. 이튿날도 또 그 이튿날도 등나무 집으로 갔습니다. 하지만 오후지 님은 만나 주시지 않았습니다. 하녀에게 부탁해도 마님은 몸이 좋지 않아 누워 계시다고 하더군요.”

그때의 고통이 되살아나는지 사키치는 차분한 모습을 잃고 몸을 흔들기 시작했다.

“머릿속에 온갖 생각이 들더군요. 어머니가 죽었다고 했겠다. 사실일까? 무슨 일이 있었을까? 필시 떳떳치 못하게 죽었겠지, 그러니까 미나토야 나리도 오후지 마님도 나한테 차마 알려 주지 못하고 지금까지 잠자코 계셨겠지, 하고 말입니다.”

“정말 사람이 착하기만 하군.”

이번에는 마사고로가 굵은 숨을 토해내고 팔짱을 끼며 말했다.

“그런……걸까요.”

마사고로는 무뚝뚝하게 고개를 끄덕였다가 이내 웃음을 지었다.

“아니, 탓하는 게 아니야. 잘했다 못했다가 아니라 그냥 그런 모습이 사키치 씨라는 말이야.”

아, 예, 하며 모호하게 대답을 하고 사키치는 등을 구부렸다.

"그러다가 마침내 더 참을 수가 없어서 미나토야와 직접 담판을 하러 찾아간 건가?"

헤이시로가 재촉하자 사키치는 더욱 몸을 조아렸다.

"지금 생각하면 그렇게 주인 나리를 찾아가다니 당치않은 짓이었습니다."

찾아온 이유를 고하고 부디 사실대로 말해 달라고 애원하는 사키치에게 미나토야 소에몬은 그제야 입을 열었다.

― 아오이는 죽었다. 그 사람 말이 맞다.

― 아오이는 미나토 상회를 나간 뒤 얼마 지나지 않아 죽었다. 이런저런 문제가 있기 때문에 어디 묻혔는지는 안됐지만 말해 줄 수 없다. 너 역시 이제 와서 자세한 사정을 알아 봐야 공연히 가슴만 아플 테니 그럴 필요는 없겠지. 너는 그저 어머니의 극락왕생을 기도하도록 해라.

소에몬이 한 말을 따라 말하며 적어 나가는 유미노스케의 얼굴을 헤이시로가 살짝 쓰다듬어 주었다.

"네 기분은 이해한다만 너무 화내지 마라."

"화나지 않았어요, 이모부."

"글자가 화를 내고 있구먼."

유미노스케는 입을 삐죽거리며 제가 쓴 글들을 보았다.

"붓이 화난 겁니다" 하고 항변한다.

"미안합니다, 도련님. 이런 말씀을 듣게 해서."

사과하는 사키치에게 유미노스케는 더욱 입을 삐죽거렸다.

“왜 사키치 씨가 사과해야 하죠? 왜 그렇게 사람이 좋기만 해요?”

헤이시로가 이번에는 살짝 쓰다듬어 주는 게 아니라 머리를 가볍게 쳤다.

“어른한테 훈계하는 것은 오줌 지리는 버릇이나 고친 연후에 해라.”

“그렇게 말씀하시면 싫어요.”

유미노스케는 아랫입술을 삐죽 내밀었다.

앵돌아진 얼굴이 가슴이 저릿할 만큼 예뻐서 헤이시로는 저도 모르게 넋이 나갔다. 역시 이 녀석을 양자로 들이긴 어려울지도 모르겠군. 차라리 시동으로 만들어 궁에 들여보내는 편이 낫지 않을까.

“도련님, 정색하실 일이 아닙니다.”

마사고로가 다독였다.

“나리께서 도련님을 놀리신 겁니다. 저도 종종 짱구를 놀려 줍니다. 어른들은 다 그러지요.”

유미노스케는 그제야 아랫입술을 불러들였다. 짱구라는 이름을 듣고 기분이 나아진 듯하다.

“원래대로라면 이 자리에 짱구가 있어야 해요. 받아 적지 않아도 다 기억해 주니까요.”

“요즘 그 아이가 제 일을 하느라 바빠서요.”

마사고로가 빙긋이 웃으며 말한다.

“뭘 하느라 바쁜지 조만간 도련님께 다 말하겠지요. 그 아이는 도련님과 사이가 좋아져서 무척 기뻐하고 있습니다.”

그제야 유미노스케의 얼굴이 밝아진다. 순진하게 기뻐하는 모습이 역시 아이답다.

"그래, 미나토야의 말을 너는 납득했느냐?"

헤이시로는 사키치에게 물으며 이야기를 돌렸다.

"도저히 받아들일 수 없는 말이었을 텐데 용케 마음을 잡았구나."

"마음을 잡지는 못했습니다."

그것이 제 잘못이었다고 생각하는지 사키치는 어깨를 더욱 움츠렸다.

"오히려 마음이 더 복잡해진 기분이었습니다. 어머니가 언제 죽었는지, 왜 죽었는지, 문제가 많았다니 대체 무슨 문제였는지—."

당연히 품을 수밖에 없는 의문이다.

"그래서 생각했습니다. 어쩌면 주인 나리의 말씀에 여전히 거짓이 있지는 않을까 하고요. 아오이는 미나토 상회를 나간 뒤 얼마 지나지 않아 죽었다— 그 '얼마 지나지 않아'라는 대목이 이상하지 않은가, 그러니까 어머니는 애초에 미나토 상회를 뛰쳐나간 게 아니라 자취를 감춘 그때 이미 죽어 있지 않았을까 하고요. 주인 나리와 오후지 마님은 그걸 감추려고 아오이 님이 집을 나갔다고 말씀하신 게 아닌가 하고요."

사키치는 방금 전부터 아오이를 '아오이 님'이라고 불렀다가 '어머니'라고 불렀다가 하며 호칭이 제멋대로였다. 본인도 의식 못하는 듯했지만, 이것이야말로 자기 심정을 고스란히 표현하는 말이리라. 아오이는 사키치가 사랑하고 그리워하는 어머니인 동시에 그가 모르는 얼굴을 다양하게 가지고 있는 수수께끼의 여인이기도 하다.

"게다가 오후지 마님이 제게 보인 의미심장한 엷은 웃음."

이마에 희미하게 땀이 돋은 그는 허공의 한 점을 응시한 채 차마 하기 힘든 이야기를 이어나갔다.

"오후지 마님이 어머니를 얼마나 미워했는지는 저도 잘 알고 있습니다. 어머니는 미움을 받아 마땅한 여자였으니까요. 그래서—바로 그런 이유로—."

모두 말없이 사키치가 그 말을 해 버리기를 기다렸다. 오후지는 아오이를 싫어한 정도가 아니었다. 증오했다. 지금까지 계속. 헤이시로는 그런 생각을 하고 있었다.

"오후지 마님이 어머니를 해치지 않았나 하는 생각을 하고 말았던 겁니다."

사키치가 마침내 토해냈다. 마사고로가 위로하는 듯한 눈빛으로 "결코 어리석은 생각은 아니었군" 하고 말을 보탰다.

"그래, 그 생각이 머리에 들러붙은 채 떨어질 줄 몰라서 다시 한 번 미나토야에게 달려간 게냐."

사키치는 황망히 고개를 저었다.

"금방 갈 수는 없었습니다. 한참 동안 마음속에만 담아 두고, 아니, 일단은 그럴지도 모른다고 해 두고 여름이 끝날 즈음까지 끙끙 고민하고 있었습니다. 그 탓에 오케이가 괜한 마음고생을 했고요."

헤이시로와 유미노스케의 얼굴을 번갈아 쳐다본다.

"저어, 제가 특별한 볼일도 없이 나리 댁에 찾아온 적이 있었지요. 무척 무더운 날이었습니다. 도련님도 마침 계셨고요."

분명히 그런 일이 있었다. 간쿠로가 죽어서 묘를 만들어 주었는데 그걸 알리기 위해서 들렀다며 묘하게 주뼛거렸었다.

"실은 그때 머릿속에 있던 그런 생각들에 대해 나리께 상담하고 싶었습니다. 하지만 차마 말을 꺼내지 못했지요."

당시 헤이시로로서는 짐작도 못한 일이었다.

"나는 그냥 네가 부부 싸움을 한 모양이라고 생각했지."

"저도 그랬어요" 하고 유미노스케도 말한다.

"그랬나요? 제가 그런 얼굴을 하고 있었습니까?"

"얼굴도 얼굴이지만 이제 부부 싸움 할 때도 됐다 싶었지."

"그랬군요. 저는 그 뒤 간쿠로 묘에 분향하러 찾아갔는데요—."

"그랬지요, 네."

사키치가 고개를 끄덕인다.

"오케이 씨는 질투를 하는 얼굴이었어요. 그래서 더욱, 아, 역시 다퉜나 보다 하고 생각했어요."

"질투하는 얼굴이요?"

사키치가 작은 소리로 물었다.

"그건 어떤 얼굴이지, 유미노스케?"

헤이시로가 빙글빙글 웃으며 묻자 유미노스케는 고개를 홱 돌려 버렸다.

"또 놀리시려는 거라면 저, 대답 안 할래요."

사키치는 눈에 익은 유미노스케의 아름다운 얼굴을 새삼 감상하듯이 가만히 쳐다보았다.

"하지만 도련님 말씀대로였습니다."

그러고는 오케이와 다툰 일을 멋쩍은 얼굴로 얼른 들려주었다.

"그때 도련님이 오케이한테 해 주신 말씀이 절묘하게 들어맞았나 봅니다. 그 사람이 도련님한테는 신기에 가까운 힘이 있는 거 아니냐고 했거든요. 지금도 그렇게 생각하고 있는 모양이고요."

유미노스케는 쑥스러워한다기보다 넋이 반쯤 나가 있었다. 그랬나? 내가 뭐라고 했더라? 하며 고개를 갸웃한다.

"하지만 오케이 씨와 다투던 문제가 해결되었기 때문에 다시 한 번 미나토야를 찾아가기로 결심할 수 있었던 거겠죠."

"예. 오케이한테 다 털어놓으니 마음이 개운했고, 또 그 사람한테 격려도 받아서 용기를 낼 수 있었습니다. 하지만 그것 때문만은 아닙니다."

사키치는 조심스레 일동을 돌아보았다.

"나리도 행수님도 아마 모르실 겁니다. 저도 한지로 주인님한테 절대로 다른 사람에게 말하면 안 된다는 말을 들었으니까요,"

사키치와 오케이가 화해하고 열흘쯤 지났을 때 오후지가 등나무 집 정원에서 목을 매려고 했다.

"한지로가 그 자리에 있었나?"

"그렇습니다. 등나무 줄기가 감고 오른 나뭇가지에 오후지 마님이 허리끈을 거시는 모습을 보고 얼른 달려가서 말리셨다고 합니다."

한지로가 있는 줄 뻔히 알면서 그런 짓을 했다면, 정말로 죽으려고 했다기보다 그런 추태를 누군가한테 보여 주려던 게 아닐까 하고 헤이시로는 생각했다. 그런 모습을 드러냄으로써 제 입으로는 차마 드러낼 수 없는 어둠이 폭로되기를 바라면서.

지나친 생각일까?

"그 말을 듣자 마침내 저는 마음이 바짝 달아올랐다고 할까, 오후지 마님에 대한 의심이 깊어졌습니다. 이 등꽃은 무얼 해도 빨개진다는 수수께끼 같은 말씀도 당신 손이 피로 더럽혀져 있다는 의미가 아닐까 하는 생각이 들었습니다.”

바로 그거다. 오후지는 바로 그 말을 하고 싶었을 것이다.

“도저히 가만히 있을 수가 없어서 마침내 다시 주인 나리를 찾아갔습니다.”

오후지의 자살 소동은 사키치뿐만 아니라 미나토야 소에몬의 가슴에도 응분의 파문을 던졌으리라. 그래서 필사적으로 캐묻는 사키치에게 이번에는 소에몬도 사실대로 말해 준 것이다.

아오이가 살아 있다고.

“그때 이모아라이 언덕 저택 이야기도 해 주었느냐?”

“예. 그냥 ‘이모아라이 언덕 근처’라고만 말씀하셨고, 너 혼자 만나러 가서는 절대로 안 된다고 하셨습니다. 아오이 쪽에서도 마음의 준비가 필요하다, 잘 상의해서 너와 대면할 날짜를 잡을 테니 그때까지 꾹 참고 있으라고 하셨습니다.”

사키치를 초주검으로 만드는 말이다. 미나토야 소에몬은 인정이란 것을 이해하지 못하는 자다. 적어도 사키치의 심정을 헤아리는 모습이 보이질 않는다.

“그러나 도저히 기다리고 있을 수 없었겠지?”

헤이시로의 생각을 대변하듯이 마사고로가 사키치에게 물었다.

“기다릴 생각이었습니다. 하지만 며칠을 기다려도 기별이 없었습니다.”

이모아라이 언덕으로 가서 여기저기 물어보고 다니면 아오이의 집을 알 수 있을지도 모른다. 그런 실낱같은 희망에 마음이 급해진 사키치는 그 집을 찾아 나섰다. 바로 그제 있었던 방문이다.

"불쑥 찾아가 이름을 밝힐 생각은 없었습니다" 하고 사키치는 고개를 떨어뜨렸다.

"어머니가 어떤 곳에서 어떤 모습으로 살고 있는지 멀리서나마 보기만 해도 된다고 생각했습니다. 게다가 저는 어머니의 얼굴을 기억하지 못합니다. 어머니도 제가 아들이라는 것을 알아볼지 알 수 없었고요. 그래서 정말로 집을 알아내면 그냥 지나가는 척하며 담 너머를 들여다보기만 하고 돌아올 생각이었습니다."

과연 기대했던 대로, 근처에서 밭일을 하던 노인에게 '곱게 생긴 부인이 혼자 사는 커다란 임대 저택'을 묻자 금방 대답이 돌아왔다. 사키치는 머리가 어찔할 만큼 가슴이 두근거렸지만 마음은 묘하게 무겁고 발걸음도 힘겨웠다. 그냥 돌아갈까 하고 몇 번이나 망설이면서도 결국 노인이 가르쳐 준 저택을 향해 이모아라이 언덕을 올라갔다고 한다.

"그 집 가까이 가 보니—,"

다시 솟아난 콧잔등의 땀을 손가락으로 쥐듯이 닦아낸다.

"잘 다듬은 산울타리 너머로 아이들의 웃음소리가 들렸습니다. 어린 계집애 목소리 같았어요. 모습이 보이지 않았으니 저택 뒤쪽에 있었나 봅니다."

그러고 보니 규베가 저택에 기숙하던 하녀에게 어린 딸이 둘 있다고 했었다.

"하녀의 딸일 게다."

헤이시로가 말했다.

"아, 그렇습니까? 오로쿠 씨라는 부인에게 딸이 있었군요."

그때는 알 길이 없었다. 즐거운 노랫소리에 사키치는 눈앞이 휘청 흔들렸다.

"어쩌면—어머니의 자식이나 손자일지도 모른다는 생각이 들었습니다."

사키치를 따돌려 놓고 아오이가 누려 온 또 다른 인생의 행복이 저기서 노래를 부르는 듯 들렸을지도 모른다.

"정원에 인기척이 없어서 슬쩍 들어가 보기란 그리 어렵지도 않았습니다. 툇마루가 딸린 넓은 방이 보였습니다. 발을 감아 올려 두어서 어긋나게 짠 선반에 있는 작은 꽃병도, 옷걸이에 걸린 기모노도 보였습니다. 도라지 무늬 기모노였습니다. 저는 왜 이런 것까지 기억하고 있을까요. 아아, 가을 옷이구나— 그런 생각을 했었지요. 그러고 보니 향내가 났습니다. 좋은 향이었어요."

실례합니다. 이십 년 가까이 떨어져 살아온 모자지간의 인사인데 고작 그 말밖에 떠오르지 않았다. 사키치는 그렇게 소리치고 툇마루 앞에서 방 안을 들여다보았다.

"앉은뱅이책상 옆에 누가 맥없이 누워 있더군요. 낮잠을 자는 모습치고는 좀 이상했어요. 저는, 저어, 지금 생각하면 분별없는 짓이었지만, 심장이 두방망이질을 해서 조리 있게 생각할 틈도 없이 냉큼 들어가고 말았습니다."

그리고 목에 수건을 감은 채 숨이 끊어져 있는 아오이를 발견했다고 한다.

헤이시로는 팔짱을 꼈다. 마사고로도 같은 자세로 이마에 주름을 긋고 있다. 유미노스케는 손을 멈추고 붓을 든 채 사키치를 보고 있었다. 사키치는 죽은 아오이의 곁으로 홀로 돌아가 앉아 있는 양 넋을 놓고 있다.

"네가 이모아라이 언덕 저택에 간 것은 정말 그때가 처음이냐?"

물음이 사키치의 고막에 닿기까지는 잠시 시간이 걸렸다.

"예? 예."

헤이시로는 같은 물음을 반복했다. 사키치는 헤이시로의 눈을 쳐다보며 힘주어 끄덕였다.

"맹세코 거짓이 아닙니다. 그때가 처음이었습니다."

그러고는 헤이시로가 무슨 말을 할지 두려운 듯 몸을 도사렸다.

"딱하구나. 끝내 어미랑 한 마디도 나눠 보지 못하고 말았단 말이냐."

헤이시로가 말했다.

듣고 보니 그러네, 하고 비로소 깨달았다는 듯이 사키치는 눈을 휘둥그레 떴다.

"그……렇군요."

도신 마을에 있는 집의 아담한 정원에서 가을벌레들이 찌르르르 울었다. 벌레 소리에 이끌린 듯 밤바람이 스르륵 숨어든다.

"잘 알았다."

헤이시로는 손바닥으로 무릎을 탁 쳤다.

"그럼 어디부터 시작해야 할까."

## 7

이즈쓰 헤이시로는 이모아라이 언덕을 오르고 있다.

언덕 초입에 있는 지신반에서 흰 머리띠 하치스케 행수와 담판을 짓고 나온 참이다.

행수가 모시는 마치 순시관, 도신 사에키 조노스케를 만나고 싶으니 다리를 좀 놔 달라고 부탁했다. 아오이 건을 재조사하되 결코 사에키나 하치스케에게 누가 되지 않도록 하겠다, 일체 폐가 없도록 하겠다, 아오이를 죽인 진범을 찾아내면 그 공을 고스란히 사에키 나리에게 넘기겠다, 그러니 이 지역에서 헤이시로 일행이 여기저기 뒤지고 다녀도 눈감아 달라―라는 담판이다.

관할 지역은 다르다고 해도 똑같은 말단 관리이므로 헤이시로가 직접 담판을 청해도 상관없다. 하지만 그래서는 하치스케를 무시하는 꼴이 된다. 이 사건에서는 이모아라이 언덕의 누군가가 어깃장을 놓으면 곤란해질 터이므로 헤이시로도 최대한 신경을 쓴 것이다.

상대 도신한테는 불리할 것이 없는 이야기였지만 하치스케 행수는 떨떠름해했다. 그래서 헤이시로가 간곡하게 설득했다.

아오이의 죽음은 이미 병사로 결론이 났다고 공표됐다. 시체도 정중히 장사를 치러 주었다.

"나는 그걸 뒤집겠다는 게 아니야. 다만 진실을 알고 싶을 뿐이네. 사키치는 아오이를 죽이지 않았다고 천지신명 앞에 맹세할 수 있다고 말하고 있네."

하치스케 행수는 투덜거리며 끈질기게 버텼다.

"진실이란 건 없습니다요. 만약— 저는 그런 일은 없으리라 보지만, 만약 나리께서 진범을 찾으시면 역시 그자를 체포하시겠지요? 그렇게 되면 저나 사에키 나리는 잘못 판단한 꼴이 됩니다."

"그러니까 그런 경우에도 내가 나서서 체포하는 게 아니라 사에키 나리와 자네한테 고스란히 넘기겠다지 않나. 그럼 자네들이 그럴듯하게 이야기를 만들면 되지 않겠나? 병으로 죽은 줄 알았는데 아무래도 이 흰 머리띠 하치스케는 납득이 가지 않았다, 그래서 다시 조사를 해 보았다는 식으로 말이야."

그렇게 번지르르한 이야기가 이 지역 사람들에게 통하겠느냐며 하치스케는 떨떠름해했다.

"그럼 우리가 조사하고 다니는 것을 모른 척할 게 아니라 조금 도와주면 되겠구먼. 뭐, 행수가 나설 필요도 없어. 모쿠타로만 빌려 주면 되네."

헤이시로 입장에서도 이 지역 오캇키피의 수하가 도와준다면 여러모로 편리하리라.

그거야 상관없습니다만, 하며 하치스케 행수도 구미가 당기는 눈치다.

"미나토 상회 주인은 어떻습니까?"

"음, 그쪽도 괜찮네. 이러니저러니 참견할 일은 없을 게야. 나한테 맡기게."

재조사에 불만을 품은 미나토야가 조사를 면하게 하는 데 쓴 돈을 게워내라고 너희들한테 항의할 염려는 없다는 말도 목구멍까지 차올랐으나 그 말만은 간신히 참았다.

"과연 그럴까요……."

"암."

"예를 들어 진범이 미나토 상회 사람이라면 어떻게 됩니까?"

사실은요 나리, 하며 하치스케가 자리를 고쳐 앉더니 말했다.

"저도 사키치란 자는 살인을 저지르지 않았다고 느끼기는 했습니다. 다만 미나토 상회 쪽에서는 그자가 저지른 사건으로 결론을 짓고 싶어 안달을 했거든요. 저는 나름대로 생각했지요. 미나토 상회 쪽에서도 사키치가 범인이 아니라는 것을 알고 있구나, 뿐만 아니라 진범이 누구인지도 짐작하고 있지는 않은가 하고 말이죠."

헤이시로는 놀랐다. 이건 새로운 견해다. 미나토야가 아오이를 죽인 진범을 알고 있으며 비호하고 있다? 그런 것은 지금까지 생각해본 적도 없었다. 유미노스케조차 말한 적이 없는 새로운 설이다.

"흠, 그렇군……."

순순히 놀라고 감탄하고 말았다. 하치스케도 그 오랜 세월을 건성으로 공무를 도와온 게 아니군.

"하지만 행수, 그렇다 해도 상관없네. 미나토야는 또 조사를 면하려고 자네들에게 손을 쓸 테니까 요구를 들어주면 그만이지."

"그래도 나리께서는 족하시겠습니까?"

족하고 말고, 헤이시로는 힘주어 고개를 끄덕였다. 머리 한구석에 오후지의 얼굴이 어른거린다. 그래, 이번에야말로 그 여자가 저질렀을지도 모른다. 그렇게 생각하니 앞뒤가 착착 소리를 내며 맞아 들어가는 기분이 들었다.

미나토야 소에몬이 덴핀 나가야를 철거하고 등나무집을 짓고 있는 동안 오후지가 어떤 경위로든 진실을 감지하는 상황도 충분히 고려해 볼 수 있다.

오후지에게 그 땅은 자신이 '죽인' 아오이의 뼈가 묻혀 있는 곳이다. 그런 생각이 그 드센 여인을 내내 괴롭혀 왔다. 그래서 소에몬은 뎃핀 나가야를 철거한 뒤에 그 터에 아내가 바라는 등나무집을 지어주고 그녀를 아오이의 묘지기로 삼았다. 그 집으로 오후지를 달래고, 오랜 세월 계속해 온 기만을 더욱 확실하게 만들 수 있다고 믿었으리라.

하지만 미나토야 소에몬도 규베도 헤이시로도, 그리고 유미노스케조차도 잊고 있던 것이 있었으니, 오후지에게는 오후지의 마음이 있다는 점이다. 소에몬이 움직이자 오후지의 과거도 벌떡 일어나 움직이기 시작했다. 오후지는 눈과 귀를 활짝 열고 철거되는 뎃핀 나가야를, 새로 들어서는 등나무집을, 담담하게 그런 일들을 진행하는 소에몬의 모습을 지켜보고 있었으리라. 규베의 안색도 살펴보았을 테지.

그 과정에서 그들의 행동거지, 석연치 않은 눈짓, 말투에서 묻어나는 기미 따위를 통해서 실은 아오이를 미처 죽이지 못했다는 사실을 눈치 챘다면?

헤이시로에게 이것은 맹점이었다. 어느새 오후지에게 진실을 감추려는 의도, 오후지를 속이려는 미나토야의 의도에 동조하고 그쪽 편에서만 사물을 바라보고 있었기 때문에 강 건너편에서는 어떤 경치가 보이는지를 생각하지 못했다. 강 건너에서는 보이는 풍경도 당연히 다르다.

등나무집에서 오후지가 난데없이 목을 매려고 한 일도 해석이 달라진다. 헤이시로는 그것을 회한의 표현이라고만 여겼다. 그러나 오히려 항의의 표시, 즉 그토록 오랫동안 속아 왔고 그로 인하여 홀로 고통받아 왔다는 진실을 알게 된 그녀가 절망감에서 벌인 행동이라고 볼 수도 있지 않을까.

그러나 오후지는 목을 맬 수 없었다. 한지로 주인이 살려냈다. 평정을 찾은 오후지는 다시 생각한다. 왜 내가 죽어야 하지? 죽어야 할 못된 년은 뻔뻔하게 살아남은 아오이가 아닌가.

제 머릿속에서 펼쳐진 상상에 스스로 놀라 목덜미의 머리카락이 오그라드는 기분이었다.

오후지가 짐짓 모호한 수수께끼 같은 말로 사키치의 마음을 들쑤신 이유도 결국은 사키치에게 아오이 살인범이란 의심을 들씌우려는 계략의 일환이었다면—.

아니, 아니지. 지나친 억측이야. 아무 증거도 없이 어린아이의 꿈처럼 이야기를 부풀려 가면 어쩌자는 건가.

그러나 이는 역시 새로운 길을 여는 견해다.

헤이시로는 흰 머리띠 하치스케와 이야기하기 전에, 미나토야 소에몬에게는 이렇게 한마디 협박해 두면 일은 해결될 터라고 짐작했다.

— 진범을 찾는 우리 일을 방해하면 오후지에게 사실을 말해 버리겠다. 아오이가 최근까지 자네의 비호 아래 행복하게 살아왔다고 낱낱이 말해 줄 테다.

하지만 그보다도 더 효과적인 방법이 나타난 것이다.

— 이모아라이 언덕의 아오이를 죽이고 그 죄를 사키치에게 뒤집
어씌운 사람은 자네 부인 오후지인지도 모른다.

— 자네도 알지 않았나? 그러니까 비호해 준 것 아닌가?

만약 오후지가 범인이고 소에몬이 알면서도 비호했다면 조사 작
업은 그것으로 끝난다. 다만 소에몬만은 사키치 앞에 무릎 꿇고 사
죄하게 해야 한다. 무슨 일이 있어도 사죄하게 만들고 말겠다.

그러나 소에몬 역시 아무것도 모르고 단순히 사키치가 살인범이
라 생각하고 있다면, 헤이시로를 방해하기는커녕 아오이가 살해당
한 사건의 진상을 밝히기 위해 오히려 나서서 도와주는, 제법 괜찮
은 상황이 될지도 모른다.

사키치는 아무 짓도 하지 않았다. 다른 누가 저지른 일이다. 오후
지일 가능성도 충분히 있다. 어떤가, 자네도 사실을 알고 싶겠지?
미나토야 소에몬에게 그렇게 다그치는 자기 모습이 눈에 선하다.

"아, 아무튼," 당황한 마음에 기침을 하고 나서 다음 말을 이었다.
"일이 어떻게 되더라도 사에키 나리와 자네들한테 누가 되는 일은
없네. 미나토야를 포함해서 그것은 내 목을 걸고 약속하지."

"나리께서는 참으로 적극적이시군요."

하치스케 행수는 한숨을 짓더니, 그럼 얼른 사에키 나리와 상의해
보시지요, 하고 마침내 승낙했다. 낯을 찡그리고는 있지만 눈에는
희색이 감돈다. 하긴 그럴 테지. 이미 챙긴 돈은 그대로 챙기고, 잘
하면 덤으로 더 챙길 수 있을지도 모르니까. 게다가 공까지 따라올
지도 모르고.

미나토야가 이 늙은 너구리에게 얼마쯤 안겨 주었구나, 하고 헤이

시로는 짐작했지만 그런 생각도 그때뿐, 지신반을 나서자 머리는 다시 오후지로 가득 차고 말았다.

안 되지. 머리를 좀 식히자. 처음부터 냉정하게 조사해야 하니까. 스스로를 타이르며 헤이시로는 이모아라이 언덕을 다 올라서서 깊은 숨을 내쉬었다.

아오이가 살던 저택이 보인다. 살던 사람이 죽었지만 그렇다고 집 전경이 달라질 리는 없다. 다만 일전에 급하게 달려온 날 저녁에는 발을 둘둘 감아 처마 끝에 기대어 두었는데, 지금은 어디로 치웠는지 보이지 않는다. 어디서 낙엽이라도 태우는지 연기가 흘러오는 것 같다.

본래대로라면 사에키와 담판을 짓고 미나토야에도 기별을 해서 기반을 다져 둔 뒤에 움직여야 마땅하지만, 우물쭈물하다가는 주인 잃은 하녀가 어디로 떠나 버릴지 모르는 판이다. 헤이시로는 그 점을 우려했다. 아오이를 곁에서 알뜰히 모시고, 자식까지 데리고 한 지붕 밑에 살았으며, 아오이의 시신과 그 곁에 있던 사키치를 최초로 발견한 오로쿠라는 하녀를 꼭 만나 이 집에서 생활하며 보고 들은 일들을 듣고 싶었다. 게다가 집이 비어 다른 주인을 기다리는 상태가 되면 집 안에 들어가 이것저것 조사할 때마다 집주인과 관리인에게 번거롭게 양해를 구해야 한다.

낡은 문은 닫혀 있다. 손으로 밀어 보니 쉽게 열렸지만 격자에는 거미가 열심히 거미줄을 쳐 놓았다. 헤이시로는 굵직한 목소리로 거침없이 사람을 불렀다.

저택은 어쩐지 활짝 열어 둔 듯한 인상이다. 저번에 방문했을 때도 이미 여름 풍경은 아니었고, 지금도 까치발을 하고 들여다보니 창문과 장지가 모두 닫혀 있다. 그런데도 휑뎅그렁하다는 느낌을 받는다.

너무 넓은 탓이다. 아오이는 이 집이 적막하다거나 불안하지는 않았을까?

구조가 이러니 마음만 먹으면 누구라도 숨어들 수 있다. 기척 없이 아오이의 방으로 숨어 들어가 재빨리 목을 조르고 다시 소리도 없이 떠난다. 어려운 일도 아니겠다.

몇 번을 불러도 대답이 없다.

사키치는 아오이의 방에 딸린 툇마루 쪽에서 들어갔다고 했다. 헤이시로가 자기도 그쪽으로 들어가 볼까 하고 발을 옮기는데 한 여인이 불쑥 건물 오른쪽을 돌아 나타났다. 헤이시로와 박치기를 하고는 튕겨나가듯 펄쩍 물러선다.

"오, 네가 오로쿠냐?"

얼굴도 체구도 아담한 것이 꽤 기민해 보인다. 빨간 다스키로 소매를 단단히 단속해 두었다.

"누, 누구세요?"

당차게 반문하며 몸을 도사리다가 "어머, 일전에" 하며 눈을 크게 뜬다.

헤이시로는 웃음을 지었다. 오로쿠가 얼굴을 기억하고 있었던 것이다.

"그때는 막무가내로 들어와서 미안했다. 하지만 덕분에 너희 아오이 마님 앞에 합장을 할 수 있었다."

문득 보니 오로쿠가 오른손에 새끼줄 다발을 들고 있다.

"짐을 꾸리는 거냐?"

"아, 예."

오로쿠는 고개를 끄덕이고 새끼줄 다발을 몸 뒤로 감췄다.

"어디 갈 데는 정했느냐?"

그녀는 고개를 끄덕이려다가 곤혹스러운 듯 눈동자를 굴렸다. 곤혹스러움을 감출 줄도 모르는 그녀를 보자 헤이시로는 감이 왔다. 말상을 가진 나리가 찾아와서 뭐라고 물어도 순순히 대답해 주지 말라고 규베가 다짐을 시켰겠지.

"미나토야 쪽에서 알선해 준 게로구나, 그렇지?"

정곡을 찔렀는지 어린 아가씨처럼 주저주저하는 오로쿠가 한편으로는 딱해 보였다.

"네가 떠나기 전에 와서 다행이다. 바쁜 모양인데 미안하지만 꼭 이야기를 듣고 싶구나. 묻고 싶은 것도 많고 네게 해 줄 말도 있고."

오로쿠가 내키지 않는 얼굴로 입을 열려고 하자 헤이시로는 손을 내둘러 말을 막았다.

"규베나 흰 머리띠 행수가 너희 마님에 대해서 공연한 소리 하지 말라고 입단속을 했지? 당연히 그랬겠지. 내가 규베라도 그리했을 거다. 하지만 오로쿠, 너는 아오이 마님을 잘 따르지 않았느냐?"

난데없이 무슨 소리인가 싶은지 오로쿠의 눈에 경계와 의혹의 그림자가 드리워졌다.

"마음이 잘 맞지 않았느냐. 그렇지 않고서야 이렇게 휑하니 넓기만 한 저택에서 조용히 살 수가 없지. 누구든 숨이 막힐 거다. 하지만 너는 여기서 자식들과 살았지. 아이들도 안심하고 살 수 있게 해 주고 늘 사이좋게 지냈다니 아오이도 너희가 어지간히 마음에 들었던 게로구나.”

거기까지 거침없이 말한 헤이시로는 말투를 엄중하게 바꾸었다.

“너희 마님을 죽인 자는 사키치라는 사내가 아니야. 진범은 감쪽같이 도망쳤다.”

오로쿠가 급하게 숨을 들이마셨다. 그 소리가 떨림판이 말라 버린 피리 소리처럼 들렸다.

“그 생각을 하면 참을 수가 없다. 어떻게든 진실을 밝혀내고 싶다. 달리 무슨 속셈이 있는 것도 아니야. 이렇게 말해도 얼른 믿기지 않겠지만.”

그는 짐짓 턱을 길게 빼고 웃음을 기대하는 듯한 표정을 지으며 목덜미를 긁었다.

“일단 내 이야기라도 들어 주지 않겠느냐?”

“무슨…… 말씀이신지요?”

오로쿠가 반응을 보였다. 필시 그럴 거라고 생각하기는 했지만 헤이시로는 마음이 놓였다.

“아오이의 인생—이라고 하면 조금 요란하지만, 뭐 그런 이야기다. 오로쿠, 규베가 너에게 사키치라는 사내가 아오이의 아들이라는 말을 해 주더냐?”

부스럭 하는 소리가 났다. 놀란 나머지 오로쿠가 새끼줄 다발을 떨어뜨린 것이다.

“아들? 친아들이란 말씀이신가요?”

"음, 그래. 벌써 십팔 년 전에 생이별한 아들이지. 아니, 이 판국에 듣기 좋게 꾸며서 말할 필요도 없겠다. 사키치는 아오이가 버린 아들이다."

오로쿠는 새끼줄 다발을 줍는 것도 잊고서 두 손으로 제 볼을 감쌌다. 아아, 역시, 하는 신음 소리 섞인 목소리가 손가락 사이로 새어 나왔다.

"역시? 너도 뭔가 짐작했던 게 있느냐? 아니면 규베가 비슷한 말을 했느냐?"

"아니요. 규베 씨는, 사키치라는 사람은 미나토야의 친척인데 곡절이 있어서 아오이 마님에게 앙심을 품고 있었다고 하셨을 뿐입니다. 자세한 말씀은 없었습니다. 저 같은 것이 알 일도 아니라는 말씀도 하셨고요."

과연 규베답다. 일찍이 관리인이던 시절 세입자를 다스리던 말투로 최대한 위엄을 드러내며 오로쿠에게 말했겠지.

"하지만 저는…… 혹시, 하는 생각도 했습니다. 그냥 어림짐작으로, 마님께 죄송스럽지만, 그런 생각을 할 수밖에 없어서."

"아오이가 너에게 그럴 만한 이야기를 한 적이 있었느냐?"

오로쿠는 그의 질문을 와락 붙들기라도 하듯이 몸이 흔들릴 만큼 힘차게 고개를 끄덕였다. 그러다가 그 경솔한 몸짓이 부끄러운지 몸을 도사렸다. 무슨 사정이든 아오이 마님과 관련된 일을 함부로 입 밖에 내면 안 된다는 생각을 하는 모양이다. 작은 얼굴에는 죽은 아오이를 애도하고 그리는 감정이 아무런 가식도 없이 선명하게 떠올라 있다.

헤이시로는 더욱 마음이 놓였다. 아무래도 오로쿠는 믿어도 될 것 같다. 참으로 반듯하고 성실한 하녀 아닌가.

오로쿠에게 다가가 발치에 있는 새끼줄 다발을 주우며 말했다.

"그렇다면 잠깐 시간을 내도 되겠구나. 규베의 입단속에 뒤탈이 있을까 두렵다면 안심해도 좋다. 네가 나에게 무슨 이야기를 해 주든 미나토야가 너를 원망할 일은 없다. 절대로 없어. 왜 그런지는 내 이야기를 들어 보면 알게 될 게야. 그런데 그전에 물 한잔 내주지 않겠느냐? 일단 아오이 방 툇마루에 좀 앉자꾸나. 얘기가 길어질 듯하니까."


오로쿠는 반듯할 뿐만 아니라 매우 현명한 여자이기도 했다. 미나토야 소에몬과 아오이의 관계, 예전에 일어난 오후지의 '아오이 살해', 그리고 뎃핀 나가야 사건에서 오늘에 이르는 이야기는 길기도 길거니와 꽤 복잡하다. 하지만 오로쿠는 종종 사람 이름을 확인하거나 햇수를 헤아리며 헤이시로의 이야기를 열심히 들었다.

"자, 곡절 많은 인생 아니냐."

헤이시로는 오로쿠에게 가만히 웃어 보였다. 오로쿠는 이야기 중반부터 눈물을 글썽이다가 이제는 소매로 눈가를 훔치고 있다. 눈가가 발갛다.

"아무리 아오이를 죽인 범인을 잡기 위해서라지만 아무한테나 말할 수 있는 이야기가 아니라는 것은 나도 잘 안다. 하지만 너는 아오이의 마지막을 지켜본 사람이다. 한 지붕 아래서 알뜰하게 모시고, 우리가 모르는— 아들 사키치도 모르는 아오이의 모습을 알고 있다.

그런 너에게 믿음을 얻으려면 나도 패를 다 보여 줘야 한다고 생각했다."

하지만 가슴 아픈 이야기였구나, 하고 헤이시로는 덧붙였다.

"나는 결국 살아 있는 아오이는 만나지 못했다. 아오이의 이야기도 듣지 못했다. 그러니 아무래도 사키치 편에 서게 된다. 네가 그리워하는 아오이 마님을 비난하는 이야기처럼 들렸다면 미안하구나."

오로쿠는 킁킁 하고 콧물을 훌쩍이고 잠시 감정을 달래려는 듯이 입을 꾹 다물고 있다가, 눈을 내리뜬 채 살짝 갈라진 목소리로 입을 열었다.

"마님도…… 사키치라는 사람을 잊지는 않으셨습니다."

헤이시로는 오로쿠의 얼굴을 뚫어져라 쳐다보았다.

"제가 아까 역시, 라고 말한 것은, 벌써 오래전 이야기지만, 특별한 무엇이 있어서 한 말은 아닙니다. 마님은 저에게 당신의 과거를 들려주신 적이 없으니까요."

"그래? 그런 적이 없다고?"

오로쿠는 소매를 눈가에 댄 채 얼굴을 들었다.

"저는 사태가 이 지경이 되도록 마님의 남편이 쓰키지의 미나토 상회 주인이라는 사실도 몰랐습니다. 아무것도 캐묻지 말아야 한다고 생각하고 있었습니다. 그래도 뭐 하나 불편하지는 않았습니다. 마님은 늘 저희에게 잘해 주셨고, 정말 따뜻한 분이셨으니까요."

눈물이 스며 나와 소매를 적신다.

"다만 딱 한 번 이런 말씀을 하셨어요. 오로쿠, 나는 유령이야, 라고. 아이 잡아먹는 귀신보다 더 무서운, 자식을 버린 에미라고요. 자책하는 말처럼 들렸습니다."

헤이시로는 그 말을 속으로 곱씹었다. 아오이의 얼굴— 죽어 있던 얼굴이 생기를 되찾는 모습을 떠올리고, 입술이 자책하듯 움직여 말하는 모습을 상상해 보았다. 나는 자식을 버린 에미야.

아오이도 전혀 가슴이 아프지 않은 것은 아니었다는 말인가.

"마님도 사키치 씨라는 아드님에게 미안한 마음이셨던 모양이에요. 내내."

"그렇겠지. 네가 그리 느꼈다면 그럴 거다."

오로쿠는 연신 고개를 끄덕이며, 헤이시로에게 말한다기보다 혼잣말하듯, 불쌍한 마님, 모질게 사셨군요, 하는 말을 작은 소리로 거듭했다.

"사키치 씨라는 아드님도 힘들고 외로웠겠지요. 마님을 원망한다 해도 어쩔 수 없는 일인지 모릅니다. 하지만 마님도— 너무 불쌍해요. 두 분 모두 불쌍해요."

오로쿠가 조용히 흐느껴 운다.

어디선가 새가 운다. 같은 에도라도 이 근방은 역시 한적하고 조용하다. 저마다 담을 두르고 죽 늘어서 있는 무가 저택의 널찍한 대지가 마치에 사는 평민들의 잡다한 소음을 빨아들인다.

오로쿠가 울음을 그칠 때까지 헤이시로는 담 너머로 하늘을 올려다보고 있었다. 마침내 오로쿠가 소매를 쥐어짜듯 쥐고, 심란한 꼴을 보여 드려서 죄송합니다, 하고 헤이시로에게 고개를 숙였다.

"천만에. 갑작스런 이야기에 놀랐을 테지."

그런데 아이 잡아먹는 귀신이란 뭐냐, 하고 묻자 오로쿠의 눈이 밝아졌다.

"아, 그거요. 자세히 말씀드리지 않으면 이해하시기 힘들 겁니다. 이 근방에서는 잘 알려진 이야기인데 듣지 못하셨나 보군요. 이 집에 아이 잡아먹는 귀신이 나온다는."

그러고 보니— 하며 헤이시로가 무릎을 쳤다.

"흰 머리띠 행수의 수하가 했던 말이 그거였군. 언덕 위에 귀신 나오는 집이 있다고, 아이 잡아먹는 귀신이라고 했었지."

모쿠타로는 그때 헤이시로에게 유미노스케를 데려가면 안 된다고 충고했다. 덕분에 유미노스케(그날 저녁은 유미타로였지만)가 지신반에 들어갈 수 있었다.

그렇습니다, 정말 아이 잡아먹는 귀신이 나왔습니다, 하고 오로쿠가 말했다.

"다만 그 귀신은 이 저택의 터줏대감이 아닙니다. 저한테 붙어서 들어온 귀신이었어요. 그것을 마님이 멋지게 물리쳐 주셨습니다."

오로쿠가 툇마루에서 일어섰다.

"제 이야기도 길어질 것 같군요. 마님 인생에 비할 바는 아니지만 제 팔자도 꽤 기구하답니다. 그러니 먼저 차를 내드려야 할 것 같습니다. 날이 차니까요."

듣고 보니 서늘한 가을 공기에 몸이 식어 있었다. 따뜻한 차는 고맙지만 헤이시로는 오로쿠의 마음을 흐트러뜨리고 싶지 않았다.

"아니, 됐다. 그냥 물 한 잔이면 된다. 이 집 물이 맛있더구나. 후카가와 물장수가 파는 것보다 맛있어. 여기 우물물이겠지?"

오로쿠는 빙긋이 웃었다.

"예. 뒤란에 우물이 있습니다. 마님도 그리 말씀하셨습니다. 여러 곳을 살아 봤지만 이 집 물이 제일이라고요."

그 말 때문에 또 눈물이 솟는지 얼른 눈을 훔친다.

"마님이 좋아하시던 차가 조금 남아 있습니다. 늘 같은 가게에서 주문해 드셨습니다. 저에게도 마시라고 하셨지요. 원래대로라면 저 따위는 엄두도 못 낼 만큼 비싼 차입니다. 분수에 맞지 않는 호사였지만, 마님 덕분에 저도 얻어 마시고 있었습니다. 나리께도 드리고 싶습니다. 마님이— 이렇게 보잘 것 없는 하녀도 따뜻하게 대해 주신 분이었다는 사실을 조금이라도 알아 주셨으면 해서요."

그렇다면 더 마다할 까닭이 없다. 헤이시로는 툇마루에서 일어섰다.

"그럼 같이 부엌으로 가 보자. 거기서 맛보도록 하지."

현관으로 돌아가서 신을 벗고 집 안으로 들어섰다. 부엌은 아오이의 방 건너편에 있다. 현관 옆에 있는 방에는 오로쿠의 짐으로 보이는 고리짝 두 개와 뚜껑 열린 나무 상자 하나가 보인다.

정말로 이 집을 떠날 참이었던 것이다. 용케 시간에 댔구나.

부엌에서 부지런히 차를 준비하면서도 오로쿠는 입을 쉬지 않았다. 쟁반이며 찻잔이며 접시 따위를 꺼내 보여 주고는, 이것은 마님이 좋아하셨다는 둥 이것은 마님이 어디 시장 고물점에서 찾아내신 아리타 도자기라는 둥 자랑스레 설명해 주었다.

우려낸 차는 과연 그녀의 말대로 맛이 깊고 그윽한 명차였다. 헤이시로는 가만히 음미했다. 좋구나, 하고 말하자 오로쿠는 손뼉을 치며 환하게 웃었다.

"마님이 차에 해박하셔서 제게 많이 가르쳐 주셨습니다. 교토 쪽에서 장사할 때 차를 취급한 적이 있었다고 하셨거든요."

아오이가 에도를 떠나 있었단 말인가? 장사까지 했다니. 소에몬한테 신세만 지고 있지는 않았구나.

"장사를 그만두고 이리로 이사하신 까닭도 건강 때문이라고 하셨습니다. 이제 몸이 망가질 만한 나이도 됐다고 하셨지요. 여기서 그렇게 한가롭고 조용하게 지내신 것도 다 요양 때문이었을 거예요. 그전에는 아주 바쁘게 사셨던 모양입니다."

오로쿠는 아무것도 캐려고 하지 않았다고 하므로 아오이가 마음이 내킬 때 조금씩 들려준 이야기를 잘 듣고 기억했으리라. 어쨌든 헤이시로는 처음 듣는 이야기였다.

오로쿠는 차를 우릴 때 아오이가 사용했다는 찻잔에 향이 강한 첫차를 따라서 쟁반에 올리고 부엌 구석에 있는 상 위에 공양이라도 하듯 조심스레 내려놓았다. 이내 그 앞에 무릎을 꿇고 앉아 합장했다. 자리로 돌아와 자기 찻잔에 살짝 입술을 대고는 마침내 아이 잡아먹는 귀신에 대해서 들려주기 시작했다.

헤이시로는 고급 차의 맛과 향조차 잊어버릴 만큼 이야기에 몰두하고 말았다.

"듣고 보니 과연 네 말이 맞구나. 아이 잡아먹는 귀신을 아오이가 퇴치해 주었구나."

오로쿠에게서 딸을, 나아가 오로쿠의 삶 자체를 훔치려고 했던 마고하치라는 자. 그녀의 이야기를 듣기만 해도 음험한 눈초리와 걸신들린 듯 탐욕스런 주둥이가 눈앞에 선명하게 떠오른다. 극악한 귀신을 아오이는 기지와 꾀로 퇴치했다. 대단한 수완이다.

그러나―.

"마고하치가 그 뒤로 어떻게 되었는지 알고 있느냐?"

"그 뒤라시면 그자가 마술과 환술에 속아 여기서 도망친 다음을 말씀하시겠지요?"

오로쿠는 고개를 가로저었다.

"잘 모릅니다."

아오이는 오로쿠에게 "나머지 일은 이 지역 오캇피키가 잘 처리해 줄 거다" 라고 말했다. 그 말에 헤이시로가 자리를 고쳐 앉았다.

"흰 머리띠 하치스케 말이로군. 그렇다면 아오이와 규베는 행수와 상의하고 나서 계획을 짜고 활극을 준비했다는 얘긴데."

"그런 것 같습니다."

뒤처리는 흰 머리띠 하치스케가 맡았단 말인가? 그렇다면 실수는 없었을 터다. 없었을 테지만―.

헤이시로가 곰곰이 생각에 잠겨 있자 오로쿠의 표정에 차츰 불안이 드리워졌다.

"나리, 실은 저어,"

문득 몸을 앞으로 내밀며 목소리를 낮춘다.

"이제 와서 이런 말씀 드리기가 뭣합니다만."

"괜찮다, 뭐든 말해 봐라."

"환술을 이용한 활극이 무사히 끝났을 때는 저도 속이 시원해서 만세를 부르고 싶은 심정이었고 마고하치 따위는 걱정도 하지 않았습니다. 하지만 하루 이틀 지나다 보니 왠지 불안해졌습니다. 그 남자가 과연 어떻게 되었을까 하고요. 마님이나 규베 씨는 걱정할 필요가 전혀 없다고만 하시고 말았으니까요.”

“음, 그렇겠지.”

그 심정을 이해할 수 있었다. 오로쿠가 말하기 어려워하는 듯해서 헤이시로는 재촉할 요량으로 맞장구를 쳐 주었다.

“그래서 제가, 그럴 생각은 없었지만, 마님께 자꾸 여쭈었습니다.”

그러자 아오이는 다분히 훈계하는 듯한 말투로 이렇게 말했다고 한다.

— 잘 들어, 오로쿠, 마고하치는 이제 다시는 너한테 장난을 칠 수 없어.

— 다만 목숨은 붙어 있다. 그자는 살아 있어. 그래서 더욱 너에게 그자 소식을 자세히 알려 주고 싶지 않은 거야.

“그자가 어디서 어떻게 지내는지를 알게 되면, 제가, 뭐라고 해야 하나요.”

“동정심이 생길 터라는 말인가?”

헤이시로가 거들어 주었다.

“네, 그래요. 그거예요. 불쌍하게 생각한다고 할까 내가 너무한 거 아닌가 하고 미안해하는 마음이 든다고 할까.”

아오이는 오로쿠가 위급한 지경을 벗어나면 필시 그런 생각을 하게 될 거라고 했다. 어쩌면 ‘슬쩍 살펴보고 올까’ 하는 마음이 생길 수도 있다. 그것이 염려스럽다는 것이다.

— 오로쿠, 너는 그렇게 무른 구석이 있어. 애초에 타고나길 그렇게 타고났으니까 그 사내가 함부로 대한 거다. 그런 놈은 사람의 호

의를 악용하게 마련이니까.

"그렇지." 헤이시로는 무릎을 가볍게 치고 오로쿠에게 웃음을 보였다.

"나도 너희 마님과 같은 의견이다. 너, 정말 그런 생각을 하는 거 아니냐?"

오로쿠는 머리칼에 붙은 무엇을 털어내려는 양 힘차게 고개를 가로저었다.

"아뇨, 천만에요! 그런 생각은 요만큼도 없습니다."

글쎄, 과연 그럴까— 하고 헤이시로는 고개를 갸웃했다. 다행히 얌전하게 살아가는 사람들이 이 세상의 태반을 차지하지만, 그들은 아무리 가혹한 처사를 당하더라도 좀처럼 당한 만큼 앙갚음하지는 못하게 마련이다. 나아가 이번에 오로쿠처럼 은인을 만나 멋지게 앙갚음을 하더라도 대개 그 일을 오래도록 찜찜해하게 마련이다.

"아무렴 어떠냐. 그보다 나는 아오이가 네 남편의 죽음도 마고하치 때문이 아니냐고 짐작했다는 대목이 마음에 걸리는구나. 하치스케가 뒤처리를 맡았다면 당연히 그 일에 관해서도 마고하치에게 캐묻지 않았겠느냐. 뭔가 알아낸 사실이 있다고 하지는 않더냐?"

오로쿠는 어깨를 떨어뜨렸다.

"아아, 그것도…… 저 역시 마음에 걸렸지만, 아무것도 알아낼 수 없었다고 합니다. 마고하치는 얼마나 충격을 받았는지 완전히 넋이 나가 버렸다더군요."

오로쿠는 입술을 꼭 닫고 헤이시로의 얼굴을 보았다.

"그보다 나리, 저는 물론 한없이 어리석은 계집이지만, 마님한테 그렇게 다짐을 했으면서도 그때는 흠칫 놀랐습니다. 마님이 그렇게 되신 것이 마고하치의 앙갚음이 아닌가 해서. 그래서—,”

“규베에게 말해 보았느냐?”

“예.”

“그 늙은이가 뭐라고 했지?”

“군걱정이라고요. 이번 일에 마고하치는 무관하니 쓸데없는 생각 하지 말라고 꾸중을 들었습니다.”

그때 상황이 떠오르는지 오로쿠는 새삼 목을 움츠렸다.

“네가 그리 여긴다 해도 무리는 아니지. 나도 아까 잠깐 그런 생각이 스쳤다.”

“나리도요!”

“그래. 하지만 규베가 아니라고 단언하니 마고하치는 제쳐 둬도 된다. 마고하치가 조금이라도 의심스러웠다면 너보다 규베의 낯이 더 새파랗게 질렸을 테니까.”

아, 그렇군요, 하고 오로쿠는 불안한 눈초리 그대로 고개를 끄덕였다.

“그래도 혹시 모르니까 내가 나중에 규베와 하치스케한테 알아보마. 그래서 알아낸 것이 있으면 너한테도 일러 주마. 다만 오로쿠.”

헤이시로의 목소리에 문득 힘이 들어가자 오로쿠는 흠칫하며 자세를 고쳤다.

“나도 아오이와 비슷한 충고를 하마. 마고하치가 어디서 무얼 하는지 알게 되더라도 행여 가까이 가지 마라. 내버려둬. 나야 이야기만 전해 들었을 뿐이지만 그래도 그자가 응분의 대가를 치렀다는 것은 알겠다. 네가 미안해할 일은 전혀 없어.”

오로쿠는 순순히 고개를 숙였다.

이로써 헤이시로는 완전히는 아니더라도 팔 할 정도는 마고하치를 사건 밖으로 물리친 기분이었다. 그보다도 아오이가 장사를 했다는 점이나 재주가 뛰어난 정체 모를 환술사 무리를 뜻대로 부릴 수 있었다는 점이 더 중요하게 느껴졌다. 물론 미나토야 소에몬이 뒷배를 봐주었겠지만, 그렇다 해도 아오이가 그냥 소에몬의 그늘에 숨어 있기만 한 것이 아니라 다른 사람들과 인간 관계를 맺는 줄을 가지고 있었다는 사실은 중대한 발견이었다.

아오이를 죽인 범인은 그런 줄이 닿는 어딘가에 숨어 있지 않을까.

의심을 받아야 할 자는 사키치 하나가 아니었다. 물론 제일 앞자리는 오후지겠지만 헤이시로가 모르는 ‘아오이의 세계’에 또다른 귀신이 숨어 있을지도 모르는 일이다.

“그런데 오로쿠, 미안하다만 조금 괴로운 기억을 끄집어내 줘야겠다. 네가 발견했을 때 아오이와 사키치는 정확히 어디에서 어떤 모습을 하고 있었지? 아오이는 어떻게 쓰러져 있었느냐? 너는 집 안 어디에 있다가 어디를 어떻게 지나서 아오이 방으로 갔지? 그때 집 안에는 누가 있었지? 차는 정말 잘 마셨다. 이번에는 고생스럽겠지만 그날과 똑같이 움직여 주었으면 좋겠구나.”

이 역시 헤이시로가 다른 절차를 건너뛰고 이모아라이 언덕으로 서둘러 온 이유다. 오로쿠의 기억이 희미해지기 전에 들어 두고 싶었다.

오로쿠는 그날 뒤뜰에 있었다고 한다. 우물도 그곳에 있다. 그녀가 먼저 일어서서 헤이시로를 안내했다.

뒤뜰은 아오이의 방이 면한 정원에 비해 수목이 훨씬 자연스럽게 자라고 있다. 요컨대 손질이 되어 있지 않다는 말이다. 하지만 덤불은 치워져 있고 그 대신 동백 산울타리가 빙 두르고 있다. 잡목림 속에 대숲이 한 무더기 자리 잡고 있다. 그 사이를 꿰듯이 완만한 내리막길이 지난다. 길 저쪽은 널찍한 밭이다. 얼굴을 수건으로 가린 농부 아낙이 열심히 일하는 모습이 보인다.

우물은 폭이 삼 척 정도인데, 들여다보니 꽤 깊다.

"전에는 이 저택 옆에도 저택이 하나 더 있어서 우물을 같이 사용했다고 합니다. 하지만 그 저택이 화재로 없어지고 다시 짓지 않아서 지금은 이 집에서만 우물을 이용합니다."

화재가 일어난 것은 십 년쯤 전이라고 하므로 물론 오로쿠도 전해 들은 이야기다. 전에 이웃집이 있었다는 터는 지금은 밭이 되어 있다.

뒤뜰에도 툇마루를 내놓았다. 아오이의 방처럼 세련된 마루는 아니고, 툇마루라기보다 허드렛방 마루를 그냥 밖으로 길게 빼놓은 듯한 모습이다.

"제가 마른 찬거리를 정리하는 동안 오미치와 오유키—제 딸들입니다—아이들도 툇마루에서 헝겊공 놀이를 하고 있었습니다."

헝겊공은 규베가 사다 주었다고 한다. 늙은 관리인은 그 김에 아이들에게 공놀이 노래도 가르쳐 준 모양이다.

"그때는 규베가 여기서 지낼 때가 아니었지?"

"예, 마고하치 건이 정리되자 미나토 상회로 돌아가셨으니까요."

가와사키 숙소에 병든 소지로가 있어서 규베도 여기 오래 있을 수는 없었으리라. 에도에 있으면 자칫 예전 뎃핀 나가야의 세입자들과 마주칠 염려도 있다.

하긴 지금으로서는 예전 세입자들, 예를 들면 오토쿠 같은 사람과 우연히 마주친다고 해도 특별히 난처한 이야기가 나오지는 않겠지만. 세 치 혀로 그 자리를 모면하기도 그리 어렵진 않을 테고. 그러나 자신을 따르던 세입자들을 감쪽같이 속인 규베로서는 역시 그런 상황에 맞닥뜨리고 싶지 않을 터였다. 그 점은 헤이시로도 이해할 수 있었다.

"사키치는 그날 이 집 앞에서 아이들 노랫소리를 들었다는구나. 공놀이 노래였다던데."

아, 그런가요, 하며 오로쿠는 아픈 것처럼 얼굴을 찡그렸다. 자기를 버린 어머니의 집을 찾아왔는데 담 너머로 어린아이들의 즐거운 노랫소리가 들려온다. 그때 사키치의 심정이 어떠했을지를 짐작했으리라. 볼수록 현명한 여자란 말이야. 헤이시로는 오로쿠가 더욱 마음에 들었다.

"마님 방에 간 것은 특별히 볼일이 있어서가 아니었어요. 뒤뜰에 둔 찬거리가 바싹 말라서 갈무리를 마쳤으므로 또 시키실 일은 없는지 여쭐 요량이었습니다. 아, 참, 그렇지."

오로쿠가 가볍게 손뼉을 쳤다.

"마님이 고뿔에 걸려 계셨어요."

"그건 처음 듣는구나."

"자리에 누워 계실 정도는 아니었습니다. 다만, 그래요, 그 사흘쯤 전부터였나, 목이 아프다고 하셨어요. 목소리도 갈라지신 것 같았고요. 이 근방은 저렇게 덤불과 숲에 싸여 있잖아요. 조석으로 찬 기운이 내려오는 것이 도회지랑 조금 다르지요. 그래선지 고뿔에 걸리셔서."

원래 건강이 좋지 않았으므로 고뿔 이기기가 쉽지 않았을 터라고 오로쿠는 말했다.

"의원을 부르자 해도 요란스럽다고 마다하시고 첩약을 사다가 하루 세 번 달여 드셨습니다. 그래요, 이제 약 드실 시간이구나 생각하고, 그래서 제가,"

아오이의 방으로 갔던 것이다. 오로쿠는 헤이시로를 안내하기 위해 뒤뜰에서 신을 벗고 툇마루로 올라 복도를 지나 넓은 집 안을 가로질렀다.

헤이시로는 방을 헤아리며 오로쿠를 따라갔다. 어느 방이나 다 청소가 잘되어 있지만 가구 하나 없는 휑한 방도 많았다. 여주인 하나에 하녀 하나, 하녀의 딸 둘이 사는 집이지만 실제로 사용하는 방은 몇 개 되지 않았으리라.

헤이시로가 그 점을 말하자 오로쿠가 대답했다.

"예. 마님은 쓰지 않는 방은 다다미를 치워 놓아도 좋다고 하셨지만 그래서는 집 안 분위기가 휑할 것 같아서, 청소하는 수고야 대단치 않으니까 그냥 놔두자고 말씀드렸습니다."

"하지만 매일 덧문 여닫는 일도 보통이 아닐 텐데."

그녀는 그제야 어머니다운 얼굴이 되어 자랑스레 미소를 지었다.

“아이들한테 시켰습니다. 아이들도 할 일이 생겼다고 좋아했어
요.”

오로쿠와 딸들이 쓰던 방은 부엌 옆에 있는 육 첩 방이라고 한다.

“마고하치 일이 있을 때는 만일을 위해 마님이 머무시는 곳 옆방
으로 옮겼습니다. 하지만 그때는 이미 그런 걱정을 할 필요가 없었
으므로 저희는 원래 쓰던 방으로 돌아와 있었습니다.”

여기가 마님 방입니다, 하며 계속 가려는 오로쿠를 헤이시로가 막
았다.

복도에서 아오이의 방으로 통하는 장지문이 열려 있었다.

“그날도 이 장지문이 열려 있었느냐?”

오로쿠는 손가락 끝을 이마에 대고 생각했다.

“글쎄요…….”

“네가 한낮에 집 안에서 일할 때는 보통 열어 두느냐, 아니면 닫
아 두느냐?”

“그때그때…… 달랐습니다.”

“이를테면 날씨에 따라 다른가?”

“그렇습니다. 여름에는 아예 미닫이문과 칸막이를 떼어 두고 겨울
엔 닫아 둡니다. 그날은 어땠더라…….”

오로쿠가 천천히 발끝으로 기억을 짚어 나가듯 문으로 다가간다.
헤이시로는 잠자코 지켜보았다.

“열려 있었던— 것 같아요.”

발을 멈추고 방을 보면서 말했다.

“예, 열려 있었어요. 여기까지 왔을 때 툇마루로 통하는 장지문이

열려 있는 것이 보였거든요.”

오로쿠는 칸막이 옆에 앉아 마님, 하고 불렀다. 대답이 없다. 뒷간에 가셨나, 하고 가만히 머리를 들이밀고 보았다.

“거기에.”

오로쿠는 굳은 얼굴로 방 안을 손으로 가리켰다.

“마님이 쓰러져 계셨습니다.”

이미 방 안은 정리되어 휑하니 비었고 다다미만 가을볕을 받고 있다.

“어디쯤이지? 그 자리에 서 봐라.”

헤이시로의 재촉에 오로쿠는 천천히 방으로 발을 들여놓았다.

“이쯤에 앉은뱅이책상이 있었습니다. 마님이 편지를 쓰실 때 사용하시던 책상이지요. 겨울에는 그 옆에 화로를 놓습니다. 하지만 이 방은 남향이고 그날은 볕이 좋아서 책상밖에 없었습니다. 아니, 저어, 마님은 종종 담배를 피우셔서 담배장이 나와 있었습니다.”

“어디에?”

오로쿠는 허리를 구부리고 가리켰다. 작은 앉은뱅이책상 앞이다.

“담배장이라 해도 그냥 장롱이 아니라 단단하게 짠 가구입니다. 담배통과 작은 재떨이, 담뱃대 꽂이가 있고요. 이렇게 손잡이가 달려 있어서 운반하기 편하고 아래는 서랍으로 되어 있어요.”

오로쿠는 한 척쯤 되는 가구를 손으로 그렸다.

“목이 아플 때는 담배를 삼가셨으므로 한동안은 담뱃재도 없었지만 그날은 많이 좋아지셔서 조반을 드시고 한 대 태우셨습니다. 그래요, 그래서 재도 나왔어요. 점심 전에도 태우셨습니다. 담뱃재를 치워 드리는 것이 제 일이거든요.”

길쭉한 화로를 놓고 그 뒤에 앉으면 꼭 첩처럼 보인다면서 마님이 싫어했다고 오로쿠는 말했다.

“그러고 보니 그때 딱 한 번이었어요. 마님이 스스로 첩이라고 말씀하신 것은.”

담배장에 연연하다 옆길로 샜으므로 헤이시로가 다시 이야기를 돌렸다.

“그럼 아오이는 어떤 자세로 쓰러져 있었지? 미안하지만 똑같은 자세를 취해 주었으면 좋겠구나.”

이때는 오로쿠도 조금 주뼛거렸지만 다다미에 누워 손발을 맥없이 던져 보였다.

발끝이 정원으로 향하고 머리가 복도로 향했다. 얼굴은 이쪽을 향하고 몸 왼쪽이 밑으로 가도록 모로 누웠다.

“마님은 눈을 뜨고 계셨어요.”

오로쿠가 헤이시로의 발치에 누워서 말했다.

“맥없이 열린 눈을 보고 제가 혼비백산했습니다.”

“그러냐? 이제 됐다, 수고했다.”

오로쿠는 얼른 일어났다. 잠깐이었지만 금방이라도 울 것처럼 얼굴이 일그러졌다. 진정하려고 가쁜 숨을 쉬고 있다.

“죽었다는 것은 금방 알았느냐?”

“예, 그것은 첫눈에.”

아오이의 목에 수건이 단단히 감겨 있었으므로 목이 졸렸음을 금방 알 수 있었다고 한다.

그렇게 말하고 나서 오로쿠는 문득 낯이 창백해졌다.

"제가 아무 생각 없이 그걸 풀어냈어요."

"풀어내? 네가 그 수건을 풀었느냐?"

예, 하고 대답하고 오로쿠는 몸을 떨었다.

"마님이 고통스러워 보여서— 아뇨, 돌아가신 것은 알았지만, 그래도 저는 차마 볼 수가 없어서 마님, 마님, 하고 부르며 저도 모르게 풀어 버렸습니다. 매듭이 있던 것도 아니어서 금방 풀렸습니다."

"어떤 수건이지?"

"마님이 아침부터 목에 감고 계시던 수건입니다. 격자무늬 형지염색<sub>형지 따위를 대고 염색하는 기법</sub>이에요."

아픈 목에 찬바람이 좋지 않으니 수건을 감고 있으라고 오로쿠가 권했다고 한다.

"어떻게 감고 있었지? 직접 감아 보거라."

오로쿠는 얼른 수건을 가져왔다. 길게 접은 후에 먼저 목덜미에 걸쳐서 앞에서 한 번 교차시키고 남은 자락을 각각 좌우 어깨 너머로 넘긴다.

"매듭이 없구나."

"예. 목깃에 수건을 밀어 넣을 때도 있었지만, 그렇게 하면 갑갑하다고 하셔서."

헤이시로는 생각했다. 누군가 앉은뱅이책상 앞에 앉아 있는 아오이의 뒤로 돌아가 수건 끝을 잡고 힘껏 당긴다. 범행은 아마 그렇게 이루어졌으리라.

그것만으로도 사키치가 범인일 수 없음을 알 수 있다. 사키치는 도저히 시도할 수 없는 일이다.

십팔 년 만에 뜻하지 않은 모자 상봉이다. 그런 상황에 사키치가 아오이 뒤로 돌아갈 수가 있겠는가. 십팔 년 만이군요, 어머니, 어깨를 주물러 드릴까요? 설마 이렇게 진행될 리도 없지 않은가.

혹은 아오이가 앉은뱅이책상 앞에 앉아 있지 않았다고 하자. 어떤 이유로 툇마루 쪽을 바라보느라 복도 쪽을 등지고 있었다. 그때 누가 발소리를 죽이며 다가와 뒤에서 수건을 잡아당긴다. 아오이는 악, 하고 외치며 잠깐 저항하다가 금방 숨이 끊어진다. 범인은 아오이의 몸이 툇마루나 정원에서 보이지 않도록 앉은뱅이책상 뒤로 끌어다가 눕힌다. 그러고는 도망친다—.

"사키치라는 분은,"

골똘히 생각에 잠겨 있던 헤이시로는 오로쿠의 목소리에 정신을 차렸다.

"저기 주저앉아 있었습니다."

오로쿠의 손가락 끝이 방 한쪽 구석을 가리켰다.

"쓰러져 있던 마님 발치였어요. 얼굴이 파랗게 질려서는 얼이 빠진 모습이었어요."

이렇게 앉아 있었느냐? 하며 헤이시로는 오로쿠가 가리키는 자리에 주저앉았다. 네, 그래요, 하고 오로쿠는 고개를 끄덕이다가 문득 뭔가 납득할 수 없다는 듯 낯을 찡그렸다.

"어렵네요, 나리. 죽어도 잊을 수 없는 모습이었는데 이렇게 말로 설명하려다 보니까 잘 모르겠어요. 이 방에 들어와 마님을 발견하고 너무 놀라서 수건을 풀어내고— 그리고 나서 사키치 씨를 발견했을까요, 아니면 먼저 사키치 씨를 보았을까요, 아니면 쓰러져 계신 마님을 보고 깜짝 놀라 사키치 씨한테는 신경 쓸 겨를이 없었던 걸까요? 앞뒤가 분명치 않네요.”

속이 타는 모습이다. 헤이시로는 다다미에 주저앉은 자세 그대로 오로쿠를 달랬다.

“네 잘못이 아니다. 그 경황에 누구라도 그랬을 게야. 그 순간에는 한꺼번에 너무 많은 것을 보고 듣고 움직이고 했을 테니까. 나중에 생각하면 앞뒤를 알 수 없을 만도 하지.”

오로쿠는 이마에 손을 댄 채로 낯을 찡그리고 있다.

“어쩌면 방에 얼굴을 들이밀었다가 사키치 씨가 있는 것을 보고, 어, 손님이 오셨나, 생각하고 나서 마님 쪽을 돌아보고, 순서가 그랬는지도 모릅니다.”

“악, 이라든지 어머, 하고 비명을 지른 기억은 없느냐?”

“그랬을지도 몰라요. 마님, 마님, 하고 부른 것은 분명히 기억해요. 아, 그리고,”

오로쿠는 침을 꿀꺽 소리 나게 삼켰다.

“사키치 씨에게, 거기 누구예요? 마님한테 무슨 짓을 했어요, 하고 큰 소리로 말했던 것 같아요.”

헤이시로는 몸을 움찔하며 긴장했다.

“사키치가 뭐라고 대답했지?”

“아무 말도 하지 않았습니다. 말을 하지 않았던 것 같아요. 다만 이렇게 천천히 고개를 저었어요. 내내 고개를 젓고 있었어요. 예, 분명히 그랬어요.”

오로쿠는 밖으로 뛰어나갔다. 현관을 통해 허겁지겁 밖으로 달려나가다 멈췄다.

"지신반에 알리러 가야 한다고 생각하다가 도중에 깜짝 놀라서 멈췄어요. 집 안에 딸들이 있었거든요. 어린애 둘을 흉악한 자 곁에 둘 수는 없었습니다. 네, 나리, 저는 그때 사키치 씨라는 사람을 흉악한 자라고 생각했어요."

졸지에 벌어진 일이니 그렇게 생각할 수밖에 없었겠지.

"그래서 저만 도망칠 수 없다는 생각에 일단 목이 터져라 소리를 질렀습니다. 누구 없어요! 사람 살려요! 아무나 지신반에 알려 주세요, 도적이에요, 도적이 들었어요! 하고요."

집 앞 길은 평소 사람이 많이 다니지는 않지만 때마침 상인처럼 보이는 사내가 보퉁이를 이고 지나가던 참이었다. 사내는 크게 놀랐지만, 알았소, 하고 고개를 뛰어서 내려갔다. 그것을 확인하고 오로쿠는 집 안으로 돌아갔다.

"지금이라면 조금은 달리 행동할 수 있었을지도 모르지만, 그때는 정신이 없었어요. 뒤뜰로 뛰어가 보니 오미치와 오유키는 여전히 툇마루에서 놀고 있더군요. 저는 아무 설명도 없이 두 아이를 옆구리에 하나씩 끼고 다시 문으로 뛰었습니다. 그러고는 아이들에게 얼른 지신반으로 뛰어가라고 일렀어요."

오로쿠의 고함 소리를 들었는지 이때쯤에는 이웃집이나 상인들 집에서 사람들이 나와 무슨 일인가 하며 아오이의 집 앞으로 모이던 참이었다. 그중에는 네거리 초소를 지키는 무가 저택의 말단 무사들도 섞여 있었다. 오로쿠도 그제야 안심했다.

"도적이 도망쳤냐고 묻기에 아직 안에 있다고 대답하고 그 자리에 주저앉고 말았습니다. 그러자 집 앞에 모인 사람들이 우르르 집 안으로 들어갔는데, 그다음 일은 저도 모릅니다. 곧 지신반에서 두 사람이 달려와 사키치 씨를 데리고 밖으로 나왔습니다. 좌우에서 이렇게 팔뚝을 껴안듯이 붙들고요."

마침내 흰 머리띠 하치스케 행수가 숨을 헐떡이며 달려와 현장을 지휘하기 시작했다. 오로쿠는 행수의 소매를 붙들고 마님은 어떻게 되었느냐고 물었다고 한다. 역시 돌아가셨나요? 음, 안됐지만 숨이 끊어져 있더구나.

"그 말을 듣고 울음을 터뜨렸어요. 잠깐 동안이지만 제가 너무 정신없이 울어서 아무도 차마 말리지 못한 게 아닌가 싶어요."

헤이시로는 그 자리에 책상다리를 하고 앉아 턱을 만지작거리고 있었다. 당시의 정경을 떠올린 탓인지 오로쿠는 낯이 조금 창백했다. 맥없이 주저앉아 가슴을 쓸어내리듯 손을 가슴에 대고 숨을 고르는 모습이 기특해 보인다.

네거리 초소는 무가에서 자경을 위해 인력을 추렴하여 설치한 초소로, 말하자면 무가 전용 지신반 같은 곳이다. 그러므로 평소 마치에서 일어나는 사건 사고에는 관여하지 않는다. 그런 네거리 초소에서도 사람들이 달려왔으니 도움을 청하는 오로쿠의 고함 소리가 어지간히 다급하게 들렸던 모양이다. 허리춤에 칼을 꽂을 새도 없이 그냥 움켜쥐고 뛰어나온 말단 무사에게 사키치의 몸뚱이가 절단나지 않은 것만도 천만다행이다. 저항하거나 도망치려고 했다면 어림도 없었을 것이다.

"고맙다. 잘 알았다. 이제 조금 안정이 되었느냐?"

"예. 죄송합니다."

오로쿠는 차분하게 고개를 끄덕였다.

오로쿠의 목소리를 듣고 달려온 이웃들 중에는 아오이의 방으로 들어가 거기 있던 사키치를 목격한 자도 있겠지. 어쩌면 무슨 대화가 오갔을지도 모른다. 그 내용이 궁금했다. 하치스케에게 물어보면 알 수 있겠지. 처세에 능해서 힘 있는 자에게 살살거리는 하치스케라지만 노련한 오캇피키임은 틀림없는 사실이므로 그런 탐문을 빠뜨렸을 리가 없다. 필시 자세히 들어 두었으리라.

오로쿠가 깊은 한숨을 짓고 맥이 풀린 듯 시무룩하게 고쳐 앉았다. 무섭고 힘겨운 기억은 여전히 선명하지만 이미 지난 일이다. 이미 벌어진 일이며 돌이킬 길은 없다. 그 사실이 슬프겠지.

오로쿠가 울음을 그치자 하치스케 행수는 그녀를 방 안으로 데리고 들어가 혹시 값나가는 물건이 없어지지 않았는지 얼른 살펴보라고 일렀다. 오로쿠는 시키는 대로 했지만, 아오이의 시체가 그 자리에 그대로 쓰러져 있어서 여전히 혼란스러운 상태였으므로 제대로 살펴보았는지는 확신할 수 없다고 했다.

"원래 돈은 마님이 손수 관리하셨고…… 규베 씨가 계실 때는 달랐지만…… 그래서 저는 별 도움이 되지 못했습니다."

"음, 그거야 절차가 그렇게 되어 있으니까."

흰 머리띠 하치스케에게는 간단한 살인 사건으로 비쳤겠지. 그도 그럴 것이, 애초에 하치스케가 뛰어든 현장에는 내가 범인이오, 하고 인정하는 듯 보이는 사내가, 교살당한 여인의 발치에 넋을 놓고 앉아 있었으니까.

전혀 생각도 못한 사건이었으리라.

헤이시로는 으음, 하며 기지개를 켰다. 오로쿠는 조금 지친 얼굴로 이쪽을 보고 있다.

"아오이 마님의 손님이 왔는데,"

헤이시로는 눈을 가늘게 뜨고 앉은뱅이책상이 있던 자리를 쳐다보며 물었다.

"네가 그걸 모른 경우도 있었느냐? 그러니까 네가 바쁘게 일하는 동안 누가 찾아왔는데 아오이가 너에게 다과나 담배 준비를 시키지 않고 몸소 대접한다든가, 그 손님이 네가 알아채지 못하는 사이에 돌아간 경우 말이다."

오로쿠는 잠시 생각했다.

"옷 가게에서 사람이 왔을 때 그런 적이 있습니다."

"그런 경우도 있었구나."

"예. 하지만 그때는 잔심부름하던 점원이었습니다."

"아무튼 너는 몰랐다 그 말이지? 아오이도 굳이 너를 부르지 않았고."

"그렇습니다…… 나중에 말씀해 주셨지요."

그러면 그런 경우가 또 있었을 수도 있다는 이야기다.

어쨌거나 이것으로 분명해졌군.

범인은 아오이와 친하며, 이 방에 있다가 어떤 핑계를 대고 아오이의 등 뒤로 쉽게 돌아갈 수 있었던 인물이다.

혹은 이 집 구조를 훤히 알고 있고, 상황을 살피다가 아오이가 정원 쪽을 보는 동안 복도 쪽에서 살짝 숨어들 수 있다는 사실을 아는 인물이다.

어느 경우든 사키치는 아니다. 범인은 이 집에 사람이 몇 명 없고 한낮에는 문을 열어 두며 오로쿠의 눈만 피하면 아오이의 방으로 쉽게 접근할 수 있음을 알고 있었다. 이 점만 보더라도 역시 사키치는 범인일 수가 없다.

"네가 수건을 풀어냈을 때 아오이의 몸에 온기가 있었느냐?"

핏기 없는 오로쿠의 볼에 눈물이 한 줄기 그어졌다.

"예, 아직 따뜻했어요."

금방 살해된 참이라는 말이렷다. 오로쿠가 조금만 더 일찍 왔다면 복도 쪽으로 도망치려는 범인과 마주쳤을지도 모른다.

"오로쿠, 이 방에서 향을 피우기도 하느냐?"

오로쿠는 눈물이 남아 있는 얼굴로 눈을 크게 떴다.

"향이요? 아닙니다."

"한 번도?"

"예. 향로도 없습니다. 향낭은 사용하셨습니다만."

그렇다면 사키치가 맡았다는 그윽한 향은 옷걸이에 걸려 있었다는 아오이의 기모노에서 난 향이었을까?

"그날 이 방 옷걸이에 도라지 무늬 기모노가 걸려 있지 않았느냐?"

오로쿠는 금방 기억해 냈다. 걸려 있었다. 갓 지은 기모노여서, 시침실을 빼내고 걸어 두었다고 한다 새 기모노에는 틀을 잡아 주는 시침질이 되어 있다.

"변고만 없었다면 이튿날 그 옷을 입고 나들이를 나가실 참이었습니다.”

주인 나리와 함께— 하고 오로쿠는 힘없이 중얼거렸다.

풀이 죽은 오로쿠에 구애받지 않고 헤이시로는, 방 안에 별 다른 점은 없었느냐, 아오이에게 이상한 낌새는 없었느냐, 그날이나 그 전날 방문객은 없었느냐, 하고 내처 물었다. 오로쿠는 성실하게 대답하려고 했지만 자꾸 눈물이 쏟아지려고 한다.

“별다른 점이라면…….”

“자, 오로쿠, 자꾸 힘들게 해서 미안하지만 이것도 다 마님을 위한 일이라고 생각해라. 이제부터 너는 그때 일을 잘 짚어 보고 뭐든 떠오르는 일이 있으면 글로 적어 두어라. 글은 쓸 줄 아느냐?”

“히라가나라면 조금은요.”

“좋다. 그리고 이 집에 출입하던 사람들을 전부 적어라. 언제 누가 왔는지, 네가 기억해 낼 수만 있다면 최대한 멀리 거슬러 올라가서 쓰는 거다. 미나토야도 규베도, 매일 들렀다는 점원은 물론이고 어떤 용무든 한 번이라도 찾아온 적이 있는 사람은 빠짐없이 적어라. 할 수 있겠느냐? 내가 곧 다시 찾아오마. 그때까지 힘들더라도 머리를 쥐어짜 봐라.”

“하지만 제가,”

헤이시로가, 아차, 하고 말했다.

“그렇지. 앞으로 어디서 일하기로 했느냐?”

오로쿠는 난처한 표정이었다.

“규베 씨가 알아봐 주겠다고 하셨습니다. 그래서 미나토야 주인 나리의 보증으로,”

“에도를 뜨는 거냐?”

“아니요, 아닙니다. 간다 다초에 있는 밥집입니다. 살림은 그 근처 나가야에서 하기로 했고요. 통근을 하게 되지만 나가야에 아주머니들이 많으니까 딸아이들만 집에 둬도 걱정할 것 없다고 하셔서.”

“그거 잘되었구나” 하고 기뻐해 주다가 헤이시로가 물었다.

“그런데 네 딸들은 지금 어디 있느냐?”

“이 집 뒤로 난 길을 따라가면 호슌인이라는 절이 있는데, 그곳 서당에 공부하러 갔습니다. 아, 지금 몇 시죠? 종이 쳤나요? 깜빡하고 있었네요. 이제 돌아올 때가 된 것 같은데.”

다시 수심에 잠긴 표정이 된다.

“마고하치 때문에 겁에 질려 있을 때는 아이들을 호슌인에 보내기도 위험해서 고민을 했습니다. 그때 단골 채소 가게 아저씨가 친절하게 아이들을 데려다 주셨어요. 그 아저씨도 명단에 넣어야 하나요?”

“암, 적어야지. 그냥 적는 것뿐이다. 아무도 빼면 안 돼.”

그렇게 다짐을 놓을 때 바깥에서 시간을 알리는 종소리가 들려왔다. 저게 호슌인의 종입니다, 하고 오로쿠가 말했다.

헤이시로는 휑한 방 안에 상쾌하게 비껴드는 가을 햇살을 바라보며 잠시 미간을 찡그리고 있었다.

8

아까부터 오토쿠가 걸레라도 짜는 양 양손을 꼬고 있다.

"거참, 재주로구나."

헤이시로가 말했다.

"그러다 팔목이라도 어긋나면 음식은 어찌 만드누?"

농담을 던져도 오토쿠의 귀에는 닿지 않는 모양이다. 짐을 실은 작은 수레를 허둥지둥 돌면서 살펴보고 있다.

"이봐요, 히코 씨, 정말 이거면 충분해요? 빠뜨린 거 없어요?" 하며 벌써 몇 번을 확인하는지 모른다.

히코이치는 차분하게 웃으며 오토쿠를 달랬다.

"걱정할 거 없어요, 아주머니. 이 정도면 빈틈없이 준비한 겁니다. 이제 아주머니랑 제가 이 손만 가지고 가면 됩니다."

소매를 걷어 올리며 히코이치가 깡마른 팔뚝을 탁 친다.

헤이시로는 겨드랑이에 양손을 찌른 채 수레 뒤에 서 있었다. 오토쿠가 한 바퀴 돌아서 수레 뒤로 돌아오자 농담은 그만두고 제대로 격려해 줄 요량으로 말했다.

"이제 좀 쉬면서 물이라도 한잔 마시고 나서 출발하는 게 어떠냐? 아직 그만한 시간은 있으니까 말이다."

헤이시로의 말에 조림 가게 문에 나란히 서 있던 오산과 오몬이 동시에 "네, 물!" 하고 옷자락을 펄럭이며 앞다투어 안으로 뛰어 들어갔다. 금방 나오는데, 저마다 손에 물 잔을 들고 있다.

"아주머니, 물 드세요."

이번에도 동시에 말하고는 서로 얼굴을 마주 보았다.

"뭐야, 너."

"언니는 왜 그래."

"아주머니 물 잔은 이거란 말이야."

오산이 매서운 눈초리로 째려보자 오몬은 두 손으로 든 물 잔을 내려다보았다.

"이건…… 손님용 물 잔이네."

"흥, 바보."

오산은 표독하게 쏘아붙이고는 으쓱하는 얼굴로 오토쿠에게 물 잔을 내밀었다. 그 손등을 오토쿠가 찰싹 때렸다. 경쾌한 소리가 났지만 참으로 절묘하게 때려서 오산이 잔을 떨어뜨리는 일은 없었다.

"늬들, 왜 그렇게 으르렁거리니? 만나기만 하면 티격태격하고. 오산 너는 언니가 돼갖고 무슨 꼴이야. 이런 쓸데없는 일로 오몬을 구박하면 속이 시원해지니?"

헤이시로와 히코이치가 웃었다. 오산은 입을 삐죽거렸다. 역성을 들은 오몬은 생글생글 웃다가 "너도 마찬가지야!" 하고 오토쿠한테 호통을 듣자 차렷 자세를 했다.

"골치 아파요, 나리, 웃을 일이 아녜요. 이런 아이들한테 오늘 하루 가게를 맡기고 나가야 하니, 너무 걱정돼서 애간장이 다 탄단 말이에요."

"미안하구나. 내가 괜한 걸 부탁한 탓이다."

헤이시로가 여전히 웃으며 말했다.

"아뇨, 아뇨, 천만에요."

히코이치는 힘주어 고개를 젓고 오몬과 마찬가지 자세를 취하더니 헤이시로를 향해 깊이 머리를 숙였다.

"나리 덕분에 아주머니의 새로운 장사가 이렇게 기운차게 시작되는 겁니다. 이렇게 고마운 일이 어디 있습니까."

헤이시로가 오토쿠에게 부탁한 일이란 마치 순시관 사에키를 접대하는 음식을 만들어 달라는 것이다.

사에키와 어디서 만나 이야기할지를 놓고 헤이시로는 한참을 고민했다. 이모아라이 언덕 지신반에서 만나면 편하긴 하지만 그래서는 저쪽 수중으로 뛰어드는 꼴이다. 게다가 구슬리기가 하치스케보다 더 까다로우리라 짐작되는 상대다. 가능하면 호사스런 요리로 기분을 누그러뜨려 놓고 이야기를 꺼내야 할 텐데, 그러려면 역시 술도 있어야 한다.

떳떳하게 할 수 있는 이야기가 아니므로 선술집이나 밥집에서 만날 수도 없고, 그렇다고 요정에 방을 잡자니 헤이시로 형편에는 어림도 없는 이야기다. 사에키의 관할 구역을 뒤지고 다니며 공식적으로는 '병사'로 마무리된 사건을 재조사하는 실례를 눈감아 달라고 부탁하는 일이므로 처음부터 돈도 얼마쯤 쥐여 줘야 한다. 거기에 비싼 음식 값까지 대자면 헤이시로의 허리가 휠 판이다. 아내의 기모노를 전당포에 잡힐 수도 있지만, 그랬다간 돈은 마련할 수 있을지 몰라도 헤이시로의 허리는 내나 휘게 되어 있다. 화가 난 아내가 밥상을 차려 주지 않을 게 틀림없기 때문이다. 어쩌면 아예 집을 나가 버릴지도 모른다.

그러나 이번 경우에는 돈 좀 아끼려다 상대방에게 인색한 자로 비치면 큰 낭패다. 헤이시로의 진범 찾기를 보고도 못 본 척하게 만들려면 무슨 일이 있어도 기분을 흡족하게 만들어 줘야 한다.

어떡하나 고민하다 유미노스케에게 물어보았다. 그러자 가공할 미모의 주인공이 시원시원하게 말했다.

"그거라면 가와이 상회에서 필요한 만큼 도움을 받죠, 뭐."

헤이시로는 유미노스케의 아버지인 쪽 염료 도매상 가와이 상회 주인하고 동서지간이다.

"남도 아닌데 이럴 때 서로 도와야 하잖아요, 이모부."

어린 처조카가 어쩜 이리 아량이 많고 활수하단 말인가, 헤이시로는 감동했다. 허나 장사 수완은 좋지만 색을 밝히고, 유미노스케의 아비가 맞나 싶을 만큼 얼굴이 험악한 가와이 상회 주인에게 신세를 지고 싶은 마음은 눈곱만큼도 없다.

"나도 체면이란 게 있잖니."

목덜미를 벅벅 긁으며 마다하자 유미노스케는 잠시 생각을 하고 나서 "그럼 오토쿠 씨한테 부탁하는 게 어떨까요?" 하고 말했다.

"뱃집에 가서 놀잇배를 빌려 띄우는 거예요."

놀잇배는 술과 음식을 준비해서 탄다. 손님이 좋아하는 배달 식당을 이용하는 경우도 있고 뱃집에서 식당을 알선해 주기도 한다.

"오토쿠 씨라면 적당한 가격에 맛난 음식들을 만들어 주지 않을까요? 술도 놀잇배에서 마시니까 준비한 양만 다 마시면 끝낼 수밖에 없잖아요. 처음부터 우리 뜻대로 적당한 양만 실어 두면 설령 사에키 나리가 말술을 드시는 분이라 해도 한없이 마실 염려는 없어지겠죠. 그렇게 후하게 대접을 하고 배가 나루에 돌아왔을 때 선물을

안겨 드리고 작별하면 되지 않겠어요? 술이 아쉽다, 어디 가서 한잔
더 하자는 말을 꺼내기 전에 가마를 준비시켜 두었다고 하고 얼른
태워 보내는 거죠."

"유미노스케."

헤이시로가 불렀다.

"네?"

"네 머리 좀 쓰다듬어도 되겠니?"

유미노스케는 순순히 머리를 내밀었다. 헤이시로는 쓱쓱 쓰다듬
었다.

즉시 유미노스케가 말한 대로 제안하자 오토쿠는 문득 겁먹은 얼
굴이 되었다. 이야기가 채 끝나기도 전부터 흠칫거리니 역시 성질이
급하긴 급하다.

왜 사에키 아무개의 환심을 사야 하는지를 오토쿠한테 자세히 말
할 수는 없었지만, 상대를 꼭 회유해야 하는데 그러자면 맛난 음식
과 술이 필요하다고 헤이시로가 설득했다. 한창 설득을 하는데 오토
쿠는 일찌감치 꽁무니부터 빼고 있다.

"아이구, 안 돼요, 나리. 그렇게 중요한 자리에 쓸 음식을 만들라
니, 어떻게 제가 감히 그런 음식을 만들겠어요."

"아니야, 이녁이라면 할 수 있어."

"천만에요, 못해요!"

그러나 구원의 신은 이때도 강림해 주셨다. 히코이치가 있었던 것
이다.

"반가운 말씀 아닙니까, 어서 하겠다고 하세요, 아주머니."

제 가슴을 치며 그가 말했다.

"구체적인 준비라면 제가 하나부터 다 일러 드릴게요. 물론 확실하게 도와드리고 말고요. 제가 전부터 말했잖아요. 여기를 손님들이 찾아와서 사 가기만 기다리는 찬 가게로 놔두기에는 아깝다고, 배달하는 가게도 하자고 말예요. 마수걸이치고 이렇게 훌륭한 마수걸이가 어딨습니까. 더구나 이즈쓰 나리가 모처럼 부탁하시는 거잖아요. 마다하는 것은 아주머니의 자존심도 허락하지 않을 텐데요."

"하지만 찬 가게도 이제 막 시작한 참인데……."

솥 하나만 달랑 걸어 놓고 조림 가게를 하던 오토쿠는 야반도주한 오미네의 뒤를 이어서 마침내 찬 가게로 판을 넓히기 시작한 참이다. 대표 품목인 조림류 외에 각종 무침과 튀김, 볶음 등 대여섯 가지를 날마다 구색을 달리해서 팔게 되었다. 반응은 매우 좋았다.

"배달 식당이라고 해도 음식을 만들기는 매한가지예요. 아주머니 손맛이라면 충분합니다. 아, 그렇지!"

히코이치는 문득 얼굴이 환해지더니 손뼉을 쳤다.

"손님한테 요리를 낼 때는요, 원래 그릇도 맛이라는 말이 있습니다요. 그릇이 음식 맛을 돋워 준다는 말입니다."

오토쿠는 안도한 듯이 숨을 토해냈다.

"그럼 더욱 안 되죠. 우리 가게에는 그런 예쁜 그릇이 없으니까."

"그래서 빌리자는 겁니다, 이사와야에서."

히코이치는 고비키초에 있는 이사와야라는 요릿집에서 일하던 요리사다. 옆집에서 시작된 화재가 이사와야에 옮겨 붙은 탓에, 건물을 다시 짓는 동안 파리를 날리고 있는 형편이다.

"거기 안주인한테 사정을 말하고 부탁하면 거저 빌려 줄 겁니다. 원래 이쪽 장사 하는 사람들 사이에서는 그릇을 빌려 주고 받고 하는 일은 드물지 않아요. 허구한 날 같은 그릇을 쓸 수도 없고 그렇다고 매번 새로 사들일 수도 없으니까요. 마음 맞는 가게끼리 서로 돕는 겁니다."

그렇군, 하고 헤이시로는 무릎을 쳤다. 물론 히코이치에게 머리를 쓰다듬어 봐도 되느냐고 묻지는 않았지만, "네 머리에서 후광이 비치는구나" 하고 말해 주었다.

이리하여 마침내 오늘이 찾아왔다. 시간이 걸리는 조림류나 미리 준비가 필요한 요리는 새벽부터 가게 주방에서 준비하기 시작했다. 완성된 음식은 찬합에 담고 커다란 보자기로 싸 두었다. 튀김과 생선회는 이제 오토쿠와 히코이치가 뱃집으로 가서 그곳 주방을 빌려 놀잇배가 뜰 시각까지 정확하게 완성할 예정이다. 수레에 실은 물건들은 작업에 필요한 도구 일체와 이사와야에서 빌려 온 그릇들이다.

놀잇배 집은 무코지마의 아즈마 다리맡에 있는 '가와센'이다. 오늘 저녁에는 다른 손님들도 있었지만 다행히 배달 도시락을 지참하는 손님이라서 주방은 오토쿠와 히코이치가 독차지할 수 있다고 한다.

"그럼…… 다녀오마."

저러다 어찌되지나 않을까 걱정될 만큼 두 팔을 꼬아 대면서 오토쿠는 오산과 오몬에게 말했다.

"여기서 어영부영하다가는 제시간에 못 대요. 생선은 그쪽에 벌써 도착했을 텐데."

히코이치는 다시 한 번 헤이시로에게 머리를 숙이고, 그럼 나리,

나중에 뵙겠습니다, 하고 말했다. 히코이치는 오늘 저녁 놀잇배에 올라타 손수 요리를 내기로 되어 있다.

“음, 잘 부탁하네. 오토쿠, 기대하고 있겠네.”

오토쿠는 잔뜩 긴장했는지 대답도 하지 않았다. 얼굴이 딱딱하게 굳어 있다.

“저렇게 순진하다니까. 그렇지?”

수레를 끌고 가는 두 사람을 잠시 바라보다가 헤이시로가 오산과 오몬을 돌아보았다.

“아주머니는 어젯밤 한잠도 못 주무신 모양이에요.”

오몬이 어린 목소리로 말했다.

오산이 재빨리 타박을 한다.

“네가 어떻게 그걸 아니? 업어 가도 모르게 쿨쿨 자 놓고서.”

“그치만 한밤중에 측간에 갔었단 말이야.”

“거짓말. 나도 어젯밤에는 잠을 잘 못 잤는데, 네가 일어났다면 내가 왜 몰랐겠니.”

아옹다옹하는 두 아가씨에게 헤이시로는 말했다.

“너희들, 솥은 안 봐도 되니?”

두 사람은 동시에, 어머, 하고 화들짝 놀라고는 서로 밀치듯이 가게 안으로 뛰어 들어갔다.

“솥 태우지 마라. 거스름돈 내줄 때도 실수하지 말고. 사이좋게 가게 지켜야 한다.”

오산과 오몬은 소리를 모아 노래하듯이 “예이!” 하고 대답했다.

참 길쭉하기도 하지.

도신 사에키 조노스케. 나이는 헤이시로보다 조금 많은 정도?

여하튼 장신이다. 그리고 비쩍 말랐다. 두상이 길쭉하고 턱도 길고 목도 길고 손발도 길다. 손가락까지 길다.

헤이시로도 얼굴이 길어서 말상이라는 말을 듣지만, 이 사람은 얼굴만 그런 것이 아니라 요모조모가 다 길쭉하니 제대로 된 말상이다. 눈썹이며 눈이며 코도 매끈하니 길쭉하다. 당연히 인중도 길다 <sup>인중이 길면 여자 관계가 복잡하다는 속설이 있다.</sup> 가는 입술은 옆으로 길게 찢어졌고 귓불도 길게 늘어졌다.

아이들이 딱딱한 땅바닥에 막대기로 장난삼아 북북 그어서 사람 얼굴을 그리곤 한다. 한마디로 표현하자면 바로 그런 얼굴이다. 기억하기도 아주 쉬운 얼굴이다.

게다가 말수가 없다.

눈꺼풀을 늘 절반만 쳐들고 있어서 꼭 잠든 것처럼 보인다.

저녁에 헤이시로가 가와센에 도착해 보니 사에키는 벌써 와 있었다. 안주인이 나와서, 만나기로 하신 분은 강변을 돌아보고 오겠다 하시고 나가셨습니다, 하고 전한다. 헤이시로가 황망히 가 보니 잔교가 내려다뵈는 둑방의 무성히 자란 갈대 속에서 수세미처럼 생긴 머리 하나가 툭 튀어나와 있다. 붉게 물든 하늘 아래 막 울기 시작한 가을벌레 소리에 둘러싸인 채 양손을 겨드랑이에 끼고서 꼼짝도 하지 않는다.

"꽤 일찍 오셨는데 내내 저러고 계시네요."

가와센 안주인이 말했다.

인사를— 나눌 길이 없다.

헤이시로가 차마 소리쳐 아는 척하지도 못하고 바라만 보고 있는데, 사에키가 절반만 뜬 눈을 이쪽으로 돌리더니 갈대 속에서 쓰윽 일어섰다. 일어서니 몸통 위쪽이 길쭉하게 나타난다.

"이즈쓰 나리?"

그가 말했다.

"아, 예."

헤이시로는 얼빠진 말투로 대답했다.

사에키 조노스케가 갈대숲에서 걸어 나온다. 그는 헤이시로 곁을 그냥 지나쳐 잔교 쪽으로 걸었다.

지나가면서 "배" 하고 말했다.

우물 정 자 난간을 죽 이어 놓은 듯한 잔교에는 가와센의 놀잇배가 묶여 있다. 뱃사공이 놀잇배 집에서 나와 두 사람 앞에 고개를 숙였다.

"지금 띄울깝쇼?"

헤이시로가 대답하기도 전에 사에키가 냉큼 올라타 버렸다.

그래서 지금 이렇게 놀잇배 안에 마주 앉아 있다.

강물이 뱃전을 찰싹찰싹 때린다. 배는 흔들림도 거의 없이 조용히 나가고 있다. 장지를 꼭 닫아 놓은 탓에 흘러가는 경치가 보이지 않아 마치 정지해 있는 것처럼 느껴질 때도 있었다. 열엿새 달이 떴을 텐데 공교롭게도 구름이 두텁다. 구름 사이로 달이 낯을 내밀었다 숨었다 할 때마다 장지가 하얗게 빛났다 흐려졌다를 반복한다.

헤이시로는 이런저런 한담을 한참 늘어놓았다. 이쪽이 아쉬워서 만나자고 했으니 말을 더 많이 하는 거야 당연한 일이지만, 자리에 앉자마자 용건부터 꺼낼 수는 없다. 이럴 때는 세상 사는 이야기부터 하는 법이다. 하지만 사에키는 전혀 입을 열지 않았다. 그러니 헤이시로만 계속 말을 하는 수밖에 없다.

음식이 나오자 사에키는 덤덤하게 젓가락을 놀렸다. 술을 권해도 역시 덤덤하게 받아 마신다.

눈꺼풀을 절반만 쳐든 채. 입은 꾹 다문 채.

헤이시로는 바작바작 땀이 났다.

속셈이 있어서 누구를 접대하는 짓은 지금까지 해 본 적이 없다. 해서 접대 요령을 모른다. 그래도 각오는 되어 있었다. 사에키는 오캇피키 하치스케한테 오늘 어떤 이야기가 나올지 미리 들었으리라. 그러니 상대가 위세를 부려도, 애를 태워도, 못마땅한 말을 늘어놓아도 어쩔 수 없는 일이다.

하지만 이렇게까지 입을 다물고 앉아 있을 줄은 생각도 못했다. 속으로 흰 머리띠 하치스케에게 욕을 했다. 사에키 나리는 벙어리 뺨치게 말이 없는 분이라 어지간해서는 상대하기가 힘듭니다, 하는 정도만 일러 줬어도 좋지 않은가.

고물을 통해 실내를 드나들며 음식을 내는 히코이치도 헤이시로의 당혹스러운 표정을 알아챈 뒤로는 종종 힐끔거린다. 그 역시 긴장한 것이다. 음식은 입에 맞는지. 사에키 나리를 회유하는 데 어울리는 맛인지 어떤지.

그러나 사에키는 아무 말이 없다.

참다 못한 헤이시로가 음식이 절반쯤 나왔을 때 입을 열었다.

“음식은 드실 만하신지요?”

몸을 살짝 숙인 채 눈길만 들고 말하는 자신이 스스로 생각해도 한심했다.

히코이치가 각종 국물 요리가 담긴 주발들을 죽 늘어놓고 있을 때였다. 헤이시로의 물음에 사에키의 젓가락이 잠깐 멈칫했다.

사에키가 눈길을 들었다. 절반쯤 열린 눈꺼풀이 다 열려도 눈은 여전히 실처럼 가늘다.

버드나무 잎 같은 입술이 살짝 벌어졌다. 사에키가 히코이치의 얼굴을 돌아본다.

“이사와야” 하고 말했다.

헤이시로도 놀랐지만 히코이치도 눈을 휘둥그레 떴다. 그는 쟁반에 얼른 주발을 내려놓고는 무릎을 가지런히 하고 꿇어앉았다.

“에고, 이런, 이사와야를 자주 찾아 주셨나 봅니다.”

사에키는 희미한 웃음을 지은 채 고개를 희미하게 가로저어 보였다. 그러고는 말했다.

“그릇.”

그릇이 기억난다는 말 같다. 물론 이사와야에서 빌린 그릇이다.

“맛은—” 하고 시선을 놀잇배의 실내 천장으로 향하고는 잠시 생각에 빠지는 듯싶더니, “조금 진해” 하고 말했다.

“나리 말씀이 맞습니다요.”

히코이치는 몸 둘 바를 몰라 했다. 그러고는 헤이시로에게 설명했다.

“이사와야에서는 조금 싱거운 간장을 쓰는데, 아주머니— 오토쿠 씨는 진한 장에 익숙하셔서요."

사에키는 막 나온 주발들의 뚜껑을 열어 보더니 말했다.

"명월완."

헤이시로도 자기 앞에 놓인 주발을 내려다보았다. 조림이다. 반으로 가른 삶은 계란과 후, 깐 밤과 표고버섯. 거기에 파드득나물 대로 예쁘게 장식했다.

"예, 그렇습니다" 하고 히코이치는 몸 전체로 끄덕였다.

"계란 노른자가 꼭 보름달 같다고 해서 이렇게 담아낸 주발 음식을 명월완이라고 합니다. 가을 상차림입죠."

헤이시로는 감탄했다.

"사에키 나리는 미식가시군요."

사에키의 입가에 지장보살 같은 자애로운 미소가 떠올랐다.

"못 본 척 눈감아 줄 때마다 맛난 걸 얻어먹었을 뿐입니다."

이야기도 멀쩡하게 하지 않는가. 가만 들어 보니 꽤 그윽하고 좋은 목소리다.

"하하…… 부럽습니다."

사에키는 미소만 지을 뿐 대답이 없다.

"그건 이모아라이 언덕 쪽의 기풍인가요. 아니, 사에키 나리의 인덕인가요? 저는 그래 본 적이 통 없어 놔서."

말을 뱉고 나서, 아차, 빈정대는 말로 들으면 큰일인데, 했지만 이미 늦었다. 하지만 사에키는 담담히 미소를 짓고 있다.

"이즈쓰 나리."

"예."

"다 알고 있습니다."

"하하."

헤이시로도 히코이치를 흉내 내어 무릎을 가지런히 모으며 고쳐 앉았다.

"해서, 마다않고 먹고 있습니다" 하고 젓가락을 음식으로 뻗는다.

헤이시로와 히코이치는 한마음이라도 된 양 함께 고개를 숙였다.

"하지만 범인 찾기는 힘들 겁니다."

우적우적 밤을 씹으며 사에키가 말했다.

"그리 보십니까?"

사에키는 고개를 끄덕였다.

"그래서 그자를 범인이라 해 두고 넘어가면 되지 않겠나 했습니다."

"이름이 사키치입니다."

사에키는 다시 한 번 고개를 끄덕이고 차분한 빛깔의 운두 높은 옹기 술잔으로 손을 뻗었다. 헤이시로는 얼른 술을 첨잔했다. 지로리술잔을 데우는 금속 용기가 아니라 운두 높은 술잔과 짝을 이룬 술병이다. 족히 두 홉은 들겠는데 벌써 거의 비었다. 헤이시로는 입술이나 적신 정도였으니 사에키가 혼자 비운 셈이다. 그러나 여전히 취기가 돌지 않아 보인다. 눈가도 전혀 붉어진 기미가 없다.

"맞습니다, 사키치였지요."

"정원사입니다. 외람되지만 그자를 범인이라 해 두고 넘어가면 되겠다 하셨다면, 사에키 나리께서도 사키치가 범인이 아니라고 생각하셨다는 뜻인지요?"

사에키는 대답 없이 묵묵히 술을 마신다. 그러다가 천천히 입을 열었다.

"나보다, 미나토야가 난적이겠지요."

"그 말씀은?"

"미나토야가 비호해 줄 테니까."

계란을 먹으며 귀가 번쩍 띄는 말을 던진다.

"왜 그렇게 생각하셨습니까?"

사에키는 삶은 계란을 한참 씹다가 삼켰다. 재차 입을 열려고 한다. 헤이시로는 긴장했다.

사에키는 히코이치에게 빙긋이 웃어 보였다.

"맛있구나."

"하, 감사합니다."

히코이치는 납작 엎드렸다. 그 참에 바닥을 보고 웃고 있을 게 틀림없다고 헤이시로는 생각했다.

"저어, 그게, 왜 그리 생각하셨는지 궁금합니다만."

사에키는 헤이시로에게 얼굴을 되돌리고 다시 반쯤 뜬 눈으로 지장보살의 미소를 지었다.

"그런 일이란 대개 그렇게 되게 마련이니까요."


"그래, 선물로는 뭘 들려 보냈지?"

"밤 과자로 했습니다만."

"자킨시보리<sup>찐 고구마나 백합 뿌리 등을 으깬 후 삼베 행주로 비틀어 짜서 짠 자국이 남게 만든 음식</sup>예요."

히코이치와 오토쿠가 저마다 달리 대답했다.

"삶은 은행을 넣었어요. 술상에 밤 조림도 나왔었죠? 그런 걸 단 두 알만 만들 수도 없어서 일단 많이 만들었다가 남은 것은 다 짓찧어서 소로 만들었지요."

놀잇배에서는 도미 구이도 나왔다. 사에키가 절반 정도밖에 먹지 않아서 그것도 나무 도시락에 챙겨서 보냈다고 한다.

세 사람은 가와센 주방에 있었다. 히코이치와 오토쿠는 뒷정리를 마치고 준비해 온 것을 전부 수레에 실어 둔 상태였다.

헤이시로는 두 사람 사이에 서서 더운 물에 밥을 말아 먹었다. 놀잇배에 있는 동안은 거의 아무것도 먹지 못했다. 남은 음식을 오토쿠가 싸 주었다.

"참 별난 사람이더군." 헤이시로가 말했다.

"속을 감추는 건지 욕심이 없어서 아무 생각이 없는 건지 통 모르겠더란 말이야. 그렇게 분별 있는 사람인 줄 알았으면 이렇게 요란을 떨 일도 아니었는데."

"글쎄요, 나리. 이쪽에서 확실하게 비위를 맞춰 주니까 저쪽도 분별 있게 나왔는지도 모르지요."

히코이치는 개운한 모습이다. 놀잇배를 내리기 직전 사에키가 헤이시로에게 이 배달 식당을 소개해 달라고 부탁했기 때문이다. 물론 헤이시로는 반갑게 가르쳐 주고, 마음에 드시면 자주 이용해 달라는 말도 덧붙였다.

"뭐, 아무렴 어떻겠냐. 이제 부담 없이 그 동네를 돌아다닐 수 있게 되었으니 잘된 거지."

사에키 조노스케는 올 때나 갈 때나 똑같은 얼굴이었다. 아무리 마셔도 안색이 달라지지 않는 체질 같았다.

놀잇배나 요리는 괜한 수고였는지도 모른다. 하지만 한편으로는 참으로 별나고 재미난 사람을 만났다는 생각이 들었다. 하급 관리 중에도 다양한 사람이 있는 법이다.


이튿날 아침 헤이시로가 아침 목욕을 하고 이발사를 불러 이마를 면도하고 있는데 유미노스케가 찾아왔다.

"안녕하세요, 이모부."

"오, 일찍 건너왔구나. 어젯밤은 담요 적시지 않았누?"

유미노스케는 얼굴이 벌게졌다. 이발사가 쿡쿡 웃는다. 아사지로라고 선대부터 핫초보리 하급 무사 동네에 드나드는 이발사다. 헤이시로뿐만 아니라 다른 도신 집에도 무시로 드나드는 이발사이지만 유미노스케와 얼굴을 마주하는 것은 이번이 처음이다.

"안녕하세요, 도련님. 처음 뵙습니다. 저는 아사지로라고 합니다요."

아사지로는 면도날을 삭삭 놀리며 인사했다.

유미노스케도 의젓하게 고개를 숙이고 나서 툇마루에 오도카니 앉았다.

"나리가 자랑하시던 조카분이시군요."

"내가 언제 자랑을 했다고?"

"마님께 종종 들었습니다요. 때가 되면 양자로 들이실 거라고 하시던데요."

도신 동네에 드나드는 이발사는 마치의 온갖 소문을 전해 주는 귀한 정보원이기도 하다. 하지만 이즈쓰 가에서는 거꾸로인 모양이다. 수다스럽기는, 하고 헤이시로는 속으로 아내를 힐난했다.

"듣던 대로 잘생긴 도련님이시네요. 고이초가 잘 어울리겠어요."

고이초란 도신 특유의 상투 모양이다. 세련되었다고 부러워하는 사람도 있다. 헤이시로의 말상에는 어울릴 턱이 없지만 과연 유미노스케한테는 썩 잘 어울릴 듯하다.

그런 칭송을 듣는 유미노스케는 아사지로의 노련한 손놀림에 넋을 놓고 있었다.

"가와이 상회 아버지도 이발사를 부르지만 두 달을 버틴 이발사가 없어요."

눈을 휘둥그레 뜨고 있다.

"아버지가 워낙 까다로우시거든요. 상냥하고 언변 좋은 사람이 오면 그자는 수다만 떨고 손놀림은 허술하다고 화를 내고, 입이 무거운 이발사가 오면 아침부터 죽상을 쓰고 있으니 기분이 잡친다고 하세요. 어느 이발사나 솜씨가 형편없다고도 하시지요."

"늬 아버지는 애초에 머리통 생김새부터가 틀렸어. 뭐, 남 애기할 처지는 아니지만."

헤이시로가 어깨를 흔들며 웃어도 아사지로의 손놀림은 방해를 받지 않았다. 풀어낸 머리칼에 물 흐르는 듯한 손놀림으로 빗질을 한다.

"이렇게 아침 댓바람부터 건너온 까닭은 어제 만남이 걱정되어서겠지?"

“예” 하고 유미노스케는 고개를 끄덕였지만 아사지로를 힐끔 보
는 것이 적이 신경을 쓰는 눈치다.

“아사지로의 귀에는 무슨 소리가 들어가도 괜찮다. 지금도 사에키
나리 얘기를 하던 참이야.”

아사지로는 온화한 얼굴로 고개를 끄덕였다.

“아사지로 씨는 사에키 나리의 머리도 다듬어 주시나요?”

“아쉽게도 아직 인연이 닿질 않았네요. 사에키 나리 댁에서는 아
무래도 마님이 손수 상투를 틀어 주시는 모양입니다.”

호오…… 하고 유미노스케는 부러운 눈빛을 한다.

“필시 금실이 좋은 거군요.”

“글쎄. 그냥 알뜰한지도 모르지.”

“이모부는 사에키 나리와 교류가 없으셨죠?”

“그래. 도신 동네에 사는 도신들은 모두 친척지간처럼 사이가 좋
다고들 하지만, 그것도 사람 나름이지. 나야 애초에 꼼짝하기 싫어
하는 사람이라서 사람들과 어울리는 게 질색이거든.”

사에키 조노스케도 그런 사람 같다. 늘 혼자 한가로이 움직인다고
한다. 도신 동네에 있는 집에 들어오지 않을 때도 많아서 어디 다른
데 집을 얻어 놓았다는 소문도 있다는 이야기를 방금 아사지로한테
들은 참이다. 아사지로도 동료 이발사한테 들은 소문이라고 했다.

“말수도 없고 참 별난 사람이더군.”

“그런데 오토쿠 씨의 요리는 어땠어요?”

“대단했지. 오토쿠가 참 잘해 주었다.”

유미노스케는 기분이 좋은지 환하게 웃었다. 이번에는 아사지로

가 저도 모르게 손길을 멈추고 그 웃는 얼굴에 넋을 놓는다.

"호오, 정말 좋은 상입니다. 도련님, 언제든 좋으니 머리 만지실 때 저를 불러서 고이초를 틀게 해 주십시오."

뜨거운 한숨을 맥없이 내쉬며 그렇게 말했다.

아사지로가 돌아가자 유미노스케는 감탄스럽다는 듯이 숨을 토했다.

"여자처럼 살결이 흰 이발사네요."

"살결만 그런 게 아니라 마음씨에도 여자 기운이 들어가 있지. 조만간 너한테 수작을 부릴 거다, 유미노스케."

우웩, 하고 소리를 내며 유미노스케는 또 벌게진 얼굴을 손으로 가린다.

"아침부터 놀리지 마세요. 이모부도 참 사람이 나쁘시다니까."

"사람이 나쁘다고 하니 아침부터 이에 나쁜 거 먹을까? 어제 저녁때 남은 음식인데, 오토쿠가 만든 자킨시보리가 있다. 밤소를 넣은."

유미노스케가 올 것 같아서 남겨 두었다. 아내를 불러서 내오게 하자 유미노스케가 반색을 한다.

"맛있어요. 혼자 먹으려니까 미안하네요. 짱구한테도 맛보여 주고 싶은데."

"그거야 오토쿠한테 또 부탁하면 되지. 그런데 너, 짱구랑 마음이 잘 맞는 모양이구나."

유미노스케는 볼이 미어지도록 자킨시보리를 먹으며 고개를 끄덕였다.

"예. 만나서 놀기만 하는 건 아녜요. 요즘 제가 짱구를 도와주고 있거든요."

"짱구가 뭘 하는데?"

탐문을 하고 다닌단다.

"뭘 탐문해? 마사고로한테 무슨 명이라도 받았다든?"

"그건 아니지만……."

유미노스케는 그렇게 말하다가 개구쟁이처럼 눈알을 반짝였다.

"애초에 짱구를 그렇게 열심히 뛰어다니게 만든 사람은 이모부란 말예요."

"내가?"

헤이시로는 손가락으로 제 콧등을 가리켰다. 짚이는 게 없다.

"그러고 보니 저번에 만났을 때 마사고로가 짱구 얘기를 하더라. 그 아이도 나름대로 제 할일을 찾아서 열심히 하고 있다고."

"예, 그래요."

유미노스케가 가슴을 활짝 폈다.

"올여름 초상화 부채 사건 기억하시죠, 이모부?"

한여름 보신에 좋다는 재첩국을 한창 맛있게 먹을 즈음이었다. 센소지 문전 마을에 있는 쇼분도라는 부채 가게가 초상화 부채를 팔아서 큰 인기를 누렸는데, 그 초상화 부채를 그리던 슈메이라는 화공이 후카가와 하마구리초의 후나야도에서 누군가에게 칼에 찔려 죽은 사건이 있었다.

"그 사건이 있을 때 짱구는 마음병을 앓느라 방에 누워 있었죠. 그걸 이모부가 고쳐 주셨다고 들었어요."

헤이시로가 아니다. 짱구가 스스로 고쳤지. 하지만 그 말이 기분 나쁘지는 않다.

"그 아이가 옛날 사건을 기억해 준 덕분에 슈메이를 죽인 자를 잡을 수 있었지."

그 성과가 다시 짱구에게 기운을 북돋아 주었다.

"짱구는 이모부한테 수훈을 칭찬받고, 너는 마사고로 행수의 훌륭한 부하다, 라는 격려도 받은 덕에 자신감을 얻었어요. 그래서 더 열심히 일해 보자고 생각한 거죠."

그때까지도 짱구는 마사고로가 모시는 모시치 대행수가 들려주는 옛날 사건이나 상황을 통째로 암기해 왔다. 뎃핀 나가야에 소동이 있을 때도 헤이시로는 짱구의 넓은 이마 속에 담긴 과거 이야기에 큰 도움을 받았다.

"짱구는 모처럼 신통한 기억력을 타고났으니 모시치 대행수가 들려주는 이야기만 담아 둘 게 아니라 다른 사람들의 이야기도 많이 듣고 담아 두자고 작정했대요. 대행수와 마사고로 씨도 짱구 생각에 찬성하고 몇 사람을 소개해 주셨거든요. 그래서 짱구는 여름 이래 여기저기 열심히 다니며 과거 이야기를 들려주는 사람들을 만나고 있어요."

헤이시로는 감탄했다. 기분이 좋아졌다.

"그 아이가 기특한 생각을 했구나."

"저도 그렇게 생각해요. 짱구는 그것이 자기가 살아갈 길이고 밥벌이이기도 하다고 깨달은 거겠죠. 과거 일들을 많이 들어서 언제라도 암송할 수 있게 해 두면 수사에 도움이 될 수도 있잖아요. 몸은 작고 힘은 딸려도 오캇피키의 수하로서 일을 잘할 수 있을 테고요. 그렇죠?"

"암, 물론이지."

"에도 땅이 넓다고 하지만 짱구 같은 아이는 또 없을 거예요."

지금까지는 모시치 대행수의 이야기도 그가 들려주는 순서대로 만 기억해 두고 있었으나(그래도 필요한 이야기는 빠짐없이 기억해 낼 수 있다는 것이 짱구의 대단한 점이지만) 앞으로는 사건이 일어 난 시간 순서대로, 혹은 사건의 내용을 감안하여 조리 있게 정리해 서 기억하기로 했다고 한다.

"그래서 제가 그 부분을 돕고 있어요."

유미노스케가 말했다.

"짱구는 아무 기록이 없어도 머릿속에 든 내용을 암송할 수 있지 만, 기억한 것들이 자꾸 늘어나면 아무래도 힘들어지겠죠. 끄집어 내는 데 시간이 많이 걸릴 테니까요."

실제로 짱구가 암송할 때 중간에 방해를 받으면 암송을 못하고 맨 처음으로 돌아가야 한다.

"그러므로 세세한 내용은 짱구의 기억에 맡긴다 해도 누구한테 어 떤 이야기를 듣고 그것이 언제 일인지 하는 점들을 가지런히 기록한 목록 같은 게 있으면 좋지 않겠어요? 그걸 제가 만드는 거예요."

유미노스케가 만드는 목록이 있으면 짱구가 그것을 암송할 때 머 릿속을 전부 뒤집어 보는 수고를 덜 수 있다.

"그러니까 기록은 짱구 머릿속에 있고 목차만 네가 만든다는 말이 냐?"

"예, 맞아요."

유미노스케는 기분이 좋아 보였다. 그에게도 의욕이 느껴지는 일인 모양이다.

"오캇피키라도 다양한 사람이 있어서 누구나 기꺼이 과거 이야기를 들려주지는 않더라고요. 보잘것없어 보이는 짱구의 외모를 보고 처음부터 코웃음 치는 사람도 있거든요. 함부로 놀리는 사람도 있고요. 그럴 때도 제가 나서서 도와주지요."

유미노스케는 무술을 익혔다. 덩치 커다란 어른이라도 메다꽂을 수 있다.

"그럼 너는 목차 작성자 겸 경호원인 셈이구나."

"그 정도로 세지는 못하지만요."

유미노스케는 제법 의젓한 얼굴로 쑥스러워한다.

"게다가 지금까지는 크게 언짢은 일 없이 해 올 수 있었어요. 오히려 어린아이들이 이렇게 서로 도우며 일하다니 대견하다고 하면서 과자를 대접해 주던데요."

"그러다 이 썩을라" 하며 헤이시로가 웃었다. 가는 곳마다 환영을 받는 이유는 유미노스케의 예쁜 얼굴과 짱구의 순박하고 무구한 모습이 상대방의 마음을 감동시켰기 때문이리라.

"일단 지금은 오캇피키 행수들을 만나고 다니지만 나중에는 범위를 넓혀서 소방대 사람들이나 기도반 지기들, 지신반에서 잔뼈가 굵은 사람들한테도 이야기를 들어 볼 생각이에요. 특히 소방대 사람들에게 들은 이야기들을 모아 보면 에도 어디에서 어떤 화재가 일어났고, 그 경우에 어디로 퍼지기 쉬운지도 알 수 있겠죠. 그럼 앞으로 화재를 대비하는 데도 도움이 될 거예요."

이번에는 부끄러워하는 표정이 아니라 자랑과 의욕에 상기된 얼굴로 말했다.

"뜻대로 해 봐라. 너희 둘 모두 기특하구나."

"그런데 이모부."

유미노스케는 등을 곧게 펴고 진지한 표정이 되었다.

"저나 짱구나 이모부를 돕고 싶어요. 이모아라이 언덕의— 그 사건도요. 뭔가 도울 일은 없을까요?"

헤이시로는 두 손을 겨드랑이에 끼고 어린 처조카의 걱정스러울 만큼 아름다운 얼굴을 지긋이 응시했다. 제풀에 쑥스러워하는 얼굴로 변한다.

유미노스케는 아오이의 죽음으로 마음에 깊은 상처를 입었다. 밤에 무서운 꿈을 꾸다가 담요를 푹 적시고 말았다는 사실을 헤이시로는 잘 알고 있다.

"마음은 고맙다. 하지만 이번 사건은 너나 짱구한테는 너무 모진 이야기 같구나."

"어째서요? 모질기로 보자면 뎃핀 나가야 사건도 마찬가지였어요. 저는 영문도 모르고 답답하게 있느니 속 시원하게 알아 버리는 편이 훨씬 마음이 편해요."

으음…… 하고 헤이시로는 신음 소리를 냈다. 유미노스케의 심정도 이해할 수 있다.

"어제 저녁에,"

예, 하고 유미노스케는 툇마루에 반듯하게 꿇어앉았다.

"사에키 나리가 하는 말이, 아오이를 죽인 진범을 찾는 데 가장 큰 난관은 미나토야일 거라더구나. 미나토야야말로 진범을 비호하고 있을 거라고 하면서 말이다."

"그래서 사키치 씨한테 죄를 뒤집어씌우되 감옥에 가두기는 켕기니까 갖은 수를 써서 조사는 면하게 해 주었다는 얘기군요?"

"음, 그렇지."

헤이시로는 이마를 긁적였다. 방금 면도한 이마에 가을 아침 바람이 시리다.

"복잡한 사정을 모르는 사람이 본다면 당연히 그렇게 보인다는 거다."

"사에키 나리가 상황을 다 알고 있나요? 오후지 씨가 자기가 죽였다고 믿고 있는 아오이 씨가 실은 살아 있고, 미나토야 씨가 그것을 감추려고 복잡한 조치를 취했으며, 그래서 오후지 씨는 미나토야 씨에게 내내 속아 왔고, 자기가 아오이 씨를 죽였다는 죄책감을 가슴에 묻어 두고 사는 데 지쳐서 사키치 씨에게 넌지시 운을 띄웠고, 이에 놀란 사키치 씨가 미나토야 씨에게 달려가 실은 아오이 씨가 살아 있다는 말을 끌어내고, 그래서 이모아라이 언덕 저택으로 찾아갔다는 사정 말예요."

"복잡한 이야기를 용케도 단숨에 말해 버리는구나."

"숨차네요. 근데, 알고 있나요?"

"아니, 거기까지는 말하지 않았다. 아오이와 미나토야와 사키치 사이에는 복잡한 사정이 얽혀 있다는 얘기만 했다. 의심스러운 자는 사키치뿐만이 아니라는 사정을 이해하는 데는 그 정도만 파악해도 충분하니까.”

“그렇다면 사에키 나리는 필시 오후지 씨를 의심하겠군요. 본처와 숨겨 둔 첩의 다툼이라는 단순한 사건으로 보일 테니까요.”

유미노스케가 ‘숨겨 둔 첩’이라는 노골적인 단어를 사용하니 어설프나마 서슬 같은 것이 느껴진다.

“짱구와 함께 과거 이야기를 들으며 돌아다니다 보면요, 이모부. 사람은 터무니없는 이유로 누굴 죽이지는 않는구나 하는 생각이 들어요. 대부분의 사건은 돈이나 치정 때문이더라고요. 여자끼리 다투다가 마침내 한 쪽이 다른 쪽을 죽이는 일이라면 꽤 많아요. 제 손으로 직접 해치웠느냐, 누구를 끌어들였느냐, 중간에 있던 사람이 덤터기를 썼느냐 등등 사연은 다양하지만 결국 핵심을 보면 비슷한 사건들이라는 이야기죠. 그러니까 사에키 나리도 그렇게 확신하는 거겠죠. 경험 많은 관리니까요.”

“유미노스케.”

헤이시로는 조금 전까지 오토쿠네 자킨시보리가 두 개 놓여 있던 나뭇잎 모양의 접시를 바라보면서 입을 열었다.

“오후지가 실은 진실을 다 알고 있지 않았나 싶은 생각이 드는구나.”

헤이시로는 하치스케를 만나러 이모아라이 언덕을 오르면서 했던 생각들을 들려주었다. 오후지는 아오이가 살아 있다는 사실을 알고 있었고, 미리 아오이를 죽인 뒤에 그 죄를 사키치에게 뒤집어씌우기 위해 일부러 사키치에게 과거 사건을 슬쩍 내비친 게 아닐까—.

“물론 사키치가 함정에 제대로 걸려들었다 해도 미나토야가 사키치를 방치할 리는 없다고 생각했겠지. 실제로 이렇게 조사를 면했고. 겉으로 보자면 아무도 다치지 않았어. 하지만 사키치는 드디어 어머니를 만날 수 있게 되었다고 생각한 순간에 그 시체를 눈앞에서 봐야만 했다. 미나토야 소에몬도 꽁꽁 숨겨 왔던 아오이를 잃었고.”

오후지는 쾌재를 불렀으리라.

“앞뒤가 딱딱 맞아. 지금은 사에키 나리의 짐작이 맞지 않을까 싶구나.”

그렇다면 범인을 찾으려 애써 봤자 공연한 짓이다. 미나토야 소에몬을 추궁해서 자백을 받으면 그만이다. 헤이시로는 그런 일에 굳이 유미노스케나 짱구까지 끌어들이고 싶지 않았다. 오후지와 미나토야와 아오이의 관계에서 비롯된 갈등은 뎃펜 나가야 소동만으로 충분하다. 참으로 흉하고 칠칠치 못한 어른들의 치정 싸움이 다다른 종착점이다.

유미노스케도 역시 나뭇잎 모양의 접시를 쳐다보고 있었다. 누가 보면 두 사람 모두 ‘여기 있던 과자는 누가 먹었지?’ 하고 의아해하는 것처럼 보일지도 모른다.

“그런 의문이라면 미나토야 씨에게 확인해 보는 것 말고는 달리 방법이 없겠군요.”

유미노스케가 말했다.

“역으로 말하면 적어도 그 점은 확인해 볼 수 있다는 얘기죠. 미나토야 씨가 사실대로 말할지 아닐지는 제쳐 두고요.”

유미노스케는 귀엽게 한숨을 지었다. 가만 보니 입 가장자리에 자킨시보리 가루가 묻어 있다.

"저어, 이모부, 일단은 백지로 돌려 놓고 생각해 보면 어떨까요?"

"어떻게?"

눈썹을 쓰윽 쳐들며 헤이시로가 유미노스케의 얼굴을 보았다.

"범인으로 짐작되는 '사람'이 아니라 일어난 '일'을 보는 거예요. 실제로 일어난 일들 말이에요. 이모부는 이모아라이 언덕 저택에 가서 아오이 씨를 시중들던 하녀를 만나셨죠?"

"아, 오로쿠라는 하녀였지."

헤이시로는 오로쿠한테 들은 이야기를 유미노스케에게 들려주었다.

당시 아오이는 감기에 걸려 목에 수건을 감고 있었다는 것. 그 수건이 살인에 이용되었다는 것. 사키치는 "향내 같은 좋은 냄새가 났다"고 말했지만 아오이는 방에 향을 피우는 습관은 없었다는 것, 아오이는 감기 때문에 담배를 삼가고 있었지만 방에는 담배장이 나와 있었다는 것―.

또 그 넓은 집에 살던 사람은 아오이와 오로쿠와 그 딸들, 즉 어른과 아이를 합해서 네 명뿐이었으며, 그래서 집은 빈틈이 많아 누구라도 마음만 먹으면 쉽게 숨어들 수 있었다는 이야기도 했다. 실제로 사키치가 그리했다. 아오이의 방에서 얼이 나간 모습으로 발견될 때까지 오로쿠의 눈에도 띄지 않았다.

"그래서 나는 생각했던 거야."

헤이시로가 말했다.

"누군지는 몰라도 범인은 그 집의 그런 사정을 잘 아는 자라고."

"그렇죠. 저도 그렇게 봐요."

유미노스케는 방긋 웃었다.

"과연 오후지 씨가 그럴 만한 처지였을까요? 이모아라이 언덕 저택의 상황을 잘 알 수 있었을까요?"

"가능하지 않을까? 사람을 쓰면."

"어떤 사람을요?"

"얼마든지 있지, 점원이라든지."

"과연 미나토야 씨를 속이면서까지 오후지 씨의 명령을 충실히 따를 만한 점원이 있을까요? 게다가 공연히 호기심을 품지 않고 입도 무거운 점원이요? 지금 오후지 씨에게 그렇게 충성스런 점원이 있을까요?"

헤이시로는 대답이 궁했다. 오후지의 일상은 등나무집 안에서만 이루어진다. 그 집으로 이사한 뒤로는 미나토 상회 안주인이란 역할도 포기해 버렸다.

"주인을 위해서라면 물불을 가리지 않는 미나토 상회 점원도 있겠지요. 규베 씨가 그랬고, 사납게 생긴 그림자 지배인도 그랬고요. 하지만 그 두 사람은 모두 소에몬 씨에게 충성하는 사람이에요."

"음……."

"돈으로 누구를 고용하려고 해도 오후지 씨는 큰 상점의 안주인으로 얌전히 살아온 사람이에요. 돈만 주면 아무리 위험한 다리라도 건너겠다는 사람을 쉽게 찾아낼 수 있을 것 같지는 않아요."

듣고 보니 그렇다.

"오후지가 직접 조사했을지도 모르지. 이모아라이 언덕 저택에 몰래 가 본다거나."

"그렇죠, 그럴 수도 있어요. 하지만 그럴 가능성은 잠깐 옆으로 치워 두죠. 사람이 아니라 일을 살펴보기로 했으니까요."

헤이시로는 유미노스케가 무슨 말을 하려는지 알 수 없어 잠자코 따를 수밖에 없었다.

"담배장이 나와 있었다니 흥미롭군요."

곰곰이 생각하는 얼굴로 유미노스케가 말했다.

"담배를 피우는 손님이 찾아와서 아오이 씨가 접대를 하려고 담배장을 내주었다거나—."

"하지만 오로쿠가 모르는 사이에 손님이 찾아와서 아오이가 손수 대접을 했다고 생각하기는 어려운데."

"그때만은 특별한 사정이 있었을지도 모르죠."

그 손님은 자신의 방문을 하녀 오로쿠에게 알리고 싶지 않았다. 혹은 아오이가 그 손님의 방문을 오로쿠에게 알리고 싶지 않았다.

"그렇다면 오후지가 더욱 수상해지지 않느냐. 아오이는 자신의 과거나 이력을 오로쿠에게 말하지 않았으니까. 물론 오로쿠로 하여금 짐작케 하는 일들은 있었겠지만."

"그럴 수 있어요. 그러나 그럴 수 있다는 뜻일 뿐이에요, 이모부."

유미노스케는 분명하게 말했다.

"답답하게 굴어서 죄송해요. 하지만 이모부, 제가 드리고 싶은 말씀은 아오이 씨가 살해당할 때의 방 안 상황과 아오이 씨 시체의 상태가 너무 말끔하다는 점이 마음에 걸린다는 거예요."

말끔해? 헤이시로는 그 말을 이해할 수 없었다.

"아오이 씨는 수건으로 목이 졸렸다, 그 수건은 원래 아오이 씨가 목에 감고 있던 것이다, 방 안은 잘 정돈되어 있었다, 그래서 사키치 씨도 시체를 보기 전에는 변고를 알아채지 못했잖아요. 옷걸이에는 기모노가 걸려 있고 어지럽혀진 흔적은 없었다, 오로쿠 씨도 사람 목소리나 다투는 소리는 듣지 못했다, 그리고 아오이 씨의 시체는 사키치 씨가 맨 처음 발견했을 때는 그저 편하게 엎드려 있는 듯 보였다."

하나하나 헤아리듯 열거하고 나서 유미노스케는 눈길을 들었다.

"이것은 범인이 아오이 씨의 목을 조르는 난폭한 행위가 한참 전에 있었기 때문이 아닐까요? 당장 눈에 띄는 아오이 씨의 수건을 사용한 이유도 사건이 느닷없이 일어났기 때문이 아닐까요? 정작 아오이 씨도 무슨 일이 일어나는지 몰랐을 정도로 느닷없이 말입니다. 범인이 수건으로 아오이 씨 목을 조르는 일이 벌어지기 전에는 그 방은 아주 평온하지 않았을까 싶은데요."

헤이시로도 그렇게 짐작하지만, 그렇다고 무슨 결론이 나오는 건 아니지 않은가 하는 생각도 들었다.

"오후지 씨든 누구든 아오이 씨에게 깊은 원한을 품은 인물이 범인이라면 과연 그런 행동이 가능했을까요?"

유미노스케는 생각에 열중한 나머지 몸을 앞으로 구부렸다.

"예를 들어 제가 오후지 씨라면 아오이 씨의 숨통을 끊어 놓기 전에 얼굴을 마주하고 그동안 쌓인 원한부터 풀지 않으면 성에 차지 않을 거예요. 당연히 요란한 소동이 벌어지겠지요. 오로쿠 씨도 알게 될 테고 무엇보다 아오이 씨가 큰 소리로 도움을 청했겠지요."

헤이시로는 뭐라고 말하려다가 얼른 말이 떠오르지 않아 그저 콧구멍만 벌렁거리며 숨을 뿜어냈다.

"시체도 그냥 놔둘 수 없겠죠. 발로 차거나 짓밟거나 하겠죠. 갓 지은 도라지 무늬 기모노? 그런 게 눈에 띄면, 에잇, 빌어먹을, 하고 찢어 버리거나 내던지거나 했겠지요."

그제야 헤이시로가 반론을 내놓았다.

"그런 어지러운 장면은 이미 한참 전에 있었는지도 모르지. 다른 날이었을 수도 있고."

"오후지 씨가 오로쿠 씨가 집을 비울 때를 노려서 이미 아오이 씨를 만나고 있었다는 건가요?"

"그래. 꼭 오후지가 아닐 수도 있어. 아오이에게 원한을 품은 다른 자일지도 모르지."

"그런 일이 과거에 있었다면 그거야말로 오로쿠 씨가 눈치 채지 않았을까요? 아오이 씨의 행동거지로 드러났을 테니까요. 게다가 그런 일이 있었다면 아오이 씨가 소에몬 씨에게 말하지 않을 리가 없어요."

그렇겠지. 흠, 유미노스케의 말이 옳다.

"그래요. 복잡한 과정에서 한 발 물러나서 실제로 일어난 '일'만 살펴보면 아무래도 이 사건은 아오이 씨와 깊은 인연이 있는 사람의 짓이라고 생각할 수가 없어요. 그렇게 보기에는 너무 말끔하잖아요?"

"그러니까, 그렇게 깊은 인연이 있는 어떤 자가—."

오후지밖에 없다고 단정할 수는 없지 않느냐, 하고 헤이시로는 짐짓 엄한 얼굴로 말했다.

"사람을 고용해서 죽이게 했다면? 그럼 깨끗하게 처리할 수 있겠지."

유미노스케는 에헤헤, 하고 웃었다.

"하수인을 고용했다면 아오이 씨의 수건을 사용하지 않고 처음부터 흉기를 준비해서 찾아갔겠죠."

헤이시로는 입을 꾹 다물었다.

"준비해서 찾아갔지만 아오이의 수건만 사용하고 흉기는 꺼내지 않았을 수도 있지."

"그 점은 잠시 제쳐 두고요, 아까도 말씀드렸지만 오후지 씨에게는 자기를 대신해서 살인해 줄 사람을 찾아낼 만한 주변머리가 없어요. 우리가 짐작도 못하는, 아예 전혀 모르는 누군가가 아오이 씨를 깊이 원망하고, 동시에 살인해 줄 사람을 고용할 만한 돈과 연줄이 있는 경우에만 이모부의 말씀이 조리가 서게 되죠."

헤이시로는 절반쯤 오기로 버티며 생각했다.

"아오이는 이모아라이 언덕 저택에 숨어 살기 전까지는 제법 크게 장사를 했다고 하니까 그 시절에 누구를 적으로 돌려세웠는지도 모르지."

"그런 적이라면 미나토야 씨가 사키치 씨를 방패로 삼으면서까지 보호하려고 할까요?"

"그럼 뭐냐, 미나토야는 역시 누구를 비호하는 게 아니라 처음부터 사키치가 범인이라고 믿고 있다는 거네?"

한참 돌아다니다가 제자리로 돌아온 셈이다. 생각이 뒤죽박죽이 되었다.

이모부, 이모부, 하며 유미노스케가 엉금엉금 기어서 헤이시로의 등 뒤로 돌아가 어깨를 주무르기 시작했다.

"혼란스러우시죠? 당연히 그럴 거예요. 저도 마찬가지예요. 미나토야 씨와 오후지 씨와 아오이 씨와 사키치 씨 사이에 가로놓인 것들, 무슨 일이 벌어져도 이상할 게 없는 과거의 거짓과 비밀들이 우리 모두에게 눈가리개를 씌운 거예요."

노래라도 하듯이 그렇게 말하며 헤이시로의 어깨를 주무른다. 제법 능숙하다. 기분이 좋다.

"눈가리개라……."

"예. 눈가리개를 치우고 보면 이 사건은 의외로 단순할지도 몰라요. 저는 그렇게 생각해요."

단순하다? 헤이시로는 그렇게 느껴지지 않았다. 아무래도 그건 아닐 것이다. 그러나 유미노스케의 말이 점차 머릿속에 스며드는 듯했다.

아오이는 그녀가 안고 있는 과거 인연과는 전혀 관계없는 이유 때문에 살해되었다?

"저도 이모아라이 언덕 저택에 가 보고 싶어요. 저를 좀 데려가 주실 수는 없나요?"

"음, 좋지." 대답을 하고 나서 헤이시로는 무릎을 탁 쳤다.

"아, 그보다 실은 너한테 뭘 부탁할까 했었다."

유미노스케는 헤이시로의 어깨를 주무르던 손을 멈췄다.

"저에게요?"

"응, 미나토야 소에몬을 만나는 데 그 집을 이용할까 한다. 어쨌

거나 이 뿌연 연기를 조금이라도 치워야겠는데, 그러려면 먼저 소에
몬을 만나 많은 것들을 물어봐야겠거든.”

그렇지, 오로쿠를 괴롭히는 마고하치를 쫓아 버릴 때 아오이가 데
려다 쓴 환술사 무리에 대해서도 알아봐야겠다. 마고하치가 그 뒤로
어떻게 지내는지도 궁금하다. 환술사 무리를 아오이 혼자 수배할 수
는 없었을 테고 소에몬의 인맥과 영향력을 빌린 게 틀림없다.

그 일에 대해서 이야기해 주자 유미노스케는 눈을 동그랗게 떴다.

“아, 눈가리개가 하나 더 늘어난 것 같네요.”

하지만 그건 별 관계가 없어 보이는데요, 하고 문득 아이다운 얼
굴이 되어서 말했다.

“나도 그렇게 생각한다. 다만 혹시나 해서 확인해 보려는 거야.”

“어쩌면 모처럼 대대적으로 환술을 보여 주었는데 아오이 씨가 대
가를 인색하게 내놓자 그 무리가 화가 나서 아오이 씨를 해쳤다?”

헤이시로는 유미노스케의 머리를 콕 찔렀다.

“너까지 나서서 눈가리개를 만들어 놓으면 어쩌라는 거냐.”

우후후, 하고 웃으며 유미노스케는 뒤로 피했다.

“다행히 그 집은 지금 비어 있으니까 관리인한테 부탁하면 이용할
수는 있을 게다. 아오이가 죽은 방에서 미나토야 소에몬을 만나는
거야.”

“이번에는 놀잇배를 준비하지 않나요?”

“내가 왜 미나토야를 대접해야 하지?”

“그렇군요.”

유미노스케는 소리 내어 웃었다.

“지금 바로 편지를 써 줄 테니까 네가 그걸 아카시초에 있는 가쓰
겐에 전해 주련? 규베하고는 가쓰겐을 통해서 연락하기로 되어 있
으니까.”

“예, 얼마든지요.”

“자잘한 준비는 규베한테 부탁하자. 싫다고는 못할 거다.”

그렇게 힘주어 말했다가 헤이시로는 이내 곰곰이 생각하는 표정
이 되었다.

“아, 아무래도 안 되겠다.”

“예?”

“문구는 내가 생각할 테니까 쓰는 건 네가 해라. 내 글씨로는 아
무래도 위엄이 안 서.”

유미노스케는 얼른 앉은뱅이책상 앞에 앉았다.


9


콩콩콩콩콩.

경쾌한 발소리가 들린다.

콩콩콩콩콩.

하나가 아니라 둘이다. 두 사람이다.

“음, 이번엔 이쪽이야. 짱구.”

흥겨운 목소리가 들리고 다시 발소리.

콩콩콩콩콩.

이모아라이 언덕 저택의 긴 복도를 유미노스케와 짱구 산타로가 걸레질하고 있다.

저택 밖에서는 마사고로의 젊은 수하가 철썩철썩 물을 뿌려 가며 문을 닦고 있다. 아오이가 쓰던 방에서는 다른 수하 두 명이 다다미를 때려서 먼지를 털고 있다. 다들 우락부락하게 생긴 얼굴에 부인들처럼 수건을 깊이 둘러쓴 모습이 꽤 익숙해 보인다.

헤이시로는 마당에 서 있었다. 뭐 도울 일 없느냐고 물었지만 거치적거리지 말고 가만히 계셔 주시는 게 돕는 거라는 말을 듣고 뒤로 물러났다.

남자들과 소년들에게 지시를 내리고 있는 사람은 마사고로의 부인이다. 오늘은 메밀국숫집도 문을 닫고 와 주었다.

"청소라면 제 마누라한테 맡기십시오. 기꺼이 맡아 줄 겁니다."

해서 마사고로의 말에 못 이기는 척 따른 것이다. 평소의 헤이시로라면 이럴 때는 뭐니 뭐니 해도 오토쿠한테 부탁했겠지만, 이번만큼은 그럴 수 없었다. 아오이 사건에는 오토쿠를 끌어들이지 않겠다고 작정했다. 게다가 요즘 오토쿠는 정신없이 바쁘다. 배달 식당과 찬 가게를 꾸려야 하기 때문이다.

"에고, 나리, 거기 그렇게 계속 서 계시다가는 정작 저 방에서 모임을 가질 즈음에는 녹초가 되시겠어요."

마사고로의 아내 이름이 오콘이라는 사실을 오늘에야 알았다. 오콘이 화로를 안고 툇마루에서 헤이시로에게 말했다.

"현관 옆 작은 방은 막 정리가 끝났습니다. 어여 그 방에 드셔서 좀 쉬세요."

크기가 중간쯤 되는 화로라지만 꽤 무거워 보인다. 다다미를 걷어
내던 수하 하나가 황망히 달려왔다.

"아주머니, 제가 들게요."

"그럴까, 그럼 부탁해."

"어디다 놓을까요?"

"일단 저쪽 복도에 놔 줘. 이것 좀 봐. 아리타 도자기야. 보물 문
양*이 예
쁘기도 하지. 무슨 화로가 이리 예쁠까. 창고 구석에 처박혀 있던데,
역시 부자는 다르네."

헤이시로가 웃으며 말했다.

"오늘 이 일이 끝나면 수고비 조로 가져가게. 어차피 집주인 물건
도 아니니까. 아오이가 사다 놓았겠지. 여기 그냥 놔두면 처음 보는
놈이 임자가 될걸."

오콘은, 사양할래요, 나리, 하고 아가씨처럼 깔깔 웃었다.

"그런 짓 하다가 오랏줄 받게요. 우리 집 양반이 얼마나 바른 소
리가 심한데요."

마사고로의 대쪽 같은 기질이야 잘 안다.

"혼자서만 빈둥거리기도 뭣하구먼. 잠깐 지신반에나 다녀와야겠
다."

"이제 거의 다 끝났는걸요."

"나간 김에 차랑 과자라도 사다 주지. 다들 이렇게 땀 흘려 주었
으니 그거라도 안 하면 내가 벌 받겠구먼."

그럼 다녀오세요, 하는 밝은 목소리에 맞춘 것처럼 마사고로가 저



---

* 일본의 전통 문양으로, 복을 부른다는 칠보(七寶), 혹은 팔보(八寶)를 옷이나 기물에 새기는 관습이 있었다

택 옆을 돌아서 어슬렁어슬렁 모습을 드러냈다. 오른손에 낫을 들고 있다. 뒤뜰에서 덤불이며 잡목들을 정리하고 오는 듯하다.

"행수한테까지 허드렛일을 시켜서 미안하군."

"천만에요. 저희가 마땅히 해야 할 일인걸요."

덩치 커다란 사내가 환하게 웃는다. 평소에도 마사고로의 수하들은 살림집이 있는 혼조 모토마치 주변을 청소한다. 이런 일에 익숙한 것이 당연하다.

미나토야 소에몬을 만나는 중요한 자리를 아오이가 살던 이 집으로 하자고 꾀를 낸 사람은 헤이시로였다. 집주인한테도 양해를 얻어 두었다. 하지만 미리 둘러보러 왔다가 깜짝 놀랐다. 아오이가 죽고 하녀 오로쿠가 떠난 지 이제 겨우 보름도 안 되었는데 저택이 많이 황폐해져 있었기 때문이다.

집이란 사람 온기가 없으면 금방 망가지게 마련이다. 너무 크기는 하지만 집도 역시 도구 가운데 하나라고 봐야 한다. 팽개쳐 둔 칼이 금세 무뎌지고 주인 잃은 물레가 금세 덜걱거리게 되는 것과 매한가지다.

가쓰겐을 통해서 규베와 몇 차례 연락을 주고받은 덕분에 오늘 저녁 모임은 아무 문제 없이 준비되었다. 미나토야 소에몬은 숨거나 피하지도 않고 헤이시로를 만나러 온다. 먼지투성이 저택에 찢어진 장지, 덤불에 묻힌 마당이어서는 초청한 측의 체면이 상한다. 그래서 서둘러 사람들을 불러 대청소를 하게 된 것이다.

헤이시로는 손을 겨드랑이에 끼우고 이모아라이 언덕을 내려갔다.

하늘은 맑고 햇살은 밝다. 바람도 없지만 뼛속까지 냉기가 스며든
다. 가을이 깊어진 것이다. 오콘이 화로를 내와서 다행이다. 해가 떨
어지면 냉기는 더 매서워지는데다가 사람이 떠난 커다란 집은 한여
름이라도 서늘한 기운이 느껴질 테니까 말이다.

문이 활짝 열린 지신반에 다가가 안을 들여다보니 현관 마루 너머
방 안에 헤이시로 또래로 보이는 남자가 앉아서 꾸벅꾸벅 졸고 있
다. 그 뒤쪽에는 서기 노릇을 하는 남자가 앉아시 독본 같은 것을 열
심히 읽고 있다.

당번제로 지신반을 지키는 일은 그 지역의 집주인(혹은 그 대리인
노릇을 하는 관리인)들이나 노변 상가 주인들이 맡는 중요한 소임이
지만, 지역에 아무런 일도 일어나지 않으면 그냥 지루하게 자리나
지키고 있는 수밖에 없다. 무가에서 운영하는 네거리 초소와 달리,
아무 일이 없어도 반드시 지켜야 한다는 엄격한 규제는 없다. 따라
서 이렇게 한가로운 풍경은 일상적이다. 하루 종일 지키고 있어 봐
야 길 묻는 나그네가 한 명 들르는 게 고작인 날도 드물지 않다.

사에키 조노스케와, 그를 통해 이 지역의 오캇피키인 흰 머리띠
하치스케의 내락을 얻었으므로 번번이 지신반에 들를 필요는 없지
만, 사에키를 만난 뒤로는 흰 머리띠 행수의 얼굴을 본 적이 없어서
혹시 여기 있으면 인사나 나눌까 싶었는데 없는 모양이다. 발길을
돌릴까 하는데 서기 뒤쪽 허공에 굵은 정강이가 쑥 내려왔다. 살펴
보니 모쿠타로가 계단을 내려오는 중이다.

지신반 지붕 위에는 화재를 감시하는 망루가 있다. 그곳으로 올라
가는 사다리가 방 안 구석에 있다. 그가 사다리를 다 내려와 이쪽으

로 얼굴을 돌리는 것을 보고 헤이시로가 어이, 하고 불렀다.

모쿠타로는 금세 알아보았다. 자리에 앉아 졸던 사내들도 이쪽을 쳐다보았지만 모구타로는 그들에게 뭐라고 소곤거리고는 커다란 덩치를 오므리듯이 해서 문을 빠져나왔다.

"왜, 경종 수리라도 했느냐?"

헤이시로가 물었다.

모쿠타로는 얼굴도 크고 몸뚱이도 큰데다가 눈코입도 다 큼지막하다. 눈을 부리부리 뜨면 눈동자가 불거져 땅으로 떨어져 버릴 것 같다.

"그렇습니다요, 나리."

오늘 아침 경종을 달고 있던 고리가 망가져 지붕 위로 경종이 떨어졌다고 한다.

"지붕을 구르다 땅으로 떨어지지 않은 것은 다행이지만 왠지 불길한 예감이 드네요. 다시는 이런 사고가 없도록 단단히 고쳐 놓았지만 괜히 걱정스러워서요. 방금도 상태를 보러 올라갔던 참입니다."

쇠고리가 비바람에 시달리다 녹이 슬거나 뒤틀릴 수도 있다. 그렇게 언짢게 생각할 일도 아니건만 모쿠타로는 덩치만 커다란 사내들이 대개 그렇듯이 꽤 소심한 모양이다.

"그거야 흔한 일이지. 단단히 고쳤으면 뭐가 걱정이냐. 그런데 지붕이 망가졌겠구나."

"그것도 제가 고쳐 놓았습니다."

제법 일솜씨가 있는 듯하다.

"기특하네. 너 같은 수하가 있으니 흰 머리띠 행수도 마음이 놓이겠구나.”

모쿠타로는 헤이시로보다 머리통 하나는 더 크지만 헤이시로를 아래에서 위로 훑어보는 통에 위로 치켜뜬 눈길을 보낸다.

“그런데 오늘은 무슨 일로 오셨습니까, 나리?”

조심스레 묻는다.

“그냥 둘러보는 거다. 오늘 저녁이면 끝날 일이지만 잠깐 볼일이 있어서 내가 그 임대 저택을 하룻밤만 쓰기로 했다. 그 참에 너희 행수가 있으면 얼굴이나 볼까 해서 와 봤다.”

너희 행수한테 이야기는 들었느냐— 하고 이번에는 헤이시로가 슬쩍 떠보았다. 모쿠타로는 순순히 고개를 끄덕였다.

“사에키 나리께서도 이즈쓰 나리가 오시면 행여 방해가 되는 일이 없도록 하라셨습니다.”

그러고는 금방 커다란 손을 휙휙 내두른다.

“아뇨, 제가 직접 사에키 나리를 뵌 것은 아니고요. 나리께서 형님한테 그렇게 다짐을 놓으셨다고 들었습니다요.”

“그거 다행이구나.”

헤이시로는 덩치 커다란 사내의 어린 얼굴에 웃음을 지어 보였다.

“미안하다. 너희 구역을 함부로 쑤시고 다니는 일은 없을 테니까 눈감아 주려무나.”

“그야 형님께서 알고 계시니 저 같은 것이 신경 쓸 일은 없지요, 나리. 형님도 말씀하셨거든요. 어쨌거나 이쪽에 손해날 일은 없으니까 괜찮다고요.”

이런 것까지 술술 털어놓는 점이 순진하고 귀엽다.

"하지만 나리, 그 임대 저택은 지금 비어 있을 텐데 그런 집에서 무얼 하시게요?"

"잠깐 빌려서 모임을 가질 거다. 남들 눈에 띄지 않으니 딱 좋은 곳이지."

"흐음."

모쿠타로는 무슨 생각을 하는지 눈을 내리깐다. 그러더니 이상한 소리를 했다.

"그 모임에는 나리 같은 무사님들만 모이시나요?"

"그건 아닌데…… 뭐, 그 비슷한 자리다."

"어린아이도 오나요?"

모쿠타로가 무슨 걱정을 하는지 헤이시로는 짐작이 가지 않았다.

"어린아이는 없을 거다. 아, 하지만 지금은 청소를 하는 중이라 어린 계집아이들도 일하고 있지."

그 순간 모쿠타로가 눈을 부릅떴다.

"안 됩니다요, 나리. 그 집에 아이들을 들이면 큰일 납니다."

이건 또 무슨 소리인가, 하고 헤이시로도 덩달아 눈을 부릅뜨다가 이내 짚이는 바가 있었다.

"오, 아이 잡아먹는 귀신이 나온다는 소문이 있었지."

아오이는 그 소문을 이용하여 하녀 오로쿠를 괴롭히던 마고하치를 물리쳤다. 그것도 다 돈과 연줄이 있으니까 가능했던 일이지만 아무튼 멋진 수완이었다고 헤이시로는 생각한다.

"헛소문이 아니라니까요."

모쿠타로가 정색을 했다.

“진짜 나온다고요. 웃을 일이 아닙니다요, 나리. 바로 사흘 전에도 나왔어요. 아이 하나가 자취를 감추는 바람에 저희도 낯이 파랗게 질려서 한참 찾으러 다녔다고요.”

오늘 헤이시로는 핫초보리 도신들이 입는 검은 하오리가 아니라 줄무늬 약식 기모노 차림이다. 그래도 이 지역에서는 잘 알려진 오캇피키의 수하와 칼 두 자루를 찬 사람<sub>이 시대에는 무사만이 칼을 찰 수 있었다</sub>이 지신반 앞에서 한참을 서서 이야기를 나누니 사람들 눈에 띄지 않을 수가 없다.

“모쿠타로, 이 근방에 단것 파는 가게는 없느냐?”

헤이시로가 물었다.

“예?”

“달콤한 과자뿐만 아니라 점포 앞에서 차 같은 마실 것도 파는 곳이면 좋겠는데, 어디 없느냐?”

저쪽 모퉁이에 만주 가게가 있습니다만…… 하고 모쿠타로가 의아하다는 얼굴로 가리킨다. 헤이시로는 냉큼 그쪽을 향해 걷기 시작했다.

만주 가게는 폭 한 칸의 작은 점포였다. 점포 앞에 만주 모양의 간판을 걸어 놓았다. 간판 뒷면에는 반으로 쪼개진 만주 사이에 팥소가 들어 있는 그림이 그려져 있다.

헤이시로는 가게 뒤쪽에 내놓은 장의자에 앉았다. 주인이 차와 막 쪄낸 뜨거운 만주를 접시에 얹어 내왔다.

“따로 스무 개만 싸다우.”

자, 먹어 봐라, 하고 모쿠타로에게 권하고 자기가 먼저 먹었다.

팥소가 쫀득하니 맛이 좋다.

그럼 잘 먹겠습니다요, 하고 깍듯하게 머리를 숙였지만 모쿠타로는 만주를 손에 든 채 먹으려 하지 않는다.

"단것이 싫으냐? 아니면 뜨거운 걸 못 먹나?"

"아뇨, 천천히 먹겠습니다요."

"뭐, 알아서 하려무나. 근데 사라진 아이는 찾았느냐?"

다행히 찾았다고 한다. 바로 그 저택 문 안쪽에서 울고 있는 아이를 모쿠타로가 발견했다.

"네가 수고했구나. 그래, 아이가 뭐라고 하든? 아이 잡아먹는 귀신한테 잡혀갔었다든?"

"꼬마가 통 입을 열지 않습니다요. 완전히 겁에 질려서요."

"어디 다친 데는 없고?"

"얼굴에 얻어맞은 자국이 있습니다. 멍이 든 정도는 아니지만 벌겋게 되어 있었습니다. 그리고—,"

모쿠타로는 만주를 손에 든 채 커다란 얼굴을 잔뜩 우그러뜨렸다.

"목에 이렇게 긴 자국이 남아 있었습니다요."

"긴 자국? 줄에 졸린 흔적이냐?"

"그런 것 같습니다. 손이 아니라 가는 줄이나 허리띠 같은 부드러운 물건 같았습니다. 까칠한 밧줄 같은 것은 아니었어요. 그렇다면 까진 자국이 남았을 테니까요."

헤이시로는 음, 하고 대답하고 만주를 우적우적 씹었다. 이번에도 목을 졸랐단 말인가— 언짢은 예감이 가슴을 확 긁고 지나간다.

아이의 이름은 오하쓰라고 한다. 나이는 여덟 살. 이모아라이 언덕을 다 올라가서 저택을 지나가면 농가가 나오는데, 그 농가는 무가 저택이 많은 지역에 외롭게 남아 있는 밭을 가진 지주집이다. 계집아이는 그 밭을 경작하는 소작인의 딸이라고 한다.

"자식이 많은 집이지만 딸은 그 아이 하나입니다. 엄마를 잘 도와주는 착하고 부지런한 아이죠. 제가 전부터 알고 있던 아이입니다."

"가만 보니 네가 아이를 좋아하는가 보구나."

일전에 유미노스케한테 감쪽같이 넘어간 것을 봐도— 아니, 유미노스케라면 귀신이라도 넘어갈 테지만 그 점을 차치하고라도, 유미노스케를 대할 때 드러나는 모쿠타로의 선한 성품은 어린아이를 귀여워하는 사람임을 짐작케 해 준다.

"형님은 제 머릿속이 아직 어려서 아이들이랑 잘 어울리는 거라고 하십니다요."

그가 정색을 하고 말한다.

"그럴지도 모르지. 하지만 그건 칭찬하는 소리 같구나."

모쿠타로는 동네 아이들하고 잘 어울리는 모양이다. 그래서 오하쓰도 낯이 익었겠지.

"사흘 전 오후, 그러니까 정오 종소리를 듣고 얼마나 지났을까요. 오하쓰네 엄마가 지신반에 와서 하는 말이, 오하쓰가 아직 집에 들어오지 않았다는 겁니다. 그때 저는 다른 곳에 있었는데, 지신반을 지키던 관리인 아저씨가 제가 오하쓰랑 친하다는 것을 알고 알려 주러 왔더군요."

오하쓰는 일 년쯤 전부터 서당에 다녔다. 여염집 자식이라면 몰라도 소작농 자식이 글공부를 배우는 일은 드물다.

“여기 근처에 호슌인이라는 절이 있습니다. 임대 저택 바로 뒤쪽으로 난 길을 따라서 올라가면 나오지요. 절 경내의 사당을 하나 빌려서 하루카라는 여자 선생님이 아이들을 가르치고 있습니다. 그 선생님이 참 훌륭하십니다, 나리. 글을 배우고 싶다는 아이가 있으면 집안이 가난해서 월사금을 낼 수 없어도 기꺼이 받아 주거든요. 그래서 오하쓰도 다닐 수 있었죠.”

여선생이니만큼 읽기, 쓰기, 셈법뿐만 아니라 예의범절도 가르친다. 그래서 특히 딸 가진 부모들한테 인기 있는 서당이라고 한다.

“매일 오전 여덟시부터 열한시 반까지 가르치는데, 정해진 시각에 시작해서 정해진 시각에 정확히 끝냅니다. 가난한 아이들도 있으니까 글공부만 할 수 없고 얼른 돌아가 집안일도 해야 하니까요.”

오하쓰도 매일 다녔고 수업이 끝나면 곧장 집으로 돌아왔다. 오하쓰가 사는 소작인 나가야에서 서당까지는 아이 걸음으로도 바로 코앞이라고 할 만한 거리였다.

그런데 그날은 이상하게 시간이 지나도 돌아오지 않았다. 아이 엄마는 크게 당황했다. 지신반에서 부인의 이야기를 들은 관리인은 어린애니까 중간에 다른 데로 가서 놀고 있을 거라고 부인을 달랬지만, 부인은 오하쓰는 절대 그런 짓을 하지 않는 아이라면서 전혀 걱정을 놓지 못했다.

“저도 오하쓰를 잘 아니까, 그 아이가 엄마 일손을 돕지 않고 어디 가서 놀고 있을 리는 없다고 생각했습니다.”

모쿠타로는 먼저 호슌인에 가 보았다. 하루카 선생은 오하쓰가 정해진 시각에 돌아갔다고 했다. 오하쓰 혼자서 서당을 나섰다. 오하쓰의 오빠들은 나이가 어려도 벌써부터 집안일을 돕느라 바빠서 호슌인에 다니지 않고 있었다.

하루카 선생은 모쿠타로와 마찬가지로 오하쓰의 성실함을 잘 알고 있었다. 그것 참 이상하군요, 저도 같이 찾아보겠습니다, 하고 나섰다.

"하지만 처음부터 너무 소란을 떨면 오히려 좋지 않겠다 싶었습니다. 그래서 일단 선생님은 호슌인에 계시라고 하고, 제가 오하쓰가 지나갔음직한 길을 다니며 큰 소리로 이름을 불렀습니다. 이 근방은 번화가와 달라서 길가에 덤불도 있고 숲도 지나가야 하거든요. 어디에 넘어져서 다쳤을지도 모르고, 꾀가 나서 다른 데로 놀러갈 생각은 하지 않더라도 역시 아직은 어린아이니까 예쁜 새를 보았거나 뭔가 소소한 것에 정신이 팔려서 길을 벗어났을지도 모르니까요."

그러나 오하쓰는 보이지 않았다. 두 시간쯤 이름을 부르며 돌아다녀도 성과가 없자 마음이 급해진 모쿠타로는 지신반으로 돌아가 사람들을 모아 보기로 했다. 이때는 흰 머리띠 행수 귀에도 이 일이 들어가, 나중에 흐뭇하게 웃으며 얘기할 수 있는 일화가 되면 그것으로 족하다며 수하 몇 명을 수색 작업에 투입해 주었다.

아주 기특한 행수 아닌가, 하고 헤이시로는 생각했다. 흰 머리띠 하치스케도 허투루 관록을 쌓은 것은 아니로구나.

"그렇게 일을 나눠서 찾기 시작했는데—."

마침내 그 임대 저택에서 오하쓰를 찾았다.

"무슨 요술 같았습니다요. 왜냐하면 그 임대 저택을 제가 벌써 몇 번이나 들어가서 살펴봤거든요. 하지만 오하쓰는 없었어요. 그런데 하늘에서 뚝 떨어진 것처럼 거기 있더라고요."

"네가 그 저택을 여러 번 들어가 본 이유도 아이 잡아먹는 귀신을 걱정했기 때문이겠지?"

"예." 모쿠타로는 안색이 흐려졌다.

"집 안이 텅 비어 버리자 결국 아이 잡아먹는 귀신도 집을 나와 근처 아이들을 해코지하게 된 게 아닌가 했지요."

모쿠타로는 끅끅 흐느껴 우는 오하쓰를 업어서 집에 데려다 주었다. 이젠 괜찮아, 무서워할 거 없다, 하고 아무리 따뜻한 말로 타일러도 오하쓰는 좀처럼 울음을 그칠 줄 몰랐다.

그리고, 대체 무슨 일이 있었니, 누가 그리로 데려갔니, 하고 물어도 대답을 하지 않았다. 입을 조개처럼 꾹 다문 채 얼굴이 파랗게 질려 있었다고 한다.

"그 아이, 지금은 어떻지?"

"여전합니다." 모쿠타로는 근심스러운 듯 눈을 내리깔았다.

"글공부하러 다니는 것도 그만두었습니다. 엄마와 오빠들 곁을 떠나려고 하질 않는대요. 갓난아기로 돌아간 것처럼 밤에 요를 적시기까지 한답니다."

헤이시로는 무서운 생각을 하고 나면 밤에 담요를 적시는 유미노스케를 떠올렸다.

잠자코 만주 하나를 더 먹었다. 모쿠타로도 얌전히 들고만 있던 만주를 그제야 생각난 듯이 입에 넣었다. 한 개를 다 집어넣고 우적우적 씹고 있다.

"아이 잡아먹는 귀신이 아이 목을 조를까?"

헤이시로가 혼잣말처럼 말했다. "그것도 끈 같은 걸로?"

모쿠타로는 천천히 얼굴을 들고 헤이시로를 보았지만 뭐라고 대꾸해야 좋을지 모르는 표정이다.

"아이 잡아먹는 귀신이 사람에게 들러붙어서 그런 해코지를 하게 만들 수도 있을까?"

헤이시로는 그렇게 중얼거리고는 모쿠타로를 향해 씩 웃어 보였다.

"오하쓰를 잘 돌봐 줘라. 시간이 지나면 차차 나아질 게다. 다시 밖에도 나갈 수 있게 될 테고. 오하쓰가 무엇에 겁을 집어먹었는지 말할 수 있게 되면 자세하게 물어서 네 손으로 못된 귀신을 잡아 보려무나."

"아이 잡아먹는 귀신이 사람 손에 잡히기나 하겠습니까?"

"아무렴. 사람에게 못된 짓을 하는 귀신이라면 당연히 사람 손으로 잡을 수도 있겠지."

허어— 하고 모쿠타로는 마음이 조금 가벼워진 듯 표정을 풀었다.

헤이시로는 자리에서 일어나 따끈따끈한 만주 꾸러미를 들고 왔던 길을 되돌아갔다.

청소는 다 끝나 있었다. 만주 스무 개는 눈 깜짝할 사이에 사라졌다.

헤이시로는 마사고로와 유미노스케와 짱구에게 사흘 전에 일어난 오하쓰 사건을 들려주었다. 짱구는 그것을 머릿속에 담느라 열중하고 마사고로는 미간을 찡그리고 있고 유미노스케는 곰곰이 생각에 잠겨 있다.

"호슌인이라는 서당의 선생이라면 방금 전 나리가 나가 계실 때 여기에 왔었습니다."

마사고로가 말했다.

"하루카 선생이? 뭘 하러 왔지?"

"뒷길을 지나가다가 저희가 청소하는 모습을 보았다고 합니다. 이 집에 이사 올 사람이 정해졌느냐고 묻기에 우리는 전에 살던 사람과 아는 사람들인데 청소를 해 주러 왔다고 대답해 두었습니다."

"곱게 생긴 분이었어요."

유미노스케가 깊은 생각에서 문득 깨어난 듯 눈을 깜빡이며 헤이시로를 올려다보았다.

"아오이 씨를 시중들던 오로쿠 씨라는 하녀의 딸들도 호슌인에 다녔다고 합니다."

아오이 님이 그렇게 졸지에 돌아가실 줄은 생각도 못했는데 너무 마음이 아픕니다, 하고 하루카 선생은 정중하게 안타까움을 토로하고 갔다고 한다.

"네가 넋이 나갈 만큼 고운 여자더냐?"

헤이시로는 유미노스케의 이마를 손가락으로 콕 찔렀다. 하지만 유미노스케는 반응이 없다. 다시 깊은 생각에 빠져 있다. 아무래도 방금 전 그 한 마디는 잠깐 궁리를 쉬고 슬쩍 고개를 쳐든 김에 나온 말이었던 모양이다.

"참 향긋하고, 그윽한 향이 났습니다. 그분 기모노에서."

짱구가 말했다.

"여자들의 멋이지. 향낭을 지니고 있었군."

유미노스케는 여전히 인형처럼 꼼짝도 안 한다.

"얘, 무슨 생각을 그리 골똘히 하누."

헤이시로가 쿡 찌르자 퍼뜩 제정신을 차린다.

"짱구야" 하며 유미노스케가 짱구의 팔을 잡았다.

"간식 맛나게 먹었습니다. 그럼 저희는 다시 아주머니를 도와드리러 갈게요."

짱구를 이끌고 부엌 쪽으로 향한다. 두 아이의 다정한 뒷모습을 바라보다가 헤이시로와 마사고로는 얼굴을 마주 보았다.

"유미노스케가 무슨 생각을 하는 걸까?"

헤이시로가 물었다.

"글쎄요" 하고 마사고로는 고개를 갸웃했다.


하늘의 붉은 기운도 가시고 사위가 어둠에 물들 무렵, 미나토야 소에몬은 약속한 시간에 소리도 없이 찾아왔다.

가마를 타고 왔을 텐데 기척도 없었다. 문 앞에 불쑥 등롱 불빛이 나타난다 싶더니 그걸 쳐든 규베의 모습이 보이고 소에몬이 뒤를 따랐다.

― 꼭 유령 무리 같군.

헤이시로는 속으로 그렇게 혼잣말을 했다.

그의 얼굴을 보는 것은 뎃핀 나가야 사건을 마무리 지은 뒤로 처음이다. 그리고 보니 그때도 놀잇배에서 만났다. 당시에는 음식도 오토쿠와 히코이치의 요리가 아니었고 놀잇배도 미나토야가 준비했었다.

오콘이 촛불을 들고 두 사람을 헤이시로와 마사고로가 기다리는
아오이의 방으로 안내했다. 얼마 전까지 자기가 임대해서 사랑하
는 여자를 숨겨 두고 종종 드나들던 저택— 더구나 그 여자가 목숨
을 잃은 저택에 손님으로 들어서는 심정은 과연 어떨까. 헤이시로로
서는 감히 짐작도 할 수 없는 감정이 가슴속에서 어지러이 교차하고
있으리라.

하지만 미나토야 소에몬의 거동에는 그런 심정을 내비치는 기미
가 전혀 없었다.

마사고로는 방구석에 얌전히 앉아 있었다. 헤이시로와 소에몬이
마주 앉고 규베는 주인 왼편 바로 뒤에 무릎을 꿇고 앉았다.

장지문을 가만히 열고 오콘이 다과를 내왔다. 과자는 건과자였다.
어차피 아무도 손을 대지 않을 터이니 여러 날을 견딜 수 있는 음식
으로 구색이나 맞추면 된다고 헤이시로가 부탁해서 오콘이 준비한
것이다.

"우리 그이나 저나 나리의 그런 기풍을 좋아합니다. 매사 간결하
고 쉽게 말씀하시거든요. 게다가 음식을 낭비할 줄도 모르시고."

오콘이 말했다.

나중에 유미노스케 도련님과 산타로에게 줄 음식인데 어떻게 맛
없는 것을 준비할 수 있느냐고도 했다. 말 그대로 형식상 내놓는 다
과치고는 맛이 좋아 보인다. 헤이시로는 접시를 바라보며 그런 생각
을 하고 있었다.

애초에 긴장감이 없었다. 어두운 복도에 숨어 앞으로 오갈 말들을
착실히 받아 적거나 기억해 두려고 준비를 단단히 하고 있는 유미노

스케와 짱구에게 미안할 정도였다.

규베는 무난한 인사를 하고 나서 말했다.

"이 자리를 위해서 아주 말끔하게 청소하셨겠군요."

뎃핀 나가야 관리인이던 시절에는 깔끔하기로 소문났던 사람이다. 역시 눈이 밝다.

"아오이가 살던 시절의 흔적도 이참에 정리해 버렸지."

헤이시로의 말에 미나토야 소에몬의 눈동자가 문득 움직여 대치한 두 사람의 한가운데 놓인 아리타 도자기 화로를 보았다.

"이 화로는 아오이가 마음에 든다고 해서 사 온 것입니다" 하고 입을 연다.

"가와사키의 헤이켄지에 참배하고 돌아오다가 후줄근한 잡화상 매대 앞에 나와 있는 것을 발견했지요. 거적으로 둘둘 싸서 에도까지 힘들게 운반해 온 물건입니다."

"창고에 있더군. 아직 철은 조금 이르지만 빈집은 스산하게 마련이라 이렇게 내놓아 보았네."

헤이시로가 말했다.

소에몬은 아무 대꾸도 없이 텅 빈 선반이며 도코노마<sup>객실에 바닥을 한층 높여서 만들어 놓은 부분</sup> 쪽으로 눈길을 던졌다. 사방등 불빛에 떠오른 얼굴은 지난 일 년 사이에 크게 달라지지 않은 듯 보였다. 마르지도 않고 찌지도 않았다.

"아오이 일은 안됐네."

헤이시로가 이야기를 시작했다.

미나토야 소에몬은 허리를 굽혀 예를 표했다.

"이즈쓰 나리께는 저희가 이래저래 폐를 끼쳤다고 여기 규베한테 들었습니다. 늦었지만 깊이 감사하다는 말씀과 사죄드린다는 말씀을 올립니다."

그 말을 기다렸다는 듯이 규베가 옆에 내려놓았던 보퉁이를 내밀었다. 무엇을 저리 귀하게 싸 왔을까, 하고 헤이시로는 의아해했다.

"이건 그냥 작은 정성입니다."

보자기를 풀어서 헤이시로 쪽으로 밀어 놓는다.

옷감 두 필이다. 옷감 속 금사가 사방등 불빛에 반짝반짝 빛난다.

"사죄와 감사의 뜻으로 이즈쓰 마님께 드리고자 마련한 선물입니다. 이쪽이 기모노 옷감, 이쪽이 오비 옷감. 니혼바시도오리 2초메에 있는 가즈사 상회의 물건입니다. 혹시 마음에 드셔서 거두어 주신다면 즉시 가즈사 상회 사람이 댁으로 마님을 찾아뵙고 치수를 재서 마님 취향에 맞도록 옷을 지어 드릴 준비가 되어 있습니다."

헤이시로는 눈썹을 치켜 올리고 소에몬과 규베 너머로 마사고로의 얼굴을 쳐다보았다. 오캇피키는 시치미 뗀 얼굴로 앉아 있다.

"만져 봐도 되겠나?"

"예, 물론입지요."

기모노를 지어 입으라고 내민 옷감은 기품 있는 연두색 바탕에 남천 무늬가 수놓여 있다. 남천에는 어려움을 면한다는 의미가 있어서 흔히 복을 부르는 무늬로 환영받는다는 것 정도는 그쪽 물정에 어두운 헤이시로도 잘 알고 있다. 정월 장식으로도 이용되므로 당장 옷을 지으면 소나무 장식 기간<sup>정월 장식품 가운데 하나인 소나무 장식을 놓아 두는 기간으로 대개 일월 육일까지</sup>에 입는 설빔으로 딱 좋겠다. 바탕색이 차분하여 남천의 붉은

색과 가지에 매달린 이슬을 표현한 금사가 썩 잘 어울린다.

오비 짓는 데 쓰라는 옷감은 흔히 말하는 단자쿠 무늬다. 수많은 단자쿠<sup>짧은 시나 메모를 하는 데 사용하는 두껍고 조붓한 종잇조각</sup>를 수놓은 무늬인데, 가만히 살펴보면 단자쿠 하나하나마다 화조풍월을 읊은 옛 시가가 섬세한 자수로 수놓여 있다.

봉록 쌀 서른 섬에 2인 후치를 받는 말단 관리의 아내에게는 터무니없이 분에 넘치는 사치품이다. 고맙소, 하고 냉큼 받아먹기에는 헤이시로의 배포가 조금 작다. 한심하게도 손끝이 살짝 떨린다.

사에키 조노스케의 길고 온화한 얼굴이 문득 떠올랐다.

— 다 알고 있으니까 마다않고 먹고 있습니다.

— 못 본 척 눈감아 줄 때마다 맛난 걸 얻어먹었을 뿐입니다.

그러고는 유유히 젓가락질을 했다. 그때 조노스케는 당황하지도 않고 요란을 떨지도 않았다.

그 경지에 달하려면 그에 걸맞은 수련이 필요하다. 그런 점에서도 사에키 조노스케는 역시 대인이다.

"우리 안사람한테는 지나친 옷감이군."

헤이시로는 웃음을 그려 붙이고 옷감 두 필을 다다미 위로 밀어서 돌려보냈다.

"정성이라고 했으니 마음만 받기로 하지. 미나토 상회 주인이라면 남아도는 옷감을 쓸 데가 없어서 곤란할 일은 없을 테니까."

규베는 손을 모은 채 소에몬의 옆얼굴을 살핀다.

"송구스럽게도 마음에 드시지 않는 모양이다. 치워 두어라."

소에몬이 짧게 말했다.

규베는 옷감을 조심스레 다시 보자기에 쌌다. 뎃핀 나가야에 있을 때는 매사 스스로 판단하고 명령을 내리는 당당한 관리인이었다. 그런데 소에몬의 아들을 시중드는 지금은 한낱 하인처럼 보인다.

"그곳 2초메에 있는 가즈사 상회는 평소 애용하는 옷집인가?"

"예, 그렇습니다."

소에몬이 아니라 규베가 대답했다.

"방금 내놓았던 옷감도 그 가게에서 취급하는 고급품이겠구먼? 진한 쪽빛 실에 은사를 섞어 짠 것이지? 불빛에 반짝거리던데."

소에몬이나 규베가 뭐라고 말하기도 전에 헤이시로는 내처 말했다.

"아오이의 기모노도 가즈사 상회에서 맞춘 적이 있나? 그날 이 방 옷걸이에 갓 지은 도라지 무늬 기모노가 걸려 있었다고 하던데."

소에몬이 입을 열었다.

"아오이는,"

말하면서 아오이가 마음에 들어했다는 화로를 힐끔 쳐다본다.

"교토 쪽에 있을 때는 오랫동안 거래하던 옷집이 있었습니다. 그러나 에도로 돌아온 뒤로는 특정한 가게를 정해 두진 않았을 겁니다."

"그럼 질경이 무늬 기모노는?"

"제가 맞춰 준 옷인데, 가즈사 상회는 아닙니다. 시로키 상회였습니다."

옷집 중에서도 규모가 특히 큰 축에 속한다. 과연 그만한 가게라면 미나토야 소에몬이 새 기모노를 선뜻 주문해도 누가 입을지 궁금해하지는 않을지도 모른다.

헤이시로는 오콘이 내준 차를 한 모금 마셨다. 이미 식었다.

"굳이 여기까지 오라고 한 까닭은 아오이를 그리워하자는 것이 아니야. 그러기에는 감정도 다 다르고, 무엇보다 나나 마사고로는 방해만 될 사람들이지."

규베가 문득 걱정하는 낯을 보인다.

헤이시로는 미나토야 소에몬에게 말했다.

"사키치는 아무 짓도 하지 않았어."

소에몬의 눈이 아주 조금 가늘어졌다.

"내가 그 아이한테 상황을 다 들었다. 사키치는 때마침 이 방에 왔다가 아오이의 시체를 보았을 뿐이야."

그동안 저승 사람이라고 믿었던 어머니의 시체를 말이야, 하고 굳이 보탰다. 규베는 방바닥만 쳐다보고 있다.

"범인은 따로 있다. 그래서 말하는데, 미나토야, 자네 주변에 짚이는 사람이 있으면 시간 낭비를 막기 위해서라도 지금 여기서 시원하게 말해 주었으면 좋겠네. 그러면 수고를 많이 덜 수 있겠지."

소에몬의 표정이 천천히 움직였다. 마치 바로 곁에 갓난아기라도 있어서 "자, 눈썹은 이렇게 움직이는 거란다, 코는 이렇게 움직이는 거고" 하며 시범을 보이면서 구슬리기라도 하는 것 같다.

어쩌면 이 사람은 저렇게 하지 않고서는 표정다운 표정을 드러내지 못하는지도 모르지, 하고 헤이시로는 엉뚱한 생각을 했다.

움직이던 표정이 희미한 미소가 되어 멈췄다.

"범인은 이미 사키치로 결론이 나서 마무리된 것으로 압니다."

그러더니 눈동자만 움직여 헤이시로를 쳐다본다.

"애초에 저희에게도 그 아이를 그런 처지로 몰아넣은 책임이 있습니다. 그래서 갖은 방법을 다 동원해서 그 아이가 처벌을 받지 않도록 조처했습니다. 애초에 그 아이에게 아오이가 살아 있고 이 집에 산다는 사실을 일러 준 사람은 저니까요."

얼굴 생김에도 잘나고 못나고가 있듯이 목소리에도 그게 있다. 소에몬의 목소리는 악기처럼 그윽하고 안정된 음색이다. 죽은 아오이의 혼이 이 방에 와서 사방등 불빛이 미치지 않는 어둠 속에 가만히 앉아 있다면, 아아, 서방님의 그리운 목소리, 하고 넋을 놓지 않을까.

그 목소리가 전하는 바는 제쳐 두고 말이다.

"그에 관련된 이야기도 사키치한테 다 들었다. 이제 다시 들을 필요는 없겠지. 미나토야, 자네는 정말로 사키치가 아오이를 죽였다고 믿나? 내가 묻고자 하는 것은 그거야. 자네의 본심 말이야. 사건은 이미 끝났습니다, 하는 뻔한 말이 아니라."

희미한 미소가 종이 한 장 정도 얇아진 듯하다.

"달리 누가 있을까요?"

"그러니까 묻지 않나, 짚이는 자가 없느냐고."

소에몬은 대답하지 않았다. 더는 못 참겠다는 듯이 규베가 윗몸을 내밀었다.

"이즈쓰 나리. 나리는 오후지 마님을 말씀하시는 건가요?"

가만 보니 규베의 얼굴에서 빛이 나는 것 같다. 땀이다.

"그렇군. 의심스럽기로 따지자면 사키치 못지않게 의심스러운 사람이 바로 자네 처지."

나리— 하고 규베는 몸을 작게 웅크리며 소에몬을 불렀다.

"차라리 이즈쓰 나리께 오후지 마님에 대해서 다 말씀드리는 편이 좋지 않겠습니까? 저도 오랜 세월 동안 오후지 마님을 속이는 일을 거들어 온 몸입니다. 이즈쓰 나리께는 그 일로도 폐를 끼쳤습니다."

뎃핀 나가야 사건을 말하는 것이다.

"이런저런 사정을 고려하면 사키치보다 오후지 마님이 더 의심스럽게 보인다 해도 무리가 아닙니다. 지금 다 말씀드리는 편이 오후지 마님을 위해서라도,"

규베의 목소리가 문득 갈라져 나왔다. 이 노인은 소에몬과 아오이에게 충성을 바쳐 왔지만 한편으로는 오후지에게 늘 미안한 마음을 품어 왔음을 헤이시로는 새삼 깨달았다.

"오후지 마님께도 도움이 되지 않을까, 저는 그리 생각합니다만."

소에몬은 여전히 말이 없다. 사방등 속에서 불꽃이 흔들렸다. 바람도 없는데.

"오후지가 어쨌게? 오후지에게 무슨 일이라도 있느냐?"

헤이시로가 낮은 목소리로 물었다.

규베가 호소하는 얼굴로 주인을 올려다보았다.

미나토야 소에몬은 가만히 살펴보지 않으면 알 수 없을 정도로 희미하고 재빠르게 눈을 깜빡이고 나서 헤이시로에게 시선을 옮겼다.

"이즈쓰 나리는 제 처가 목을 매는 시늉을 한 적이 있다는 사실을 아시는지요?"

알고 있다. 사키치한테 들었다. 그 뜻밖의 행동을 보고 혼란에 빠진 사키치는 오후지에 대한 의심이 더욱 깊어졌고, 마침내 더 이상 참을 수 없게 되었다. 그래서 소에몬을 집요하게 다그쳤고, 마침내 진실을 들을 수 있었다.

"등나무집 마당에 있는 나무에 오비를 걸었다면서. 사키치의 주인 한지로가 발견하고 직전에 말렸다고 들었네."

말하고 나서 헤이시로는 소에몬을 노려보았다.

"하지만 방금 자네 말이 사뭇 신랄하군. 시늉을 했는지 아닌지는 모르지 않나. 정말 죽을 작정이었는지도 모르지."

헤이시로는 이 자리에는 전혀 도움이 안 되는 이야기라서 입 밖에 내지 않았지만, 미나토야 소에몬이 오후지에게 유난히 냉혹하다고 생각했다. 나중에 아오이라는 사랑하는 여자가 생겼다고 해도 먼저 아내 자리에 있던 사람은 오후지다. 오후지가 아오이를 죽이려 했던 일도 알고 보면 질투의 소산이며, 그 원인을 만든 자는 소에몬이다.

오후지의 친정은 유명한 요릿집을 하는 집이라고 한다. 소에몬이 장인에게 상재를 인정받아 총애를 얻은 덕분에 오후지와 혼인하게 되었다. 말하자면 재산과 재능이 타산적으로 만난 것이다. 좋아서 죽네 사네 했던 사이도 아니다.

그야 세간에 드문 이야기도 아니다. 재산이나 재능하고는 인연이 먼 헤이시로조차 두 집안의 합의에 따라 얼굴도 모르는 색시를 얻은 사람이다.

그렇게 만나도 한 이불 덮고 살다 보면 정이 생겨나는 법이다. 소에몬과 오후지는 자식 복이 있어 이남 일녀를 얻었다. 세 자식을 키우고 가게를 꾸리느라 같이 울고 웃고 했으니 거기서 생겨난 정이 전혀 없을 리 없는데.

세상이 하 넓으니 이런 불행한 사례도 있나 보다 하고 넘겨야 할까. 소에몬과 오후지는 마음을 주고받은 적이 한 번도 없었을까. 애초에 기질이 맞지 않는 사람을 억지로 같이 살게 했다고 봐야 할까. 소에몬은 오후지에 대한 호의가 한 조각도 없었을까. 안 그래도 호감을 못 느끼던 오후지가 아오이를 해치려고 한 탓에 여전히 용서하지 못하는 걸까.

가슴속에서 끓는 분노와 의문을 짐작하고 있을까. 짐작하지만 표정으로 드러내지 못하는 걸까. 미나토야 소에몬의 단정한 얼굴에는 그늘도 없고 찡그림도 없다. 담담하고 평온한 목소리로 그는 이렇게 말했다.

"허풍이었든 아니든 그 사람에게는 한계에 다다른 행동이었던 모양입니다."

"한계."

무슨 한계?

"그 일을 계기로 오후지는 마침내 정신을 놓아 버렸습니다. 실성을 했습니다."

헤이시로는 멍하니 입을 벌렸다. 마사고로의 얼굴에 놀란 표정이 떠오른다. 복도에 숨어 받아 적던 유미노스케가 순간 손을 멈추었을지도 모른다.

"그 뒤로 자기가 어디 사는 누구인지도 모르게 되었습니다. 밤인지 낮인지 위인지 아래인지도 모르고 슬픔이고 기쁨이고 아무것도 모릅니다. 허구한 날 방 안에 앉아 멍하니 허공만 바라봅니다. 하녀가 밥을 떠넣어 주지 않으면 식사도 못합니다."

착 가라앉은 침묵 속으로 규베가 입술을 떨며 끼어든다.

"아오이 님이 살해당했을 때 제일 먼저 의심을 받을 사람은 오후지 마님이겠지요. 주인 나리도 저도 이즈쓰 나리도 같은 생각을 했을 줄 압니다. 오후지 마님이— 그런 지경에 처하시지만 않았다면요. 예, 오후지 마님이 맑은 정신으로 계셨다면 당연히 사키치보다 먼저."

거기까지 말하다가 문득 입을 닫아 버렸다.

사방등 불빛이 다시 흔들린다. 이번에는 심지가 지지직 소리를 냈다.

"아오이는 그 일을?"

"알고 있었습니다. 제가 이야기했으니까요."

소에몬이 대답했다.

"그래, 뭐라고 하던가?"

"그토록 죄가 깊었나, 하더군요."

자신과 소에몬의 죄를 말한 것일까? 아니면 오후지를 가리켜서 한 말일까.

"오후지는 누굴 해치기는커녕 혼자 외출도 못합니다. 하물며 조리 있게 무엇을 궁리하고 꾸미기란……."

소에몬은 천천히 고개를 저었다.

"상황이 이러하니, 이즈쓰 나리, 아오이에게 변고가 생겼을 때 저는 사키치를 의심할 수밖에 없었습니다. 무엇보다 시신 옆에서 붙들렸으니까요."

"오후지의 소식을 아는 사람은?"

"저하고 규베, 그리고 등나무집에서 시중드는 고참 하녀뿐입니다."

"밖에 새어 나가지는 않았나?"

"입단속을 단단히 했습니다."

"만약 오후지 마님 일이 소문나면 이제 곧 서부 지방으로 시집을 가실 미스즈 아씨에게 문제가 생길지도 모릅니다."

규베가 덧붙여 해명했다.

아, 그렇군, 하고 헤이시로도 납득했다. 그건 그렇다. 오후지는 미스즈의 친모니까.

"그럼 이 일은 미스즈도 모르고 있나?"

"예."

영주 가문에 시집가면 모녀가 만날 일은 거의 없다. 미스즈는 아무것도 모른 채 어미를 잃게 되는 셈이다. 혼기가 된 자신을 왜 어머니가 갑자기 미워하게 되었을까 하는 의문에도 영영 답을 얻지 못하게 된다.

"그러므로 부디 앞으로도 이 이야기는 비밀로 해 주시기를 부탁드립니다."

"물론 그래야지. 그래야 하는 사정은 잘 알겠다. 나도 그렇게 경망한 사람은 아니야."

규베는 머리를 깊이 조아리며 절을 했다.

헤이시로는 단 한 번 만나 본 오후지의 얼굴을 떠올려 보려고 했다. 뜻대로 얼른 떠오르지는 않았다. 다만 그녀의 목소리는 귓가에 선하다. 그때 놀잇배에서 내린 헤이시로의 귀에 날아들었던 목소리.

— 여보.

소에몬을 부르던 소리.

참으로 불행한 여자다.

"이즈쓰 나리가 묻고자 하시는 것 중에,"

소에몬이 다시 입을 열었다.

"오후지와 사키치 외에 아오이에게 원한을 품을 만한 자가 있느냐는 것도 있다면,"

헤이시로가 고개를 끄덕였다. 소에몬은 헤이시로를 쳐다보고 있었다.

"없다고 대답할 수밖에 없습니다. 아오이는 누구의 원한을 살 만한 여자가 아닙니다."

오후지 말고는.

"교토 쪽에서는 제법 열심히 장사를 했다고 하지 않더냐? 장사를 하다가 적을 만들지 않았을까?"

"있었다 해도 아오이가 장사를 접은 지 오래 되었는데 이제 와서 멀리 여기까지 쫓아왔을 것 같지는 않습니다."

"그럼 자네가 장사를 하면서 만든 적은 어떤가? 자네를 넘어뜨리려고 자네가 아끼는 아오이를 노릴 만한 자. 그런 자는 없나?"

미나토야 소에몬은 미소를 지었다. 방금 전의 엷은 미소가 아니라 이번에는 진짜 미소다. 감정이 담겼다. 가벼운 경멸과— 약간의 친근감이 느껴지기도 한다.

"이즈쓰 나리. 그건 상인의 방식이 아닙니다. 이익에 민감한 상인은 그런 어리석은 짓으로 경쟁자를 거꾸러뜨리려고 하지 않습니다. 차라리 점포에 불을 지르는 편이 확실하겠지요.”

하도 천연덕스럽게 이야기해서 헤이시로는 조금 움츠러들었다.

“거꾸러뜨리려는 의도가 아니라 분풀이였다면 어떤가. 자네, 짚이는 사람 없나? 그 정도로 앙심을 품게 할 만한 일은 없었나.”

“너무 많아 헤아릴 수도 없지요.”

더 분명하게 미소 지으며 마치 공이라도 자랑하듯이 대답한다.

“그렇다 해도 그 수많은 적들 안중에 아오이는 없습니다. 미나토야 소에몬의 적은 미나토야 소에몬을 노립니다. 미나토야의 지위, 재산, 숨통을 노립니다. 아오이를 죽인들 미나토야의 어디에 무슨 상처가 생기겠습니까.”

“자네 마음에는?”

헤이시로와 소에몬의 문답을 숨죽이고 지켜보던 규베의 얼굴에 한순간이지만 호기심이랄까 기대랄까, 그것 말고는 달리 표현할 수 없을 법한 표정이 반짝 빛난다. 헤이시로는 그것을 놓치지 않았다.

소에몬은 대답했다.

“누구나 언젠가는 반드시 죽게 마련입니다. 그런 운명을 아는데 어찌 한탄만 하고 있을 수 있습니까.”

헤이시로는 저도 모르게 방 안 귀퉁이의 어둠으로 눈길을 던졌다. 거기서 아오이의 혼을 찾았다. 들었나, 아오이? 네가 죽어도 네 서방은 다시 일어서기 힘들 정도로 깊은 상처를 받지는 않는다고 방금 말했지. 누구나 언젠가는 죽게 마련이라면서.

— 그러니까 미나토야 소에몬이지요.

그런 대답이 들려온 것 같았다. 부드럽고 색기 있는 목소리로.


10


아침부터 비가 내린다. 비는 눈에 보이지도 않을 만큼 가늘다. 습기와 냉기가 집요하게 집 안으로 스며든다.

가을 안개비다.

방금 전까지 얼굴을 수건으로 가리고 마당에서 바지런하게 일하던 고헤이지가 어디에 있는지, 모습은 보이지 않고 목소리만 들린다. 담장 밖에서 도신 마을의 주겐 동료와 이야기를 하는 모양이다. 사실 이야기는 주로 상대방이 하고 고헤이지는 내내 맞장구만 치고 있어서 "우헤! 우헤!" 하는 소리뿐이다.

헤이시로는 툇마루에 누워 마당을 바라보고 있다.

허리께에 심상찮은 통증을 느낀 것은 이모아라이 언덕에서 돌아온 어제 저녁이었다. 이럴 때 함부로 움직이다가는 늘 그렇듯이 허리가 삐끗해 버리겠다 싶은 예감이 들었다. 오늘은 신중을 기해서 하루 쉬기로 하자. 이렇게 작정하고 동이 트기 무섭게 고헤이지를 보내서 동료 도신에게 알렸다.

그래서 이렇게 뒹굴며 늘어져 있는 것이다.

바닥에 등이 닿으면 아무래도 졸음이 온다. 머릿속도 안개비가 내리는 양 적당히 흐릿해져 있다. 그런 와중에도 어제 저녁 미나토야 소에몬과 나눈 대화가 종종 토막토막 떠오른다.

아오이에게 원한을 품고 살해할 만한 자는 있을 리 없다. 소에몬
은 누차 그렇게 말했다. 단호하게 말했다. 오후지와 사키치를 제외
하고는 없다고.

더구나 오후지는 그런 짓을 할 수 없는 지경에 처한 지 오래다.

한편 사키치는 천지신명을 걸고 무고하다고 말한다. 헤이시로도
그 말을 믿는다.

그럼 범인은 누구란 말인가.

"여보."

장지를 스르륵 열고 아내가 얼굴을 비쳤다.

"그렇게 누워 있으면 허리에 더 안 좋아요. 이부자리를 펴 놓을
테니까 제대로 누워서 쉬는 게 어때요?"

헤이시로는 얼른 대답을 할 수 없었다. 방금 들려온 '여보'라는 소
리에 문득 오후지의 모습이 떠올랐기 때문이다.

"아니, 괜찮아."

팔을 머리 밑에 괸 채 헤이시로가 말했다. 아내는 버선발 소리를
내며 방을 질러와 툇마루로 나와서 옆에 털썩 주저앉았다. 헤이시로
의 등과 허리를 손으로 여기저기 주물러 본다.

"딱딱하게 뭉쳤네요. 역시 고안 선생님한테 진찰을 받아 봐야겠어
요. 초기에 얼른 손을 쓰면 금방 나아요."

고안 선생은 다카바시에 사는 의원으로, 전에도 삐끗한 허리를 고
쳐 준 적이 있다. 오늘 아침에도 아내가 당장 선생에게 연락하겠다
고 하는 것을 헤이시로가 말렸다. 통증이 있는 것은 사실이지만 절
반은 게으름 병임을 알고 있기 때문이다. 고안 선생은 대단한 명의

인데다 인정도 깊어서 존경하는 환자가 많다. 그래서 늘 바쁘다.

"이 정도는 조금 누워 있으면 좋아져."

"그럼 고약이라도 붙여요. 내가 돌아오는 길에 처방을 받아 올게요."

아내는 사흘에 한 번 니혼바시 고아미초에 있는 오메이 서당에서 아이들에게 글을 가르친다. 부업이다. 지금도 서당으로 나갈 참이라, 돌아오는 길에 다카바시에 들렀다 오겠다는 말이다.

"그렇게 금방 처방을 받을 수 있으려나."

"당신 허리가 툭하면 삐끗하는 것은 선생님도 잘 아세요. 처방은 금방 받을 수 있어요."

어중간하게 사흘에 한 번 가르치는 까닭은 오메이 서당이 꽤 인기가 많은 서당이라 배우는 아이가 많은 탓이다. 그렇다 보니 아이들을 다 모아 놓고 가르칠 수가 없어서 날짜를 따로 잡아 놓았다. 헤이시로의 아내가 가르치는 날은 계집아이들만 오는 날이다.

서당은 읽기 쓰기 셈법이 기본인데, 계집아이에게는 예의범절도 가르친다. 듣자하니 아내는 매우 엄한 선생이라고 한다. 어떤 얼굴을 하고 '선생님'이라는 소리를 듣는지 슬쩍 들여다보고 싶기도 하다. 하지만 헤이시로가 생각 없이 얼굴을 내밀면, 저 무서운 선생님의 남편이란 자가 이렇게 칠칠치 못한 말상이라니, 하며 아이들의 존경심이 한순간에 사라질 염려가 있으므로 내내 삼가 왔다.

― 그러고 보니.

이모아라이 언덕 저택 옆에도 호슌인이라는 절의 일부를 빌려서 운영하는 서당이 있다. 하녀 오로쿠의 딸들이 다니고 있고 어제도 헤이시로가 자리를 비운 사이에 그곳의 하루카라는 여자 선생이 들러서 인사를 하고 갔다고 들었다.

미나토야 쪽에서는 아무 단서도 얻을 수 없음을 파악한 이상, 아오이가 생전에 어떻게 살았는지를 아는 사람들을 만나 자세한 이야기를 들어 볼 필요가 있다. 지신반 사람들과 오로쿠는 물론이고 친하게 드나들었다는 채소 가게 주인이나 하루 한 번은 꼭 들렀다는 미나토 상회의 어린 점원, 하루카 선생도 다 만나 봐야 한다. 그렇지, 오로쿠는 헤이시로가 부탁해 둔 글을 다 적어 놓았을까?

사소한 단서라도 발견할 수 있을지 모른다. 제발 그래야 할 텐데.

"오늘 하루는 내내 이렇게 비가 내릴까요?"

뿌연 안개비를 바라보며 헤이시로의 등과 허리를 주무르던 아내가 혼잣말처럼 말했다.

"안개비는 왠지 슬퍼 보여요. 하늘도 쓸쓸한 빛이고."

아가씨처럼 제법 감상적인 말을 하는군. 헤이시로는 문득 떠오른 생각을 딱히 갈무리하지도 않은 채 입 밖에 냈다.

"이런 비를 보고 있으면 아무 까닭 없이 그냥 울고 싶어지지 않아?"

아내의 손길이 뚝 멈췄다. 헤이시로의 얼굴을 들여다본다.

"어머, 그게 무슨 말이에요?"

"당신이 처녀 같은 소리를 했잖아."

아내는 깔깔 웃었다.

"여자는 아무리 나이가 들어도 마음 한 켠에는 처녀 같은 부분이 남아 있는 법이에요. 여자는 원래 그래요."

"그런가."

"남자들이 아무리 꼬부랑 늙은이가 돼도 마음 한 켠에 엉큼한 데를 남기는 것처럼 말예요."

헤이시로는 손가락으로 콧등을 긁었다.

"질투는 어때?"

"질투?"

"아무리 나이가 들어도 질투심이 있나? 아니, 질투라는 감정은 나이가 들어도 계속되는 건가?"

아내는 고개를 갸웃하며 잠시 생각하는 모습이다. 그 사이 헤이시로의 등을 다시 주무르기 시작했다.

"질투의 질에 따라 다르겠지요."

천천히 곱씹듯이 대답을 한다.

"흐음."

"질투는 가라앉더라도 그 일을 잊지 못하는 경우는 있겠지요. 그 일을 잊어도 질투만은 사라지지 않는 경우도 있을 수 있겠고요."

"어렵네."

헤이시로는 마음이 망가진 채 등나무집에 홀로 숨어 살다시피 하는 오후지의 옆얼굴을 떠올려 보려고 했다. 질기게 내리는 비를 배경으로 그녀의 얼굴은 좀처럼 상을 맺지 못한다.

어렵죠— 하고 아내가 작은 한숨을 쉰다.

"그래요. 다행히 나는 질투로 애태운 적이 없어서 잘은 모르지만."

가와이 상회 언니라면 제대로 가르쳐 줄지도 모르겠다는 말을 보탠다.

“가와이 상회 주인이 꽤 밝힌다지?”

유미노스케의 아버지다. 험악하게 생긴 사람이지만 여색을 꽤 밝힌다고 한다. 그러나 장사 수완도 좋고 얼굴 생김과는 달리 성실한 사람이라, 유미노스케가 무시로 집에 드나들기 전까지만 해도 헤이시로는 그 동서가 실은 그런 남자라는 사실을 전혀 알지 못했다.

“언니는 질투로 마음고생을 한 적이 있단 말인가?”

“질투인지 뭔지는 몰라도 화를 내긴 했어요. 그런 일이 생길 때마다 지치지도 않고” 하며 아내는 웃었다.

“하지만 그렇다고 누굴 요절내겠다고 나선 적은 한 번도 없어요. 언니는 물론 아내로서 질투하는 마음도 있었겠지만 가와이 상회의 체면이 깎였다는 점이 분했을 거예요. 오히려 그게 더 컸을지도 몰라요.”

그러더니 문득 손바닥으로 헤이시로의 허리를 찰싹 때렸다.

“당신, 왜 나한테 그런 수수께끼 같은 말을 해요? 무슨 짓을 벌인 거 아녜요?”

순간 허리가 삐끗했다. 헤이시로가 눈을 동그랗게 떴다.

“어머, 이걸 어째! 고헤이지, 고헤이지!”

그렇게 소동을 피우는데, 실례합니다, 하는 소리가 날아들었다. 유미노스케가 찾아온 것이다.

“이모부의 이런 모습도 꽤 오랜만에 보네요.”

놀리는 건지 동정하는 건지 얼른 판단이 서지 않는 말을 한다. 얇은 이불 위에 모로 누워 갈고리처럼 몸을 구부린 채 곁눈으로 노려

보는 조카의 얼굴은 평소처럼 흠칫할 만한 미모였다. 가지런한 얼굴이 꼭 가면 같다고 헤이시로는 생각했다. 요 녀석, 속으로는 고소해하는 거 아닐까.

"아프시겠어요."

"그런데 웃어?"

"웃지 않았는데요."

열심히 눈을 깜빡거린다. 터지려는 웃음을 꾹 참고 있는 게 틀림없다.

아내는 서둘러 오메이 서당으로 출발했다. 고헤이지는 결국 다카바시로 고약을 받으러 달려가야 했다. 유미노스케는 이미 내부 구조에 훤한 이모부 집을 돌아다니며 바지런하게 헤이시로의 시중을 들고 베개맡에 앉아 있다.

"어쨌든 오늘 여기서 규베 씨를 만나기로 되어 있어서 마침 다행이군요. 오후에 만나기로 하셨죠?"

그래서 유미노스케가 헤이시로네 집에 온 것이다.

어제 저녁 모임에서는 아오이에게 원한을 품을 만한 자가 있는지 외에도 중요한 질문을 했었다. 아오이가 마고하치를 물리친 일대 활극에 미나토야가 어느 정도나 관여했는가, 그 뒤로 마고하치는 어떻게 지내고 있는가 하는 것이다.

환술사 무리를 불러다 쓰려면 상당한 돈이 들었을 테지. 그 점을 묻자 소에몬은 깨끗하게 시인했다.

"하지만 저는 그 사람들을 오래전부터 후원해 와서 그날의 활극을 위해 따로 큰돈을 쓰지는 않았습니다. 아오이에게 사정을 듣자마자 그들을 불러서 준비를 시켰는데, 특별히 어려운 일도 아니었지요. 이즈쓰 나리께서 그 무리를 만나 보자 하시면 언제라도 연결해 드리 겠습니다. 분부만 하십시오.”

자잘한 공연은 일체 하지 않으며, 영주 가문이나 큰 상인을 후원 자로 두고 그들이 원하는 연회석에 나가서 대규모 공연만 하는 것이 그들의 방식이라고 한다. 그렇다면 이모아라이 언덕 저택에서 펼친 활극도 그들이 원래 특기로 하던 종류였으리라.

“환술에 넘어가 넋이 빠져 버린 마고하치는 어떻게 되었지? 그자 도 자네들이 뒷정리를 했을 텐데.”

이번에는 소에몬의 재촉을 받아 규베가 대답했다.

“그날 이모아라이 언덕 저택에서 도망친 마고하치는 행색도 심상 치 않고 조용한 새벽이었던 점도 있어서 곧 지신반 사람들에게 붙잡 혔습니다. 해서 제가 달려가 이 사람은 우리 하인이라고 둘러대고 신병을 넘겨받았습니다. 그러고 나서 은밀히 대기시켜 둔 미나토 상 회 사람을 시켜서 마고하치를 데려가게 했습니다. 이후로 그자는 늘 제 눈길이 미치는 곳에 있었습니다.”

마고하치에 대한 오로쿠의 우려와 의혹에 대하여 규베가 아오이 사건에 마고하치는 전혀 무관하다고 단언한 이유도 이로써 자명해 졌다.

“그럼 마고하치는 지금 어디 있지?”

“미나토 상회의 가와사키 별저에서 머슴으로 일하고 있습니다. 환 술에 넋이 나가 정신은 이상해졌지만 지금은 조용히 살고 있어서 이 제 함부로 난동을 부릴 일은 없습니다.”

마고하치는 규베 밑에서 일하고 있었던 것이다. 규베는, 그러니 혹시 만나 보고자 하시면 당장이라도 만나실 수 있습니다, 다만 가와사키에서 데리고 오기 어려우니 이즈쓰 나리께서 몸소 가와사키로 오셔야 합니다만— 하고 말했다.

"오로쿠한테도 그렇게 말해 주었으면 좋았을 것을."

"그건 곤란합니다. 오로쿠는 필시 마고하치를 동정하고 말 겁니다. 미안한 마음을 품겠지요. 그 사람은 그런 여린 구석이 있습니다. 그래서 아오이 님이 오로쿠한테는 결코 알리지 말라고 단단히 일러 두었던 겁니다."

그 판단은— 뭐, 타당하군, 하고 헤이시로도 생각했다. 어쩌면 오로쿠는 순해진 마고하치와 같이 일하면서 보살펴 주고 싶다고 나설지도 모른다. 원망과 분노는 금세 잊고 미안한 심정부터 품고 마는, 안타까울 정도로 선량한 사람이다.

애초의 의문이 풀려 버리자, 모처럼 요란하게 했던 대청소와 사전 준비에도 불구하고 더 물어볼 것도 없어지고 말았다. 심드렁한 문답이 몇 차례 오가다가, 미나토야는 앞으로 사키치 일에 일체 관여하지 않겠다, 등나무집에도 드나들지 않게 하겠다, 사키치와 오케이 내외에 대해서는 관심을 접어 두겠다고 약속하고 모임을 마쳤다.

그런데 막 돌아가려던 규베가 마치 어린아이가 귓속말이라도 하듯 목소리를 잔뜩 낮춰서 헤이시로에게 살짝 귀띔했다.

"외람되오나 이즈쓰 나리께 드리고 싶은 말씀이 있습니다. 내일 뵐 수 있을까요?"

헤이시로는 놀라움과 의아함을 느끼면서도, 좋아, 하고 대답했다.

어디로 할까? 댁으로 찾아뵙겠습니다. 자네, 거리를 함부로 돌아다녀도 괜찮은가? 예전 뎃핀 나가야 사람들과 마주치기라도 하면 곤란할 텐데? 최대한 조심해서 찾아뵙겠습니다―.

"규베 씨가 무슨 말을 하고 싶은 걸까요?"

유미노스케도 의아해했다.

"아마 주인 미나토야가 있는 자리에서는 차마 할 수 없는 이야기를 이모부께 은밀히 밝히고 싶은 마음일 테지만, 통 짐작이 가질 않네요."

"뭐, 들어 보면 알겠지."

헤이시로는 단순하다.

"그보다, 너" 하고 불편한 자세 그대로 유미노스케에게 물었다.

"어제는 네 행동이 조금 이상하던데?"

"제가요?"

유미노스케는 검지로 제 콧잔등을 눌렀다.

"호슌인의 하루카라는 선생이 지나가다가 들러서 인사를 했다고 전하던 대목에서 말이다. 하루카 선생의 기모노에서 그윽한 향이 나더라면서 골똘히 생각에 빠져 있지 않았느냐."

아아, 그랬나요? 하고 유미노스케가 무릎을 친다.

"사키치 씨가 아오이 씨의 시체 곁으로 갔을 때도 역시 좋은 향내가 났다고 했었죠. 기억하세요?"

과연 그런 말을 했었다.

"어쩌면 그 향내도 여자의 기모노에서 나던 것이었을지도 모른다고 생각했거든요."

헤이시로는 흠칫 놀랐다.

"그럼 범인은 여자라는 말이냐?"

"거기까지 비약해도 좋을지는 모르겠지만, 아오이 씨 방에 여자가 있었을 가능성은 있습니다."

헤이시로는 모로 누운 채 콧구멍으로 숨을 토했다.

"옷걸이에 걸려 있던 아오이의 새 기모노에서 나는 향내가 아니었을까?"

"이모부, 갓 지은 기모노에는 그런 향이 배질 않아요. 향이 배게 하려면 한동안 향낭과 함께 개켜 두거나 소매나 옷깃 속에 향낭을 숨겨 두거나, 혹은 향을 태워 연기를 쏘이거나 해야 하거든요. 게다가 만약 그 도라지 무늬 기모노에서 향내가 났다면 사키치 씨도 금방 알아차렸을 거예요."

"아오이가 입고 있던 기모노의 향내일 수도 있겠지."

"그 경우에도 사키치 씨는 알아차렸을 거예요" 하더니 유미노스케는 문득 멈칫거렸다.

"왜? 오줌 마렵냐?"

"아녜요. 아, 네, 맞아요."

혼란스럽다.

"네, 오줌이에요. 그래요."

"너, 괜찮은 거니?"

유미노스케의 얼굴이 빨개졌다.

"이거, 지저분한 이야기인데요, 말씀드리기가 힘드네요. 하지만 말씀드릴게요. 이모부, 목이 졸려 죽으면, 사람은 대개— 그, 저어,

아래쪽이 풀린다고 하던데, 그게 사실인가요?"

헤이시로는 알아들었다. 사람은 목이 졸려 죽거나 목을 매달아 자살하면 대개 오줌을 지린다.

"응, 그래. 잘 아는구나."

"짱구와 함께 옛날 사건을 탐문하고 다니다가 그런 이야기를 들은 적이 있어요."

그럼 그렇지. 어디서 주워들었군.

"아오이 씨도 그랬을 거라고 봐요. 필시 그, 그 방에서도."

지린내가 났겠지. 지렸을 테니까.

"하지만 사키치 씨는 향긋한 냄새가 났다고 했어요. 지린내보다 향내를 맡은 거죠. 그렇다면 그 향내는 상당히 강했다는 말이 아닌가요?"

헤이시로는 고개를 끄덕였다. 아닌 게 아니라 지린내란 매우 강하게 마련인데, 그걸 덮어 버릴 정도로 향긋한 냄새라면―.

"그래서 저는 기모노와 향낭을 떠올렸는데, 곧 그것도 아니라는 생각이 들었어요. 향낭에서 풍기는 향내는 그리 강하지 않거든요. 주머니가 찢어져 내용물이 쏟아지지 않는 한 아주 은은하잖아요? 그럼 사키치 씨가 맡은 향내의 정체는 과연 무엇일지 궁리했던 거예요."

헤이시로는 유미노스케의 얼굴을 빤히 쳐다보다가 피식 웃었다.

"너, 그동안 담요를 적신 것도 마냥 헛일은 아니었구나."

"또 그런 말씀을."

유미노스케는 얼굴이 벌게져서 토라졌다.

"저는 심각하게 궁리하고 있다고요. 사키치 씨한테 어떤 종류의 향내였는지 자세히 물어볼 필요가 있겠어요. 제가 직접 오오지마로 찾아가 봐도 좋을까요?"

"음, 알아서 해 봐라."

향내의 정체를 밝히는 일이 아오이를 죽인 범인을 알아내는 데 도움이 될지 어떨지는 알 수 없지만, 유미노스케의 두뇌는 보통이 아니므로 저 하고 싶은 대로 내버려둔다 해서 나쁠 것은 없다. 헤이시로는 그 점을 잘 알고 있었다.

"전에도 말씀드렸지만요, 이모부."

유미노스케는 무릎을 다시 모으며 진지한 얼굴로 돌아갔다.

"저는 아오이 씨 사건이 너무 말끔하다는 점이 마음에 걸려요. 어쩌면 이 살인은 엉뚱한 실수나 우연 때문에 일어나지 않았을까 하는 생각을 금할 수가 없어요. 아직은 저도 제대로 설명할 수는 없지만……."

눈을 내리깔고 잠시 생각에 빠진다.

"범인에게는, 아오이 씨 쪽에서부터 차근차근 추적해서는 파악할 수 없는 어떤 사정이 있는 게 아닐까 하는 생각이 들어요."

헤이시로는 잠자코 듣고 있었다. 유미노스케는 고개를 몇 번 끄덕이고는, 예, 역시 제대로 설명할 수가 없어서 갑갑하네요, 하고 작은 소리로 중얼거렸다.

"조금 더 생각해 볼게요."

헤이시로에게 이론은 없었다. 다만 너무 그런 쪽으로만 치우치지는 말라고 말해 주고 싶은 것을 애써 참았다.

"그런데 고헤이지가 늦는구나."

"제가 나가서 살펴보고 올게요."

일어섰다가, 아, 그러고 보니, 하고 뒤를 돌아본다.

"죄송해요, 깜빡 잊고 있었는데요, 오토쿠 씨한테 부탁받은 게 있어요."

"오토쿠가? 뭔데? 배달 식당은 잘될 것 같던데."

사에키 조노스케가 만족을 표하자 오토쿠도, 오토쿠를 돕는 히코이치도 크게 자신을 얻은 듯했다. 바로 얼마 전에 손님이 있었다는 이야기를 듣고 헤이시로도 기뻐했던 참이다.

"장사는 순풍에 돛단배던데요. 하지만 오토쿠 씨는 바로 그래서 더욱 오미네 씨가 마음에 걸리는 모양이에요."

오미네라면 오토쿠가 넘겨받은 찻 가게의 주인이다. 점원과 가게를 놔두고 야반에 집을 나가 종적을 감추었다.

"나이도 먹을 만큼 먹은 사람이 제 발로 나갔고, 더구나 있는 돈을 다 들고 나갔는데 뭐 걱정할 게 있다고."

"그런 말도 오토쿠 씨에게는 전혀 위안이 되지 않을 거예요. 이모부도 아시잖아요. 오토쿠 씨는 이대로 가다가는 자기가 오미네 씨 가게를 가로챈 꼴이 될까 봐 마음이 편치 않은 거예요."

그래서 가능하다면 오미네를 찾고 싶다는 말이다.

"나한테는 아무 말도 하지 않던데."

"오토쿠 씨도 이모부한테 말하면, 그럴 필요 없다, 걱정할 것 없다는 말을 들을 게 뻔하다는 걸 알기 때문이겠죠."

헤이시로는 눈을 가늘게 떴다. 오미네라는 여자의 얼굴, 목소리,

번들거리던 눈빛을 떠올려보려고 했다. 오후지하고는 다른 여자. 그러면서도 어딘지 닮아 보이는 여자. 그 탓일까, 머릿속에서 오후지와 오미네가 뒤섞이고 만다.

"마사고로 씨에게 그 여자를 찾아 달라고 부탁해도 될까, 하면서, 맡아 줄 수 있는지 물어봐 달라고 저한테 부탁하셨어요."

"마사고로라면 마다하지 않을 게다. 그런데 너, 그런 얘기를 나한테 흘려도 되는 거냐?"

"저는 이모부에게 아무것도 감출 수 없는걸요. 게다가 마사고로 씨가 움직이기 시작하면 결국은 이모부도 아시게 될 테고요."

오미네가 사라진 배경에 있는 너저분한 사정을 오토쿠는 아직 모른다. 헤이시로와 마사고로는 알고 있다. 유미노스케는 그 사건에 일부 관여했으면서도 자기가 관여했다는 사실을 모른다. 가능하면 이 상태를 그대로 유지하고 싶었다.

헤이시로는 슬쩍 속을 떠보았다.

"오산하고 오몬이라고 했던가, 오미네란 여자가 남긴 점원 말이다. 그 아이들은 오미네의 과거를 알고 있다고 하더냐?"

"거의 모르는 것 같던데요. 게다가 오토쿠 씨도 개운치 않아 하고요."

이모부도 개운치 않은 얼굴이시네요, 하고 유미노스케가 덧붙였다.

"뭐가 있는 건가요?"

"아무것도 없다."

헤이시로는 거짓말을 했다.

"뭐, 좋겠지. 마사고로한테 부탁해 보려무나. 마사고로라면 오토쿠의 심정을 모르지도 않을 테니까. 게다가 한번 말을 꺼내면 물러서질 않는 여자고."

오토쿠가 가게를 넘겨받은 만큼 이전하고는 사정이 달라진 것이다. 하는 수 없지.

예, 하고 대답한 유미노스케는 마음이 놓였는지 표정이 풀어졌다. 저도 마사고로 씨 일을 도우면서 사람 찾는 요령을 배워 볼까요, 하고 덧붙이기까지 했다.


날씨가 규베를 도왔다. 커다란 우산과 스며드는 습기를 막기 위해 머리에 두른 수건. 혹시 아는 사람과 마주치더라도 쉽게 알아보기 어려운 모습이다.

고헤이지가 돌아와 헤이시로의 허리와 등에 고약을 발라 주고 있는데 규베가 찾아왔다.

헤이시로는 옹크리고 누워 있는 자신의 모습에 대해 양해를 구했다. 규베는 놀라는 표정을 짓다가 곧 인자한 얼굴이 되어서, 요통을 막으려면 나막신 앞다리를 살짝 낮춰서 신고 다니면 좋다는 둥 시나가와 역참 마을에 용한 침술사가 있다는 둥 고안 선생도 용하지만 센주의 나구라 의원은 평판대로 명의니까 꼭 한번 진찰을 받아 봐야 한다는 둥 한참을 늘어놓았다.

규베가 뎃핀 나가야의 알뜰한 관리인이던 시절이 떠올라 헤이시로는 기분이 좋아졌다. 만날 때마다 늙어 가는 규베이지만 이렇게 보니 예전 그대로다. 아니, 예전이라고 해 봐야 겨우 이 년쯤 지났다. 그래도 뎃핀 나가야 시절이 벌써 아득한 옛날처럼 느껴지니 마음이 스산하다.

고헤이지가 차를 들고 들어와 규베가 들고 온 떡을 풀어서 내놓고는 이것도 맛나 보이고 저것도 먹음직하다고 칭송을 늘어놓더니 물러갔다. 그가 나가자 헤이시로도 규베도 입을 다물었다.

비는 추적추적 하염없이 내린다.

갈라진 기침을 한번 뱉고 나서 규베가 얼굴을 들었다.

"미나토야 나리는 제가 지금쯤 가와사키로 돌아가 있다고 알고 계실 겁니다."

실제로 규베는 여기를 나서면 곧장 가와사키로 돌아갈 것이다. 그래서 봇짐을 꾸려서 왔다. 발에도 두꺼운 쪽빛 버선을 신었다.

허어, 하며 헤이시로는 조금 웃었다.

"자네가 미나토야에게 거짓말을 한 것이 이번까지 합치면 몇 번째쯤 되나?"

"글쎄요……." 규베는 진지한 얼굴로 생각한다.

"두세 번쯤 되지 않겠습니까."

"필요하면 주인에게 거짓말을 하는 것도 아랫사람의 도리인가?"

"그렇습니다."

곶감처럼 쪼글쪼글한 규베의 볼에도 웃음이 그려진다.

"이렇게 편찮으실 때 찾아왔으니 공연한 말씀을 드릴 수는 없겠지요. 잘 알고 있습니다만, 그래도 조금 어두운 이야기를 하려고 이렇게 찾아뵈었습니다."

이런 말머리에 어울리게 맞장구치기란 쉽지 않다. 고헤이지처럼 뭐든지 '우헤'로 일관하는 것이 의외로 똑똑한 짓인지도 모르겠다고 헤이시로는 생각했다.

"주제넘게 나리의 마음을 짐작하는 것을 용서해 주십시오."

규베는 머리를 조아렸다.

"다만 저는 어제 저녁 그 자리에서— 아니, 그 훨씬 전부터 이즈쓰 나리께서 미나토야 나리가 마님을 대하는 모습을 크게 못마땅해하시는 줄 짐작해 왔습니다."

소에몬이 오후지에게 냉혹하고 인정머리 없게 대한다는 말이다.

"내가 그리 생각한다고 자네가 짐작하는 이유는 바로 자네가 주인을 그렇게 바라보는 탓이겠지. 고약한 대답이긴 하지만 내 눈에는 그리 보이는군."

규베는 눈길을 얼른 떨어뜨렸다.

"주인 나리와 오후지 마님 사이에는— 그럴 만한 사정이 있습니다."

"흐음."

유미노스케도 잘 듣고 있겠지.

"주인 나리는 제게 그런 말씀을 하신 적이 없습니다. 벌써 근 삼십 년쯤 전에 주인 나리는 그 일을 상자 속에 봉인해서 마음속 제일 깊은 자리에 감춰 둔 채 꺼내신 적이 없습니다."

"그렇다면 소에몬이 오후지와 혼인할 즈음에 있었던 일인가?"

예, 하고 고개를 크게 끄덕이더니 두 손으로 두 무릎을 가볍게 감싸듯 짚고는 여읜 어깨를 조금 올린다. 긴장한 모습이다.

"미나토야 나리의 장남이며 가게를 물려받을 소이치로 님은 나리의 친자가 아니십니다.”

세상에 떠도는 이야기는 많지만 그런 이야기를 주변 사람과 관련 지어서 생각해 본 적은 없었다. 그렇고 그런 이야기는 흔하다. 지금 이 이야기도 그런 종류의 이야기다.

놀랐다기보다는 허를 찔렸다고 해야 옳겠다. 헤이시로는 어떻게 반응해야 할지 몰라 표정을 바꾸지 않았다.

“주인 나리와 오후지 마님의 혼인은 주인 나리의 상재를 알아본 오후지 마님의 부친께서 정하신 일이었습니다.”

“그건 나도 들어서 알고 있네.”

“어딜 봐도 흠잡을 데 없는 축하할 만한 혼인이었는데―,”

규베는 잠깐 말을 그쳤다.

“한데 당시 오후지 마님에게는 따로 마음에 둔 사람이 있었던 모양입니다.”

소이치로가 그 남자의 씨라는 말인가.

“그럼 오후지는 소에몬과 혼인하고 나서도 그 남자와?”

“예. 몰래 만나신 모양입니다. 사실 소이치로 님이 태어나신 직후 그 남자는 병에 걸려 죽었다고 합니다.”

여보. 소에몬을 부르는 오후지의 목소리가 문득 헤이시로의 뇌리를 스쳤다.

오후지는 부정을 저지르고 있었다―.

“실은 저도 그 복잡하고 자세한 내막을 다 알지는 못합니다. 무엇보다 제가 이 일을 알고 있다는 사실을 주인 나리는 모르십니다.”

당시 이 골치 아픈 상황을 알고 있던 사람은 소에몬과 오후지, 오후지가 좋아하는 남자, 그리고 오후지의 부모뿐이었다고 한다.

"그럼 자네는 누구한테 듣고?"

"소이치로 님입니다. 그것도 바로 얼마 전에— 지난 이월부터 제가 소지로 님의 병구완을 하게 되었는데, 그리고 나서 보름쯤 지났을 때였나요."

아우 소지로는 건강한가, 하고 소이치로가 종자도 없이 가와사키 별저에 불쑥 찾아왔다.

"아, 그렇지요……. 오는 길에 보니 하도 고와서 꺾어 왔다시면서 복숭아꽃이 달린 나뭇가지를 들고 오셨습니다."

동생 병문안에 복숭아꽃이라. 다정도 하지.

"착한 형이로군."

규베는 제가 칭송을 받은 양 웃음을 보인다.

"소이치로 님은 온화하고 자상하신, 볕이 잘 드는 양지 같은 인품을 지니신 분입니다."

미나토야의 두 아들은 아비와는 달리 기량이 평범하다. 그래서 소에몬은 조카 아오이의 아들 사키치를 귀여워했다. 한때는 사키치를 제 후계자처럼 대했다는 이야기를 헤이시로는 기억해 냈다.

"전에도 말씀드린 적이 있지만, 소지로 님의 병은 게으름 병과 비슷해서 자리에서 일어나기도 힘들 정도는 아닙니다. 그날도 소이치로 님이 찾아오셨으므로 오랜만에 즐겁게 술이나 들자는 말씀을 하셔서 제가 술상을 준비했습니다. 두 분은 우애가 깊으시지요. 해서 술자리도 흥겨웠습니다."

소지로가 술과 안주를 먹을 만큼 먹고 먼저 잠들어 버리자 규베와 소이치로만 남았다.

"저는 뎃핀 나가야에 관리인으로 가기 전 가쓰겐에서 오래 일했지만, 소이치로 님이 가쓰겐 관리에 관여하지 않으셔서 그때까지는 많은 이야기를 나눠 본 적이 없었습니다. 그런데 그날 소이치로 님은 가까이 모신 적이 없는 제 눈으로 봐도 어딘지 침울하다고 할까, 근심이 많은 사람처럼 보였습니다."

생각해 보니 혼자 찾아온 것도 예사롭지 않게 느껴졌다고 한다.

"그래도 소지로 님과 즐겁게 담소하며 술을 드실 때는 얼굴도 목소리도 평소와 다름없이 밝았으므로 혹시 제가 잘못 보았나 했습니다. 그런데 저랑 단 둘이 남게 되자 표정이 달라지셔서……. 잠시 술상대를 해 드리고 있는데 그 이야기가 나왔습니다."

규베가 눈을 깜빡였다. 눈동자는 메말라 있다. 눈꺼풀도 메말랐다. 비는 여전히 추적추적 마당을 적시고 있다.

— 자네는 아무것도 모르나? 아버지한테 아무 말도 못 들었나?

소이치로가 불쑥 그렇게 물었다고 한다.

"무슨 말씀을요, 하고 반문하니, 아니, 뭐, 소지로의 병 말이야, 하고 얼버무리시더군요. 그게 정말 마음의 병인지, 정말로 심각한 병이 숨어 있지는 않은지 꼬치꼬치 물으시고."

그럴 염려는 없다고 규베가 설명했다. 열도 없고 그저 기력이 떨어져서 가게 운영처럼 복잡한 일을 하려 해도 정신이 산만하고 생각이 모이지 않을 뿐이라고.

그러자 소이치로는 더욱 의아한 말을 해서 규베를 놀라게 했다.

— 소지로는 아버지 가게를 물려받을 몸이니까 제대로 일하면서

배워야 하는데.

장남은 소이치로다. 후계자는 바로 그다. 미나토 상회에서 일하는 사람 중에 그 사실을 의심하는 자는 아무도 없다. 실제로 소이치로는 소에몬 밑에서 장사를 배우고 있고 가게 사람들도 '젊은 나리'라 부르며 대우하는데다가 중요한 거래처도 여러 군데 맡고 있다.

"저는 웃고 말았습니다. 그런 농담을 하시다니, 여기 계신 소이치로 님은 진짜가 아니라 너구리가 둔갑한 분인가요, 하고 말했습니다. 산속 너구리가 활짝 핀 복숭아꽃을 안주로 술을 마시고 싶어서 마을로 내려온 거냐고 말입니다."

소이치로도 함께 웃었다.

— 그래? 규베는 모르는 모양이군. 자네는 아버지의 심복이니까 혹시 알고 있지 않을까 했는데.

그러고는 차분한 눈빛으로 이렇게 말했다.

— 아닌 게 아니라 나는 너구리인지도 모르지. 아버지 핏줄도 아닌데 지금까지 미나토야의 아들이라고 사람들을 속이며 살아왔으니 말이야.

규베는 잠시 입을 다물었다. 제 입에서 나오는 말의 씁쓸한 입맛을 가시려는 양 차를 마시고 눈을 감았다.

헤이시로는 똑같은 자세로 누워 있기가 차차 괴로워졌다. 게다가 분위기에도 짓눌리고 말 것 같았다.

"규베."

"예?"

"내 몸 좀 굴려 주겠나? 반대쪽으로 반 바퀴만. 자네도 이쪽으로 옮겨서 앉아 주게. 살살 굴려야 해.”

몸을 틀기도 쉽지 않다. 아악, 하는 비명이 두 번쯤 튀어나왔지만 고헤이지는 달려오지 않고 유미노스케도 내내 숨어만 있다.

“이 정도면 됐습니까?”

규베가 숨을 헐떡인다.

“응, 좀 편안해졌군. 고맙네.”

방 안 풍경도 바뀌었다. 평소에는 잊고 있었지만 혼자 몸을 뒤척일 수 있다는 것도 퍽 감사한 일이다.

“내친김에 떡이나 하나 집어 주게. 마르면 딱딱해지니까 자네도 얼른 들고.”

두 사람은 잠자코 단것을 먹었다. 하얀 찹쌀떡 속에 팥 알갱이가 알알이 반짝인다. 씹으면 단맛과 함께 향이 입안에 가득 퍼진다.

“그 이야기를” 하며 헤이시로는 떡과 팥소를 꿀꺽 삼켰다.

“소이치로는 누구한테 들었을까.”

규베도 씹던 떡을 목울대를 움직여서 넘겼다.

“오후지 마님한테 들으셨답니다.”

어미가 아들에게, 너는 외간 남자의 자식이라고 했단 말인가.

“언제?”

“오 년 전 정월이라고 합니다. 오후지 마님이 방으로 부르셔서.”

“무슨 특별한 계기가 있었나?”

“글쎄요……. 특별한 계기는 없었던 모양입니다만.”

다만 소이치로가 가게 일을 잘하게 되었다고 인정받게 된 즈음이기는 했다고 규베가 덧붙였다.

"그즈음 저는 뎃핀 나가야를 맡고 있었습니다. 미나토 상회에는 신년이나 돼야 인사차 들르곤 했지요."

"그렇다면 미나토 상회 안에서 뭔가 이상한 일이 있었다고 해도 자네는 알기가 힘들었겠군."

"예, 그렇습니다."

그때 오후지는 소이치로에게 말했다고 한다. 네가 이 집안 핏줄이 아닌 것은 네가 태어날 때부터 아버지도 알고 있었다. 그래도 너를 후계자로 삼겠다고 말하고 있지만 이런 일은 앞날을 장담할 수 없는 법이다. 나중에 아버지가 너에게 가게를 물려주지 않겠다고 말해도 어쩔 수 없는 일이니 그리 각오하고 살아라, 라고.

그리고 이 이야기는 네 가슴속에만 묻어 두라고.

"왜 그렇게 가혹한 말을 했을꼬?"

헤이시로는 영문을 알 수 없었다.

"너는 미나토야의 친자가 아니다, 그러니 오늘부로 집을 떠나라고 했다면 그나마 이해가 가겠군. 혹은 아버지가 너를 후계자로 삼지 않겠다고 결정했으니 너에게 그걸 고하는 것은 내 몫이다, 라고 말했다면 이해가 가겠네. 하지만 쓰라린 사실을 고해 놓고 그걸 모르는 척하고 살라고 하다니."

규베는 고개를 떨구었다. 오글쪼글한 입가에 하얀 떡가루가 살짝 묻어 있다.

"오후지 마님에게 뭔가 생각이 있었겠지요. 소이치로 님은─,"

"어떻게 받아들였다고 하던가?"

"각오를 하라는 것은 결국 나중에 미나토야를 떠나야 한다는 말로 들었다고 하셨습니다.”

그렇게 오 년이 흘렀다.

— 그러니까 소지로는 몸도 마음도 건실해야 하네. 나는 머지않아 떠날 몸이니까.

“소지로는 그 사실을 알고 있나?”

규베는 천천히 고개를 저었다.

“그럼 소에몬은? 이를테면 소이치로를 쫓아낼 준비를 한다든가 넌지시 뜻을 비친다든가.”

이 말에도 규베는 고개를 저었다.

헤이시로는 허리에 무리가 가지 않도록 조심스레 힘을 주며 얼굴을 찡그렸다.

“그럼 소이치로가 후계자라는 사실에는 아무 변화가 없지 않은가.”

“소이치로 님의 마음이 달라졌겠지요.”

그건 그렇겠지. 오후지가 공연한 말을 뱉은 것이다.

“도대체 너희들은 왜 그렇게 미련스럽게 참는 거지?”

헤이시로는 거반은 질리고 거반은 화가 난 심정으로 말했다.

“자네도 그렇고 소이치로와 사키치도 마찬가지야. 소에몬이나 오후지나 아오이는 제가 하고 싶은 대로 행동하고 할 말도 다 하는데, 왜 자네들은 그걸 감당하며 꾹 참고 있느냔 말이야. 내가 소이치로라면 오 년 전 그 말을 들었을 때 집을 뛰쳐나갔을 거야. 아니면 원 없이 방탕하게 살았거나. 너는 씨앗이 다르다, 후계자 자격이 없다, 그걸 명심해 두라는 말을 듣고도 여전히 모르는 척하며 착한 얼굴로 장사를 배우고 있다니, 부처님 가운데 토막이 따로 없군!"

저도 그렇게 생각합니다, 하며 규베는 쓸쓸하게 미소를 지었다.

"이즈쓰 나리께는 송구스럽습니다만, 뎃핀 나가야 건을 시작으로 미나토야 나리의 나쁜 면만 보여드리고 말았습니다. 하지만 좋은 점도 많습니다. 안 그러면 소이치로 님이나 사키치나 저나 그동안 이렇게 주인 나리를 따를 수는 없었겠지요."

"미스즈도 그랬나?"

헤이시로는 짓궂게 웃으며 물었다.

"그 아이는 부모가 티격태격하는 걸 끔찍하게 싫어했어. 오빠들에 대해서도 마뜩잖아했고."

"어릴 적에는 늘 오빠들만 따라다니셨습니다. 두 오빠를 좋아하셔서 같이 놀아 달라고 늘 조르셨지요."

규베가 그리운 듯이 눈을 가늘게 뜬다. 헤이시로는 아무래도 분이 가라앉질 않았다.

"됐네" 하고 뱉듯이 말했다.

"그런데 규베. 자네는 왜 굳이 찾아와서 이런 이야기를 하지? 내가 꼭 알아야 할 일도 아닌 것 같은데."

규베는 등을 곧게 펴며 고쳐 앉았다. 그러고는 입가에 묻은 떡가루를 손으로 가만히 닦았다.

"사정이 이러니 어쩌면 조만간 후계자 세우는 문제를 놓고 시끄러워질지도 모릅니다. 그래서 이즈쓰 나리께 미리 말씀드리고 싶었습니다. 말하자면— 너무 놀라지 마시라는."

배려가 아니라 군걱정이다.

"그리고 저도 조금은 변명을 하고 싶었습니다."

"변명? 자네가?"

"미나토야 나리를 위한 변명입니다."

규베는 눈길을 들었다.

"나리는 오후지 마님을 대하는 미나토야 나리의 태도가 냉혹하고 가혹하다고 생각하시겠지요. 아오이 님을 대하는 태도와 견주더라도 너무 부당하다고 말입니다."

당연하지. 제대로 된 사람이라면 누구라도 그렇게 생각하지.

"그래서— 음, 그런 말인가."

헤이시로는 고개를 끄덕였다.

"소에몬이 오후지를 차갑게 대하는 데는 나름대로 숨은 사연이 있다, 그 얘기를 하고 싶었던 게로군?"

아오이를 첩으로 삼고 숱하게 여색을 밝히며 부인을 배반한 일이 먼저가 아니다. 오후지가 먼저 외간 남자의 자식을 낳고 미나토 상회의 안주인으로 들어앉으면서 소에몬을 배반했다는 말이다.

"그렇군. 알겠네."

헤이시로는 벽을 노려보며 말했다. 이쪽을 향하고 있으니 마당이 보이지 않는다. 낙숫물 떨어지는 소리만 자락자락 들려온다.

"변명이라. 해명이라. 자네는 여전히 소에몬의 충성스러운 점원이로군."

규베는 입을 다물고 있다. 헤이시로의 콧심이 거칠다.

"그렇게 증오하며 살 거면 일찌감치 이혼해 버리는 편이 낫지. 오후지도 소이치로의 아비라는 사내와 도망이라도 쳤으면 좋았지 않은가. 소에몬도 그래, 오후지가 아기를 낳았을 때 제 핏줄이 아닌 줄 알았으면 냉큼 모자를 쫓아냈어야지. 그러지도 못하고 질질 끄니까, 제때 쳐냈으면 바로 사라졌을 것이 뿌리를 내리고 줄기를 키우고 이파리를 무성하게 매달아서 이제는 앞이 보이지도 않을 만큼 커져 버렸잖은가."

지당하신 말씀입니다, 하고 규베가 맥 빠진 목소리로 말했다. 헤이시로는 눈동자를 굴려 그의 얼굴을 보았다.

규베의 눈가에 희미하게 눈물이 비친다.

"소이치로 님이, 틀림없이, 주인 나리의 핏줄이 아니라면 그리했어야지요."

작은 소리로 중얼거리듯이 말했다.

"핏줄이 아니라며?"

"하지만 행동거지나 목소리를 보면 닮은 점도 있습니다."

알 수 없는 일입니다, 하고 규베는 힘겹게 쥐어짜는 목소리로 말했다.

"무엇이 사실인지 모르겠습니다. 소이치로 님은 두 분이 혼인하고 나서 태어나셨습니다. 열 달을 꼭 채웠답니다. 날짜가 모자라지 않았지요. 그러므로 사실 오후지 마님도 그 아기가 어느 쪽 씨앗인지 알 수 없으셨을 겁니다. 다만 오후지 마님은—,"

사랑하는 남자의 씨앗이라고 믿고 싶었던 걸까? 그래서 소에몬에게 그렇게 고했다. 소에몬은 그 말을 곧이들었다. 그때 품은 분노가 독이 되어 마침내 온몸에 퍼졌다.

그 와중에 등장한 아오이와 많은 여자들. 소에몬과 오후지 사이에는 메울 수 없는 골이 패고, 그 사이에는 다리도 놓을 수 없고 나룻배도 띄울 수 없었다.

그래도 남김없이 쳐내지 못하게 만든 무엇이 있었다. 단호하게 끊어낼 수 없는 무엇이.

역시 나는 모르겠군. 도저히 모르겠다.

"이봐, 규베."

규베는 헤이시로 쪽으로 눈길을 들었다. 그 바람에 눈가에 고였던 눈물이 흔들렸다.

"사람이 사랑이니 증오니 하는 감정만 가지고 살아갈 수 있는 건 아니지 않은가. 당장 하루하루 먹고사는 게 먼저지. 그런 감정은 그 다음 문제가 아닌가. 나는 하루하루 먹고사느라 바쁜 사람들을 잘 알아. 하지만 미나토야의 속사정이란 것은, 내 머리로는 도저히 감당이 안 돼."

자포자기처럼 들리는 일갈이다. 규베는 대답이 없다. 빗소리를 듣고 있는 듯한 모습이다.

멀리서 유미노스케가 재채기를 했다.


11


상가 앞을 어슬렁어슬렁 걸어서 지나가다 보니 점포들의 긴 차일이 어느새 짤막한 포렴으로 바뀌어 있다. 헤이시로만 몰랐을 뿐 이미 오래전에 바뀐 모양이다. 올여름 말부터 가을까지는 정말이지 정신없이 지냈다.

"아, 그렇지."

헤이시로가 옆에 있는 유미노스케를 내려다보며 물었다.

"오토쿠네 개업 기념으로 가게 이름을 염색한 차일과 포렴을 맞춰 주면 어떨까?"

어제 가와이 상회 가족은 어느 상회 주인의 병이 완쾌된 일을 축하하는 모임에 초대를 받아서 다녀왔다고 한다. 그 때문에 유미노스케는 단골 이발사에게 얼굴 면도를 받았다. 안 그래도 하얀 피부가 더 하얘지고 눈썹도 인형처럼 다듬어졌다. 볼에서 햇살이 동그라니 빛난다.

"좋은 생각이긴 한데요, 이모부."

예쁜 소년은 방긋 웃었다.

"그것보다 가게 이름부터 지어 주셔야죠. 오토쿠 씨는 이모부한테 부탁해 놓았다고 하시던데, 잊으셨어요?"

그런 부탁을 받은 것 같기도 한데. 헤이시로는 손가락으로 턱을 쥐고 궁리했다.

"그냥 '오토쿠네'라고 하면 싱거울까?"

"조금 더 궁리해 보시죠."

감각이 요구되는 이런 일은 딱 질색이다.

"그 가게가 오미네 차지였을 때도 딱히 이름은 없었잖니. 다들 '오미네네 가게'라고 불렀지."

"그러니까요. 이제 오토쿠 씨 가게가 되었으니 제대로 된 이름이 필요하잖아요.”

두 사람은 오토쿠의 배달 식당을 향해 걷고 있다. 마사고로가 그리로 오겠다고 했다. 헤이시로는 그 용건과는 별개로 오토쿠에게 도시락을 주문할 작정이다.

파란 하늘 아래 오싹하도록 차가운 미풍이 분다. 어디서 모닥불을 살리는지 구수한 연기가 실려 온다. 새봄의 꽃향기도 좋지만 헤이시로는 가을의 바싹 마른 공기도 좋다.

낙엽도 이제 며칠이면 다 질 테지. 오가는 사람들의 얼굴도 가을 하늘처럼 밝지만, 다들 종종걸음을 치는 것은 하루하루 해가 짧아지는 탓이리라.

모퉁이를 도는데 숯가마를 잔뜩 실은 큰 수레가 위태롭게 스치고 지나갔다. 헤이시로는 유미노스케의 팔을 홱 낚아채서 비켜날 수 있도록 해 주었다.

“어이쿠, 죄송합니다요, 나리.”

큰 수레를 끄는 인부가 걸음을 늦추지 않은 채 큰 소리로 사과했다.

“어이, 거기! 두 가마니 초과다!”

헤이시로가 배 속에서 우러나오는 목소리로 야단을 쳤다. 예이, 예이, 죄송합니다! 하는 대답이 끼륵끼륵 하는 바퀴 소리에 섞이며 멀어졌다.

“척 보기만 해도 과적이란 걸 아시네요?”

유미노스케가 눈을 동그랗게 떴다.

“아, 그러고 보니 예전에 적치 순시관으로 일하신 적이 있었죠.”

“그냥 때려 맞힌 거다. 거리를 다니는 큰 수레 중에 과적하지 않은 수레가 어디 있겠니. 보나마나지.”

그런데 너— 하고 헤이시로는 처조카의 매끈매끈한 흰 구슬 같은 얼굴을 보았다.

“어째 요즘은 측량하는 걸 통 못 보겠구나. 취미가 바뀌었냐? 그 사사키인지 하는 선생한테는 지금도 드나들며 배우고 있겠지?”

유미노스케는 헤이시로의 집에 무시로 드나들기 전부터 사사키 미치자부로라는 떠돌이 선생을 사사하고 있었다. 서쪽 지방에서 흘러다니다 에도에 들어와 사가초에 있는 나가야에서 혼자 외롭게 살고 있는 이 선생을 유미노스케는 깊이 존경하는 눈치다.

그건 좋은데, 문제는 사사키 선생이 세 끼 밥보다 측량을 좋아하는 사람이라는 점이다. 측량을 해서 지도나 지역 상세도를 만든다고 한다. 그러나 지도 제작은 본래 막부가 관장하는 분야인지라 허가 없이 지도를 만들면 중벌을 받는다. 유미노스케는, 선생님은 당신의 학구를 위해 지도를 만드시는 거니까 문제 될 것 없습니다, 하고 단언하지만 일단 관에 적발되고 나면 그런 변명은 통하지 않을 것이다. 헤이시로는 적이 걱정스러웠다. 아내도 걱정하는 눈치였다.

“지금도 배우고 있죠. 읽기 쓰기 셈법을 가르치는 일이 선생님의 직업이니까요. 아무튼 걱정을 끼쳐서 죄송해요, 이모부.”

유미노스케는 헤이시로의 손을 놓고 조금 떨어지더니 걸으면서 고개를 꾸뻑 숙였다.

“선생님도 요즘은 꽤 조심하시나 봐요. 학동들에게 지도나 상세도 제작을 거들게 하는 일도 없어졌어요.”

그 말을 들으니 헤이시로도 조금 마음이 놓였다.

"하지만 제가 뭐든지 측량하는 버릇을 버린 것은 그것 때문이 아니에요. 사사키 선생님이 '이제 그럴 시기는 지났다'라고 일러 주셨기 때문이죠."

처음 유미노스케를 만났을 때, 헤이시로는 눈에 비치면 뭐든 일일이 측정해 보는 소년이 매우 흥미로웠다. 왜 그렇게 측량을 하느냐고 묻자 유미노스케는 이렇게 대답했다.

— 측정해 보면 이것과 저것의 거리를 알 수 있고, 거리를 알면 만물의 생김새를 알 수 있습니다.

그 말을 떠올리며 헤이시로가 물었다.

"사사키 선생이, 이제는 네가 만물의 생김새를 알게 되었으니 일일이 측량하지 않아도 된다고 하든?"

유미노스케는 당혹해하며 고개를 저었다.

"아뇨, 천만에요. 저 같은 건 아직 멀었죠. 게다가 설령 만물의 생김새를 알았다 해도 그건 세상 이치의 전부가 아니잖아요."

"하지만 측량해 보면 세상 이치를 알 수 있는 거 아니냐?"

"측량할 수 있는 것에 한해서는요."

유미노스케는 제가 하는 말을 새기듯이 천천히 말했다.

"세상 이치가 측량이 가능한 사물로만 드러나지는 않으니까요. 사사키 선생님이 말씀하시길, 너는 이제 사물을 측량하는 기술은 익혔으니 앞으로는 측량할 수 없는 것을 잘 보고 생각할 줄 알아야 한다, 그러니 이제 측량은 적당껏 해라, 라고 하셨어요."

헤이시로는 걸음을 멈췄다.

“어디, 네 신발 좀 보자.”

유미노스케는 신고 있던 작은 조리를 벗어서 순순히 내밀었다. 헤이시로는 신을 뒤집어 보았다.

“오호, 정말이구나. 못이 없네.”

뭐든지 눈에 띄는 대로 측량을 할 때 유미노스케는 조리 신발 앞과 뒤에 못을 하나씩 박아서 신고 다녔다. 못이 땅에 닿을 때마다 나는 소리를 듣고 언제 어디서나 동일한 보폭으로 걸으려고 애썼던 것이다.

측량할 수 없는 것을 잘 보라니, 참으로 어려운 요구다. 다시 조리를 신는 유미노스케를 바라보며 헤이시로는 잠시 생각했다.

“너희 선생이 말하는 측량할 수 없는 것은 이를테면 어떤 거냐?”

때마침 휘익 불어온 바람에 유미노스케가 눈을 가늘게 뜨며 대답했다.

“사람의 마음이 있겠지요?”

과연. 그것은 무게로도 치수로도 잴 수 없다.

“예를 들면 시집갈 준비를 하고 있는 오토요 누님의 행복에 겨운 마음이라든지요.”

오, 드디어 채비를 시작했느냐? 하고 헤이시로가 큰 소리로 물었다.

“잘됐구나!”

“예. 요즘 오토요 누님의 얼굴이 해님보다 환해요. 더구나 하루하루 더 환해지는 것 같아요.”

세상 물정 모르는 아가씨, 하지만 그래서 더 진지하기만 했던 눈초리를 헤이시로는 떠올렸다.

오토요가 맺는 인연이 부디 행복하기를 바란다. 이렇게 속으로 기원하는 일밖에 해 줄 수 없어서 안타깝지만 그래도 그렇게 빌어 본다. 어느 도매상 주인 내외처럼 어긋나지 말고 온전한 부부의 연을 맺었으면.

"가게 이름을 뭐라고 지어 줘야 오토쿠가 손뼉을 치며 좋아할까 하는 것도 측량할 수 없겠지?"

"그렇죠. 자, 무슨 이름이 좋을까요?"

대답하던 유미노스케가 코를 움찔거렸다.

"속이 꼬르륵거릴 만큼 구수한 냄새가 나네요. 오토쿠 씨 가게는 아직 멀었는데."

간장이 끓는 냄새다. 헤이시로는 빙긋이 웃었다.

"저쪽에 있는 기도반에서 경단 구이를 만들어 파는데 그 냄새 같구나. 빈손으로 가지 말고 그거나 사 갈까?"

유미노스케는 좋아서 깡충 뛰고는 그리로 뛰어갔다.


막 구워낸 경단을 몽땅 사 가지고 왔는데 금방 자취를 감췄다. 오산이야 이제 어른이 다 되었으니 의젓하지만 오몬은 아직 한창 먹을 것을 밝힐 때지, 하고 헤이시로는 생각했다. 유미노스케와 겨루기라도 하듯이 입이 미어지게 경단을 씹고 있다.

"에끼, 버릇없게. 그렇게 걸신들린 것처럼 먹으면 못써. 입이나 닦아!"

오토쿠가 오몬의 손등을 찰싹 때리고 노려보았다.

"나 참, 누가 보면 내가 굶기는 줄 알겠다."

오토쿠가 한탄을 한다. 마사고로는 웃고 있다. 헤이시로는 경단을 삼키고 차를 꿀꺽 마셨다.

"간식도 먹었으니 이제부터 가게를 잘 봐라. 아줌마는 지금부터 잠깐 나랑 할 얘기가 있으니까."

"그럼 저도 거들게요."

유미노스케가 일어섰다.

"저는 요즘 오토쿠 씨를 뵙지 못해서 인사나 할 겸 놀러 왔거든요. 특별히 볼일이 있지도 않고요. 거들게 해 주세요."

눈치가 여간 빠른 게 아니다. 가게에 딸린 방에서 봉당으로 얼른 내려서더니, 오, 이건 못 보던 반찬이네요, 맛있겠는데요, 하고 손가락으로 가리키며 칭송한다. 오산이 끼어들어 설명해 주고, 오몬은 유미노스케에게 흥미를 느끼는지 빤히 쳐다보고만 있다.

"그런데 오늘은 히코이치가 안 보이네."

가게에는 오토쿠와 두 아가씨밖에 없었다.

"매일 거들러 오는 거 아니었나?"

"오늘은 상량식이 있대요, 이사와야에서."

이사와야는 히코이치가 조리사로 일하던 요릿집이다. 불이 나서 문을 닫고 지금 한창 다시 짓는 중이다. 히코이치는 그동안 할 일도 없고 해서 오토쿠를 돕겠다고 나섰던 것이다.

"대들보가 올라갔으면 그다음은 일사천리죠" 하고 마사고로가 말했다.

"그런데 히코이치 씨가 다시 이사와야로 돌아가 버리면 섭섭해서 어쩝니까, 오토쿠 씨. 오늘만 해도 어쩐지 허전하군요.”

오토쿠는 목에 감은 수건으로 이마를 훔치고 허리까지 움직이며 고개를 끄덕였다.

“그러게요, 히코 씨 덕분에 얼마나 수월했는지 몰라요. 걱정이에요.”

그러고는 살짝 미간을 찡그리더니 헤이시로와 마사고로의 얼굴을 번갈아 보았다.

“그런데 히코 씨가 이상한 말을 하데요. 이사와야가 장사를 시작해도 자기는 여기 남겠대요.”

구운 경단에 발라 놓은 간장이 손가락에 묻었다. 헤이시로는 그것을 알뜰하게 핥고 나서 물었다.

“남겠다니, 그게 무슨 말이지? 설마 이사와야를 그만두겠다는 소린가?”

아이구, 나리, 애들처럼 뭘 그리 핥으세요, 하고 오토쿠가 웃는다.

“그 말이겠죠. 말도 안 되는 소리 하지 말라고 제가 야단을 쳤어요. 그렇게 솜씨가 대단한 사람이 어림없는 소리잖아요. 게다가, 나리도 행수님도 놀라지 마세요, 가만 들어 보니 그 사람은 그냥 요리사가 아니더라고요. 주방장이에요.”

“그게 그거 아닌가?”

헤이시로가 마사고로에게 물었다.

“주방장은 큰 요릿집이라도 한 명밖에 없습니다. 제일 상석에 있는 사람이고, 말하자면 그 요릿집의 간판이죠.”

그거 대단하군.

"그자가 몇 살이지? 서른은 되나?"

"예, 꼭 서른이라고 했어요."

"젊군요."

마사고로가 감탄했다.

"서른 살짜리 주방장은 거의 보기 힘든데. 게다가 이사와야는 유명 요릿집 아닙니까."

찬을 사러 손님이 왔다. 오산과 오몬과 유미노스케가 목소리를 모아 "어서 오세요" 하고 맞이한다. 흠칫 놀라는 손님 얼굴이 재미있다.

"하지만 그자는, 그 뭐냐…… 유명 요릿집에서 고급 요리만 만드는 생활에 염증을 내지 않았나? 그렇게 말했던 것 같은데. 그렇다면 이사와야를 그만두고 여기 남겠다 해도 그리 이상하지는 않지."

"그런 게 아니라니까요. 그게 아니고요."

오토쿠는 심각한 얼굴이 되었다.

"지금 히코 씨는 방황하고 있는 것 같아요. 그 사람 얘기를 들으니 저도 심정은 이해가 가더라고요. 하지만요, 언젠가 방황이 수그러들면 역시 이사와야야말로 자기가 있어야 할 자리임을 깨닫게 될 거라고 봐요. 그때는 후회해도 늦어요. 아무리 고생해서 차지한 자리라도 일단 걷어차고 나오면 돌아갈 수가 없어요. 행수님 말씀대로, 죽어라 노력하고 운도 따라 줘서 어지간히 유명해지지 않으면 그 나이에 주방장은 어림도 없단 말이에요. 그런 귀한 자리를 한때의 방황으로 차 버리다니, 저는 도저히 받아들일 수가 없어요."

말을 할수록 분노를 드러낸다. 헤이시로가 웃었다.

"여기서 이녁이 아무리 씩씩대 봐야 소용없어. 뭐, 히코이치도 제 앞가림은 할 줄 아는 어른인데 어련히 알아서 하려고."

그런데— 하고 마사고로가 살집 좋은 무릎을 앞으로 디밀었다.

"그 히코이치 씨가 단서를 주었습니다. 오미네의 행방 말입니다만."

마사고로가 오늘 여기 온 이유도 그 일 때문이다. 오토쿠가 그에게 오미네를 찾아 달라고 부탁했었다.

"히코이치가 뭘 알고 있던가?"

"직접 알지는 못해도, 오미네가 음식을 만들던 사람이니까 요리사에게 묻는 게 좋겠다 싶어서 물어봤습니다. 등잔 밑이 어둡다고 하지만, 꼭 그 격이더군요."

오미네는 여기 고베 나가야로 이사 와서 오토쿠의 걱정거리가 되기 전에 남편과 둘이서 가도야라는 배달 식당을 꾸렸다.

"어디였더라— 료코쿠 다리 서쪽 초소 근처라고 했지."

헤이시로가 기억을 더듬었다. 오미네의 과거는 에조시 조각사 기이치한테 들은 적이 있다.

"예. 가도야는 불꽃놀이 놀잇배에 요리를 대던 가게로 꽤 잘나갔다고 합니다."

그러나 올봄 오미네가 남편을 버리고 집을 나가면서 가게는 금세 기울고 말았다.

"오미네의 남편은 센키치라고 해서 나이가 벌써 예순입니다. 그제 만나고 왔습니다."

"찾았나? 빠르군."

마사고로는 웃으며 손을 내둘렀다.

"제 공이 아닙니다. 료코쿠 다리 근처를 탐문해 봐도 가도야를 그만둔 센키치의 소식을 알 수 없었는데, 바로 히코이치 씨가 알고 있더군요. 이사와야에 드나들던 히코이치 씨의 단골손님이 마침 가도야의 단골이기도 했답니다. 이사와야에서 무슨 얘기를 하다가, 가도야 주인이 참 안됐다, 남자가 혼자 자식을 건사하느라 고생하는데 보기가 딱하더라, 하는 이야기가 나왔다고 합니다."

히코이치가 별 생각 없이 그 이야기를 듣고 머릿속에 기억해 두었던 것이다. 마사고로가 그 가도야의 안주인이 바로 이 가게의 전 주인 오미네라고 말하자, 세상 참 좁네요, 하며 크게 놀랐다. 그러고는 자기 단골손님에게 물어보면 더 자세히 알 수 있을 거라며 마사고로에게 가르쳐 주었다.

"그래서 찾아가 물어보니 센키치는 지금 간다의 신바시 옆에 있는 메밀국숫집에서 일하고 있다고 일러 주더군요. 그 사람뿐만 아니라 가도야 단골 몇 명이 센키치를 위해 여기저기 일자리를 찾아봐 주었답니다."

"메밀국숫집? 배달 식당이 아니고?"

오토쿠가 혼잣말처럼 말했다. 마사고로가 고개를 끄덕였다.

"가게의 크기나 음식, 어떤 손님을 상대하느냐에 따라 다르겠지만 원래 배달 식당 일이란 아주 힘든 일이니까요. 가도야의 문을 닫고 어디 점원으로 들어가 맨몸으로 재기하기에는 나이도 나이인지라 본인도 내키지 않았던 모양입니다. 몹시 망설였다더군요. 뭐, 이미 몸에 익을 대로 익은 일인데 새삼 누구 밑에서 일하기는 당연히 싫었겠지요."

그 심정은 충분히 이해할 수 있다. 가도야는 오미네가 도맡다시피 했다고 한다. 물론 센키치도 남편이라고 팔짱끼고 구경만 하지는 않았겠지만, 허울뿐이라 해도 한때는 남을 부리는 위치에 있던 사람이 새삼 누구 밑에서 혹사당하자니 괴로웠으리라.

"본래 센키치는 히코이치 씨처럼 요리 기술을 제대로 배운 사람이 아닙니다. 메밀국수 반죽을 밀던 사람으로 시작했고, 부식 쪽은 어깨너머로 배웠다고 합니다. 오미네와 살림을 차릴 때까지는 여기저기 가게를 전전했고요."

"그럼 살림을 차린 것은 오미네하고가 처음인가?"

"예, 자식도 처음입니다. 다섯 살짜리 아들하고 세 살짜리 딸이 있습니다. 늦게 얻은 자식이라 옥이야 금이야 키웠다고 하는데, 가도야를 그만둔 뒤로는 두 아이 건사하기도 어려워져서 멀리 다른 집에 맡겼답니다. 단골손님들의 알선으로 말이죠."

예전 단골손님 중에 그렇게 알뜰하게 도와주는 사람이 있다니, 그것도 다 센키치의 인덕일 것이다. 너무 딱해서 차마 볼 수가 있어야지— 하는 사람도 있었겠지만.

"인생이 한 바퀴 돌아서 다시 점원으로 들어가 메밀국수 반죽을 밀게 된 겁니다. 일단 입에 풀칠은 할 수 있게 되었다지만 그 심정이 오죽하겠습니까. 지금 있는 가게에는 얘기할 상대도 없는지, 신세 한탄을 물리도록 들어 줘야 했습니다."

마사고로는 쓴웃음을 지으며 목덜미를 쓸었다.

"입으로는 그년이 천하에 못된 년이다, 내가 감쪽같이 속았다며 오미네를 욕하지만 아직 미련이 있는 것 같았습니다. 오미네가 행방을 감췄다고 하자 눈빛이 달라져서 쩔쩔매더군요. 걱정이 되겠죠."

"제 앞가림도 못하는 주제에."

헤이시로가 말했다. 오토쿠는 얼굴이 일그러져 있다.

"애초에 오미네는 어떻게 센키치를 만났지?"

"센키치가 돈을 조금 가지고 있었다고 합니다."

마사고로가 금방 대답했다.

"고부네초에 있는 식당에서 일할 때 센키치를 알게 되었다더군요. 오미네는 그 식당에서 맛있는 안주와 찬을 만들고 술도 따르고 했는데, 손님들한테 인기가 많았답니다."

게다가 색기 있게 생긴 여자였다.

"센키치도 손님으로 드나들다가 홀딱 반했던 모양입니다. 그런 손님이 한둘이 아니었나 보더군요. 하지만 오미네는 결국 센키치랑 살게 되었죠."

그 이야기를 할 때, 다른 놈들보다 내가 더 값어치가 있었으니까, 하고 센키치는 제법 우쭐해했다고 한다. 모아 둔 돈을 '값어치'라고 표현한 거라면 과연 틀림없는 말이다. 오미네가 그 돈에 눈독을 들였음은 분명한 사실이리라. 헤이시로는 저도 모르게 웃었지만 오토쿠는 얼굴이 더욱 뚱해졌다.

그렇게 가도야를 열었다. 예쁘고 음식 솜씨 좋은 오미네 덕분에 가게는 금방 번성했다. 평판도 좋았다. 귀여운 자식도 생겼다. 그대로만 나가면 센키치는 인생 종반에 도원경에 들어서게 될 참이었다.

“다섯 살짜리랑 세 살짜리라고요?”

오토쿠가 낮은 목소리로 불쑥 물었다.

헤이시로는 오토쿠의 얼굴을 보았다. 오토쿠는 입술이 휘어지도록 입을 꾹 다물고 있다.

“어떻게 자식을 버리고 나갈 생각을 했을까. 남편이랑 안 맞는다고 해도 자식을 버릴 수는 없을 텐데.”

그러고는 수건으로 코밑을 썩썩 닦았다. 그 김에 킁 하고 코를 푼다.

“나 같으면 꼭 헤어져야 한다면 남편을 쫓아내겠구만. 자기가 가게를 꾸리면서 자식들을 키워야지.”

“씩씩도 해라.”

헤이시로가 농담처럼 말했다.

“하지만 그럴 수 없었군요, 오미네 씨는. 달리 무슨 사정이 있었던 거예요. 남편뿐만 아니라 제 자식들까지 버려도 좋다고 생각할 만한.”

날카롭게 묻는 듯한 눈초리로 헤이시로와 마사고로를 번갈아 본다. 헤이시로는 대답하지 못했다. 마사고로도 잠자코 있다.

“남자가 있었죠? 남자가 맞네. 여자가 이상해지는 건 다 남자 때문이지. 그것 말고 또 뭐가 있겠어요. 아아, 징그러워라.”

제가 말해 놓고는 제풀에 넌더리를 내더니 벌떡 일어선다.

“찻물 갈아 드릴게요.”

일어선 김에 오산과 오몬에게 잔소리를 늘어놓았다. 빈 그릇이 나오면 바로바로 씻어 놔야지. 찬이 절반쯤 팔리면 남은 것을 보기 좋게 모아 놓고! 굳은 얼굴로 꾸중을 듣는 오산과 오몬을 위해서 유미노스케가 눈치껏 나서며, 예, 예, 알았습니다, 하고 대답한다. 그러는 와중에도 손님이 들어왔다. 자리를 바꾸듯이 손님들이 계속 들고 있다.

"오토쿠 씨한테 오미네를 찾아 달라는 부탁을 받았으니 오미네와 신이치에 대해서 말하지 않을 수가 없을 성싶습니다. 괜찮겠지요?"

마사고로가 조심스레 뜻을 묻는다. 헤이시로가 고개를 끄덕였다.

"이리 됐으니 감춰 봤자지. 저렇게 뻔히 짐작하고 있는데. 다만 나는 오토쿠가 왜 오미네를 찾고 싶어하는지를 통 모르겠군. 내버려 두면 좋을 텐데. 저게 천성이겠지만."

"제가 보기에는 오토쿠 씨가 사정을 다 알면 센키치와 두 자식까지 돌봐 주겠다고 나설 것 같은데요."

오토쿠라면 능히 그럴 만하다.

"센키치는 오미네와 신이치의 관계를 알고 있나?"

"대놓고 묻기가 뭣해서 에둘러 물어보았는데요, 오미네는 필시 남자가 생긴 탓에 가출했을 거라고 대답하더군요."

그는 깊이 원망하며 질투하고 있었다고 한다.

"아마 젊은 놈이다, 손님으로 드나들던 놈일지도 모른다고 짐작하는 것으로 보아 신이치에 대해서는 모르는 모양입니다."

그렇다면 오미네는 센키치에게 꼬리를 밟히지 않도록 교묘하게 처신했다는 말이렷다.

"조사 담당관한테 물어보니" 하고 헤이시로가 작은 목소리로 말했다.

"신이치는 참수로 결정이 났다는구먼. 시노바즈 호숫가 음식점에서 살인을 저질렀을 뿐 아니라 털면 털수록 먼지가 나오는 자라서 의외로 조사하는 데 힘이 들었다던데. 이제 조사도 끝난 모양이야. 그자는 멀리 섬으로 유배당하는 정도로 결정났으면 하고 바라는 모양이지만 재판이 그렇게 호락호락하지는 않지."

지금 어디서 어떻게 지내는지 알 수 없는 오미네는 이 사실을 알고나 있을까? 안다면 사랑하는 신이치를 살려내려고 할까?

"호숫가 음식점 살인 사건 말인데요."

마사고로도 목소리를 낮춰서 말했다.

"니혼바시에 있는 기름 도매상의 젊은 부인이라고 했던가."

"가게가 문을 닫고 말았습니다. 좋지 않은 소문 탓도 있지만 그보다도 젊은 부인이 돈을 너무 많이 빼돌렸기 때문이라고 합니다."

젊은 부인은 신이치와 도망치려고 돈을 빼돌렸으리라. 하지만 신이치는 그런 여자를 죽이고 돈을 들고 도망쳤다. 그 뒤에도 행실을 고치려는 기미가 전혀 없었다. 오미네가 처음에는 남편과 자식을, 이번에는 이 가게를 버리면서까지 미련 없이 쫓아간 간부는 그런 사내였다.

"기름 도매상 주인 곁에는 오토쿠처럼 기특한 사람이 없었던 게로군."

젊은 부인이 저지른 한때의 방황이 집안과 가게까지 다 망쳐 버리고 말았단 말인가— 하고 헤이시로가 중얼거렸다.

마사고로는 빈 잔을 내려다보며 차분하게 말했다.

"간부에게 넋을 빼앗기는 짓은 한때의 방황이 아닙니다, 나리. 그래서 서글프죠. 해결이 어렵기도 하고요."

헤이시로는 끄응, 하는 소리를 냈다.

"끔찍한 얘기로군. 귀도 청소할 겸 좋은 소식 하나 일러 주지. 저
번에 신이치를 잡을 때 한몫 거든 오토요가 시집을 간다네."

마사고로의 투박한 얼굴이 환하게 풀어졌다.

"호오, 잘되었군요. 정말 축하할 일입니다."

"그 아이도 좋아하고 있다는군. 나도 얼마 전에 만나 봤는데, 더
예뻐지고 다소곳해졌어."

"좋은 아가씨지요. 신랑은 세상에서 제일 복 받은 사람입니다."

우두커니 서 있는 오몬에게 잔소리를 퍼붓고 나서 오토쿠가 옹기
주전자를 들고 돌아왔다.

"행수님, 그러면 센키치라는 전남편은 오미네 씨가 지금 어디 있
는지 전혀 모르고 있겠네요. 일삼아 찾아내서 만나러 가셨는데 고생
만 하셔서 어쩌나요."

새로 따른 차에서 좋은 향이 피어오른다. 오토쿠가 방금 전 것보
다 좋은 차로 바꾸었군, 하고 헤이시로는 생각했다. 문득 이모아라
이 언덕 저택에서 오로쿠가 우려 준 차를 떠올렸다. 정말 호사였다.

여기 볼일이 끝나면 오로쿠한테 가 볼 생각이다. 새로 일하는 곳
에서는 그런 명차를 맛볼 일이 없을 텐데, 오로쿠는 잘 지내고 있는
지.

"헛고생만 하지는 않았습니다, 오토쿠 씨. 역시 부부로 산 세월이
마냥 헛일은 아니었나 봅니다."

마사고로가 말했다.

"오미네가 어려움에 처했을 때 도움을 청하러 찾아갈 만한 사람은 없느냐고 묻자 그리 오래 생각하지도 않고 가르쳐 주더군요."

대개는 가도야 시절 단골손님들이지만 두 사람이 살림을 차리기 전에 일하던 식당 시절부터 알고 지내던 사람도 있다고 한다. 오미네는 발이 넓어서 언제든 도움을 줄 법한 남자들을 여럿 알고 있는 듯했다. 헤이시로는 조금 놀라면서도 크게 감탄했다.

"이제부터 그 사람들을 일일이 만나 볼 생각입니다. 뒤지다 보면 어딘가에서 오미네를 만나게 되겠지요."

"행수님이 몸소 이렇게 고생하시니 미안해서 몸 둘 바를 모르겠네요."

오토쿠가 정중하게 고개를 숙였다.

"이게 내 본분인걸요. 그러니 그렇게 미안해할 필요 없습니다. 다만 오미네를 찾으면 어떻게 할 생각인지를 듣고 싶군요. 처음 의뢰를 받았을 때도 내가 오토쿠 씨에게 생각을 잘 정리해 보라고 말했을 겁니다."

"뭘 어떻게 한다기보다……."

오토쿠는 도움을 청하는 눈빛으로 헤이시로를 보았다. 헤이시로는 무심한 표정을 꾸미려다가 웃고 말았다.

"나한테 묻지 마. 나는 모르는 일이야."

"그렇지만 나리."

"그렇지만은 무슨. 그보다 오토쿠, 마사고로와 어려운 얘기를 하기 전에 내가 한 가지 부탁할 게 있어. 하마터면 깜빡할 뻔했군. 실은 오늘 여기에 그냥 온 게 아니야. 손님으로 온 거지."

헤이시로는 모레 아침 일찌감치 가와사키에 가 볼 생각이다.

"뭐 좀 알아보려고 가는데, 그쪽에 들고 갈 것이 필요해. 나무 도시락을 만들어 주지 않겠나?"

마고하치의 상황을 확인하기 위해 미나토야의 가와사키 별저에 가는 것이다. 규베가 기다리고 있다.

"알아보다니요, 무슨 일인데요?"

"말하기가 조금 곤란한 일이야. 그렇다고 대단한 일은 아니고. 나무 도시락을 근사하게 만들어 주었으면 좋겠는데."

사실은 오토쿠에게 가르쳐 주고 싶었다. 자네가 만든 나무 도시락이라고 하면서 규베를 기쁘게 해 주고 싶거든. 오토쿠는 잘 살고 있네, 고베 나가야에서 찬 가게와 배달 식당을 하고 있어, 솜씨가 대단하지? 보라고, 맛있지? 하고 말이다.

"예, 만들어 드릴게요. 몇 인분이 필요하세요?"

"두어 사람이 먹을 거야."

"고헤이지 씨가 들고 가나요?"

"그래. 그럴 때 쓰라고 있는 주겐이니까."

"나리와 고헤이지 씨가 도중에 드실 주먹밥도 필요하겠군요?"

"같이 싸 주면 고맙지."

"알았어요. 모레 아침이라고 하셨죠? 새벽 네시까지 가져다드릴게요."

자, 어떻게 만드나, 너무 무거우면 곤란할 테고, 하며 오토쿠는 벌써부터 가게 주인다운 얼굴이 된다. 방금 전의 근심스런 얼굴과는 딴판으로 생기를 찾은 표정이 반갑다.

헤이시로는 칼을 쥐고 일어섰다. 그만 가자, 유미노스케— 하고 부르자 오산과 얼굴을 가까이 대고 뭔가를 즐겁게 이야기하던 유미노스케가, 예—, 하고 대답했다. 오몬은 조금 떨어진 자리에서 두 사람이 노는 모습을 보고 있다. 헤이시로는 지나가다가 오몬의 머리를 가볍게 쓰다듬었다.

"저 아이가 또 오면 같이 놀아 줘라. 가게도 같이 지키고."

오몬이 당황하는 얼굴로 쭈뼛거렸다. 유미노스케는 얼굴 가득 웃음을 짓고, 그래요, 또 올 테니까 같이 놀아요, 하고 화답했다. 오몬의 얼굴이 새빨개졌다. 오산이, 유미노스케 님, 또 오세요, 하고 힘찬 목소리로 말했다.

"또 올게요."

거리로 나서자 헤이시로가 긴 턱을 더 길게 빼며 히쭉거렸다.

"너는 누나뻘한테도 인기가 있냐?"

"오산 씨는 아무래도 까만 점들 때문에 주뼛거리는 것 같아요."

오산의 얼굴에는 까만 점이 많이 흩어져 있다.

"오늘 처음 말을 섞었으면서 어떻게 그런 이야기까지 했누?"

"설마요, 직접 들은 게 아니에요. 젊은 아가씨는 외모 때문에 속상하다는 얘기는 좀처럼 남한테 하지 않는 법이잖아요."

"뭘 안다고 아는 척을 하누."

유미노스케는 자못 진지하다.

"오산 씨가 자꾸 얼굴을 손으로 가려요. 특히 점이 많은 오른쪽 볼을요. 자기도 의식하지 못하고 그러는 것 같지만요."

마음속 깊이 자리 잡은 그늘을 몸동작이 보여 주는 거죠, 하고 말한다.

"오토요 누님이 시집가는 집이 연지 파는 가게인데, 연지뿐만 아니라 화장품도 팔아요. 잘 팔리는 물건 가운데 하나가 '미안고美顔膏'라고, 피부가 하얘지는 연고라는데요. 휘파람새 똥에 여러 재료를 비전의 비율로 섞어서 만든답니다."

"하지만 까만 점에도 효과가 있을까?"

"모르겠어요. 더 좋은 물건이 있을지도 모르고요……. 오토요 누님과 상의해서 오산 씨한테 하나 줘 보라고 할까요? 오토요 누님이 이모부 댁을 찾아가다 길을 잃었을 때 오산 씨가 도와주었다고 하니까요."

나보다 머리가 훨씬 잘 돈단 말이야. 여자 심정도 훤히 들여다보고. 너무 눈치가 빨라 신이치처럼 신세 망치는 일이 없도록 역시 양자로 삼아야 할까, 하고 헤이시로는 생각했다.

"다음은 간다에 있는 다초 지역으로 가실 거죠, 이모부?"

다초와 나베초는 도매상이 많이 모여 있는 지역으로, 오로쿠가 일하는 곳은 '이사고'라는 식당이다. 이모아라이 언덕 저택에 출입하던 사람과 자잘한 일들에 대해서 기억나는 대로 최대한 적어 놓으라고 부탁해 두었는데, 이제 그걸 받으러 가도 되겠구나 싶어서다.

"오로쿠는 필시 히라가나로 썼을 테니까 네가 나중에 제대로 옮겨 적으려무나."

"예, 알았어요."

"가는 김에 너도 오로쿠와 이것저것 얘기해 봐라. 그러다가 뭔가 걸리는 내용이 있으면 함께 적어 놓고."

"이미 이모부가 들으셨는데 제 귀에 또 무슨 새로운 것이 들리겠어요."

겸손의 미덕도 안다.

"그런데 이모부, 오토쿠 씨 가게가 아주 잘되네요."

가게 이름은 생각해 보셨어요? 하고 또 묻는다. 마침 재채기가 나오기에 어물쩍 넘기고 말았다.


1초메에 있는 이세야라는 커다란 조리 신발 도매상 뒤에 식당이 있다고 들었다. 가서 보니 과연 이세야도 커다란 가게지만 바로 옆에 훌륭한 차 도매상이 있다. 나무로 짠 아름다운 차 상자가 잔뜩 쌓여 있고, 쪽빛 앞치마를 두른 점원들이 바쁘게 움직인다.

용건이 뭐든 간에 말상을 한 마치 순시관이 찾아왔다고 하면 오로쿠는 일한 지 얼마 되지도 않은 밥집에서 의심을 받을지도 모른다. 그래서 유미노스케를 데려왔다.

이사고의 위치를 확인한 헤이시로는 유미노스케를 가게 안으로 들여보내고 발길을 돌려 차 도매상 앞에 서서, 적당한 양으로도 팔면 잎차나 조금 사 갈까 하고 있었다. 그때 오로쿠가 나왔다.

"오랜만에 뵙습니다, 나리."

씩씩한 말투에 안색도 많이 밝아져 있다.

"잘 지내는 모양이군."

그녀 뒤로 유미노스케가 따라온다. 오로쿠가 흐뭇한 얼굴로 웃었다.

"귀여운 도련님이시네요. 나리를 돕고 있다고 하시던걸요."

"내 조카다. 유미노스케, 오로쿠한테 제대로 인사했니?"

"아직요. 처음 뵙습니다."

허리를 꺾어 인사한다. 오로쿠는 손을 내두르면서도 기뻐했다.

"아이구, 도련님도 참. 이사고에 들어오셔서 대뜸, 어, 깜짝이야, 오로쿠 아줌마잖아요, 반가워요, 하고 말씀하시지 뭐예요."

"생각 안 나세요? 핫초보리 초입에 있는 이즈쓰 상회의 유미스케예요, 하고 말씀드렸죠."

유미노스케가 씽긋 웃는다.

그렇게 해서 오로쿠를 데리고 나온 것이다. 참으로 영리하게 움직일 줄 아는 아이다.

"이 아이 머릿속에는 기름이 잘잘 흘러. 그러니까 소리도 없이 쌩쌩 돌지."

헤이시로는 웃었다.

"오로쿠, 네가 명차하고 인연이 있나 보구나."

올려다본 차 도매상 간판에 '기슈 번에 납품하는 명차'라고 멋지게 적혀 있다 기슈 번 영주는 도쿠가와 쇼군에 버금가는 세 가문 가운데 하나. 그런 명문가에 납품된다는 것은 가장 확실한 품질 보증으로 통했다.

"예. 좋은 차향을 맡을 때마다 마님을 생각해요."

오로쿠는 눈이 부신 듯한 눈길로 가만히 말했다.

"나리 덕분에 여기서 잘 살고 있습니다. 딸들도 건강하고요."

"반가운 소리군."

오로쿠는 오비 속으로 손을 찔러 넣었다.

"나리 분부대로 적어 봤는데요. 죄송하게도 글씨가 서툴러서 읽기 힘드실지도 모르겠어요. 나리께서 언제 오실지 몰라서 늘 지니고 있었더니 이렇게 꼬깃꼬깃해져서…….”

그녀가 내민 종이는 납작하게 접혀 있었다. 오로쿠의 온기가 희미하게 남아 있다.

“고맙구나. 도움이 될 거다.”

“정말 도움이 될지 어떨지는 읽어 보셔야 할 거예요, 나리. 저도 도련님처럼 쌩쌩 도는 머리를 가지고 있었으면 좋겠지만, 아쉽게도 늘 흐리멍덩해서요.”

“맛은 좋으냐?”

헤이시로는 불쑥 물었다.

“예?”

“이사고에서 파는 밥 말이다.”

오로쿠는 웃으며 자신 있다는 듯 가슴을 쳤다.

“그거라면 장담할 수 있어요.”

아까부터 명차 향을 압도하며 코를 간질이는 간장 조림 냄새에 배에서 꼬르륵 소리가 날 지경이다.

“모르는 사람처럼 시치미 떼고 들어가면 너한테 폐가 없겠지? 유미노스케를 부탁해도 될까?”

예, 물론입지요, 하고 오로쿠가 유미노스케의 손을 잡았다.

“마침 잘 오셨어요, 도련님. 점심에 냈던 밤밥이 한 상분 남아 있거든요.”

내 몫은 없는 모양이군. 뭐, 하는 수 없지, 하며 헤이시로는 끈을 죽 늘어뜨려서 만든 포렴을 헤치고 식당으로 들어섰다. 어서 오세요, 하는 기운찬 목소리가 날아온다.

오로쿠를 여기에 소개한 사람은 규베였다. 그 늙은이, 연줄이 있었나 보다. 용케 이런 가게를 알고 있었군.

산초 향 풍기는 꾸덕꾸덕한 청어 조림에 채소 깨무침. 청어 조림 국물을 살짝 발라서 구워낸 두부. 작은 접시에 낸 잠두콩 조림은 부드럽고 달콤하다. 파와 튀김을 넣은 된장국은 따끈따끈한데, 된장이 짠맛이 강한 조슈<sup>현재의 군마 현과 거의 일치하는 지역의 옛 이름</sup> 산이라는 것도 마음에 들었다.

먹는장사는 재미있을 거야— 열심히 젓가락을 놀리며 헤이시로는 생각했다. 맛난 것도 만들 수 있고, 그걸 반기는 손님이 있고, 그것으로 생계를 해결하고. 먹는 일에 끝이란 없다. 일단 단골이 되면 이쪽이 배반하지 않는 이상 계속 기억해 주고 찾아 준다. 음식은 먹으면 없어지지만 맛난 것이 주는 기쁨은 없어지지 않는다.

이사고 주인 내외는 둘을 합해야 겨우 오토쿠 한 사람 무게가 나가려나 싶을 만큼 바짝 말랐다. 하지만 두 사람 모두 열심히 일하고, 홀쭉한 배 어디에서 그런 목소리가 나오는지 깜짝 놀랄 만큼 우렁차게 인사한다. 오로쿠는 연신 웃음을 날리며 부부를 돕고, 손님도 친근한 목소리로 그녀를 대해 준다.

식당 안에 있는 손님들은 대개 단골로 보인다. 아이구, 나리, 시정을 살피시느라 수고가 많으십니다, 하고 처음 얼마 동안은 공손하고 조심스레 대하더니, 헤이시로가 한 입 떠먹고 맛있다며 감탄하자 모두들 마치 제 솜씨인 양 이 반찬은 이렇고 저 반찬은 저렇고 하며 자랑을 늘어놓기 시작했다. 나리, 이것도 좀 드셔 보세요, 이건 어떻습니까, 이봐, 오로쿠 씨, 오늘은 그 양념 구이 없나? 뭐? 동났어? 하는 등 그렇게 떠들썩할 수가 없다.

유미노스케는 오로쿠와 아는 사이인 척하며 아무 말 없이 구석 자리에 앉아 느긋하게 밤밥을 먹고 있다. '오로쿠 아줌마'라는 한 마디로 다 통과된 모양이다.

히야, 귀여운 아이네, 오로쿠 씨의 이건가? 하며 엄지를 세워 오로쿠를 놀리는 손님도 있다. 오로쿠도 지지 않고, 예, 제가 애지중지하는 신랑이에요, 지분거리지 마세요, 하고 대꾸한다. 음식을 나르다가도 틈만 나면 유미노스케 옆에 앉아 생선 구이를 발라 주거나 알뜰하게 시중을 들며 즐겁게 이야기를 나눈다.

이모아라이 언덕 저택에서 아오이의 은둔 생활을 시중드는 삶도 평안하고 편하기는 했을 것이다. 하지만 오로쿠에게는 지금처럼 바쁘게 움직이는 생활이 역시 더 행복하지 않을까.

아오이도 아마 이런 생활을 하고 싶었으리라. 사람들 틈에 섞여서 장사를 하고 아랫사람을 부리고 묻고 답하고 웃고 수다 떨고. 교토 쪽에서는 그렇게 살았다고 했다. 좀 쉬다가 건강을 되찾으면 다시 바쁜 세월을 보내게 되리라 믿었을 것이다.

설마 제 수명이 그런 꼴로 끝날 줄은 상상도 못했을 테지.

명랑하게 일하는 오로쿠를 바라보니 헤이시로는 문득 가슴이 짠해졌다. 아오이의 시체를 대면했을 때도 이러지 않았는데. 스스로 생각해도 이상하다. 왜 내가 지금 이 자리에서 뒤늦게 아오이를 가련하게 여기고 아오이의 한을 떠올리고 있을까.

맛난 음식 때문일까. 맛난 것을 먹는 기쁨이 그 어떤 이론보다, 그 어떤 세상 규칙보다도 사물을 더 제대로 느끼고 생각하게 만드는 지도 모른다.

그래, 하지만—.

아오이를 해친 범인도 지금쯤 어디선가 이렇게 밥을 먹고 있겠지. 맛있는 밥, 따뜻한 밥, 풍성해서 기분 좋은 밥을.

배불리 먹고 난 후 만족스러웠던 트림이 도중에 뚝 그쳤다.


12


당일치기이긴 하지만 헤이시로가 에도 밖으로 나가 보는 것도 참으로 오랜만이다.

에도를 벗어나 본 지가 얼마 만이던가, 하고 짚어 보지만 통 기억이 나질 않는다. 마치 순시관으로 살다 보면 내킬 때 훌쩍 유람을 떠나거나 어디 신불에 참배하러 먼 길을 나서기가 힘들다.

물론 무슨 일이나 그렇지만 샛길이 있게 마련이다. 헤이시로가 아는 동료 순시관들 중에도 이런저런 핑계를 대고 얼마든지 놀러 다니는 사람이 여럿 있다. 핑곗거리만 있으면 어려운 일은 아니다. 그러므로 헤이시로가 그동안 에도를 벗어나 보지 못한 것은 순전히 게으른 탓이다.

오토쿠는 약속한 시각에 도시락을 만들어 핫초보리로 들고 왔다. 히코이치도 동행했다. 요즘 두 사람이 이렇게 같이 다니면 꼭 오누이처럼 보인다. 아직 동트기 전이라 캄캄해서 히코이치가 등롱을 들고 오토쿠의 발치를 비춰 주고 있다.

오토쿠가 헤이시로의 아내에게 턱없이 공손하게 인사하자 아내도 질세라 깍듯이 인사했다. 그동안 헤이시로는 각반을 차고 짚신 끈을 단단히 조였다 일본의 전통 짚신은 발판 옆과 뒤꿈치 쪽에 둥근 고리를 내고 짚신 코에서 나온 두 가닥 끈을 그 고리에 꿰어 단단히 묶게 되어 있어 산행이나 장거리에 알맞다.

"나리, 왼쪽 오른쪽의 각반 높이가 제각각이네요."

오토쿠는 늘상 하듯이 버릇처럼 참견했다가 부인이 곁에 있다는 사실을 떠올리고는 황망히 송구하다는 듯 굽실거렸다. 아내가 태연하게 말을 보탰다.

"제가 봐도 그러네요."

이내 두 여자가 달려들어 각반을 고쳐 주었다. 히코이치가 웃음을 참고 있다.

아내와 오토쿠와 히코이치는 헤이시로가 왜 가와사키에 가는지 모른다. 그저 '용무차'라고만 해 두었다. 오토쿠는 작은 눈을 깜빡이며 근심 어린 표정으로 말했다.

"나리께서 납시는 곳이 헤이켄지 근처인가요?"

"아니, 좀 더 가야 해. 그건 왜?"

"지나가시는 김에 잠깐 헤이켄지에 들러 대사님께 참배나 하고 갈까 하시면 안 됩니다. 오히려 노여움을 살 테니까요."

가와사키 대사는 액을 물리쳐 주는 신으로 유명하다. 액막이를 위한 참배라면 오로지 그 목적 하나만을 위해 지극정성으로 찾아가야지, 유람차 혹은 업무차 가는 길에 잠깐 들러서 참배하는 것은 불손

한 행동이라고 오토쿠가 설명했다.

"아, 그렇군요. 그건 미처 생각하지 못했어요."

아내는 솔직하게 놀란 표정을 드러냈다.

"그럼 오늘은 대사님께 참배하지 않고 그냥 지나가기로 하지."

"네, 꼭 그렇게 하세요, 당신. 그리고 내년에 저랑 같이 가요."

"왜?"

"내년이 제 액년이잖아요."

아내의 대액흔히 여자 나이 33세를 대액이라 하여 그해에 큰 액이 닥친다는 속설이 있었다이라면 한참 전에 지났을 텐데. 헤이시로는 너털웃음을 흘리며, 웬 허풍, 하고 넘겼다. 그러자 아내가 입을 삐죽거린다.

"어머, 왜 그러세요? 액에도 여러 종류가 있어요. 달력을 보면 다 적혀 있단 말이에요."

"예, 그래요, 나리. 마님 말씀이 맞아요."

아, 알았네, 알았어, 하고 여자들에게 손을 내두르고 헤이시로가 출발했다. 조심해서 다녀오세요, 하는 아내의 말에 고헤이지가 "우헤! 다녀오겠습니다요, 마님" 하고 대답했다. 그의 봇짐에는 오토쿠가 삼단 찬합에 정성껏 싸 준 도시락이 담겨 있었다.


가을이 깊어지면서 해가 짧아지는 요즘 같은 때를 두고 흔히 '가을 해 떨어지는 것이 꼭 두레박 같다'고 한다. 그러나 낮이 짧아지는 이유는 해가 일찍 지기 때문만은 아니다. 동이 트는 시간도 늦어져서다. 그런데 그쪽을 표현하는 말은 없다. 왜 그럴까. 이런 쓸데없는 이야기를 하며 천천히 걷는 중이다. 고헤이지는 등롱을 들고 있다.

신바시로 가려면 남부 마치부교쇼 앞을 지나야 한다. 이번 달 월번은 북부 쪽이다. 남부 부교쇼는 문을 닫아 놓았다 남부와 북부 마치부교쇼는 지역을 나누어 담당하는 게 아니라 월번을 정해서 한쪽이 업무를 보는 달에 다른 쪽이 쉬는 방식이었다. 부교쇼를 보고 생각이 났는지 고헤이지가 물었다.

"나리, 윗분에게는 오늘 용건을 어떻게 보고해 두셨습니까?"

"어떻게 보고하긴, 그냥 사실대로 말했다."

성실한 주겐이 눈을 동그랗게 뜬다.

"미나토야의 별저에 간다고요?"

"거기까지는 말 안 했지. 에도를 벗어나 가와사키에서 지내는 자가 있는데, 그자에게 꼭 물어봐야 할 일이 생겼다고 했다."

"그것으로 통과되었나요?"

"그래. 내게 부탁을 하시더라. 가와사키 역참 마을에 가거든 미와 상회라는 해물 절임 가게에 들러 김무침을 사 오라고. 이모토 나리가 좋아하신다던데."

이모토는 헤이시로의 상사들 가운데 혼조 후카가와를 담당하는 요리키다.

"김무침이라면 에도에서도 얼마든지 살 수 있는데요."

"맛이 다르다더라. 미와 상회 걸 먹으면 에도에서 파는 김무침은 맛이 밋밋해서 젓가락이 가질 않게 된다던데. 이참에 나도 좀 사 볼까. 너도 바다 것 좋아하지?"

잠시 생각하고 나서 고헤이지가 말했다.

"예, 특히 김무침이라면 사족을 못 쓰죠. 그래서 저는 그만둘랍니다. 다른 가게 무침들이 심드렁해지면 곤란하거든요."

흔들리는 등롱 불빛 속에서 헤이시로가 짤막하게 웃었다.

"듣고 보니 그렇구나. 그럼 오토쿠한테나 사다 줄까. 미와 상회의 맛을 훔치라고 하면 되겠다."

"오, 그거 묘안입니다요."

요란하게 보고하고 나선 길치고는 아주 느긋한 걸음이다. 두 사람 모두, 길에서는 주먹밥을 먹고 미나토야 별저에 도착하면 찬합 속에 담긴 음식을 맛있게 먹겠다고 기대한 탓에 새벽에는 뜨거운 물에 밥을 말아서 가볍게 요기했을 뿐이다. 걷기 시작하자 금세 허기가 졌다. 그래서 먹는 이야기만 하게 된다. 맹해 보여도 이럴 때는 눈치 빠른 고헤이지가 가와사키까지 가는 길에 만나게 되는 유명한 가게와 토산물을 안내해 주어서, 헤이시로의 머릿속에는 미와 상회 말고도 꼭 들르고 싶은 가게들이 많이 들어가 있었다.

다카나와 관문에 닿을 무렵 먼동이 텄다. 아침 해가 눈부시다. 고헤이지는 등롱을 끄고 착착 접어서 봇짐에 넣었다. 요즘 같은 철이면 다카나와 근방에서 등롱을 끄게 될 겁니다, 하고 어제 마사고로가 말했다. 딱 들어맞았다.

마사고로는 업무 때문에 에도 밖으로 자주 나가나 보다, 하고 문득 생각했다. 뭔가를 의뢰해서 같이 일할 때 말고는 평소 마사고로가 어떻게 지내는지 헤이시로도 알지 못한다. 오캇피키가 되기 전에 어떻게 살았는지에 대해서도 꽤 어두운 구석이 있는 모양이라는 소문 말고는 아는 바가 없다. 몰라도 상관없다고는 생각하고 있다.

그 마사고로가 오늘 짱구와 유미노스케를 데리고 이모아라이 언덕으로 간다. 모쿠타로가 전해 준 소작인의 딸 오하쓰 건을 알아보기 위해서다. 수확이 바쁜 가을이라 농가는 시중보다 아침이 이르다. 소작인의 집에 찾아가기로 되어 있는 마사고로와 아이들도 지금쯤 벌써 그리로 걷고 있을 터였다.

마사고로 일행의 출발은 예정보다 조금 늦었다.

혼조에서 롯폰기까지는 그리 먼 거리가 아니다, 조금 늦어도 괜찮다고, 가와이 상회 뒤뜰에서 마사고로가 유미노스케를 달래고 있다.

유미노스케가 또 담요를 적신 것이다. 오줌에 젖은 담요는 마치 거대한 혀를 길게 빼고 유미노스케에게 메롱을 하는 것처럼 빨랫줄에 축 늘어져 있다. 유미노스케는 툇마루에서 담요를 마주 보고 앉아서 자기 문구를 옆에 늘어놓고,

'이제 다시는 담요를 적시지 않겠습니다.'

라고 쓰고 있다. 백 번을 쓰기 전에는 집에서 못 나간다고 어머니가 단단히 일러 놓았다.

유미노스케는 울상을 짓고 있다.

옆에 나란히 앉은 짱구도 거반 울상이다.

마사고로는 어금니를 꼭 물고 웃음을 참고 있다.

"도련님, 자다가 담요 적시는 일이야 다들 겪는답니다. 그런 걸로 마음 쓰실 필요 없습니다."

아까부터 벌써 몇 번이나 그 소리를 했는지 모른다. 그래도 자꾸 위로하지 않을 수 없을 만큼 유미노스케는 풀이 죽어 있다.

유미노스케는 묵묵히 움직이던 붓을 멈추고 축축한 한숨을 흘렸다.

"하지만 짱구는 담요에 오줌을 지리지 않잖아요."

"아뇨, 지려요. 지리고말고요."

마사고로의 대답에 짱구가 흠칫 놀라며 그를 쳐다보았다. 마사고로가 꿈쩍꿈쩍 눈짓을 한다. 그렇다고 해 두라는 뜻이다.

하지만 유미노스케는 알고 있다.

"그런 말로 어르지 않아도 돼요."

평소와 달리 유미노스케답지 않게 밉살맞은 말투다. 부끄러운 것도 부끄러운 거지만 스스로에게 화가 났으리라.

"오늘 할 일을 생각하니 가슴이 설레서 지난밤에 잠도 제대로 못 주무신 거 아닙니까? 아마 그러셨을 테지요."

저번에 이모아라이 언덕 임대 저택을 대청소할 때였다. 방금 모쿠타로한테 이런 이야기를 들었다― 하며 헤이시로가 오하쓰 건을 들려줄 때 유미노스케는 매우 심각한 표정으로 생각에 잠겨 있었다. 마사고로도 오하쓰 사건이 이상하다고 생각했다. 같은 장소에서 연거푸 목을 조른 일이 있어났다. 어쩌면 아오이 사건과 관계가 있을지도 모른다. 어떤 관련이 있는지는 얼른 짐작하기 어렵지만.

이즈쓰 나리는 오늘 가와사키에 있는 미나토야 별저에 가신다. 그 일정이 정해지자 유미노스케가, 이모부가 에도를 떠나 계실 동안 저랑 같이 오하쓰라는 여자애를 만나러 가 주실 수 있으세요? 하고 물었다. 마다할 이유가 없었다.

하지만 마사고로는 조금 걱정스러웠다. 제 입으로 가 보자고 한 유미노스케의 안색이 영 어둡기 때문이다. 아까 그 말도 위로하려고 했던 것이 아니라 진심에서 나온 말이었다.

유미노스케는 두뇌가 명석하다. 어지간한 어른 열 명을 합한 것보다 더 나은 두뇌를 가지고 있다. 하지만 마음은 아직 어리다. 나이에 걸맞은 어린 구석이 남아 있다. 그러다 보니 머리가 회전하며 짚어내는 사실들을 마음이 미처 따라가지 못해서 주인을 괴롭히는 게 아닐까.

이즈쓰 나리 말로는 유미노스케가 종종 악몽을 꾼다고 한다. 그럴 때마다 담요를 적신다. 아마도 유미노스케의 마음이 내지르는 비명이 야뇨라는 모습으로 드러나는 모양이라고 마사고로는 짐작했다.

이즈쓰 나리도 비슷한 말을 했다.

— 하지만 마사고로, 그렇다고 해서 그 아이에게 두뇌를 쓰지 말라고 할 수도 없네. 그건 애초에 무리일뿐더러 그 아이에게도 가혹한 짓이야. 당분간은 힘들더라도 마음이 더 영글기를 기다리는 수밖에 없다고 생각하네.

담요에 오줌을 지리지 않겠다는 글귀를 반복해서 쓰는 유미노스케를 지켜보면서 이번에는 짱구가 한숨을 지었다.

"뭐냐, 너까지."

쓴웃음을 짓는 마사고로를 올려다보며 짱구가 말했다.

"잘 쓰시네요."

유미노스케의 글씨가 훌륭하다고 감탄하고 있다. 확실히 멋진 글씨였다.

"어떻게 하면 이렇게 쓸 수 있나요?"

유미노스케는 손을 움직이면서 짱구를 쳐다보고 씽긋 웃었다. 이제야 보는 웃는 얼굴에 마사고로는 마음이 놓였다.

"짱구 글씨도 나쁘지 않아. 사실은 나보다 나아."

"아닙니다."

짱구는 강하게 고개를 저었다. 짱구의 표정이야말로, 그런 말로 어르지 않아도 돼요, 라고 말하는 듯하다.

"아니, 정말이야."

유미노스케는 미간을 찡그렸다.

"나는 선생님이 써 주신 글씨를 고스란히 흉내 낼 뿐이야. 아무리 매끈하게 써도 이건 내 글씨가 아니야. 흉내 내기일 뿐이지. 하지만 짱구가 쓰는 건 자기 글씨잖아. 그게 더 훌륭해."

살짝 화가 난 모습이다. 그래도 붓끝이 흔들리지는 않는다. 멋진 글씨들이 이어진다.

마사고로는 이 예쁜 소년의 총명함에 새삼 놀랐다. 멋지게 써 놓고도 흉내 내기일 뿐이라니.

"우리 어머니는 저한테 화가 나면 이렇게 글씨를 쓰라고 시켜요. 이젠 오줌이니 뭐니 하는 글씨는 쓰고 싶지 않아요. 이걸 쓴다고 오줌 지리는 버릇을 고칠 수만 있다면 백만 번이라도 쓰겠어요. 하지만 그렇진 않잖아요. 쓸데없는 짓이죠. 그래도 어머니는 쓰라고 하세요. 그래서 저는 오히려 정나미가 떨어질 정도로 예쁘게 쓰려는 거예요."

골을 내며 붓을 움직인다.

"이제 여덟 번 남았어요."

짱구가 말했다. 말없이 헤아리고 있던 모양이다.

"응, 거의 다 썼어. 잠깐이면 끝나."

다 쓰자 유미노스케는 어머니에게 보여 주러 갔다. 잠시 후 돌아오는 아이의 등 뒤로 지배인이 따라왔다.

유미노스케는 이즈쓰 나리의 처조카이며, 이즈쓰 가에 양자로 들어갈 거라는 이야기가 있다. 그 나리가 거들어 준 덕분에 일개 오캇피키인 마사고로가 귀한 도련님을 데리고 나갈 수도 있는 것이지만, 지배인의 눈은 날카롭게 빛나고 있다.

"도련님을 잘 부탁드립니다."

예, 조심해서 다녀오겠습니다, 하고 마사고로는 침착하고 정중하게 대답했다.

마사고로가 앞장서고 소년 둘이 뒤를 따르니 왠지 마사고로가 아이들을 끌고 가는 듯 보인다. 그래서 유미노스케와 짱구를 앞세우고 마사고로가 뒤를 따르기로 했다. 두 소년은 의외로 발이 빨라 마사고로도 걷기가 답답하지 않았다.

"얘기 좀 해도 될까요?" 하고 유미노스케가 물었다.

"물론이죠, 도련님."

"그 도련님이란 말은 그만하세요, 행수님."

"그럼 행수님이란 말도 그만하시죠."

유미노스케는 웃으며 "그럼 마사고로 씨" 하고 말했다.

"실은 이모부도 없이 이렇게 움직여도 될까 망설여지긴 하지만, 생각하면 생각할수록 마음이 급해져서 혼났어요. 오늘 하루를 우물쭈물 넘기면 안 되겠다 싶었거든요. 마사고로 씨는 이모부를 대신할 수 있는 분이니까 괜찮겠다는 생각도 했고요."

"고마운 말씀. 그럼 유미노스케 님은 오늘 뭘 하시려고요? 이모아라이 언덕에 가서 모쿠타로 씨와 오하쓰라는 아이에게 이야기를 듣는 일이 다가 아닙니까?"

유미노스케는 걸으면서 두 손을 꼭 쥐었다. 쨩구가 그의 얼굴을 보고 있다.

"모쿠타로 씨는 아이들을 좋아해요. 이야기가 잘 통하면 아마 흔쾌히 오하쓰라는 여자애를 지켜주겠지요. 그걸 부탁하고 싶어요."

에도 시내는 벌써 분주하게 움직이고 있다. 한길에 면한 가게들은 이미 문을 열었고 다양한 사람들이 바삐 스쳐 지나간다. 깊어진 가을 하늘은 티 없이 맑고 파랗고, 시원한 바람은 시내의 온갖 냄새를 싣고 온다.

두 소년을 따라 그 바람 속을 걷는데 '지켜준다'는 귀에 띄는 말이 마사고로의 신경을 쿡 찔렀다.

"오하쓰가" 하고 유미노스케가 여자애를 친근하게 불렀다.

"목을 졸린 일 말인데요, 아마 공갈을 당했을 거라고 봐요."

"공갈?"

역시 놀랐는지 쨩구의 걸음이 살짝 흐트러졌다.

"그래요." 유미노스케가 고개를 끄덕였다.

"아오이 씨를 해친 범인한테."

그 말에 마사고로는 걸음을 뚝 멈췄다.

"호오, 과연." 다시 걷기 시작하며 말했다.

"목을 조른 두 사건이 그렇게 연결됩니까?"

"전 그렇게 봐요."

"그러니까 오하쓰는 아오이가 살해당하던 날 이모아라이 언덕 저택 근처에서 누군가를 보았다는 말씀이신가요? 누군가의 얼굴을.”

“예, 바로 그거예요.”

“하지만 어린아이입니다. 누가 나중에 묻는다고 해도 그 얼굴을 기억할까요?”

짱구하고는 비교할 수 없다. 오하쓰는 변두리 소작농의 딸이다.

“그래요. 그러니까 ‘보았다’는 말보다는 ‘만났다’라든지 ‘마주쳤다’라고 표현해야 적당하겠죠. 오하쓰가 만난 사람은 오하쓰와 잘 아는 사이였을 거예요.”

짱구가 “우우우” 하고 신음 같은 소리를 냈다. 마사고로는 앞을 걸어가는 소년의 머리를 살짝 쓰다듬었다.

“오하쓰는 아마 그때 거기서 그 사람을 만난 일에 무슨 의미가 있는지 전혀 몰랐을 거예요. 하지만 그 사람은 안절부절못했겠지요. 살인이 있던 시각에 자기가 그 저택 옆에 있었다는 사실이 만에 하나 오하쓰의 입을 통해 흘러나간다면 낭패니까요. 그래서 공갈을 했을 거예요.”

짱구가 작은 소리로 “아이 잡아먹는 귀신이?” 하고 물었다.

“그래. 아이 잡아먹는 귀신처럼 꾸며서.”

더할 나위 없이 좋은 연막이다. 모쿠타로 같은 이도 그렇게 믿고 있지 않은가.

사건 이후로 오하쓰는 문밖으로 나오지 않게 되었다. 모쿠타로가 무엇을 물어도 대답하지 않고 그저 얼굴이 파랗게 질리기만 한다고 했다.

공갈이 통한 것이다.

"그렇지만 공갈을 한 자도 완전히 마음을 놓고 있을 수는 없어요. 사실은 그 자리에서 오하쓰를 죽여 버리고 싶었을 테지만 미처 그러지 못했을 거예요. 모쿠타로 씨와 다른 사람들이 오하쓰를 찾아다녔기 때문인지도 모르죠. 그래서—."

앞으로도 방심하면 안 된다는 말이다.

"유미노스케 님은 어떻게 그런 생각을 하셨습니까?"

마사고로가 물었다.

"이즈쓰 나리께 들었는데, 유미노스케 님은 아오이 사건도 살해당할 만한 이유가 있어서가 아니라 뭔가 착오 때문에 얼떨결에 일어난 일이 아닐까, 하고 말씀하셨다면서요."

네, 그래요, 하고 유미노스케가 힘주어 대답했다.

"실은 저도 같은 생각을 하고 있었습니다. 사실은 아무 인연도 없는 자가 도적질을 하려고 들어왔다가 얼떨결에 일을 벌인 게 아닐까 하고요."

"그 말씀을 들으니 마음이 든든하네요."

유미노스케는 마사고로를 힐끔 돌아다보았다.

"그러니까 도련님— 아니, 유미노스케 님, 오하쓰 건을 전해 들었을 때 저는, 두 사건이 무관하지는 않을 터라고 생각하기는 했는데 아무래도 매끄럽게 연결할 수가 없더군요. 우연히 든 도적이라면 아이가 자기 얼굴을 보았다는 이유로 나중에 입막음을 하기 위해 범행 현장으로 돌아오지는 않겠지요. 그전에 오하쓰가 어디 사는 누구의 딸인지도 모를 테고요."

마사고로의 생각은 거기서 막힌 채 남아 있었다.

"마사고로 씨, 제가 보기에 이번 일은 '지나가는 마魔정신을 팔고 있는 인간에게 빙의하여 이를테면 '묻지마식 살인' 같은 난동을 부리게 만든다는 일본의 요괴'의 짓이라고밖에 생각되지 않아요."

"지나가는 마— 입니까?"

마사고로는 그 말에는 동의할 수 없었다.

지금까지 아무 일 없이 살던 자가 어느 날 갑자기 제정신을 잃고 살인을 하거나 자살을 한다. 드물기는 해도 없는 일은 아니다. 그것이 '지나가는 마'의 소행이다. 글자 그대로 변고를 일으키고는 지나가 버린다. 지나가는 마에 씐 자가 같은 장소에서 똑같은 짓을 반복했다는 얘기는 적어도 마사고로는 들어 본 적이 없다. 게다가 아오이를 죽인 인물이 지나가는 마에 씌어서 미치광이가 되었다면 더 커다란 소동이 벌어졌을 것이다. 갑자기 그 집으로 들어가 방 안에 있던 사람을 죽였다는 점도 이해가 되지 않는다.

또 아오이를 찾아가 죽일 때는 착란 상태였다가 난행 뒤에 정신이 들었는데, 자기 얼굴을 잘 아는 오하쓰를 만났던 일을 기억해 내고는 입막음을 해야겠다고 생각했다— 라는 상황은 더욱 생각하기 힘들다. 지나가는 마에 씐 사람은 제정신을 잃고 분별력이 사라지기 때문에, 나중에 정신을 차리더라도 착란 상태일 때 자기가 무슨 짓을 했는지 기억하지 못하는 법이다.

마사고로가 그 부분을 지적하자 유미노스케는 대답을 하기 전에 잠깐 걸음을 늦추고 숨을 크게 들이마셨다. 그러고는 천천히 숨을 토했다.

"그러니까 마사고로 씨, 아오이 씨를 죽인 '지나가는 마'는 우리가 아는 '지나가는 마'하고는 조금 다른 게 아닐까요?"

유미노스케는 단어를 고르듯 천천히 말했다. 자기가 생각하는 바를 제대로 표현하지 못해서 답답한 모양이다.

"그 일은 범인이 아오이 씨와 함께 방에 있을 때 갑자기 일어났다. 그래서 아오이 씨를 해치고 말았다. 정신을 차린 뒤 당황해서 도망쳤다. 그때 오하쓰가 그를 보았다—."

잠시 세 사람은 말없이 걷기만 했다. 에이다이 다리를 건너면 왼쪽이 핫초보리 하급 무사 마을이다.

"어쨌든 범인은 이모아라이 언덕 저택 근처에 있는 게 틀림없어요. 지금도 있을 거예요. 그건 분명히 말할 수 있어요."

유미노스케는 다시 목소리에 힘을 주어 그렇게 단언했다.


시나가와 역참 마을의 미와 상회에는 예쁘고 싹싹한 여점원이 있어서 헤이시로는 한껏 기분을 내고 말았다. 어깨 앞뒤에 끈으로 연결해 걸쳐 맨 봇짐 두 개에 다 들어가지도 않을 만큼 갖가지 절임을 샀다.

역참 마을이니 여관이 처마를 나란히 하고 있는 것은 당연하거니와 막 건져 올린 해산물을 굽거나 조려서 파는 해물 식당도 많았다. 그중에 한 집을 골라 고헤이지와 주먹밥을 먹었다.

먼 길을 걸어야 해서 특별히 신경을 썼는지, 오토쿠가 만든 주먹밥에는 커다란 매실장아찌가 들어 있었다. 노란 단무지를 곁들였고 뜻밖에도 새까만 김을 감아 놓는 호사까지 부려 놓았다.

모처럼 나선 길이니 마른 오징어 구이를 조금 사 먹었지만 술은 참았다. 헤이시로는 술을 마시면 만사가 귀찮아지는 체질이다. 여기서 기분을 냈다가는 가와사키에 도착하기 어려워진다.

시나가와 역참은 니혼바시를 출발하고 처음 만나는 역참이다보니 간선 도로의 역참이라는 제 역할 외에 유흥지로도 발전했다. 에도 사람들한테는 오히려 이쪽 의미가 더 크다. 그래도 아직은 시간이 시간인지라 여관 호객꾼도 나오지 않았고 취객도 보이지 않는다. 오가는 사람들이 많아서 북적이기는 해도 상쾌한 풍경이다.

주먹밥을 먹던 고헤이지가 웬일로 추억을 늘어놓았다. 헤이시로 부친의 주겐으로 일하던 아버지를 따라 어릴 적에 여기에 와서 항아리 구이 소라를 먹어 본 적이 있다고 한다. 함께 조개를 잡으러 오오모리 해안 개펄에도 가 본 모양이다.

"허, 야헤이지가 아들을 애지중지했구나."

헤이시로도 기억하지만 고헤이지의 부친 야헤이지는 대단한 애주가였다. 그래도 주사를 부린 적은 없다. 술은 잘 못해도 색을 밝히던 헤이시로의 부친은 여자를 만나서 놀다가 술에 만취해 야헤이지의 등에 업혀서 집에 돌아온 적이 한두 번이 아니었다.

부친이 죽자, 지위를 물려받고 싶지 않았던 헤이시로는 아버지가 배다른 형제를 어디다 숨겨 두지 않았을까 하고 찾아다닌 적이 있다. 부친은 그 정도로 색을 밝혔다. 얼굴 모르는 형제가 한 명쯤 있어도 이상할 게 없다, 아니, 틀림없이 있다고 확신했다.

당시 야헤이지에게도, 혹시 그럴 만한 여자가 없느냐고 끈질기게 캐물었다. 헤이시로의 부친이 죽기 얼마 전에 풍을 맞아 반신불수가 되어 있던 야헤이지는 잘 돌아가지 않는 혀로, 아무리 찾아봐야 그런 여자는 없으니 그만 찾으세요, 하고 대답했다. 헤이시로는 야헤이지가 아버지의 허물을 감춰 주고 있다고 믿고, 아버지와 관련해서 어떤 이야기가 나와도 절대로 화를 내지 않을 테니까 솔직하게 말해 달라고 졸랐다.

그러자 야헤이지는 큭큭 웃었다.

— 나리께서 여자를 좋아하시긴 했지만 가문을 어지럽힐 만한 짓은 하지 않으셨어요. 이즈쓰 가 외에 따로 자식은 없습니다요.

요란하게 가문을 운운할 만한 집안이기나 하나, 하고 헤이시로는 생각했었다.

미나토야 소에몬에게는 가문이 어지러워질지도 모른다는 두려움은 없을까? 여기저기 자식을 까 놓고는 그걸 다 제 자식이라고 인정하고 부양해 왔으니 말이다. 자기가 죽거나 병으로 쓰러지거나 다쳐서 움직이지 못하게 되면 그 자식들 가운데 누군가가 나타나서 제 몫을 달라고 주장할지도 모른다고 근심한 적은 없을까?

세상 사람들 눈에 순리대로 잡음 없이 보이도록 소이치로에게 가게를 물려준다고 해도 그가 친자식인지 어떤지는 알 수 없다. 제 피를 받았는지 아닌지는 확률이 반반인 내기나 다름없다. 애초에 그런 상황이므로 누가 아들이라고 찾아와서 소동을 일으켜도 매한가지 아니냐 싶어 거반 체념하고 있을까? 그렇지만 둘째 소지로라는 확실한 친아들이 있으니 그런 말썽은 없는 편이 좋을 텐데.

그자의 속을 통 읽을 수가 없다. 미나토 상회를 중요하게 여기는 건지 아닌지. 여자들이나 자식들을 아끼는 건지 아닌지.

— 물어봐야 어차피 적당히 얼버무릴 테지.

"오, 저건 누구 가마일까요?"

손가락에 묻은 밥풀을 일일이 입으로 떼어먹으며 고헤이지가 말했다.

가마 두 틀이 앞뒤로 나란히 역참 마을을 지나간다. 에이호, 에이호, 하는 메김 소리에 맞춰 흔들리는 앞쪽 가마는 발이 내려져 있지만 뒤쪽 가마는 발이 올라 있다. 백옥처럼 하얀 피부에 물색 옷깃이 요염한 여자가 보인다. 풍경이 궁금한 건지 바깥바람을 쐬고 싶은 건지, 아니면 길가는 사람들에게 제 요염한 모습을 보여 주고 싶은 것인지. 여자의 입가에는 흡족한 미소가 희미하게 떠올라 있다.

"저 여자, 조신하지 못하군."

헤이시로가 말했다.

"앞 가마에는 남자가 타고 있겠지만 남편은 아닐 게다."

그러니까 어쩌다 나선 길에 여자는 자랑스레 발을 올리고 있는 것이다. 남자는 가마 속에 숨어 있고.

"아오이도, 소에몬과 외출할 때는 저러지 않았을까."

가마 뒷모습을 잠시 바라보다가 헤이시로는 중얼거렸다.

오로쿠는 두 사람이 종종 함께 외출했다고 말했다.

글쎄요, 하고 고헤이지가 둥근 얼굴을 살짝 갸웃거린다.

"교토 근처라면 몰라도 여기로 돌아온 뒤에는 사뭇 조심하지 않았을까요?"

무엇보다도 오후지의 눈을 두려워하던 두 사람이다. 그래야 하는 처지에 넌더리가 났을 게 틀림없다.

오로쿠가 건네 준 종이에는 많은 내용이 착실하게 적혀 있었지만,

아쉽게도 토막토막 난 기억들이라 맥락을 알 수 없었다. 이런저런 일이 있었다는 내용도 있지만 그것이 언제 일인지 불분명했다. 시간 순서대로 적어 놓질 않은 것이다. 생각이 스치면 얼른 종이를 꺼내서 최대한 자세하게 빠짐없이 적었다는 것은 짐작할 수 있었지만 유감스럽게도 도움이 되지는 않을 듯했다.

다만 한 가지, 헤이시로의 눈길을 끄는 대목이 있었다. 환술사 무리를 불러서 마고하치를 퇴치한 다음에 아오이가 이런 말을 했다는 부분이다.

― 그 사람들하고는 오래전부터 한 번은 나를 도와주기로 약속이 되어 있었어.

― 그런 활극으로 얼을 빼놓고 싶은 사람이 있거든.

누굴 말하는 걸까. 돈과 수고를 들여서 아오이는 누구를 속이려고 했을까. 규베라면 알고 있겠지. 반드시 캐물어야 한다.

헤이시로는 양손으로 무릎을 탁 소리가 나게 쳤다.

"자, 가자."


마사고로와 두 소년은 먼저 이모아라이 언덕 지신반에 들렀다. 모쿠타로는 자리에 없고 흰 머리띠 행수가 있었다.

사에키 조노스케를 통해서 명을 받았으므로 흰 머리띠 하치스케는 마사고로 일행을 홀대하지는 않았다. 다만 소년 둘을 대동한 오캇피키의 모습이 퍽 재미있다는 듯이 웃으며, "혼조 후카가와 쪽은 순시관 나리나 행수나 다들 아이들을 좋아하는 모양이구료" 하고 놀렸다.

모쿠타로는 호슌인에 갔다고 한다. 그 말에 마사고로는 굵은 눈썹을 움찔 쳐들었다.

"일전에 그 서당에 다니던 오하쓰라는 여자애가 누구한테 끌려갔다가 목에 졸린 흔적을 남긴 채 돌아온 일이 있었다고 하더군요. 오하쓰라는 여자애는 그 후 겁에 질려서 문밖출입도 못한다고요?"

"잘 아시는군요."

"모쿠타로 씨한테 들었다고 이즈쓰 나리께서 말씀하더군요. 모쿠타로 씨가 많이 걱정하고 있다던데, 혹시 오하쓰를 서당에 데려다주러 갔습니까?"

"아닙니다, 그게 아니라 모쿠타로는 원래 틈만 나면 호슌인에 가서 글공부를 합니다. 일자무식이었거든요. 그렇게 공부해서 이제는 제 이름을 쓸 줄도 알고 주판알도 조금 튕기게 되었습니다."

오하쓰는 지금도 문밖출입을 못하고 있으며 겁에 질린 상태도 크게 나아지지 않았다고 한다.

"흰 머리띠 행수님은 오하쓰 건을 어떻게 보십니까?"

그리 운을 띄우셔도 제가 뭘 알겠습니까, 하고 흰 머리띠 행수는 지신반의 좁은 방에 털썩 앉아서 담뱃대를 물었다.

"오하쓰가 발견된 곳은 그 임대 저택이지 않습니까. 보름 사이에 같은 장소에서 목을 졸린 사건이 두 건이나 일어났습니다."

"그냥 우연일 수도 있지요."

푸욱 하며 담배 연기를 내뿜는다. 봉당에 있는 유미노스케와 짱구 앞까지 연기가 흘러간다.

"행수네 구역은 어떤지 몰라도 이 근방에는 덤불도 많고 숲도 곳

곳에 있어요. 여자애를 숲으로 끌고 들어가 못된 장난을 하는 자도 가끔 나옵니다. 오하쓰에게 못된 짓을 한 자도 그런 놈이겠지요. 임대 저택의 살인 사건하고는 관계가 없어요."

세상일이란 어떤 각도로 보느냐에 따라 평가가 달라지게 마련이지만, 변두리 동네라는 상황을 고려하더라도 마사고로는 그 이야기가 납득되지 않았다.

"사에키 나리께서 단단히 일러두셨으니 그쪽을 방해하거나 하진 않을 겁니다. 뭐, 좋으실 대로 알아보시지요."

지신반에서 보기 좋게 밀려난 마사고로 일행은 호슌인으로 향했다.

걷기 시작하자 그때까지 멍하니 하늘을 쳐다보던 유미노스케가 불쑥 말했다.

"담배 연기."

그게 왜요, 유미노스케 님, 하고 마사고로가 물었다. 유미노스케는 여전히 멍한 얼굴이다.

"왜 그러세요, 도련님."

눈을 깜빡거리고 나자 유미노스케의 눈이 초롱초롱해졌다.

"아뇨, 담배 연기일 수도 있겠다 싶어서요."

"뭐가요?"

"아오이 씨 방에 남아 있던 그윽한 향 말예요. 담배장이 나와 있었다고 했죠?"

아오이도 담배를 피우곤 했지만 그때는 감기에 걸려서 담배를 삼가고 있었다. 하지만 방에는 담배장이 나와 있었다고 한다.

"손님에게 대접했는지도 모르죠. 그 담배 연기가 남아 있었다—."

"담배를 태울 때도 향낭 같은 냄새가 나나요?"

짱구가 물었다. 의아한지 찡그린 얼굴이 된다. 유미노스케가 그의 어깨를 흔들었다.

"그래. 기억 안 나? 어디였더라, 비슷한 과거 얘기를 들은 적이 있잖아? 담배 좋아하는 고리대업자가 살해되었는데 옷에 그 사람이 평소 즐기던 담배 냄새가 배어 있었다, 그런데 화로에 떨어져 있던 담배에서는 다른 냄새가 났다."

짱구의 두 눈이 콧대 쪽으로 쏘옥 몰렸다. 기억을 끄집어 내고 있는 것이다.

"묘진시타에서 일어난 고리대업자 살해 사건" 하고 마치 글을 읽듯이 말한다.

"범인은 그 사람의 조카인 목수. 흉기는 송곳."

"그래, 그래, 바로 그거야."

흐뭇한 정경이지만 이야기 내용은 뒤숭숭하다. 마사고로는 팔짱을 꼈다.

"하지만 향낭처럼 향기로운 냄새를 풍기는 담배도 있나요? 한번 조사해 볼까요?"

"부탁해요."

유미노스케는 어느새 활기를 되찾았다. 호슌인이 저쪽이죠? 하고 잔달음을 친다.

고찰古刹도 아니고 명찰名刹도 아닌, 어디에서나 볼 수 있는 낡은 절이다. 가람伽藍 중에서 가장 나중에 지은 것으로 보이는 당이 있는데,

거기에 절과는 안 어울린다 싶을 만큼 훌륭한 종이 매달려 있다. 필시 이 지역의 시종時鐘을 겸하는 종이리라.

호슌인은 그런 절이었다. 본당 쪽에서 나온 꼬마에게 서당을 물으니 요사寮舍 뒤에 있는 별채라고 가르쳐 준다. 세 사람은 자갈을 밟으며 본당 옆을 지나갔다.

별채라기보다 오두막이라는 말이 더 어울리는 당이다. 본래는 절 머슴이 지내던 곳인지도 모른다. 판자 지붕에 누름돌이 군데군데 앉아 있다. 판자에 격자 장식을 붙인 창문이 적당한 몽둥이에 받쳐져 열려 있다.

아이들이 씩씩한 목소리로 일제히 외는 소리가 들렸다.


"충효가 으뜸이요
근면이 버금이다
일찍 자고 일찍 일어나
열심히 배우고 땀 흘려 일하며
누구에게든 친절하게 대하고
무엇이든 아껴 쓰라."


유미노스케가 씽긋 웃었다.
"훌륭한 가르침이네요."
"유미노스케 님도 사사키 선생님 서당에서 이런 걸 배우십니까?"
"한문이 조금 더 많아요."
그렇겠지요, 하고 마사고로는 생각했다.

잠시 후 일제히 "예에!" 하고 대답하는 목소리가 들린다 싶더니 아이들이 우르르 몰려나왔다. 남녀 합쳐서 대략 스무 명쯤 될까. 저 오두막 안에서는 팔꿈치가 맞닿을 정도로 빼곡히 앉아 있었겠구나. 모두들 상인이나 농민의 자식 같은 차림이다. 무가의 자녀는 보이지 않는다.

마사고로 일행은 와글와글 떠들어 대면서 나오는 아이들 한복판에 덩그러니 서 있는 꼴이 되었다. 아이들은 마사고로에게 눈길도 주지 않는 반면 유미노스케와 짱구는 금방 알아채고 걸음을 늦추거나 뒤를 돌아보거나 했다. 한 여자애는 눈동자가 튀어나오지 않을까 걱정될 정도로 눈을 휘둥그레 뜨고 유미노스케를 쳐다본다. 먼저 지나쳤다가 그 아이를 재촉하러 돌아온 여자애도 유미노스케를 힐끔 보고는 그 자리에 못박히고 말았다. 두 여자애가 모두 입을 멍하니 벌리고 있다. 이런, 이런. 못할 짓이로군.

아이들보다 조금 늦게 모쿠타로가 천천히 오두막 문으로 나왔다. 이쪽에서 부르기도 전에 그가 유미노스케를 알아보았다.

"이게 누구야, 유미타로 아냐?"

"유미타로?"

마사고로와 짱구는 동시에 앵무새처럼 따라 말했다.

"여기에서는 그 이름으로 통해요."

그렇게 말하고 유미노스케는 모쿠타로에게 강아지처럼 깡충깡충 뛰어갔다. 목에 매달릴 것 같은 기세다.

"와아, 모쿠타로 행수님!"

"어이, 행수가 아니라니까 그러네."

모쿠타로의 얼굴이 흐뭇하게 풀어진다. 마사고로는 뒤를 힐끔 돌아다보았다. 아까 그 여자애 두 명이 여전히 넋을 놓고 서 있다. 마사고로는 허리를 살짝 구부려 무릎에 손을 받치고 친절한 목소리로 타일렀다.

"아씨들은 얼른 돌아가셔야지."

두 여자애는 냉수를 뒤집어쓴 양 흠칫 놀랐다.

"근데요, 아저씨."

모쿠타로와 장난을 치는 유미노스케를 가리키며 한 아이가 물었다.

"저 아이, 인형 아녜요?"

마사고로가 웃었다.

"아니, 너희랑 똑같은 사람이야."

"와, 대단해. 얼굴이 너무 예뻐."

두 아이가 입을 모아 말했다. 그러더니 가까이 있던 짱구에게로 눈길을 옮겼다.

"와, 대단한 짱구머리네!"

그렇게 말하고는 표정을 바꾸고 까르르 웃으면서 뜀박질로 달아난다. 마사고로가 짱구를 내려다보았다.

"네가 괜히 손해를 보는구나."

"아뇨, 이젠 익숙한걸요."

짱구는 천연덕스럽게 말했다.

아, 손님이 오셨군요, 하는 여자의 고운 목소리가 들렸다. 마사고로는 서당 문 쪽을 돌아보았다.

나이는 스물에 몇 살쯤 보태야 할까, 소매가 좁은 기모노에 점박이 무늬 오비를 둘렀다. 반듯한 자태에 날씬한 목 위에는 작은 얼굴이 올라 있다. 턱선이 곱고 콧날은 가늘다. 방금 전 여자애들도 인형이 어쩌고 하며 말했지만, 이쪽 역시 화사한 종이 공예 인형 같은 미녀다.

서당의 하루카 선생이다. 이목이 있는 만큼 마사고로는 깍듯이 머리를 숙였다.


마사고로가 오캇피키이고 모쿠타로를 만나러 왔음을 알자 하루카 선생은 근심스러운 얼굴이 되었다. 얼마나 노고가 많으십니까, 하며 새삼 고개를 숙이더니,

"조용히 말씀을 나눠야 한다면 이 서당을 쓰십시오."

하고 열심히 권한다. 마사고로는 유미노스케의 얼굴을 쳐다보았다. 그는 살짝 고개를 끄덕이고, 선생님 말씀대로 하세요, 행수님, 하고 밝은 목소리로 말했다.

일동은 오두막으로 들어섰다. 긴 책상이 죽 놓여 있고 판자를 댄 벽에는 학동들의 글씨가 붙어 있다. 한 아름은 됨직한 주판이 걸려 있는데, 아마 이것으로 아이들에게 셈법을 가르치는 모양이다. 아까 아이들이 합창을 하던 내용이 정면의 높은 자리에 단정한 글씨로 조목조목 적혀 있었다.

"습자가 끝나면 모두들 소리를 모아서 읽는답니다."

손수 차를 내주며 하루카 선생이 설명했다.

"저것은 뭡니까?"

글씨체가 같은 걸 보면 하루카 선생의 글일 텐데, 작은 종이가 따로 붙어 있다. 짱구가 소리 내어 읽었다.

"하나, 외모 따지기. 하나, 옷차림 따지기. 하나, 집안 형편 따지기. 하나, 버릇없는 행동. 하나, 싸움. 하나, 짜증. 하나, 험담. 하나, 고자질. 하나, 잡담. 하나, 귀엣말."

"참 잘했어요."

하루카 선생이 웃으며 짱구를 칭찬했다.

"아이들이 해서는 안 되는 일들을 꼽아 본 겁니다."

마사고로는 속으로 살짝 웃었다. 아까 그 여자애 두 명은 선생의 가르침을 어긴 셈이군. 외모를 따지고 견주었으니.

"여기는 남자 여자를 함께 가르치십니까?"

"예. 실은 따로 가르치는 편이 좋지만, 논어를 가르치며 남녀칠세부동석을 따르는 엄격한 서당도 아니고, 여기 아이들은 사내아이나 여자아이나 일찍 돌아가서 집안일을 도와야 하거든요."

"무가에서는 여기에 아이를 보내지 않아요."

모쿠타로가 말을 보탰다.

"그런 서당은 따로 있습니다. 하루카 선생님이 오시기 전에는 상인이나 농민 아이들도 거기로 다녔는데, 무가 아이들이 자꾸 무시하다 보니 싸움이 일어나서 다니기가 힘들었습니다. 선생님이 여기에 서당을 열어 주셔서 다들 감사히 생각하고 있지요."

"문을 연 지 몇 년이나 되었나요?"

"글쎄요, 벌써 오 년쯤 됐나요."

하루카 선생은 확인하려는 듯이 모쿠타로의 얼굴을 보았다. 모쿠타로가 고개를 끄덕였다. 이 선생은 내가 짐작한 것보다 더 나이가 많은지도 모르겠군, 하고 마사고로는 생각했다.

"선생은 여기서 기거하십니까?"

"아뇨, 본래 여자는 사찰 경내에 기거할 수 없다고 해서 다른 곳에서 다닙니다."

그거야 마사고로도 알고 있다. 그래서 굳이 물어보았던 것이다.

하루카 선생도 눈치가 빨랐다.

"지신반 근처에 방을 얻어 놓았습니다. 다만 그곳은 너무 좁아서 서당을 열 수가 없어요. 저희 일가가 호슌인에서 신자회 대표 일을 보고 있는데, 그 인연으로 별채를 빌릴 수 있었습니다."

"그럼 선생은 부모님 슬하를 떠나서 지내시는군요. 장하십니다."

하루카 선생은 미소를 지었다. 이번에는 아무 말을 하지 않는다. 무슨 사정이 있나 보군, 하고 마사고로는 짐작했다.

"근데요, 하루카 선생님, 선생님은 아이 잡아먹는 귀신이 나오는 집에 가 보신 적이 있으세요?"

당돌한 물음이지만 전혀 그런 인상을 주지 않는 순진한 표정을 지으며 유미노스케가 물었다. 대답을 조르는 듯한 목소리다.

"아이 잡아먹는 귀신이 나온다는 그 집 말인가요? 저번에 거기 혼자 사시던 부인이—."

하루카 선생이 말하기 곤란한 듯 말끝을 흐린다. 마사고로가 고개를 끄덕였다.

"그 후 선생의 제자이기도 한 오하쓰라는 아이가 사라졌다가 발견된 것도 그 집이었지요."

"그 일을 조사하러 일삼아 혼조에서 건너오셨나요?"

하루카 선생의 눈에 당혹스러운 빛이 떠오른다. 그렇겠지. 담당 구역이 달라도 한참 다르니까.

그러자 유미노스케가 다시 응석투로 말했다.

"어? 행수님, 그런가요? 아니잖아요? 우리 형 때문에 모쿠타로 행수님을 만나려고 온 거잖아요?"

능란하게도 둘러댄다. 우리 형이라니, 누구지? 사키치 말인가?

"그렇습니다. 제가 찾아온 이유는 전혀 다른 용건 때문입니다. 그러다가 우연히 오하쓰라는 여자애 사건을 들어서요. 세상에 그렇게 위험한 집이 있답니까."

하루카 선생은 헤엄이라도 치는 몸짓으로 크게 고개를 끄덕였다.

"아이들도 무서워하고 있더군요. 저도 아이들에게 절대로 그 집에 가까이 가지 말라고 일러두었습니다."

"액막이를 하면 어때요?"

유미노스케가 말한다. 두 다리를 아무렇게나 던져 놓듯이 뻗은 모습이 자못 장난스럽게 보인다.

"공력이 대단한 스님을 모시는 거예요. 슈겐도<sub>일본의 전통적 산악 신앙에 밀교의 주술과 수행법이 결합된 신앙</sub> 도사님도 괜찮지 않을까요?"

"글쎄요."

"아니면 모쿠타로 행수님이 물리쳐 주셔도 되고요."

모쿠타로는 어깨를 잔뜩 오므렸다.

"난 어림도 없어. 귀신이나 악령을 어떻게 당하겠냐."

"그렇지 않아요, 힘이 세시잖아요. 짱구야, 모쿠타로 행수님은 말이야, 이따만 한 칼을 휘두르는 강도를 맨손으로 때려눕힌 적이 있대.”

유미타로인 척하는 유미노스케는 모쿠타로에게 이런저런 무용담을 들었던 듯하다. 손짓 발짓 섞어가며 줄줄이 무용담을 늘어놓는다. 짱구가 눈동자를 가운데로 모으고 (그런 것까지 기억하려고 하다니) 듣고 있는 동안 모쿠타로는 당황해서 벌겋게 달아오른 얼굴로 연신 유미노스케의 말을 막으려고 했다. 얘기를 한참 부풀렸군, 하고 마사고로는 속으로 쓴웃음을 지었다.

유미노스케는 청산유수로 이야기를 끌고 나갔다. 하루카 선생은 웃기도 하고 놀라기도 하는 것이 퍽 재미있어하는 모습이다. 때를 봐서 마사고로가 말허리를 잘랐다.

“이거 너무 오래 폐를 끼쳤습니다. 모쿠타로 씨를 만나러 왔을 뿐인데, 너무 염치없이 굴어서 죄송합니다. 저희는 이만 실례할까 합니다.”

유미노스케의 언변에 안절부절못하던 모쿠타로가 그제야 정신을 차린 듯하다.

“아, 그렇네요. 저를 찾아오신 용건은 꺼내시지도 못했네요. 죄송합니다.”

하루카 선생은 이 서당에서 얼마든지 말씀을 나누어도 괜찮다며 만류했지만 마사고로는 완곡히 사양했다. 일동은 호슌인을 나왔다. 얼떨떨한 표정으로 따라나서는 모쿠타로를 곁눈으로 보면서 유미노스케가 마사고로에게 다가와 속삭였다.

“꼭 하루카 선생님을 의심하는 것은 아니지만 혹시나 해서 둘러댔어요. 오하쓰를 보호하려면 제대로 보호해야겠다 싶어서요.”

그러고 나서 더 작은 소리로 덧붙였다.

"하루카 선생님한테서는 향냥 냄새밖에 나지 않던데요."

"냄새까지 확인하셨습니까?"

"마사고로 씨도 그러셨잖아요."

마사고로는 고개를 끄덕이고 모쿠타로를 돌아보았다. 모쿠타로도 덩치가 크지만 마사고로도 폭으로나 길이로나 다 커서 두 사람 눈높이가 딱 맞았다.

"실은 말이오, 모쿠타로 씨" 하고 용건을 꺼냈다.


13


시나가와 역참 마을은 도로를 따라 길게 자리를 잡은 마을로, 길가에는 많은 상점들이 처마를 나란히 하고 있다. 유람에 나선 기분을 떨치지 못한 헤이시로와 고헤이지는 이 마을에서 꽤 많은 시간을 지체하고 말았다.

역참 마을을 벗어나 잠시 걸으니 눈물의 다리가 나왔다. 이곳은 스즈가모리 처형장으로 끌려가는 죄인이 가족들과의 영원한 이별을 슬퍼하는 곳으로 알려져 있다.

다리를 건너면서 헤이시로는 오미네를 생각했다. 헤이시로는 지금까지 처형장으로 갈 만큼 심각한 죄인을 다뤄 본 적이 없다. 고작 '엄중훈계'나 곤장형, 중하다 해 봤자 에도 밖으로 쫓겨나는 추방형을 선고받는 정도의 자잘한 악당들뿐이다. 그러므로 오미네의 정부

신이치는 특이한 경우인 셈이다.

오미네는 지금 어디서 뭘 하고 살까. 마사고로는 과연 그녀의 거처를 알아낼 수 있을까. 만약 오미네를 찾으면 오토쿠는 예전에 오쿠메를 돌봐 주었을 때처럼 이번에도 저 혼자 전부 껴안고 돌봐 줄 작정일까?

헤이시로와 똑같은 생각을 하는지, 한 발 한 발 조심스레 디디며 다리를 건너던 고헤이지가 혼잣말처럼 말했다.

"오미네 씨는 여기서 울며불며 정부를 떠나보낼 마음 따위 손톱만큼도 없겠죠."

"왜 그리 생각하지?"

"그 여자는 뭘 하겠다 작정하면 무슨 일이 있어도 해낼 수 있다고 믿는 사람이에요. 신이치가 재판을 받으면 갖은 수를 써서 탈옥시키려고 할 겁니다. 사랑하는 남자를 맥없이 형장으로 보낼 줄 아느냐, 그렇게는 못한다, 요렇게 생각하고 있겠지요."

"뜻대로 잘되겠느냐?"

고헤이지는 빙긋이 웃었다.

"탈옥은 쉽지 않죠, 나리."

"암."

헤이시로도 전에 오미네가 신이치의 탈옥을 도울 사람을 구하겠다며, 있는 돈을 다 들고 수상쩍은 자들 사이를 돌아다니는 모습을 상상해 본 적이 있다. 지금까지 꾀와 욕심으로 남들을 이겨 온 기억밖에 없는 오미네는 그 일로 비로소 실패를 맛본다, 그러고는 결국 무일푼 신세로 떨어진다. 그런 상상을 했었다.

각자 생각에 잠겨 로쿠고 나루터까지 아무 말도 없이 걸었다. 가득 찬 선객으로 떠들썩한 나룻배에 올라타자 헤이시로와 고헤이지는 그제야 기분이 나아졌다. 가볍게 채비하고 길을 나서긴 했지만 헤이시로가 하급 관리라는 것은 누가 봐도 분명해서, 노고가 많으십니다, 어디까지 가십니까, 나리? 하고 선객들이 자꾸 묻는다. 저쪽에 잠깐 용무가 있다, 하고 대답하고 그들의 행선지를 물으니 역시 대사님께 참배하러 간다는 사람이 대부분이다. 행상들은 가나가와 역참이나 호토가야 역참까지 간다고 한다. 이세 신궁에 참배하러 간다는 일행도 있었다.

규베는 편지에, 로쿠고에서 나룻배를 타고 강을 건너신 후에 다이시가와하라 길을 따라 바다 쪽으로 계속 걸으십시오, 라고 썼다. 가와사키 대사에 참배하러 가는 사람들도 이 길을 지나므로 한동안 같이 움직이게 될 텐데, 그렇게 반 리약 이 킬로미터쯤 가면 마두관음당이 나오니 거기서 오른쪽 샛길을 잡으라고 했다.

설명대로 좁은 샛길에 접어드니 동행이 다 떨어져 나갔다. 다시 고헤이지와 단둘이 걷는데, 작은 숲이 띄엄띄엄 자리 잡은 농경지가 좌우로 펼쳐진다. 바람 속에는 파도 냄새가 실려 있다.

이 샛길에서 만나는 지역 사람들이라면 다들 미나토야 별저를 알 테니까 물어보면 잘 가르쳐 줄 거라고 규베는 적었다. 모래사장이 보이는 곳까지 갔다면 지나친 것이고, 논밭이 드문드문해지면서 모래사장을 따라 자리 잡은 방풍림이 보이거든 완만한 모래 둔덕을 오른쪽으로 올라가 숲을 가로지르라, 단골 상인이나 짐마차꾼들이 자주 지나다녀서 자연히 길이 나 있으니 찾기는 어렵지 않다.

— 본래 로쿠고 나루까지 제가 마중을 나가야 마땅하지만 요즘 소지로 님의 용태가 좋지 않아 한시도 집을 비울 수가 없습니다. 부디 결례를 용서해 주십시오.

"마음이 우울해져서 빈둥거리는 병이라니, 대체 어떤 병일까."

완만한 모래 비탈을 오르며 헤이시로가 말했다.

"심해지면 목숨을 잃을 수도 있는 병인가?"

"그렇게 알고 있습니다."

고헤이지는 오토쿠가 싸 준 찬합을 등에 지고 가볍게 걷고 있다.

"그냥 빈둥거리는 병이라면 곧 낫겠지요. 하지만 울증이라면 쉽게 낫지는 않을걸요."

"그래 봐야 마음이 답답한 병 아니겠나?"

"밥도 못 먹고 잠도 못 자고 숨쉬기도 거북하고 조만간 살아 있는 것이 고통스럽게 됩니다. 그런 병이라고 들었습니다."

"요시와라<sub>막부가 공인한 유곽</sub>에서 걸판지게 놀도록 하거나 이세 신궁 참배 길에 데려간다든가, 그렇게 자극적인 일을 시키면 낫지 않을까?"

"본인이 그런 것을 즐거운 일로 받아들이지 않으면 아무리 근사한 일을 벌여 줘도 소용없다고 합니다. 아무튼 복잡한 생각일랑 다 털어버리고 느긋하게 쉬는 것이 제일이라더군요."

"참 편리한 병도 다 있지."

사실 늘 빈둥거리는 이 몸이 이런 말을 할 자격이나 있나, 하고 고쳐 생각하고 머리를 긁적이며 걸었다.

"아, 저 집이네요."

한 발 앞서 걷던 고헤이지가 걸음을 멈추고 회색 기와 지붕을 쳐다보며 느긋한 목소리로 말했다.

"근사한 집이군요, 나리."

헤이시로는 고헤이지의 옆에 서서 후우 하고 숨을 내쉬었다.

집은 크게 세 동으로 이루어져 있는 것 같다. 이쪽으로 튀어나온 건물이 북쪽 동이고 한가운데가 본채. 남쪽 동은 바다를 내려다보고 있다. 저택을 크게 에두른 것은 멋없는 담이 아니라 비록 퇴색은 했어도 이 계절에도 푸른 잎을 빈틈없이 매달고 있는 산울타리다.

헤이시로가 올라온 좁은 길은 그대로 반원을 그리듯이 산울타리 앞을 지나서 본채 쪽으로 이어져 있다. 걸어가니 산울타리가 트인 곳이 나오기도 전에,

"오오, 당도하셨다, 당도하셨어."

하는 규베의 목소리가 들리고, 그 소리를 뒤쫓듯이 그가 산울타리 너머에서 모습을 드러냈다. 반듯하게 하오리를 입고 있다.

"먼 길을 와 주셔서 감사합니다. 피곤하시지요. 자, 짐을 이리 주십시오."

시나가와 역참 마을에서 한참 동안 한눈을 판 것치고는 많이 늦지 않게 도착할 수 있었다. 해가 중천에 있으니 오토쿠의 찬합을 점심으로 먹기에 딱 알맞은 시간이다.

"호오, 아주 좋은 곳이군."

헤이시로가 규베에게 웃음을 지어 보였다.

집 안에서도 바다 냄새가 난다.

그도 그럴 것이 이 별저는 바다에 면한 높은 지대의 비탈면에 있어서, 헤이시로가 안내를 받아 들어선 열 첩짜리 방에 딸린 툇마루

에서는 뜰 너머로 바다가 내려다보였다.

헤이시로가 짐작했던 것보다 바다가 훨씬 가깝다. 다만 이쪽이 지대가 높고 방풍림이 가로막고 있어서 모래사장은 보이지 않는다. 가을볕을 반짝반짝 반사하는 해수면에 낚싯배가 떠 있는 모습을 나무들 틈새로 볼 수 있었다.

먹을 것에 관한 한 소홀함이 없는 헤이시로이므로 오기 전에 규베에게 일러두었다. 이쪽에서 먹을 걸 들고 가니까 점심을 따로 차리지 말라고. 그래도 혹시나 하는 마음에, 인사가 끝나자마자 고헤이지의 등에서 짐을 내려 규베 앞에 펼쳐놓았다.

"자, 이만하면 근사하지 않느냐."

삼단 찬합에 색색가지 먹을 것이 가득 차 있다. 규베가 눈을 휘둥그레 떴다. 그 표정 그대로 헤이시로를 올려다본다.

"이것은……."

"어디서 만들었을 것 같으냐? 히라세이가 아니야. 이즈에이도 아니고. 하시젠도 아니고 야오젠도 아니다<sub>모두 에도 시대 유명 요릿집</sub>."

규베가 놀라는 모습을 보면 기분이 좋겠구나 짐작은 하고 있었지만 이렇게까지 기분이 좋을 줄이야. 헤이시로는 작은 냄비가 보글보글 끓는 듯한 소리를 내며 웃었다.

"모르겠습니다……. 모르겠지만."

규베는 두 손을 모아 비튼다.

"하지만 이즈쓰 나리, 나리의 얼굴을 보니 알 듯 말 듯한 것이."

"어디, 한번 말해 봐라."

"그럼 말씀드립지요. 혹시 오토쿠 아닙니까?"

툇마루 앞 디딤돌 옆에 무릎을 꿇고 있던 고헤이지가 "우헤!" 하고 놀랐다.

"규베 씨는 여전히 뭐든지 훤히 내다보시네요."

"뭐야, 알고 있었나."

헤이시로는 김이 새 버렸다.

이번에는 규베가 기뻐서 온화한 낯으로 웃었다.

"맞습니까? 이걸 다 오토쿠가 만들었단 말입니까."

"암. 솜씨가 좋아졌지? 그런데 어떻게 알았누?"

"이 삶은 계란이,"

규베는 두 번째 찬합의 구석을 가리켰다. 삶아서 세로로 자른 계란이 나란히 담겨 있다.

"기억에 선한 빛깔입니다. 척 보기만 해도 맛이 기억납니다. 아니, 실은 그렇게 짐작하게 만든 가장 큰 단서는 역시 이즈쓰 나리의 얼굴입니다만."

헤이시로는 긴 턱을 쓰다듬었다. 그렇게 표가 났나?

"오토쿠 솜씨가 대단하군요."

찬합을 바라보며 규베는 저도 모르게 눈물을 글썽였다. 헤이시로는 멋쩍어졌다.

"암. 늙을수록 농익는 게지."

"늙었다고 하기에는 너무 이르지요. 그렇게 말씀하시다가 오토쿠한테 경치십니다."

"뽕나무밭, 뽕나무밭. 그 사람이 판을 더 키워서 찬 가게를 시작했네. 놀잇배 정도면 배달도 할 수 있지."

저간의 사정을 규베에게 간단히 들려주었다. 연신 고개를 끄덕이며 듣던 규베는, 딱 한 번 눈썹을 살짝 움찔거리며 물었다.

"히코이치라는 주방장 말입니다만,"

"아주 괜찮은 사람이야."

"정말 이사와야의 주방장일까요? 신원을 알아보셨습니까?"

헤이시로는 큰 소리로 웃었다. 고헤이지 역시 우헤, 우헤, 를 연발한다.

"관리인 기질이 골수에 뱄구만. 염려 말게. 히코이치는 틀림없는 사람이니까."

규베는 이제 아무리 부끄럽거나 멋쩍어도 볼이 붉어질 나이가 아니다. 난처한 듯 웃을 뿐이다.

"부끄럽습니다. 오토쿠에게 너무나 알맞은 후원자가 너무나 알맞은 때에 나타났으니 그만 의심이 들고 말았습니다."

"그 심정은 알아. 하지만 세상에는 그런 고마운 우연도 있는 거지."

실은 오토쿠한테도 가르쳐 주고 싶었네— 헤이시로가 그렇게 말하자, 쓰다듬듯 찬합 속 음식을 살펴보던 규베가 눈을 끔뻑거렸다.

"다른 사람이 아니라 바로 규베한테 줄 거라고 말이야."

규베의 눈에 다시 눈물이 고인다.

"감사합니다."

헤이시로는 잠시 멋쩍은 침묵을 맛보았다.

눈을 끔쩍여 눈물을 지운 규베가 자리를 고쳐 앉는다.

"그런데 나리께서 오셨으니 소지로 님이 제일 먼저 인사를 드려야 마땅합니다만."

"무슨 소리, 인사는 됐네. 병자 아닌가. 오히려 요양하는데 방해해서 미안하구먼. 신경 쓰지 말게, 괜찮네."

"아, 예, 죄송합니다."

"상태가 많이 안 좋은가?"

"요즘은 더…….'

규베의 주름투성이 얼굴이 근심으로 가득하다.

"아무도 만나고 싶지 않다, 밥도 생각 없다 하시고, 저조차 방 안에 들지 못하게 하시는 날도 있습니다."

"그거 안됐군."

"거듭 죄송하단 말씀을 드립니다. 매일 약을 먹으며 나을 날을 기다리는 수밖에 없다고 하니 저도 빈틈없이 모실 생각입니다."

그러더니 문득 얼굴이 환해졌다.

"그럼 이 찬합을 가운데 놓고 점심상을 차리겠습니다."

손뼉을 쳐서 사람을 부른다. 예, 하는 소리가 들리고 발걸음 소리도 경쾌하게 하녀가 나타났다. 볕에 잘 그을린 아가씨다. 역시 바닷가 출신이라서일까. 규베는 하녀에게 준비할 것들을 척척 지시하고는 일단 찬합을 물리라고 일렀다. 아무래도 밥상은 다른 방에 차릴 모양이다. 도대체 방이 몇 개나 될까.

"밥상을 차리는 동안 마고하치를 만나 보시겠습니까?"

그것도 오늘 방문한 목적 가운데 하나다.

"불러 주겠나?"

"예, 당장 부르겠습니다."

규베는 빠릿빠릿 하는 소리가 날 것처럼 얼른 일어나 방을 나갔다. 이모아라이 언덕 저택에서 두 번, 그러니까 한 번은 아오이의 시체를 앞에 두고, 또 한 번은 소에몬과 함께 얼굴을 마주했을 때, 규베는 삭정이처럼 메마르고 생기를 잃은 늙은이였다. 하지만 지금은 뎃핀 나가야 관리인 시절의 면모를 되찾고 있다. 바다 냄새와 풍경으로 요양을 해서가 아니라, 자기가 돌봐야 할 누군가가 곁에 있고 관리해야 할 집이 있다는 점이 규베에게 무엇보다 강력한 자양제가 되었을 것이다.

잠시 후 규베가 마당 쪽에서 모습을 드러냈다. 고헤이지가 일어나 헤이시로 옆으로 왔다.

규베는 바짝 마른 남자를 데리고 왔다. 작업복에 지카다비<sup>버선처럼 생긴 작업화</sup>를 신고 있다. 거의 웅크리다시피 등을 구부리고 다리를 질질 끄는데, 규베에게 어깨를 기대고도 걸음이 둔하다.

"이자가 마고하치입니다."

규베는 마고하치의 귓가에 대고 뭐라고 속삭였다. 마고하치는 무슨 말인지 모르겠다는 표정으로 규베를 멍하니 올려다보고 있다.

"에도에서 오신 핫초보리 나리시다. 인사를 드려야지."

마고하치는 우우, 혹은 으응, 하는 트릿한 소리를 냈다. 천천히 고개를 돌려 헤이시로 쪽을 보고는 굽은 등을 더 구부리며 고개를 숙인다.

"마고하치입니다."

"이 집의 하인입니다."

규베가 그의 등에 손을 얹은 채 말했다.

“이 마당도 마고하치가 손질합니다. 그렇지, 마고하치?”

“예이.”

굽은 등이 다시 오르락내리락한다.

헤이시로는 얼른 입을 열지 못했다. 고헤이지를 돌아보니 그 역시 멍하니 쳐다보고만 있다.

마고하치의 수염이 새하얗다. 오로쿠 말로는 몇 살이라고 했더라? 백발이 될 나이는 아닐 텐데?

“얼굴을 똑바로 들고 인사를 드려야지.”

규베가 재촉하자 마고하치는 헤이시로 쪽으로 얼굴을 들려고 했다. 머리가 건들건들 흔들린다.

마고하치가 고개를 쳐들자 그제야 얼굴을 살필 수 있었다. 끊어져 있다― 헤이시로가 처음 받은 느낌이다. 눈, 코, 입, 눈썹, 볼. 그것들을 두루 다스리는 무언가가 끊어져 버렸다. 서툰 인형 조종자가 인형을 잘못 놀려서 동작이 이상해진 것처럼, 오른쪽 눈은 이쪽을 향하고 왼쪽 눈은 저쪽을 헤매고 턱은 툭 떨어져 있고 코에는 주름살이 그어져 있다. 볼살은 축 늘어졌다.

“먼 길 오시느라 노고가 많으십니다.”

트릿한 목소리였다.

“너도― 고생이 많구나.”

헤이시로는 저도 모르게 손등으로 이마의 땀을 훔쳤다.

“규베 말을 잘 듣고 열심히 일해라.”

나이 어린 머슴한테나 할 만한 말이다. 그러나 마고하치는 다시 “예이” 하고 굼뜬 대답을 하더니 열심히 고개를 조아렸다.

"자, 이제 됐다. 가서 일 봐라."

규베가 그의 등을 살짝 밀었다. 마고하치는 천천히 몸을 돌려 역시 발을 질질 끄는 독특한 걸음으로 마당에서 사라졌다.

"우헤."

고헤이지가 신음처럼 말했다.

"보셨다시피 저런 꼴이라서."

고개를 틀어 마고하치의 뒷모습을 바라보며 규베가 말했다.

"이모아라이 언덕에서 환술에 넘어간 탓에 저렇게 되어 버렸단 말인가."

"아뇨, 물론 그렇지는 않습니다. 환술에 넘어가 울고불고 버둥거리고 바들바들 떠는 등 한참 법석을 피우더니 넋이 나가 버린 사람처럼 되고 말았지만, 그래도 그때는 저 지경은 아니었습니다."

그런 마고하치를 어르고 달래서 이 별저로 데려왔다. 에도를 벗어나면 안전하니까 마음 놓으라고, 데려오는 내내 타일렀다고 한다.

"자네는 이모아라이 언덕 저택에 남아서 뒷정리를 했지? 당일로 다녀올 수 있는 곳이라 해도 그렇게 위태로운 지경에 빠진 마고하치를 여기까지 데려온 것은 다른 사람이었겠지. 누구한테 시켰느냐?"

규베는 대답을 망설였다. 헤이시로는 금세 짐작할 수 있었다.

"음, 그 그림자 지배인이냐? 유용한 일꾼이로군. 그자는 잘 지내느냐?"

예, 하고 규베가 대답했다. 쓴웃음이 떠오른다.

"그래? 미나토야 소에몬의 심복들이 모두 거들었구나."

"그래봐야 두 명입니다."

"좌장군과 우장군 아니냐."

그 후 마고하치는 이 집에 하인으로 정착했는데, 보름쯤 지났을 때 열병에 걸렸다고 한다. 사흘 밤낮을 시달려서 하마터면 목숨이 위태로울 뻔했다.

"그래도 치료한 보람이 있어서 겨우 열은 잡았는데,"

그 뒤로 터럭이 새하애졌다. 힘줄이 붓고 다리를 끌게 되고 등까지 굽고 말았다.

"의원 말로는 다 열병 탓이라고 합니다. 목숨은 건졌지만 본래대로 회복시킬 수는 없었습니다. 병마가 가시지 않아 몸 여기저기에 응어리를 남긴 것이지요."

열병을 앓는 동안 마고하치는 내내 헛소리를 했다고 한다. 용서해 줘. 내가 잘못했어. 미안해, 미안해, 용서해 줘.

"누구한테 빌었을까."

헤이시로는 눈썹을 모았다. 이마에는 아직 식은땀이 남아 있다.

"마고하치의 악몽에 나타난 것은 누구였을까."

"죄— 아니겠습니까."

규베가 말했다. 목소리는 온화하지만 단호한 말투다. 굳은 표정으로 서서 땅바닥을 노려보고 있다.

"제 욕심에 남을 해친 일— 구체적으로 말하자면 오로쿠의 남편을 죽인 죄가 열병으로 나타나지 않았겠습니까."

"그럴까."

반론할 생각은 아니었는데 배 속에서부터 터져 나온 목소리라 그렇게 들린다. 규베가 고헤이지와 얼굴을 마주 보았다.

"내 말은 그게 아니라, 그러니까 아무 죄 없는 착한 사람이라도 열병에 걸릴 때는 걸린다는 거야."

"그건 그렇습니다만, 마고하치의 경우는,"

"다를까? 다르지 않겠지. 켕기는 일이 산더미처럼 많은 마고하치는 환술에 넋이 달아났고, 그로 인하여 몸까지 망가지고 말았다. 그러던 차에 운 나쁘게 열병에까지 걸렸다. 열병에 걸리면 아무래도 고열로 끙끙 앓게 마련이지. 하필 그때 꿈속에 그자가 저지른 악행이 나타났다. 그냥 그뿐이야."

우헤, 하지만 백발은, 하고 고헤이지가 입을 삐죽거렸다.

"열병으로 머리가 하얗게 세었다는 이야기는 전에도 들어 본 적이 있어."

헤이시로는 한쪽 무릎을 탁 쳤다.

"뭐, 됐다. 어쨌든 마고하치는 아오이에게 원한을 품고 범행을 저지를 처지가 아니었군. 잘 알겠다. 그보다 규베, 하나 더 물어볼 게 있다. 실은 나한테는 이쪽이 더 중요해."

자, 일단 이리로 들어와라, 하고 손짓을 했다. 규베는 신을 벗고 툇마루로 올라서서 무릎을 가지런히 하고 앉았다.

"이모아라이 언덕에서 마고하치를 물리친 뒤 오로쿠가 아오이에게, 저렇게 대단한 환술사 무리를 불러다 쓰려면 돈과 수고가 많이 들었겠다고 했더니, 돈이라면 걱정 말라고 대답했다더군. 그 무리하고는 이미 오래전부터 한 번 도움을 받기로 약속이 되어 있었다면서 말이야."

아오이는 이렇게 덧붙였다고 한다.

― 그런 활극으로 얼을 빼놓고 싶은 사람이 있거든.

안 그래도 살이 없는 규베의 볼이 살짝 부풀어 오른 듯 보였다.

“오로쿠가 한 말입니까?”

“그래, 내가 물어보았다. 그 저택에서 일어난 일, 아오이와 나눈 이야기 등 뭐든지 좋으니 생각나는 대로 말해 달라고 말이야. 그러니 오로쿠를 책망하진 말아라.”

헤이시로는 겨드랑이에 손을 끼웠다. 소매 안쪽이 차갑게 식어 있었다. 뜰에서 가을 바닷바람이 불어 들어온다. 경치는 좋지만 이제 장지를 닫는 게 좋을지도 모르겠다 싶었다.

“아오이가 속이고 싶어 한 상대가 누구였을까. 자네라면 알고 있을 테지. 말해 보게.”

규베는 눈길을 무릎께로 떨어뜨리고 있다. 고헤이지가 다시 디딤돌 옆에 가만히 앉아 헤이시로와 규베의 얼굴을 번갈아 보았다.

“그것은― 아오이 님의 변고하고는 전혀 무관한 일인 줄 압니다만.”

규베의 말에 헤이시로가 고개를 끄덕였다.

“나도 그렇게 생각한다. 그래도 말하기 힘든 일인가? 그럼 내가 말해 볼까? 오후지겠지.”

규베의 고개가 더 떨어졌다.

“뎃핀 나가야에서 연극을 벌이고 그 터에 등나무집을 짓고 오후지를 들어앉히고 하는 일련의 과정을 아오이도 당연히 전해 듣고 있었겠지. 미나토야가 말해 주었을 테니까. 그래서 오후지에게 가책을 느꼈겠지.”

규베가 고개를 들고 뭐라고 말을 하려다가 입을 다물어 버린다.

"환술사 무리를 시켜 오후지 앞에 아오이의 환영을 나타나게 하고 '이제는 원망하지 않는다', '나야말로 미안했다' 하고 말해서 오후지를 위로하려고 하지 않았겠느냐?"

미나토야 소에몬은 아오이가 오후지의 소식을 전해 듣고 '그토록 죄가 깊었나'라고 말했다고 했다. 발로 걷어차는 듯한 냉혹한 말이다. 허나 아주 조금이기는 해도 오로쿠의 눈을 통해서 아오이의 됨됨이를 파악한 지금은 그런 냉혹함과 방자함이 아오이의 전부는 아닐 거라는 마음도 든다.

아오이는 가책도 느끼고 후회도 있었으며, 모든 잘못을 속죄하고 싶은 마음도 품고 있었다. 오후지에게도, 사키치에게도.

헤이시로는 손바닥으로 제 이마를 탁 쳤다.

"아, 솔직하게 말하면 아오이에게 그런 심정이랄까, 의도라고 해도 나쁘지 않겠지만, 그런 게 있지 않았을까 하고 짐작한 사람은 내가 아니라 유미노스케라네."

유미노스케는 오로쿠의 글을 읽기 쉽게 옮겨 적으면서 그 점을 깨달았다. 유미노스케에게 그런 이야기를 듣지 않았다면, 헤이시로 혼자서는 별 생각 없이 지나쳤으리라.

그런데 모처럼 '역시 유미노스케야'라는 투로 생각의 출처를 밝혔는데도 규베가 놀라기는커녕 의아한 표정을 하자, 헤이시로는 새삼어, 하고 생각했다. 아차, 규베는 유미노스케를 모르는군.

"내 처조카일세. 아주 기막힌 머리를 가지고 있지."

그제야 규베의 표정이 풀렸다.

"아, 그렇습니까. 그러면 이즈쓰 나리, 그 조카분께 집안을 물려 주시려고요?"

관리인이라는 자들은 이런 이야기에서 눈치가 빠르다.

"뭐, 그런 얘기도 나오고 있지."

그렇군요, 그렇군요, 하며 규베는 묘하게 반가워하는 눈치다. 그 거 참 잘됐군요, 하고 반긴다.

"음, 고맙네. 근데 어떤가, 그 짐작이 맞나?"

"맞습니다" 하고 규베는 대답했다. 짧게 한숨을 흘린다.

"아오이 님이 그런 상의를 하셨다고 나리께 전해 들은 적이 있습 니다. 등나무집을 짓고 얼마 지나지 않았을 때였나요."

"미나토야는 뭐라고 했지?"

"어렵지 않을까 하고."

"오후지를 속이는 일이?"

"그보다 연극 자체가 말입니다. 환술을 보여 주려면 등나무집에서 해야 하니까요."

환술을 펼치려면 치밀한 준비가 필요하다. 사전에 등나무집에서 뚝딱거리며 작업을 해 두어야 한다.

"그런데 오후지 마님은 어지간해서는 등나무집 밖으로 나가시지 않습니다. 눈치 채지 못하게 준비하기 어렵다는 의미입니다. 이모아 라이 언덕 저택하고는 달라서, 등나무집에는 이웃들 눈도 많고요."

그렇군, 하고 헤이시로는 고개를 끄덕였다.

"그래서 실행하지 못하고 세월만 보내고 있었다는 말인가."

마고하치를 퇴치한 뒤 오로쿠를 상대로 그런 말을 무심코 흘린 것을 보면 아오이도 내내 마음을 앓고 있었던 모양이다. 환술사 무리의 실력이 뛰어나다는 것은 알고 있다. 제대로 준비만 할 수 있다면 틀림없이 오후지의 마음을 달래 줄 수 있을 텐데. 어떻게 해 볼 수는 없을까, 하고 생각했겠지.

본래 여기에는 그다음이 있었다. 오로쿠는 아오이가 이렇게 말했다고 써 놓았다.

— 하지만 그쪽보다 이쪽이 훨씬 좋았어.

기만술로 오후지를 달래는 일도 좋은 방책이다. 다만 그것은 오후지를 위해서라기보다는 제 마음이 편해지기 위한 일이다. 아오이의 마음이 흔들리고 있었음을 알 수 있는 말이 아닌가.

미나토야 소에몬이 사키치에게 사실을 털어놓은 후부터 아오이의 마음은 더욱 흔들렸다가 안정되고, 안정되나 싶다가 또 흔들렸으리라. 조만간 십팔 년 전으로 돌아가, 잊고 있던 외아들을 만나야 한다. 뭐라고 말하나. 어떻게 설명하나. 만나기 전에 조금이라도 과거를 보상해 둘 수만 있다면 그렇게 하고 싶다, 그러나 이는 너무 뻔뻔한 바람이 아닐까?

규베가 삼가 우러르듯 헤이시로를 쳐다본다.

"이즈쓰 나리는 그만한 일을 확인하시려고 일삼아 여기까지 오셨습니까?"

"그런 셈이지."

"편지로도 충분했을 텐데요."

"글로 써서는 자네도 결코 사실대로 대답하지 않았겠지? 이렇게 얼굴을 들이대고 캐물어야지."

규베는 쓴웃음을 흘렸다.

"그럴지도 모르지요."

"게다가 자네에게 오토쿠의 찬합도 맛보여 주고 싶었고."

"설마요, 그냥 먼 걸음을 해 보고 싶으셨던 거 아닌가요."

고헤이지가 슬쩍 끼어들었다. 시끄럽다, 하고 꾸짖자 웃으면서 우헤, 하고 송구스런 척을 한다.

아오이의 가슴속에는 헤이시로도 이해할 수 있는 따뜻함이 있었다. 자기가 해 온 일들을 후회하는 심정도 있었다. 방식이 옳았는지는 둘째치고, 어떻게든 벌충하고 싶은 바람이 있었으리라. 그것을 확인하고 싶었다는 것이 헤이시로의 솔직한 본심이다. 말로는 온전히 표현할 수 없어서 그냥 있었다. 하지만 말하지 않아도 규베는 짐작한 듯하다.

"감사합니다. 아오이 님을 대신해서 고맙다는 말씀을 올립니다."

그가 고개를 깊이 조아리자 헤이시로는 콧잔등을 긁었다.


밥상이 다 차려졌다는 기별이 와서 방으로 옮기니 누가 납작 엎드려 기다리고 있다. 무사는 아니다. 상인이다. 규베나 헤이시로보다 훨씬 젊다. 차림새는 차분하지만 제법 세련되었다.

의아한 표정으로 낯선 뒷머리를 바라보다가 뒤에 있는 규베에게 물어보려는데 그 사람이 고개를 들었다. 헤이시로와 눈길이 만났다.

얼굴을 봐도 누구인지 알 수가 없다. 누워 있다던 소지로가 일어나서 나왔나? 하지만 그렇다고 보기에는 눈앞에 있는 젊은 남자는 병자로 보이지 않을 만큼 혈색이 좋다.

"어서 오십시오, 이즈쓰 나리."

그 말과 함께 다시 한 번 다다미에 손을 짚으며 젊은 상인은 말했다.

"늦었지만 인사 올립니다. 저는 미나토 상회의 소이치로라고 합니다."


14


밥상에는 오토쿠의 찬합에다 갖가지 해산물이 풍족하게 더해져 있다. 에도에서는 구경도 못해 본 조개 하며 아가미를 벌린 커다란 생선 머리로 장식한 생선회 접시에 헤이시로는 눈이 휘둥그레졌다.

그렇다고 식탐이 발동해서 음식에만 정신이 팔려 있지는 않았다. 눈앞에 단정하게 앉은 미나토야 소이치로와 어떤 얼굴로 대면해야 할지 얼른 판단이 서지 않기도 했다.

말단 관리의 태평함과 타고난 게으름과 잔정 없는 성격 덕분에 평소 헤이시로는 누구 앞에 앉아도 어떻게 처신할까 당황한 적이 없었다. 하지만 지금은 상황이 조금 다르다. 일전에 규베에게 그런 이야기를 들었던 것이 탈이다.

소이치로는 미나토야 소에몬과 닮지 않았다. 얼굴 생김도 몸집도 부자지간으로 보이지 않을 만큼 동떨어졌다.

소에몬은 덩치가 크지는 않아도 겉보기에 골격이 크고 단단하다. 그런 체구를 가진 남자는 대개 호탕한 인상을 풍기지만 소에몬은 전혀 그렇지 않다. 얼굴도 단아하고 콧날도 쪽 고르다. 가는 눈과 치켜 올라간 눈초리가 영리한 사람처럼 보인다.

소이치로도 얼굴 생김은 아버지처럼 가지런하다. 하지만 분위기가 다르다. 흔히 남자인데 여자상이다, 혹은 여자인데 남자상이라는 이야기를 듣는 사람이 있다. 아버지 소에몬은 남자 중의 남자라는 느낌을 주는 얼굴이지만 소이치로는 여자상에 가깝다.

그것도 가녀린 인상을 풍기는 부류다. 눈동자는 똑똑하게 열려 있고 입술 선은 부드럽다. 볼은 매끈하고 콧날은 인형처럼 아담하다.

닮은 사람을 찾자면 생판 타인인 유미노스케를 더 닮았다. 물론 그 정도로 미남은 아니지만 굳이 구분하자면 비슷한 부류에 든다는 말이다.

키가 크고 척 보기에 날렵한 몸매를 가지고 있다. 이것도 여자를 연상케 한다. 버드나무 가지처럼 나긋한 허리라고 하면 허풍이 되겠지만 그래도 춤 사범 같은 몸매다. 슬쩍 살펴보니 손가락도 쪽 고르고 곱다.

오후지를 닮았나 하고 바라보니 눈매 같은 곳에 어머니 모습이 보이는 듯도 싶다. 남자는 어릴 때 모친을 닮는다고 하므로 소싯적엔 더 닮았는지도 모른다. 지금은 모친을 닮았다고 단언하기에는 이미 어엿한 성인 남자의 풍모를 가지고 있다.

역시 유미노스케를 닮았다고밖에 말할 수 없겠다.

규베는 시치미 뗀 얼굴로, 히코이치가 붓을 들고 써 놓은 설명문을 일일이 읽고는 마치 제 솜씨인 양 자랑스럽게 찬합 내용을 소이치로에게 설명하고 있다. 소이치로는 눈을 가늘게 떴다 크게 떴다

하며 감탄하고 연신 맞장구를 친다. 두 사람의 대화에서 소이치로가 규베를 문득 '할아범'이라 부르는 것을 듣고 헤이시로는 흐음, 하고 생각했다.

술이 나왔다. 규베의 지시에 따라 하녀가 부지런히 시중을 든다.

"자, 이즈쓰 나리, 이제 드시지요."

상에 둘러앉은 것은 헤이시로와 소이치로와 규베 세 사람이다. 고헤이지는 따로 작고 편한 방에서 나리를 모시고 온 주겐에 걸맞은 대접을 받고 있을 터였다. 그편이 더 즐겁겠다 싶어서 부럽다.

"밥상을 받으며 여기서 일하는 사람들한테 이런저런 얘기를 들어 볼 생각입니다. 마고하치하고도 다시 한번 이야기를 할 수 있었으면 좋겠는데 말입니다."

주제넘게도 밀정이나 오캇피키의 수하라도 되는 양 말했지만, 오토쿠의 찬합에서 제 몫을 나눠 받은데다 이만한 해물 요리를 눈앞에 두고 있을 텐데 얼마나 의욕대로 일할지 믿음이 가지 않는다.

"대단히 무례하고 실례되는 일인 줄은 잘 압니다만,"

술잔에 입술을 대는 척하다 바로 옆에 내려놓고 소이치로가 자세를 바로 했다.

"저도 마침 소지로를 병문안하러 와 있었습니다. 미나토 상회가 이즈쓰 나리께 신세를 많이 졌다고 아버지와 여기 규베를 통해서 자주 들었던 터라, 이 기회에 꼭 인사를 드리고 싶다고 규베에게 졸랐습니다."

이렇게 뵙게 되어 참으로 영광입니다, 하고 턱없이 정중하게 인사를 한다.

그런데 규베라면 몰라도 미나토야 소에몬이 아들에게 헤이시로 얘기를 했다니, 놀랍다.

뭐라고 이야기했을지 생각하니 조금 서늘해진다. 그래서 짐짓 헤헤 웃으며, 그렇게 격식 차릴 것 없다, 하고는 작은 술병을 집어 들고 내밀었다. 소이치로는 황송한 몸짓으로 술을 받았다.

안 되지. 자꾸 잡념이 끼어든다. 소이치로는 아버지를 닮지 않았다. 목소리도 안 닮았다. 말투도 닮지 않았다. 닮은 점이 전혀 보이지 않는다.

이거 참 갑갑하구나.

게다가 나에게 '신세를 지고 있다'는 말을 했다니, 이건 또 무슨 뜻일까. 소에몬은 아들에게 무슨 이야기를 얼마나 밝혔을까. 설마 아오이 건과, 그 때문에 일어난 뎃핀 나가야 소동까지 털어놓았을 리는 없겠지. 소이치로는 오후지가 낳은 자식이니까.

그런데 소이치로는 몇 살이지? 사키치보다 어리니까 이십 대 초반이나 중반이겠지. 그래도 너무 젊다고 할까, 젊은 나리라 불리는 사람치고는 미덥지 못하다 싶을 만큼 어리다.

곱게 생긴 손을 보면 놀기 좋아하는 방탕한 아들 같기도 하다. 하지만 그런 소문은 들어 본 적이 없다. 맨주먹으로 미나토 상회를 일으킨 거물 소에몬하고는 애초에 견줄 수도 없는 아들이긴 하지만, 성실하게 장사를 배우고 있다는 평판은 들어 보았다.

머리로는 이런저런 생각을 하면서도 겉으로는 이 지역의 풍물이나 명소나 명물 등을 말하는 소이치로와 규베의 말을 듣고 있다. 평화스러운 장면이다. 요리도 술도 뛰어나게 맛있다.

이야기가 잠시 그친 사이 헤이시로가 슬쩍 떠보았다.

"그런데 아까 소지로의 건강이 썩 좋지 않다고 들었다. 자네가 걱정이 많겠군."

소이치로는 젓가락질을 하는 척하며 규베의 얼굴을 힐끔 살폈다. 규베도 그의 시선을 느꼈겠지만 이렇다 할 눈짓은 보내지 않는다.

"걱정해 주셔서 감사합니다."

소이치로가 다시 정중하게 인사를 차렸다.

"우울병은 주변 사람이 너무 근심하는 모습을 보이면 오히려 좋지 않다고 합니다. 제가 소지로 얼굴을 보러 온 것도 거반은 구실이고, 실은 이곳의 맛난 생선을 먹으면서 장사 일을 잊고 하루 이틀쯤 편하게 잠이나 자고 싶은 게 본심이었습니다."

헤이시로는 웃었다.

"설마 그렇기야 하겠나. 의좋은 형제로군."

"미스즈가 시집을 가 버리면 저와 소지로 둘만 남으니까요."

"장가는 안 가나?"

소이치로는 얼버무리듯이 웃으며 규베를 쳐다보았다. 규베는 젓가락으로 오토쿠의 삶은 계란을 집어 올리는 척하며 반응을 보이지 않는다.

"아직 제가 어려서 시집오겠다는 사람이 없습니다."

"그래? 이렇게 장성한 사람인데, 왜. 미나토 상회 주인도 이제 적당히 뒤로 물러나고 자네한테 가게를 맡기면 딱 좋겠구면."

"당치않습니다. 미나토 상회는 아버지가 계셔야 굴러갑니다. 저는 아버지 그림자만큼도 일을 못합니다."

그게 아니라 지금도 자네는 아버지의 그림자로군, 헤이시로는 속으로 생각했다. 언제든 아버지한테 짓밟힐 수 있는.

그러다가 문득 떠올랐다. 그렇지, 소이치로랑 꼭 닮은 사람을 또 하나 안다. 얼굴 생김이 아니라 이렇게 소극적이고 조심스러워하며 어딘지 세상을 두려워하는 듯한 모습을.

사키치다. 그것도 오케이와 살림을 차리고 자기가 걸어야 할 길을 걷기 전, 뎃핀 나가야에 있던 시절의 사키치다.

미나토야 소에몬이라는 자는 자기 주변에 있는 남자들을 모두 이렇게 만들어 버리는 신통력이라도 가지고 있단 말인가.

반면에 여자들은 다들 다부지다.

아오이는 소에몬에게 사랑받고 비호를 받으면서도 그에게 빠져 넋을 놓고 살지는 않았다. 미나토야 소에몬의 인생을 움직이는 열쇠는 실은 아오이의 손에 맡겨져 있던 것처럼 보이기도 한다. 한편 오후지는— 그녀의 지난 인생은 소에몬이라는 남자와 벌인 격투의 역사이며, 거의 패전이기는 해도 소에몬에게 기분 좋은 승리를 안겨 준 적은 한 번도 없었다. 더구나 격투는 지금도 계속되고 있다. 오후지의 마음은 현세를 벗어나 희뿌연 이국에서 방황하고 있지만, 소에몬은 그녀가 그렇게 된 것에 대한 부채를 마음속 어딘가에 늘 지고 있다.

부채를 지고 있을 수밖에 없는 까닭은 소이치로라는 아들이 있기 때문이다.

헤이시로는 미나토야의 고명딸 미스즈의 얼굴을 떠올렸다. 뎃핀 나가야에 불쑥 나타나 사키치의 색시가 되겠다고 공언하던 시절의 그녀는, 칠칠치 못한 아버지 같으니, 라고 거침없이 말할 법한 당찬 면을 가지고 있었다. 아버지가 가져온 혼담에 응하여 낯설고 물 선 곳으로 시집을 가겠다는 지금도 그 활기와 당찬 구석은 변하지 않았을 테지.

"미스즈는 어떻게 지내나?"

술잔을 놓고 소이치로에게 물었다.

"벌써 서쪽 지방으로 떠났나?"

"아뇨, 조금 연기되어서 아직 에도에 있는 양부모 집에서 지내고 있습니다."

소이치로는 얼른 대답했다.

"신랑 되실 분이 지금 에도에서 지내고 계셔서요."

"영주 가문이라고 했지?"

필시 미나토야에서 단골로 자금을 빌리고 있는 가문이리라.

"예. 내년 봄 영지로 돌아가실 때 미스즈를 데려가시기로 했답니다. 이즈쓰 나리는 미스즈를 아시는지요?"

"음, 아주 조금이지만."

"말괄량이 왈가닥이라서 실은 영주 가문의 안방마님에 어울리는 아가씨는 아닙니다. 그래서 지금 양부모 밑에서 엄하게 배우고 있는 중입니다."

말은 그리해도 표정은 흐뭇하다. 미스즈는 오빠들을 칠칠치 못하다고 싫어하지만 적어도 소이치로는 누이동생을 밉게 보지는 않는 듯하다.

"부친이 정한 혼사라던데 본인의 마음은 어떤지."

소이치로는 잠시 뭔가를 떠올리는지 차분한 눈빛이 되었다.

"처음 얼마 동안은 못 가겠다고 했습니다. 집을 뛰쳐나가겠다고 화도 냈고요."

그 아가씨라면 능히 그럴 만하다.

"다만 그 아이는— 경망스러운 데가 있기는 해도 천치는 아닙니다. 오빠인 제가 이렇게 말씀드리기는 뭣합니다만."

"아니, 나는 미스즈가 총명한 아이라고 생각하네."

"고맙습니다." 소이치로는 예를 차렸다.

"아버지의 욕심을 위해 혼인하다니 죽어도 싫다고 불평을 늘어놓고 아버지에게도 마구 대드는 일이 계속되어서, 저도 너무 걱정이 된 나머지 한 번은 미스즈를 불러서 오빠로서 진지하게 타이른 적이 있습니다."

그러자 미스즈는 웃으며 말했다고 한다.

— 오빠가 그렇게 걱정해 주지 않아도 내 처지를 잘 알고 있어요.

"가출을 해 본들 부모 밑에서 곱게 자란 내가 혼자 살아갈 수 있겠어요? 아무리 발버둥 쳐 봐야 미나토 상회의 커다란 그림자 속에서 살아가는 수밖에 없어요, 그렇다면 차라리 아버지의 눈길이 닿지 않고 목소리도 들리지 않는 까마득하게 먼 곳으로 시집가서 즐겁게 살아 볼래요, 그러니까 괜찮아요, 나는 먼 곳으로 시집갈 거예요, 라면서요."

조금은 오기도 있는 모양이다. 사키치의 색시가 되지 못한 일, 사키치가 꽁무니를 감춘 일은 그 아가씨가 인생에서 맛본 유일한 좌절이었고, 그래서 더 마음에 상처를 입었으리라.

"그래도 양부모는 미스즈를 마음에 들어 하시는 모양입니다."

소이치로는 미소를 지었다.

"미스즈는 심한 근시입니다만,"

안경 없이는 걷다가 눈앞에 있는 물병에 부딪힐 정도다.

"처음 얼마 동안은 안경을 쓰면 백 냥짜리 여자도 서 푼짜리로 떨어진다고 양모에게 단단히 꾸중을 들었답니다. 그런데 지금은 안경도 애교스럽다고 웃으며 받아 주시는 모양입니다. 여자는 밤에 보거나 멀리 두고 보거나 우산을 씌워 놓아야 예뻐 보인다고들 말하지만 안경을 써도 미인이라고 하시면서요."

헤이시로는 웃음을 터뜨리고 말았다.

"하긴 눈병 앓는 여자와 고뿔 걸린 남자가 색기 있게 보인다는 말도 있지 않느냐<sub>눈병으로 눈이 촉촉하고 눈가가 붉게 물든 여인이 매력 있게 보이고, 기침을 할 때 미간을 찡그리는 남자의 모습이 매력적이라는 뜻.</sub>"

미스즈라면 괜찮다. 어딜 가도 금방 제자리를 찾을 아가씨다. 오후지가 그렇게 되어 버린 지금은 차라리 멀리 떨어져 사는 편이 좋겠지. 헤이시로는 마음이 놓였다.

바로 앞에서 오토쿠의 찬합에 담긴 음식을 조심스레 한 젓가락 한 젓가락 집어 먹던 규베가 문득 밥상을 살펴보다가 뭔가 모자란 것이라도 발견한 양 가만히 무릎을 풀고 일어섰다. 방을 나간다. 헤이시로는 짐짓 무심한 얼굴로 그의 뒷모습을 바라보았다.

규베가 나가자 소이치로가 자리를 고쳐 앉았다.

"이즈쓰 나리."

자, 드디어 나오려나 보다, 하고 헤이시로는 생각했다. 역시 평범

한 회식으로 끝낼 수는 없었겠지. 소이치로가 무슨 말을 하려나.

“어서 드시지요.”

젓가락을 멈춘 헤이시로를 재촉하지만 자기는 무릎 위에 두 손을 나란히 모으고 있다.

“조금 전 규베가 미나토 상회의 내밀한 사정에 관해서 나리께 부끄러운 말씀을 고하고 말았다고…….”

죄송합니다, 하고 말한다. 헤이시로는 생선회를 입에 던져 넣었다. 천천히 씹으며 음미하다가 꿀꺽 삼켰다.

“나는 아무래도 미식가가 되기는 틀렸어” 하고 웃어 보인다.

“이렇게 맛있는 생선회를 간장에 푹 담갔다 먹으니. 장맛이 너무 진해.”

소이치로는 진지한 표정을 풀지 않는다.

“음, 들었다. 조금 놀랐다.”

헤이시로가 말했다.

“네가 소에몬의 자식이 아닐지도 모른다고.”

일부러 함부로 말해 보았다. 소이치로는 동요하지 않았다. 가만히 고개를 끄덕인다.

“그럴지도 모른다고 하심은 어디까지나 저를 배려해서 하신 말씀이겠지요. 저는 미나토야 소에몬의 친자가 아닙니다. 이렇게까지 닮지 않은 부자가 있을 수는 없으니까요.”

“세상에는 전혀 안 닮은 부자지간도 얼마든지 많다.”

소이치로는 말없이 웃음으로 응했다. 헤이시로는 눈길을 돌렸다. 정말 닮지 않았군, 딱하다, 하는 내심을 빤히 읽힌 기분이다.

“네가 오후지한테 그 말을 들었다고 하더군. 오 년 전 정월이었다고 했던가.”

“예.”

“네 어미가 공연한 말을 흘렸구나. 그렇게 생각하지 않느냐?”

소이치로는 대답 없이 고개를 살짝 갸웃하고는 규베가 나간 문 쪽으로 눈길을 돌렸다. 그 몸짓도 우아하다.

“규베는 정직한 사람입니다.”

방금 전보다 목소리를 더 낮춰서 말했다.

“아버지나 제 앞에서는 시치미를 떼지 못하는 사람입니다. 마찬가지로 이즈쓰 나리 앞에서도 그랬는지, 나리께 공연한 말씀을 드린 모양입니다. 게다가 나리께 그런 말씀을 올렸다는 사실을 이번에는 저한테 시치미 떼지 못했습니다. 안색이 어두워서 금방 알 수 있었습니다.”

까탈스러운 관리인 규베도 여자 역을 하는 가부키 배우<sup>전통 무대극 가부키는 남자 배우들로만 공연된다</sup> 같은 젊은 나리 앞에서는 얼굴을 들지 못한다.

“사실대로 말씀드리자면, 이렇게 뵙는 것은 처음이지만 몇 년 전부터 규베를 통해서 이즈쓰 나리의 성함을 듣고 있었습니다. 규베가 뎃핀 나가야의 지배인으로 있을 때 종종 이즈쓰 나리 이야기를 했으니까요.”

“보나마나 흉이나 봤겠지. 멍청한 나리라고.”

소이치로는 헤이시로의 농담에 응하지 않았다. 담담하게 내처 말한다.

“미나토 상회의 토지나 나가야의 관리 상황에 대하여, 그런 것은 미나토 상회의 중요한 자산이니까 잘 알아 두어야 한다고 해서 벌써 몇 년 전부터— 예, 어머니에게 그런 비밀을 듣기 전부터 저는 규베를 통해서 이런저런 이야기를 전해 듣고 있었습니다. 그러다가 오 년 전에 저의 출생을 알게 되었지요. 그리되자 이제— 미나토 상회의 재산을 걱정하는 것은, 뭐라고 할까요, 비열하고 음흉한 짓이라는 기분이 들었습니다."

헤이시로는 소이치로의 얼굴을 가만히 쳐다보았다. 소이치로는 밥상 위 한 점에 시선을 고정한 채 말을 이었다.

"저 역시 오기도 있고 욕심도 있습니다. 지금까지 미나토 상회에서 장사를 배우고 부족하나마 저의 재량으로 관리해 온 부분도 있는데, 이렇게 장성한 몸으로 어느 날 갑자기 전부 다 없던 것으로 돌리고 맨몸으로 미나토 상회를 나가 버리자니 너무 순진한 짓 아닌가 생각했습니다. 게다가 어머니는 제가 가게를 물려받기를 바라셨으니까요."

"잠깐만."

헤이시로가 끼어들었다.

"내가 규베에게 들은 바로는 오후지는 너에게 비밀을 털어놓기는 했지만 그래서 뭘 어찌 하라는 뜻은 아니었다고 했다. 그냥 그런 사실이 있으니 알아 두라고 했다면서 말이다."

그때 헤이시로는 규베의 이야기를 듣고, 어중간해서 오히려 얄궂다고 생각했던 것이다.

"그것은, 저어" 하고 소이치로가 말끝을 흐린다.

"제가 규베에게 그렇게 말했기 때문입니다. 저는— 짧은 생각이

긴 하지만, 아버지의 심복이고 어머니를 싫어하는 규베가 어머니를
전보다 더 나쁘게 보기를 원하지 않았습니다. 그래서 거짓말까지는
아니지만 사실을 적당한 선까지만 이야기했지요. 사실 어머니는 저
에게, 네가 아버지의 친자식이 아니기 때문에 더더욱 네가 미나토
상회를 물려받았으면 좋겠다고 말씀하셨습니다."

헤이시로는 놀라지 않았다. 오히려 개운했다. 오후지의 사람 됨됨
이와 그녀가 지금까지 미나토야 소에몬과 벌여 온 소리 없는 격투의
전적으로 볼 때 방금 그 말이 훨씬 조리 있게 들린다.

"흠, 그렇구나."

목이 말랐지만 눈앞에는 술밖에 없다. 차를 마시고 싶었다. 하지
만 지금 그런 소리를 해서 분위기를 흩뜨려 놓고 싶지는 않다. 꾹 참
는다.

"그러니까 이 이야기는 아무한테도 하지 마라, 물론 아버지한테도
네가 사실을 알고 있다는 걸 눈치 채게 하면 안 된다, 어머니는 매달
리듯 제 손을 잡고 그렇게 말씀하셨습니다."

기억하기도 괴로운 듯 소이치로는 얼굴을 찡그렸다.

"본래 오 년 전 정월에 어머니가 그 말씀을 하신 까닭은 저의 혼
담이 있었기 때문입니다. 혼인을 해서 가정을 꾸리고 자식을 낳고
마침내 미나토 상회의 주인이 되기 위한 기반을 다져야 할 때였습니
다. 적어도 어머니 계산으로는 말입니다."

"음, 알겠다."

"그러나 아버지는 그 혼담을 거의 문전박대하듯 물리쳐 버렸습니
다. 그전에도 몇 번 혼담이 들어왔는데, 그때마다 아버지는 '너무 이

르다'는 이유로 거절하셨습니다."

"오 년 전이라면 네가 열여덟이나 열아홉이었겠구나."

"예. 장사 일이야 물론 아버지에 미치지 못하지만 대강은 익힌 상 태였습니다만."

"그때만큼은 너무 이르다는 이유로 혼담을 물리칠 수도 없었겠군. 그런데도 무조건 물리쳤단 말인가."

그래서 의아하게 여겼다고 소이치로는 말했다.

"또 혼담을 물리치자 어머니가 이만저만 분노하신 것이 아니었습 니다. 아버지에게 심한 말을 퍼붓고 급기야,"

소이치로를 불러서 실은 네 친아버지는— 하고 털어놓았던 것이 다.

"어머니는 말씀하셨습니다. 생각해 보렴. 기억을 더듬어 봐. 아버 지가 너를 어릴 적부터 차갑게 대했지? 사키치 같은 녀석은 그렇게 귀여워하면서 너에게는 마음을 그 절반도 주지 않았지?"

생각해 보니 정말 그랬던 것 같았다. 일찍이 미나토 상회 내부에 는 사키치가 가게를 물려받을지도 모른다는 소문까지 있었다.

"자네도 짚이는 게 있었나?"

"물론 아버지는 저를 엄하게 대하셨습니다. 바쁘신 분이라 자식과 함께하는 시간이 별로 없다 해도 어쩔 수 없었습니다. 그래도 동생 이나 누이동생에게는 여느 아버지처럼 친근하고 따뜻하게 대하셨으 면서 유독 저에게는."

목소리가 살짝 갈라졌다. 계속 말하느라 목이 마른 것이다.

"하지만 장사를 하는 아버지와 그 뒤를 이을 아들의 관계는 어느

집이나 비슷할 터라고 생각했습니다. 장남은 가게의 자산을 지켜야 할 몸입니다. 게으르고 응석이나 부리는 남자로 키우면 가게가 흔들리게 됩니다. 그래서 저를 소지로나 미스즈보다 엄격하게 대하신다고 믿었습니다. 저는 세상 물정을 잘 몰랐습니다. 저에게 세상이란 미나토 상회 간판 위에 올라 있는 것이 전부였으니까요.”

그러나 오후지의 말을 듣는 순간, 소이치로는 경악과 함께 눈을 떴다. 마치 눈가리개가 치워진 듯한 심정이었다.

“특히 사키치에 대한 이야기는— 그렇지요, 아버지가 사키치를 너무 귀여워하셔서 저도 어린 마음에 시샘한 적이 있었으니까요.”

조카의 아들이기는 해도 사키치는 소에몬과 피를 나눈 존재다. 하지만 소이치로는 다르다. 생판 타인의 씨앗 정도가 아니라 가증스러운 간부의 아들이다.

“모든 것이 분명해졌다는 기분이었습니다.”

소이치로는 계속 말했다.

“몸은 하나이되 마음은 둘로 갈라진 듯한 심정이었습니다. 한쪽 몸은, 나는 이제 미나토 상회에 있을 자격이 없다, 진실을 알았으니 당장 떠나야 한다고 속삭입니다. 다른 한쪽은, 너무 분하다, 지금까지 나를 냉대해 온 아버지에게 앙갚음을 해 주자, 미나토 상회의 재산은 다 내 거다, 라고 외치고 있었습니다.”

다만— 하고 마른침을 꿀꺽 삼키더니 작은 소리로 덧붙인다.

“아버지가 여기저기 여자를 만들고 자식을 낳아서 어머니에게 내내 고통을 안겨 준 일을 저 역시 고통스럽게 생각해 왔습니다. 그것도 대상인의 오락이고 즐거움이라고 저 자신을 달래왔지만, 어머니의 이야기를 듣고 나니 아버지의 그런 행실도 어머니의 불륜 때문이었음을—그러니까 제가 이 집안에 있다는 사실 자체가 원인임을—깨닫고—.”

그는 앞에 있던 술잔을 꽉 잡더니 눈을 꾹 감고 탁 털어 마셨다. 대단한 양은 아니다. 목을 적시기에도 부족할 것이다.

잔을 내려놓고 눈을 떴다. 흰자위가 붉게 물들어 있다.

“그 뒤로 한동안 제 행실이 문란해졌습니다.”

“허, 정말인가?”

이번에는 헤이시로가 솔직하게 놀랐다. 뎃핀 나가야에서 소동이 진행되는 동안 헤이시로는 어릴 적부터 친했던 비밀 순시관 ‘까만콩’에게 부탁해서 꽤 열심히 미나토 상회를 탐문했다. 하지만 그 시절 소이치로의 행적에 관한 소문은 한 마디도 나오지 않았다.

소이치로는 힘없이 웃었다.

“원래 소심해서 대단한 짓은 벌이지도 못했습니다. 게다가 너무 엇나가면 어머니의 처지가 더 나빠지지 않을까 걱정도 되었고요.”

헤이시로는 배 속에서 힘이 빠져나가는 느낌이 들었다.

“자네도 마음고생이 심했구먼. 사키치 못지않게.”

불쑥 뱉은 말에 소이치로의 눈이 반짝 빛났다.

“네, 사키치” 하고 가볍게 응한다.

“벌써 이 년이 됐나요, 규베가 갑자기 뎃핀 나가야 관리인을 그만두었습니다. 가쓰겐에서도 물러나 이 별저를 관리하게 되었지요. 그리고 뎃핀 나가야 관리인으로 사키치를 보냈습니다. 아버지가 정원사 일까지 그만두게 하고 그렇게 시키신 겁니다. 저는— 마음이 편할 수가 없었습니다.”

미나토야 소에몬이 그런 무리까지 감수하다니, 이는 자기를 내치고 사키치를 후계로 삼으려는 포석이 아닌가 생각한 것이다.

그렇게 생각할 만도 했다. 헤이시로는 속으로 끄응, 하고 신음했다. 당시도 생각했지만, 나가야나 셋집을 관리하는 일은 꽤 벌이가 좋다. 아무 억측도 없이 일반적으로 보자면 미나토야는 젊은 사키치를 뎃핀 나가야의 책임자로 앉혀서 재산의 일부를 맡기고 거기서 나오는 수익을 나눠 주려는 것처럼 보였다.

“또 소지로가 지금 정도는 아니라도 당시부터 이미 몸 상태가 그리 좋지 않아서 종종 장사 일을 놓고 있었기 때문…… 더욱 그랬습니다.”

헤이시로는 두 손을 무릎에 벋대고 콧구멍으로 굵은 숨을 토했다. 소이치로는 의기소침한 표정으로 고개를 숙이고 있다.

“사키치가 뎃핀 나가야의 관리인이 된 것은, 뭐, 여러 가지 사정이 있었기 때문이야.”

헤이시로는 그렇게 천천히 말을 꺼내 보았지만 어디까지 말해 줘야 좋을지 알 수 없어서 머리를 긁적였다.

“그렇겠지요.”

문득 바라보니 소이치로가 헤이시로의 얼굴을 바라보고 있다. 나이치고는 맑은 눈동자를 가지고 있다. 아니, 어설프게 본심이 드러나지 않게끔, 또는 그 눈동자를 들여다보는 자의 눈에 거기 비치는 제 얼굴밖에 보이지 않게끔 내심 안간힘을 써서 빚어낸, 한 점 티끌 없는 거울 같다고 생각했다.

"그러나 사키치는 관리인으로 오래 일하지 않았습니다. 마침내 뎃핀 나가야가 그렇게 철거되고 어머니가 사실 집이 지어졌습니다. 그런 일이 진행되는 동안 저는 뭔가 이상하다, 아버지도 어머니도 나에게 뭔가 숨기고 있다, 규베의 거동도 이상하다고 느끼고 있었습니다. 그래서 저 나름대로 조사해 보려고 한 적도 있습니다. 그러나 아무것도 알아낼 수 없었습니다."

그랬겠지. 수하 하나 없는 소이치로가 규베나 그림자 지배인을 종횡으로 구사할 수 있는 아버지를 대적할 수는 없다.

그러나. 헤이시로는 절반쯤 비워진 오토쿠의 찬합을 바라보며 생각했다. 뎃핀 나가야 소동 당시 이쪽은 이쪽대로 경황이 없어서, 일련의 복잡한 일들이 미나토 상회 쪽에는 어떻게 비칠지, 저쪽에서는 저쪽대로 뭔가 이상하다고 느끼는 누군가가 있지는 않을지 생각해 볼 여유조차 없었다.

"그래서 오늘까지 저는 미련스럽게 미나토 상회에 버티고 앉아 있습니다."

버티고 앉아 있다니, 마치 기생방에라도 틀어박혀 있는 듯 말하는군. 미나토 상회는 제가 태어난 생가인데.

"아무것도 결단하지 못하고 아무것도 거절하지 못하고 아무것도 시작하지 못하고 있습니다. 어머니를 저버릴 수도 없고 그렇다고 아버지에 맞서지도 못하고, 뭐 하나 할 수 있는 일이 없습니다. 저는 얼간이입니다."

이렇게 비하하며 자신을 괴롭히는 모습도 그 당시의 사키치를 꼭 닮았군.

“다만 올해 들어— 조금 마음이 변했습니다. 이대로 지내서는 좋지 않다, 분명하게 행동하자는 생각이 들기 시작했습니다.”

“무슨 계기라도 있었나?”

“그 새 집— 저희는 등나무집이라 부르는데, 어머니는 그 집으로 옮기신 뒤, 뭐라고 할까요, 소지로 이상으로 우울병에 시달리시게 되었습니다. 제가 찾아가도 미나토 상회의 재산이나 후계 문제에 대해서 아무 말씀도 하지 않으십니다. 아버지를 비난하는 일조차 하지 않게 되었습니다.”

그런 어머니를 보니 슬퍼졌다고 한다.

“어머니나 저나 미나토 상회의 간판 위에서 살아오면서 지금까지 행복한 일은 아무것도 없지 않았나, 그런 마음이 들었습니다. 미나토 상회의 재산이니 후계니 하는 것들은 전부 버리고 처음부터 새로 시작하는 게 낫겠다. 뭐든 좋으니 내가 생계를 찾아내서 혼자 먹고 살 수 있게 되면 미나토 상회에서 어머니를 모시고 나가자. 그렇게 생각하게 되었습니다.”

소에몬이나 가게 사람들 모르게 미나토 상회의 넓은 그물망을 벗어나서 생계를 마련하기란 너무나 힘든 일이다. 소이치로는 마냥 초조해해서는 안 된다고 생각하며 신중하게 움직였다. 하지만 그러던 차에.

“어머니가 목을 매셨습니다.”

입 밖으로 툭 떨어지는 듯한 말이었다. 헤이시로는 천천히 고개를 끄덕여서 이미 알고 있음을 소이치로에게 전했다.

“아셨습니까? 저는 견딜 수가 없었습니다. 게다가 어머니에게 그런 일이 있고 얼마쯤 지나서, 그래요, 올 한가을 무렵부터였나요, 아버지의 모습도 이상했습니다. 어딘지 경황없어 보이고 규베를 어디로 심부름을 보내시고 편지를 주고받고 행선지도 고하지 않고 반나절이나 가게를 비우시곤 했습니다."

아오이의 저택에 드나들며 마고하치의 퇴치를 돕고 있어서가 아니었다. 그 정도 일이라면 누구의 눈에도 띄지 않게 진행할 수 있는 미나토야 소에몬이다. 그의 거동이 변한 이유는 아오이가 살해되었기 때문이다.

"한번은 제가 깜짝 놀란 적이 있는데" 하고 소이치로는 먼산을 보는 눈길로 말했다.

"방에서 아버지가 울고 계셨습니다. 눈물은 감추고 있었지만 분명히 눈가가 젖어 있었습니다."

미나토야 소에몬도 사람의 아들이었단 말인가.

헤이시로는 감동했다. 이모아라이 언덕 저택에서 대면했을 때 아오이의 이름을 꺼내고 그녀의 추억을 이야기해도 눈 하나 깜짝하지 않던 그 얼굴은 가면이었던 것이다.

"이상한 말씀이지만 저는 가슴이 뛰었습니다. 혹시 아버지가 어머니 때문에 우시는 것은 아닌가 해서요."

"그래서 확인해 보았느냐?"

오래간만에 헤이시로가 묻자 소이치로는 순간 멍한 얼굴이 되었다.

"아버지한테 확인해 보았느냔 말이다."

헤이시로가 다시 한 번 물었다.

"확인해 보지는 않았습니다. 이제 와서 생각해 보면 그런 일은 있을 수도 없습니다. 아무리 생각해 봐도."

"그런가."

"예."

소이치로는 턱을 바짝 당긴 채 고개를 끄덕이더니 어딘지 경박한 인상으로 후후, 하고 웃었다.

"아버지는 다른 누군가를 위해 눈물을 흘리셨겠지요. 틀림없습니다."

예리히군, 하고 헤이시로는 생각했다. 하지만 정말 그럴까? 미나토야가 남몰래 흘린 눈물 속에는 오후지에 대한 감정이 한 조각도 없었을까?

"그러므로 아버지의 눈물을 저는 보지 못했습니다. 보지 않은 것으로 치기로 했습니다. 하지만 그것이, 예, 결단하는 계기는 되어 주었습니다. 이런 집에는 더 이상 있고 싶지 않다, 진저리가 난다고 말입니다."

소이치로는 생전 처음으로 아버지에게 담판을 요청해서 단둘이 이야기하는 시간을 가졌다.

그때 자신의 결심을 털어놓았다. 지금까지 신세를 졌지만 저는 미나토 상회를 떠나겠습니다. 이유는 아버지도 잘 아실 겁니다. 생계를 마련하면 어머니를 모시러 오겠습니다.

헤이시로는 왠지 가슴이 아파 저도 모르게 눈을 가늘게 떴다.

"네 아비가 뭐라고 하더냐?"

"좋을 대로 하라고요."

“그게 다인가?”

“예. 다만 소지로의 병이 낫기 전에는 함부로 가게를 떠나지 말라고 하셨습니다.”

자기 편한 대로만 말하는군.

“그래서 너는 여기로 와서—.”

“예. 소지로의 상태를 보러 왔습니다. 그렇지만 우울병으로 고생하는 소지로에게 차마 이런 내막을 말할 수는 없더군요. 그래서 규베에게 말했습니다. 소지로에게 회복의 기미가 보이면 나는 미나토 상회를 나갈 생각이다, 왜냐하면— 하고요. 아니, 그래도 그것은,”

황망히 고개를 젓고 덧붙였다.

“아버지 지시에 따른 것은 아닙니다. 소지로에게 폐를 끼치고 싶지 않았을 뿐입니다.”

그런가, 하고 헤이시로는 또 생각했다. 듣기 좋게 하는 말이겠지, 자신을 달래려고. 마음을 정하고 결단을 내렸다고 하지만 사실은 역시 아직은 차마 뛰쳐나갈 용기를 내지 못하고 있지 않을까? 그래서 주위 반응을 살피는 거겠지. 규베에게 말해서 깜짝 놀라게 하고, 그 모습을 보면서 제법 가슴이 시원해졌으리라. ‘좋을 대로 해라’라는 소에몬의 말이 진심일 리는 없다고 기대하고 있을 것이다.

너무 짓궂은 짐작일까?

“규베는 네 출생에 대해서 전혀 몰랐던 거냐?”

“그렇습니다. 다 알고 있을 줄 알았습니다만.”

침묵이 드리웠다. 어느샌가 짧은 가을해가 기울어 방 안에 붉은빛이 가득 찼다. 어두운 길을 걸어서 돌아가야겠구먼, 하고 헤이시로는 멍하니 생각했다.

"제가 여기 도착한 것이 그제입니다만," 하고 소이치로는 말했다.

"규베를 만나서 거동을 보니 저의 출생에 얽힌 미나토 상회의 비밀을 아무래도 누구한테 이야기하고 상의한 모양이구나 하고 직감했습니다. 그래서 저는…… 평소의 저답지 않게 규베를 바짝 추궁해서 이즈쓰 나리의 성함을 알아냈습니다."

당연히 의아했겠지.

"왜 순시관 나리에게 말씀드렸느냐고 규베를 질타했더니, 규베는 엎드려 빌면서도 그럴 만한 까닭이 있다고 했습니다."

"이상했겠지?"

헤이시로가 앞질러 보았다.

"그렇습니다."

소이치로도 응했다.

"네 처지였다면 나라도 이상하게 생각했을 게다."

그러나 그럴 만한 까닭은 분명히 있었다.

"이즈쓰 나리."

붉은 석양을 얼굴 절반에 받고 나머지 절반에 그림자를 드리운 소이치로가 말했다.

"그 까닭이라는 것을 여쭤 보아도 될는지요. 규베가 이즈쓰 나리라면 말씀해 주실 거라고 했습니다. 그래서 이렇게 나리를 기다렸다가 여쭙게 되었습니다. 정말 규베가 말하는 그럴 만한 까닭이 있었다면……."

"있었다면?"

“최근 아버지의 이상한 거동, 아버지의 눈물 혹은 어머니가 목을 매려고 하신 일과도 어떤 관계가 있지 않을까 하고 생각해 보았습니다. 제 억측이고 오해일까요?”

“그걸 알고 싶으냐? 너는 이미 미나토 상회를 나오겠다 하지 않았느냐? 이젠 몰라도 상관없을 텐데?”

소이치로는 잠자코 입을 다물었다. 물러난 것이 아니라 조용히 버티는 모습이다.

그때 문이 스르륵 열렸다.

“저도 부탁드립니다.”

규베였다. 문지방 앞에 손을 짚고 엎드려 있다.

“젊은 나리께서 평안을 찾으실 수 있도록, 이즈쓰 나리, 부디 부탁드립니다.”

헤이시로는 잠깐 숨을 멈추고 규베를 쳐다보았다. 소이치로도 긴장한 모습으로 대답을 기다리고 있다.

“몸을 사리는구나, 규베.”

헤이시로는 웃으며 말했지만, 막상 웃고 보니 비웃는 소리처럼 들렸다.

“네 입으로 직접 말해라. 심복 규베가 함부로 입을 놀리면 주인 나리한테 죄송해서 할복으로 사죄라도 해야 하나?”

규베는 이런 비아냥거림에 기가 죽을 만큼 약하지 않다.

“제가 젊은 나리에게 이즈쓰 나리께 부탁해야 한다고 말씀드렸습니다. 아무래도 그래야 할 것 같아서요.”

“하지만,”

"제가 이야기하면 변명이 됩니다. 제 허물과 죄를 감추고 싶어질 테니까요."

그러니 부디 부탁드립니다, 하고 절을 한다.

"이미 주인 나리의 허락도 받아 두었습니다."

소이치로가 몸을 뒤로 젖힐 만큼 놀란다.

"아버지가?"

"예. 이즈쓰 나리께 이야기를 들어도 좋다고요. 그것이 가장—."

규베는 고개를 숙인 채 잠깐 말문을 닫는다.

"가장 옳은 방법이라고 하셨습니다."

헤이시로는 탄식했다. 이봐, 내가 미나토야의 전속 이야기꾼이라도 되는 줄 알아.

하지만 소에몬이 그런 말을 했다니, 내가 그— 뭐라고 할까, 조금은 인정을 받은 셈인가? 내 말이 가장 옳단 말이지?

안 되지, 안 돼. 내가 여기서 좋아하면 앞으로 오토쿠를 사람이 좋기만 하다고 비웃어 줄 수가 없게 되잖나.

"이렇게 될 줄 알았으면 짱구를 데려오는 건데."

저도 모르게 흘린 말에 소이치로가 의아한 표정을 한다.

"아니다, 혼자 해 본 말이다."

얼른 손을 내두르고 헤이시로는 규베를 노려보았다.

"차 좀 다오."

"예, 얼른 준비합지요."

"그리고,"

짐짓 요란한 몸짓으로 얼른 방 안을 둘러보는 척했다.

"나랑 고헤이지가 오늘 하룻밤 여기 묵어도 불편할 사람은 없겠지? 방은 충분하지?"

"예, 물론입니다."

규베는 여전히 다다미에 이마를 붙이고 있다. 헤이시로는 오토쿠의 찬합을 들여다보았다. 먹음직한 계란말이가 남아 있다.

누구 눈치 볼 것 없이 더 먹어 두자. 아무래도 얘기가 길어질 모양이니까.


15


"베벵, 벵, 벵."

유미노스케가 비파 뜯는 시늉을 하며 가락을 붙여서 콧소리를 냈다.

"정말 고생 많으셨군요, 이모부. 못해도 단노우라 대회전 대목<sub>다이라 가문의 영고성쇠를 다룬 『헤이케 이야기』의 한 대목. 이 이야기는 흔히 비파를 뜯으며 가락을 붙여 낭독했다</sub>을 다 읊을 만한 시간이 걸렸겠는걸요."

두 사람은 헤이시로의 방에 앉아 있었다. 해는 벌써 졌고 부엌에서는 고헤이지가 저녁을 준비하고 있는지 말린 생선을 굽는 고소한 냄새가 풍겨 온다. 돌아갈 때 소이치로가 한 아름 안겨 준 생선이다.

가와사키에서 돌아온 것이 오늘 오전이다. 당일로 돌아오려다가 일박을 하고 왔으니 우선 상사에게 왜 늦었는지부터 해명해야 했다. 하지만 애초부터 헤이시로에게 별 기대를 하지 않았는지, 선물로 건

넨 건어물이 힘을 발휘했는지, 그것도 아니면 부탁을 받고 사다 준 미와 상회의 김무침에 정신이 팔렸는지 상사는 전혀 언짢아하지 않 았다. 그래도 일단은 얌전하게 반나절을 근무하고 집으로 돌아오니 유미노스케가 기다리고 있었다.

"허리는 어떠세요? 좀 주물러 드릴까요?"

유미노스케는 근심어린 얼굴을 하고 있었지만 의외로 허리도 아 무 탈이 없었다. 하기야 돌아올 때는 가와사키부터 가마를 타고 왔 으니까. 소이치로가 불러 주었다.

"로쿠고 나루까지만 가마를 타는 줄 알았는데, 강을 건너서 나룻 배를 내리니까 거기에 또 가마가 기다리더구나. 미나토야가 시켜서 왔다고 하던데, 참으로 빈틈없이 준비해 두었더라. 미나토야가 행하 를 얼마나 던져 주었는지는 몰라도 가마꾼들이 어찌나 깍듯하게 모 시던지. 게다가 가마꾼도 몇 번을 바꿔 가면서 부지런히 달렸다. 가 마가 두 대였으니 돈도 배로 들었겠지."

"그럼 고헤이지 씨도요?"

"호강했지."

나는 그저 주겐이오, 나리 가마를 따라서 뛰어가면 됩니다, 하고 얼굴이 빨개져서 사양하는 것을 체격이 훌륭한 가마꾼들이 달려들 어 "타고 가면 좋지 않습니까" 하고는 번쩍 들어서 실었던 것이다.

"그놈은 가마에 익숙지 않은 정도가 아니라 아마 난생 처음이었을 게다. 이대로 으쌰으쌰 극락까지 실려 가는 거 아닌가 해서 제정신 이 아니었다더라."

그걸 봤어야 하는데, 하며 유미노스케는 한바탕 웃어 댔다. 그러다가 웃음을 싹 지우고는 문득 중얼거렸다.

"소이치로라는 분은 외로운 사람이군요."

헤이시로는 잠시 그 말을 곱씹었다.

"스스로 택한 외로움이라고 할까. 그렇게 동정할 거 없다."

"그럴까요?"

"얼른 박차고 집을 뛰쳐나갔어야지. 적어도 오 년 전에."

앞날이 불안하고 그동안 해 온 고생이 허사가 되는 것이 억울하다면 부친에게 재산을 얼마쯤 받는 방법도 있다. 아니면 아예 방탕한 아들로 전락해서 술과 도박과 계집질에 몰두하며 미나토 상회의 재산을 축내든가. 그런 쪽으로 가지도 못하고 그저 우물쭈물 고민하면서 미나토 상회에 남아 있는 까닭은 그저 기개가 없어서일 뿐이다.

"그럴까요?"

유미노스케는 양쪽 눈썹이 한일자로 이어지도록 미간을 모으며 물었다.

"어머니를 저버리지도 못하고 동생에게 폐가 될까 봐 아무 짓도 하지 못하는 소이치로 씨의 심정을 조금은 알 것 같은걸요."

헤이시로는 애써 잠자코 있었다. 책상다리를 풀고 유미노스케에게 등을 돌리며 벌렁 눕는다.

헤이시로도 소이치로를 딱하게 여기는 마음이 없지는 않다. 하지만 지금은 일단 동정심을 옆으로 치워 두고 화를 버럭 내 주는 편이 더 친절한 일 아니겠나 싶은 마음도 든다. 실제로 가와사키 별저에서 오랜 이야기를 마쳤을 때 이렇게 말해 주었다. 나는 말이야, 소이치로. 미나토야와 얽힌 복잡한 이야기에 요즘은 조금씩 염증이 나.

그만 좀 해 두지 하는 생각도 드네.

비슷한 말을 규베에게 한 적도 있다. 일찌감치 베어내서 단속해 두었으면 좋았을 것을, 우물쭈물 시간을 끄니까 뿌리를 내리고 가지를 무성하게 뻗어서 이제는 아무도 건드릴 수 없을 만큼 커져 버렸지 않느냐고.

지금 미나토야 집안에는 그런 난폭한 대응이 가장 필요하지 않을까? 아아, 이제 그만해요. 됐어요. 이쪽이고 저쪽이고 다들 복잡한 얘기와 변명만 늘어놓는군요. 그런 얘기는 다 들어 줄 수 없어요, 나는 내키는 대로 내가 알아서 하겠어요. 이런 과단성을 누군가 발휘해야 한다.

헤이시로는 생각했다. 그런 미움 받는 역할에 꼭 알맞은 사람이 실은 아오이 아니었나? 그녀가 소에몬에게 이제 '유령'으로 사는 건 싫다, 당당하게 미나토 상회의 안주인이 되고 싶고 사키치 얼굴도 보고 싶다, 그렇게 해 달라, 하고 집요하게 졸랐다면? 당신이 이대로 팔짱만 끼고 아무것도 해 주지 않는다면, 좋아요, 내가 미나토 상회에 쳐들어가서 오후지를 쫓아내겠어요.

오후지의 친정, 즉 오후지의 아버지가 아무리 소에몬에게 어려운 사람이라고 해도 그는 이미 꼬부랑 노인이다. 아니, 어쩌면 이미 저 세상 사람인지도 모른다. 한편 미나토 상회는 이제 커다란 가게가 되었다. 오후지와 이혼하고 아오이를 안방에 앉힌다 해도 아무 지장도 없다.

생각하면 생각할수록 그것이 묘안이란 생각이 든다. 아오이는 왜 그렇게 하지 않았을까. 소에몬은 왜 그렇게 하지 않았을까.

어떻게든 제 하고 싶은 대로 하고 안 그러면 직성이 풀리지 않는 사람이지만, 그것이 남에게 드러나서, 저 사람은 뭐든지 제 고집을 관철하지 않으면 못 배기는 무서운 사람이라는 소리를 듣기는 싫다. 사리분별을 모르는 사람이다, 사람의 도리가 아니다, 라고 뒤에서 손가락질당하고 싶지는 않다.

아니, 그뿐인가. 제 욕심을 채우기 위해 짓밟거나 기만한 상대방한테조차 비난을 듣고 싶지 않다, 원망을 사고 싶지 않다. 이쪽은 이쪽대로 부득이한 사정이 있었다는 말로 양해를 얻지 않으면 만족할 수 없다.

욕심이 많구먼― 하고 헤이시로는 생각한다.

"온갖 일들의 진상을 한꺼번에 들었으니 소이치로 씨가 많이 놀랐겠군요. 저라면 며칠 동안 잠도 못 잘 거예요."

유미노스케의 눈빛이 흐려진다.

하지만 소이치로는 꼭 그렇지도 않은 듯했다.

"지금까지 이상하다, 이상하다 싶던 일들이 단번에 풀렸다, 안개가 가셨다고 하더군."

"자기 어머니가 아오이 씨를 죽이려고 했다는데도요?"

― 아버지와 아오이 님의 관계라면 어린 나이였지만 저도 이상하게 느끼고 있었습니다. 그것을 코앞에서 지켜보고 있는 어머니의 모습도 어린 제 눈에는 무섭게 보였습니다.

― 아오이 님이 사라진 뒤에도 미나토 상회 안에서는 그 무엇도 나아지지 않았습니다. 오히려 부모님 사이는 아오이 님이 있을 때보다 더 멀어지고 냉랭해진 것 같았습니다.

그렇게 중얼거리는 소이치로의 얼굴에서 어려움 없이 자란 사람의 귀티와 늦되게 갖춘 차분한 인상을 밀어내며 어떤 생생한 색채가 번쩍 떠올랐다. 헤이시로는 그것을 알아채고 흠칫했다.

번쩍 하고 빛난 색채는 증오와 공포였다.

무엇을 증오하고 무엇을 두려워할까.

여자라는 존재 말고 또 무엇이 있겠는가.

소이치로가 지금까지 아버지의 의견대로 혼인도 하지 않고 계집질에도 빠지지 않았던 것은 그가 스스로 말한 이유 때문만은 아니리라. 공포와 증오가 마음속 깊이 뿌리내린 탓이 아닐까. 헤이시로는 그렇게 보았다. 여자에게 마음을 주면 안 된다. 여자에게 휘둘리면 안 된다. 하물며 여자를 사랑하다니, 있을 수 없는 일이다.

생각 없이 그런 짓을 하다가는 내 마음이 망가지고 만다.

"소이치로는 한동안 등나무집에서 지내겠다더구나."

유미노스케는 눈을 깜빡였다.

"오후지 씨 곁에 있겠다는 거군요?"

"음. 곁에 있어도 오후지는 이제 제 아들도 못 알아본다더구나. 무슨 이야기를 해 주어도 소용없고 아무것도 알아낼 수 없다고 말해 주었는데, 잘 알고 있다면서 웃더라. 그저 어머니 곁에 있어 주고 싶을 뿐이라는 거야."

당분간은 소에몬의 얼굴을 보고 싶지 않아서인지도 모른다고 헤이시로는 짐작했다.

슬픈 효도로군요, 하고 유미노스케는 또 시무룩한 표정을 짓는다. 이런 이야기에 얼굴이 어두워지는 것은 아직 마음이 여린 탓이다.

헤이시로처럼 버럭 화라도 내면 그나마 나으련만.

"이모부, 소이치로 씨는 아오이 씨를 해칠 만하다고 짐작되는 사람이 있냐고 하던가요? 물어보셨겠지요?"

"물어보기는 했다."

이제는 입버릇이 되다시피 한 질문이므로 소이치로에게도 물어는 보았다.

"그런 사람이 있을 리가 없다고 하더라. 그렇겠지. 다만—."

— 행여 아오이 님이 있는 데를 일찍 알았더라면, 어쩌면 제가 찾아가서 해쳤을지도 모르지요.

유미노스케는 손으로 가슴을 쓸어내리는 시늉을 해 보였다.

"아아, 몰랐기에 망정이지."

헤이시로는 반대쪽으로 데굴 돌아누워 살아 있는 인형 같은 조카의 얼굴을 올려다보았다.

"그런데 너희들 일은 잘되고 있니?"

유미노스케는 조금 생기를 되찾으며 설명에 열을 올렸다.

"모쿠타로 씨는 무슨 일이 있어도 오하쓰를 지켜 주겠다고 기꺼이 약속해 주었어요."

"그렇다면 그자도 네 추측을 납득한 셈이군."

"글쎄요."

유미노스케는 살짝 웃었다.

"모쿠타로 씨는 제 이야기를 절반도 듣기 전에, 그거 큰일 났네, 오하쓰가 위험하다면 내가 지켜 줘야지, 했거든요."

착한 사람이군.

"다만 어디로 피신시키려 해도 당장 알맞은 장소를 찾을 수 없고 오하쓰네 부모님도 딸을 다른 데로 보내고 싶지 않다고 해서요. 결국 모쿠타로 씨가 오하쓰네 집에서 같이 지내기로 했어요. 물론 이유에 대해서는 누구한테도 말하면 안 된다고 단단히 입막음을 했고요."

헤이시로는 웃었다.

"그 덩치 커다란 자가 쳐들어왔으니 오하쓰네 집도 번거롭겠구나."

"그래도 오하쓰가 모쿠타로 씨를 정말 잘 따르더라고요. 모쿠타로 씨가 곁에 있으면 마음이 놓이나 봐요."

유미노스케는 자기와 나이도 비슷하니까 어떻게든 오하쓰의 말문을 열 수 있지 않을까 기대하고 이런저런 이야기를 건네 보았다고 한다.

"하지만 전혀 안 되더군요" 하고 고개를 살랑살랑 저었다.

"그 뒤로 시간도 꽤 지났고 목에 있던 자국도 사라졌으니까 그날 무슨 일이 있었는지 조금은 말해 주지 않을까 기대했는데."

"네 얼굴에도 열리지 않는 문이 있단 말이냐."

"열리지 않는다기보다 문 자체가 없다고 할까요. 생파리 같다는 말도 있지만 꼭 그 격이었어요."

집요하게 캐물으면 오하쓰가 울음을 터뜨리겠다 싶어서 포기했다고 한다.

"아직 어린 여자애다. 가엾게도 얼마나 무서웠으면 그렇게 질려 있을까. 낙담할 필요 없다. 그런 일도 있는 거야."

유미노스케도 좌절할 때가 있는 법이다.

예, 그렇겠지요, 하고 고개를 끄덕이지만 유미노스케의 얼굴은 더 어두워진다. 오늘 유미노스케라는 등롱은 기름이 떨어진 듯하다.

그러다가 불쑥 말했다.

"이모부, 저는 세상을 너무 몰라요."

"뭐야, 너까지 소이치로 같은 소리를 하기냐."

도대체 열세 살 남짓 된 아이가 세상을 알면 얼마나 알까.

"제가 아는 세상이라고는 가게를 하는 집과 사사키 선생님 댁과 여기 이모부 댁 정도가 다예요."

"오토요네 집도 알 텐데?"

"오토요 누님 댁도 장사하는 집이잖아요. 그것도 꽤 윤택한."

유미노스케가 한심하다는 표정을 짓는다. 조카가 무슨 소리를 하려는지 짐작이 가서 말허리를 잘랐던 헤이시로는 그만 후홍 하고 웃고 말았다.

"소작농이 사는 오두막이란 데가…… 너무 가난하더군요."

기억을 떠올리는지 유미노스케의 눈동자 초점이 멀어진다.

"저는 다다미 한 장 없는 집을 처음 보았어요. 판자벽은 구멍이 숭숭 나서 어디 앉아 있어도 살바람이 들어와요. 봉당은 진흙이고 마당이라고 부를 수도 없는 울퉁불퉁한 흙바닥에는 비쩍 마른 닭들이 느적느적 걸어다니고요. 부엌도, 그걸 뭐라고 하나, 변변한 도구가 없어요. 음식 같은 것도 보이지 않았어요."

"그렇겠지."

"오하쓰가 입은 옷은 저희 집에서는 걸레로나 쓸 넝마였어요. 아니, 오하쓰뿐만이 아니라 그 집 부모님도요."

점점 목소리가 작아지더니 제가 뱉는 말에 끌려가듯 몸을 점점 앞으로 수그린다.

"아이들은 신발도 안 신어요. 모두 맨발이었어요."

"나가야 아이들도 다들 그래."

"그거야 요란하게 뛰어노느라고 그런 거죠. 사려고 하면 언제라도 조리 한 켤레 정도는 살 수 있잖아요?"

"네가 아직 정말로 가난한 나가야 아이들을 못 봐서 그렇지."

그 말에 유미노스케답지 않게 치뜬 눈초리로 원망하듯이 헤이시로를 쳐다본다. 헤이시로는 등이 근질근질해졌다.

"그만 쳐다봐라, 따갑다" 하고 얼른 일어났다.

"소작농 살림이 힘든 게 내 탓이냐."

에도 변두리 농가는 일반적으로 보자면 결코 가난한 집만 있는 것은 아니다. 채소나 과일, 닭고기나 계란 등을 팔러 다니면서 어지간한 소상인보다 잘 버는 경우도 있다. 물가를 조사한 경험 덕에 헤이시로는 잘 알고 있다.

왜냐하면 에도라는 거대한 부엌이 언제나 맛있는 식재를 왕성하게 요구하기 때문이다. 진기한 것, 제철 음식, 항간에 많이 나도는 재료보다 더 좋은 것, 그런 식재라면 꽤 비싼 가격이라도 날개 돋친 듯이 팔려 나간다.

쌀은 식재료이면서 돈과 동등한 가치를 지닌 탓에 '봉록'이나 '연공'으로도 쓰이지만, 쌀로는 그런 벌이를 할 수 없다. 어디까지나 부식재나 호사품에 한한 이야기다. 그러다 보니 에도를 에워싼 근교 농가 중에 그런 수요를 기대하고 능숙하게 대처하는 농가가 늘어난 것은 어제오늘의 이야기가 아니다.

이리저리 궁리해서 다양한 작물을 재배하고, 수확물을 메고 에도 시중으로 팔러 온다. 대가는 현금으로 받는다. 지주나 촌장이 주는 얼마 안 되는 쌀과는 달리 언제 어디서나 힘을 발휘하는 돈이 들어오는 것이다. 그래서 모두들 더욱 열심히 궁리에 궁리를 더한다. 손바닥만 해도 씨앗 묻을 땅이 있으면 돈을 벌 수 있다.

그러나 수면까지 올라가서 얼굴을 내밀고 숨을 쉬어야 하는데 애당초 도저히 그럴 수도 없는 사람들, 이를테면 뼈가 부서져라 일해도 관리와 지주에게 쥐어짜이기만 하는 소작농도 많다. 오하쓰네 집은 그렇게 맨 밑바닥에 속한 것이다.

"제가…… 조금 흥분했나 봐요."

유미노스케가 쥐어짠 목소리로 말한다.

"이렇게 힘들게 살아가는 사람들 앞에서는 누가 아오이 씨를 죽였든 이유가 무엇이든 그게 무슨 대순가 하는 생각이, 아주 잠깐이지만 들더군요. 아뇨, 정말로 오하쓰가 위험한 상황만 아니라면 아오이 씨를 죽인 범인을 찾는 일은 다 내던지고 오하쓰네가 조금이라도 편안하게 살려면 무엇을 해 주어야 하는지, 그쪽으로 머리를 쓰고 싶었어요."

꼭 쥐었다 놓은 양 우그러든 얼굴을 하고 있다. 여전히 기름이 떨어져 있는 유미노스케의 머리를 헤이시로는 손바닥으로 찰싹 쳤다.

"그건 그거고 이건 이거지. 세상사를 너 혼자서 감당할 수는 없는 거야."

일부러 부드럽게 말을 걸었다.

잠깐 동안 유미노스케는 헤이시로의 얼굴을 찬찬히 올려다보았다. 그러고는 말했다.

"사사키 선생님도 그런 말씀을 하신 적이 있어요. 전혀 다른 이야기를 할 때였지만."

"흐음. 훌륭한 선생이구나."

"다만, 감당하려고 해서는 안 되지만 잊어서도 안 된다고 말씀하셨어요."

헤이시로는 빙긋이 웃었다.

"일단은 오하쓰도 안전해진 셈이구나. 마음이 놓인다."

"예, 저도요."

유미노스케의 기분이 조금 나아진 듯하자 헤이시로는 화제를 돌렸다.

"그래, 뭐 떠오른 거 없니?"

"뭐가요?"

"뭐긴, 아오이를 죽인 범인 얘기지. 얼마 전부터 뭐라고 혼자 중얼거리지 않았느냐. 원한에서 비롯된 사건이라기에는 너무 말끔하다고 했던가."

아아— 하고 유미노스케가 얼빠진 목소리를 냈다.

"내 부탁하는데 좀 집중해 봐라. 뭔가 정리되고 있는 건 없냐? 그 머리통 속에 말이다."

유미노스케는 이모아라이 언덕으로 가던 길에 마사고로에게 했던 설명을 헤이시로에게 이야기해 주었다.

“조금 색다른 ‘지나가는 마’.”

헤이시로가 그 말을 따라하며 곱씹는 표정을 지었다.

“뭐가 색다르다는 말인지 얼른 이해기 안 되는구나.”

“예, 그게요…….”

빗대어 하는 말이 아니라 정말로 어금니에 뭔가를 문 것처럼 유미노스케는 입을 우물거리고 있다. 말하기가 힘든가?

“올 여름 한창 더울 때 초상화 부채 사건이 있었죠?”

인기가 대단했던 화공 슈메이가 살해당한 사건이다.

“그때 수수께끼를 푼 단서가 짱구 머릿속에 모아 놓았던 예전 이야기들이었잖아요.”

슈메이가 살해된 일과 유사한 사건이 예전에도 있었다는 사실을 짱구의 머릿속에서 찾아냈다. 그것이 실마리가 되었고, 막상 뚜껑을 열어 보니 두 사건은 그냥 비슷한 정도가 아니라 혈연이란 끈으로 단단히 묶여 있었다.

“기억하지. 그게 무슨 상관인데?”

“직접적인 관계가 있는 건 아니지만요.”

유미노스케와 짱구는 과거에 아오이가 살해당한 사건과 비슷한 수법으로 일어난 사건이 있었는지를 조사하는 중이라고 한다.

“수건으로 목을 졸라서 죽이는 수법 말이냐?”

“그것만이 아녜요. 아오이 씨는 자기 목에 감겨 있던 수건에 목을 졸렸어요. 즉 범인은 현장에 있는 물건을 사용했죠. 아니, 한 발 더 나아가, 아오이 씨가 그렇게 수건을 감고 있었기 때문에 살인이 일어났을지도 몰라요.”

헤이시로는 제 목을 만져 보았다. 여기 수건이 있는데, 그걸 누가 콱 잡고 힘껏 당겨서 목을—.

"요컨대 싸우는 와중에 일어났다거나 그런 말이냐?"

"싸움이라고…… 하기도 곤란하지만, 그러나 발단은 싸움일지도 모릅니다."

종잡기 힘들군. 해파리를 움켜쥐는 격이다. 이런 생각도 가을 바다를 보고 온 탓인가.

"뭐, 좋다. 그래, 그런 사례를 찾았느냐?"

유미노스케는 고개를 툭 떨궜다.

"못 찾았어요. 이거다 싶은 사례가 없네요. 시간이 더 걸리겠어요. 어쩌면 제가 잘못 생각했는지도 모르고요."

그제야 그런 생각이 났다는 듯이 뒤늦게 위축되고 만다. 유미노스케라는 등롱에 기름을 보태 주고 그 김에 종이도 다시 발라 주는 편이 좋지 않을까? 이쪽에서는 보이지 않지만 아무래도 안쪽에서 찢어져 있는 모양이다.

어디, 오늘은 맛난 것이나 먹어 볼까— 하고 헤이시로가 말을 건넸을 때 어머어머, 하는 요란한 목소리가 다가왔다. 볼일 보러 외출했던 아내가 돌아온 것이다.

"유미노스케, 와 있었구나. 호오, 오늘도 귀여운 얼굴이네."

문지방 옆에 털썩 주저앉아, 헤이시로와 유미노스케 사이에 감도는 희미한 암운에도 개의치 않고— 아니, 눈치 채지 못하고 아내는 화창하게 밝은 목소리로 말했다.

"애고, 유미노스케를 보니 더욱 안타깝네요. 유미노스케한테도 맛보여 줄 수 있었는데. 오카테이에 가 보니 매진이지 뭐예요."

무슨 소리지?

"오오후쿠 떡 말예요. 당신, 생각 안 나요? 지난달이었나, 선물로 들어온 떡을 당신이 맛있다, 맛있다 하며 다섯 개나 드셨잖아요?"

아아, 그 소금 오오후쿠 떡 말이군.

"오늘 그걸 사러 들렀어요. 오늘은 당신도 멀리 다녀왔으니 피곤하실 것 같아서요. 그런데 바로 내 눈앞에서 어느 하녀가 사 갔는데, 오늘 물건이 그것으로 다 팔렸다지 뭐예요."

"저는 괜찮아요, 이모."

유미노스케가 달랜다. 아내는 아가씨처럼 아이 참, 아이 참, 하며 안타까워했다.

"그 하녀가 글쎄 스무 개나 사 버리지 뭐예요. 그래서 내가 그랬죠. 나도 오늘 낭군한테 주려고 오카테이의 오오후쿠 떡을 사러 왔는데, 다섯 개라도 좋으니 좀 양보해 줄 수 없느냐고요. 그런데 그 하녀, 이건 주인 마님 분부로 사러 왔기 때문에 곤란합니다, 하는데 얼마나 밉살맞던지! 입을 요렇게 삐죽거리더라고요."

고약하게 생긴 횻토코 가면<sub>눈코입이 비뚤어지고 못나게 생긴 익살맞은 가면</sub> 같은 표정을 지어 보인다. 유미노스케는 웃기보다 기가 막혀 했다.

"교바시에 있는 이세히로라는 담배 가게 하녀래요. 담배 파는 이세히로 말예요. 잊지 마세요. 혹시 그 가게에서 무슨 일이 생기면 납작코를 만들어 줘요. 혼자서 스무 개나 먹는 안주인이라니, 보나마나 변변치 못한 가게일 게 뻔해요."

맹랑한 말을 한다. 음식에 얽힌 원한은 골수에 미친다. 나를 주고 싶은 게 아니라 자기가 간절하게 먹고 싶었던 모양이다.

아내는 하고 싶은 말을 다 쏟아냈는지 금세 평온을 찾았다. 곧 개운한 눈빛이 되었다.

"근데 두 사람이 무슨 중요한 이야기라도 하고 있었나요? 고헤이지는 어디 있지? 차라도 내놓지 않고."

"아니, 뭐, 중요한 이야기라면 중요한—."

그렇게 말하다가 생각이 났다. 그래, 담배다.

"유미노스케, 너, 담배에 대해서도 뭐라고 말하지 않았니?"

아내가 끼어든다.

"어머, 유미노스케, 담배는 아직 안 돼!"

"제가 핀다는 말은 아니니까 안심하세요, 이모."

유미노스케가 애교 있게 넘기고는 헤이시로에게 얼굴을 돌린다.

"예, 정확하게는 담배가 아니라 아오이 씨의 방에서 풍기던 좋은 향의 정체에 대해서 추측했죠. 그게 담배라고 생각할 수도 있다고요."

헤이시로가 급하게 말을 막았다.

"자세한 얘기는 됐다. 그게 말이다, 소이치로가 담배에 해박하더라."

소에몬은 담배를 전혀 피우지 않지만 소이치로는 애연가라고 한다. 그걸 알게 된 까닭은 어제 한밤중이 되도록 이야기를 하는 동안 그가 자꾸 안절부절못할 때가 있었기 때문인데, 헤이시로가 의아하게 쳐다보자 참으로 송구하다는 얼굴로 말했다.

— 살담배를 잠깐 피워도 괜찮을는지요.

헤이시로는 웃으며 염려할 필요 없으니 얼마든지 피우라고 말해주었다. 소이치로는 연장자나 무사 앞에서 담뱃대를 꺼내는 것은 예의가 아니므로 내내 참고 있었다고 했다.

"아버지에게 그렇게 배웠다더군. 더구나 미나토 상회에서는 담배 피우는 사람이 소이치로뿐이라 딱하게도 늘 숨어서 피웠다더라. 다만 덕분에 은밀한 취미가 되어서 담배에 대해 많이 알게 된 모양이야."

그래서 헤이시로가 물어보았다. 여자들이 기모노 소매에 숨기는 향낭처럼 좋은 향이 남는 담배도 있느냐고.

"있다고 하더라."

사실 에도에서는 귀한 물건이다. 나가사키에서 오사카를 거쳐 드물게 들어오는 담배가 있다. 원래는 해외에서 건너온 물건이며, 담배라기보다 향에 가깝고, 그래서 결코 맛이 좋다고는 할 수 없지만 향이 강해서 여자들이 좋아한다고 한다.

"역시 있었군요."

유미노스케는 눈을 동그랗게 떴다.

"아오이 씨도 담배를 피웠다고 했죠? 그렇다면—."

"그거다."

헤이시로는 무릎을 탁 쳤다.

"미나토야는 해외에서 들어온 물건이 많은 집이야. 때에 따라서는 방 하나가 가득 찰 정도로 온갖 물건들이 매일 들어온다는구나. 그 중에 마침 담배가 섞여 있었겠고. 미나토야가 담배를 피우지 않는다는 것을 모르는 자가 선물했을 테지. 소이치로가 보기에 진기한 것도 있고 값비싼 것도 있다고 하더라.”

집 안에서 유일하게 담배를 좋아하는 소이치로다. 좋은 담배라니 꼭 피우고 싶다. 하지만 아버지가 싫어하는 담배를 몰래 피우는 처지인지라 차마 달라고 말하지도 못한다.

“안 그래도 위축된 처지니까.”

잠자코 있는 사이 해외에서 들어온 담배가 어디로 가 버린다.

“버리나요?”

“설마 버리기야 하겠느냐. 다시 다른 곳에 선물하는지도 모르고 찾아온 손님에게 줘 버리는지도 모르지. 다만,”

가끔 소에몬은 그런 담배들 중에서 특히 진기한 것, 포장이 아름다운 것을 몇 개 골라서 어디로 가져가곤 한다. 분명히 그런 적이 있었다고 했다.

— 아마 숨겨 놓은 여자들 가운데 누구에게 주려는 모양이라고는 생각했지만, 아오이 님이 담배를 좋아했다면 혹시 아오이 님에게 주려고 가져가신 게 아닐까요?

‘아오이 님’이라고 하는 소이치로의 말투는 서툴게 맞춰 놓은 접목처럼 어색했지만 추측은 예리했다. 게다가 자기가 갖고 싶었지만 차마 손도 대지 못하던 담배를 무서운 아버지가 주머니에 넣고 나가는 모습을 보았던 탓에 그의 기억은 선명했다.

— 향 같은 그윽한 냄새가 나는 담배라면 제일 먼저 떠오르는 것이 ‘연지훈連枝薰’인데, 아까 말씀드렸다시피 해외에서 들어온 담배입니다. 종이 꾸러미나 봉지가 아니라 손바닥에 들어올 만큼 작고 납작한 종이 상자에 담겨 있고 상자 위에는 천녀 그림이 그려져 있습

니다.

올 여름, 여름이라고 해 봐야 바야흐로 귀뚜라미가 울 즈음이었는데, 미나토야 소에몬이 그걸 들고 나가는 모습을 보았다고 한다.

― 귀한 물건이군요. 어느 분이 찾으시던가요?

그렇게 물어본 적이 있어서 분명히 기억한다고 했다.

"소에몬은 누구한테 선물할 거라고 무뚝뚝하게 말했다더군."

소에몬은 그 연지훈을 아오이에게 주지 않았을까? 아오이는 그것을 곁에 두고 있었다. 살해될 때도 방 안에 있었다. 담배장 속에. 감기 기운이 있어서 담배를 삼가고 있던 아오이는 그 담배를 손님에게 내주며 권했다. 손님은 귀한 담배에 호기심을 느끼고 담뱃대를 꺼냈다―.

그래서 냄새가 남아 있었다. 물론 그 냄새를 남긴 손님이 범인이다. 아마도. 보나마나. 십중팔구는.

그때 헤이시로는 갑자기 떠밀려서 다다미 위로 쓰러졌다.

"여보!"

아내 짓이다. 비명을 지르고 있다. 헤이시로도 깜짝 놀라 일어났지만 입이 떨어지지 않는다.

유미노스케가 앉은 채 눈이 뒤집혀 흰자위를 드러내고 있었다.

"유미노스케, 유미노스케! 왜 그래! 정신 차려! 갑자기 왜 이러니!"

아내가 유미노스케를 안고 마구 흔들며 소리쳤다. 헤이시로는 두 사람에게 엉금엉금 기어가 아내 품에서 유미노스케를 구해 주었다. 그냥 놔두다가는 골병이 들지도 모른다.

"얘야, 유미노스케!"

눈동자가 빙글 돌아와 다시 정상이 되었다.

"아, 이모부."

숨을 헐떡이고 있다.

"어, 왜 그러냐!"

"그렇게 중요한 이야기는 진작 말씀해 주셨어야죠!"

그렇게 말하더니 퉁겨 오르는 공처럼 발딱 일어선다.

"제가 엉뚱한 데를 찾고 있었어요. 수법이 아니라 냄새가 문제였어요. 그래요. 바로 그걸 찾아야 했던 거예요!"

헤이시로는 아내와 나란히 입을 멍하니 벌리고 있다.

"너, 괜찮으냐?"

"유미노스케, 열 나는 거 아니니?"

유미노스케는 요염하게 미소를 지었다.

"괜찮아요."

언제, 어디 사는 누구한테 이런 웃음을 배웠을까. 이발사 아사지로가 보았다면 대번에 폭 빠져서 발을 헛디딜지도 모른다.

"짱구한테 다녀올게요. 이번에야말로 확실한 단서를 찾아서 보여드릴게요, 이모부."

몸을 오른쪽으로 홱 돌린다. 밖으로 나가나 싶더니 다시 빙글 돌아서 이쪽을 보았다.

"이모부, 부탁이 있어요. 오로쿠 씨든 규베 씨든 상관없으니까, 아오이 씨가 남긴 물품을 정리한 사람을 찾아서 담배장 속에 어떤 담배가 들어 있었는지 다시 한 번 조사해 주시겠어요?"

“어, 어어. 그거야 쉬운 일이지. 그 연지훈이란 것이 들어 있었는지 확인하면 되는 거냐?”

유미노스케가 씩씩한 표정을 짓는다.

“아뇨, 그 반대예요. 연지훈은 없었을 거예요. 범인이 가져갔을 테니까요.”

똑 부러지게 단언하더니 후다닥 뛰어서 방을 나가 버린다. 도중에 맞닥뜨렸는지 고헤이지의, 우헤! 안녕히 가세요, 도련님, 하는 소리가 들려왔다.


16


이즈쓰 헤이시로는 대체로 책사하고는 거리가 먼 인물이다. 이것은 이리하고 저것은 저리 움직여서 여차저차 처리하자─ 라는 식의 사고는 이 사람 머리에 떠오른 적이 없다.

다만 시간이 남아 몽상을 하는 일은 있다.

유미노스케가 바람처럼 사라지고, 소년의 머릿속에서 뭔가가 번뜩여서 그 번뜩임을 좇아 뭔가를 찾아내서 가져오기를 기다리는 수밖에 없게 된 지금, 헤이시로는 이것저것 생각하고 있다. 매일 정해진 근무가 변함없이 기다리고 있지만, 이것도 애초에 시간 때우기보다 조금 나은 정도의 일이므로─라고 톡 까놓고 말해 버리면 야박하다 하겠지만─머리는 늘 비어 있다.

지금도 그런 상태로 멍하니 몽상하고 있다.

오하쓰를 미끼로 삼으면 범인을 감쪽같이 잡을 수 있겠는걸, 하면서.

오하쓰에 관한 유미노스케의 추측이 맞다면 아오이를 죽인 범인은 오하쓰가 언제 입을 열지 몰라 전전긍긍하며 지켜보고 있을 것이다. 그렇기 때문에 오하쓰를 지켜줘야 하지만, 상황을 거꾸로 이용하여 오하쓰를 미끼로 내놓으면 범인은 이때다 하며 달려들지 않겠는가.

헤이시로가 그 생각을 떠올린 것은 유미노스케가 뜀박질로 사라지고 사흘 뒤 아침 밥상을 받을 때였다.

왜 이렇게 느릴까. 처음에 냉큼 떠올렸으면 좋았을 것을.

꼭 그래서는 아니지만, 밥을 다 먹고 차를 마실 즈음에는 그 생각을 접은 상태였다.

무엇보다 비열한 수법이기 때문이다. 오하쓰처럼 철없는 어린 것을 미끼로 삼다니, 분별 있는 어른이나 관리가 할 일이 못된다.

헤이시로는 오미네의 정부 신이치를 잡을 때 유미노스케의 사촌 오토요를 미끼로 삼은 경험이 있다. 하지만 그때는 사정이 달랐다. 오토요의 신변이 위태로워지지 않도록 단단히 준비했고 오토요가 해야 할 역할은 매우 좁은 범위로 제한되어 있었다. 기모노를 차려입고 등을 돌린 채 얌전히 앉아만 있으면 되었으니까.

그런데도 오토요는 마음에 상처를 입었다.

오하쓰의 경우는 훨씬 위험하다. 게다가 미끼로 삼는다 해도 과연 어떤 식으로 그물을 준비해야 할지가 떠오르지 않는다. 어떻게 보호해 줘야 할지도 모르겠다.

둔한 머리로 궁리하고 있느니 그냥 쉬는 게 낫겠다. 이쑤시개를 물고, 자, 그럼 순시하러 나가 볼까, 하고 고헤이지를 불렀다.

"무슨 일입니까, 나리?" 고헤이지가 물었다.

"아침부터 심상치 않은 얼굴이십니다."

싱거운 얼굴일 텐데?

"이봐, 고헤이지."

"예."

"나는 시간 때우는 일이라면 자신이 있는데 뭘 기다리고 앉아 있는 짓은 영 못해 먹겠구나."

고헤이지가 동그란 얼굴을 살짝 갸웃했다.

"그 두 가지에 무슨 차이가 있는데요?"


오토쿠네 찬 가게에 들러 보니 오늘도 성황이다. 매대 앞에는 오산이 서 있다. 오토쿠는 가마 위에 쇠망을 걸고 무슨 구이인지를 만드는 중이다. 더할 수 없이 심각한 표정을 짓고 있는 오토쿠 바로 옆에 오몬이 바싹 붙어 서서 오토쿠랑 꼭 닮은 표정을 짓고 있는 꼴이 꽤 우습다.

그런데 한 사람이 안 보인다. 히코이치다. 오산에게 물으니 "오늘은 이사와야에 갔어요" 하고 대답한다.

"드디어 주방을 짓기 시작해서 주방장 히코이치 씨가 입회해야 한다네요."

오, 나리, 하고 오토쿠가 그제야 이쪽을 쳐다본다.

"뭘 굽나?"

“붕장어예요.”

“그거 먹음직스럽네.”

“잘 안 되네요. 숯불에 기름이 너무 떨어져요.”

붉어진 양 팔을 허리에 받친다. 그러자 오몬도 얼른 똑같은 자세를 취한다.

“숯불에서 불길이 솟아서 속살이 익기 전에 껍질이 다 타 버리겠어요. 암만해도 히코이치 씨처럼 구워지질 않네요. 역시 실력이 달라요.”

“경험이야, 경험. 더 궁리해 봐, 오토쿠.”

너무들 바빠 보여서 그만 방해하기로 하고 건들건들 걷기 시작했다. 모퉁이까지 걸어갔을 때 뒤에서 누가 소매를 잡았다. 돌아보니 오산이다. 피부는 희지만 점이 많은 얼굴이 헤이시로를 가만히 올려다보고 있다.

“죄송해요, 나리.”

뒤쪽에 신경을 쓰는 눈치다. 오토쿠의 눈길을 저어한다는 것을 눈치 채고 헤이시로는 건물 뒤로 살짝 숨었다. 고헤이지의 재촉을 받고 오산도 가까이 왔다.

“그래, 무슨 일이냐?”

예, 저어, 그, 하고 잠시 주뼛거리던 오산이 작은 소리로 말했다.

“유미노스케 님은 오늘 안 오시나요?”

헤이시로는 웃었다.

“글쎄다. 그 아이에게 무슨 볼일이 있니? 전할 말이 있으면 나한테 해라.”

오산의 볼이 발그레해졌다.

"고맙다는 말을 하려고요."

"뭐가 고마워?"

"예. 저어, 얼마 전 유미노스케 님한테 선물을 받았어요. 다른 사람한테는 비밀로 하라시면서요. 유미노스케 님이 하도 급하신 것 같아서, 제가, 인사도 제대로 못해서요."

헤이시로는 얼른 감이 왔다. 그렇지, 그 녀석이 미안고가 어쩌고 저쩌고 했었지.

"그러냐? 그럼 그리 전하마. 네가 볼이 발그레해져서 무척 좋아하더라고."

발그레한 정도를 지나 오산의 볼은 주칠朱漆을 해 놓은 양 빨개졌다. 헤이시로는 그녀의 어깨를 톡 치고—뼈밖에 없던 오산이 이제는 제법 살이 붙었구나—가려고 했다. 그러자 오산이 다시 따라오려는 눈치다.

"저, 나리. 또 있는데요."

다시 뒤를 살피고 나서 목소리를 더욱 낮춘다.

"오늘 아침에 히코 씨에게 부탁을 받았거든요. 오늘 나리가 가게에 오면 히코이치가 나리를 만났으면 하는데 어디로 가면 만날 수 있을지 물어봐 달라고요."

예의 바른 히코이치는 아마도, 만나 뵈었으면 하오니 어디로 찾아뵈면 좋을지를 여쭈어봐 달라는 식으로 말했을 테지만, 뭐, 그거야 아무래도 좋다.

"그리고 저어, 아줌마한테는 비밀로 하라고 했어요."

오토쿠도 점원들에게 따돌림당하기 시작했군. 더구나 '아줌마'란
다.

"히코이치는 이사와야 공사 현장에 있겠지?"

"예."

"그럼 내가 당장 그리로 가야겠다. 고맙다, 오산."

오산이 뜀박질로 돌아갔다. 고헤이지가 혼잣말처럼 중얼거렸다.

"점은 여전하네요."

"아무리 미안고라도 바르자마자 듣기야 하겠느냐. 아, 아뿔싸."

"왜요?"

"이사와야의 위치를 묻지 않았구나."

고비키초 6초메라는 것은 알고 있다. 손님을 받는 요릿집이라고
하니 근처에 가서 물어보면 알 수 있겠지, 하고 편한 마음으로 갔다.

그러길 잘했다. 가 보니 누구에게 길을 물을 필요도 없었다. 오늘
은 북쪽에서 서늘한 바람이 불고 있다. 6초메로 접어들자 그 바람에
실려 대팻밥이 너울너울 날아온다. 날아오는 쪽을 짚어 가니 어렵지
않게 이사와야 공사 현장에 닿았다.

기초 위에 기둥이 총총히 서 있다. 벽도 거반 세워졌다. 아담한
건물이지만 내부 구조는 알뜰하다. 나무 냄새가 좋다.

대목大木큰 건축물을 잘 짓는 목수과 소목小木나무로 가구나 문구 등을 짜는 목수 들이 서서 일
하고 있는데 히코이치의 얼굴이 보이지 않는다. 누구한테 물어볼까
하던 차에 바로 오른편에 목재와 기와를 쌓아 둔 곳에서 한 남자가
불쑥 나타나, "핫초보리 나리십니까?" 하고 놀란 목소리를 냈다.

"무슨 일이신지요?"

“오, 이사와야 사람인가?”

“예.”

사내는 두 손을 좌우 무릎에 받치고 허리를 꺾었다. 하지만 눈은 조심스레 헤이시로를 살피고 있다. 나이는 히코이치보다 조금 많을까. 안색이 묘하게 거무티티하고 흰자위가 탁하다. 무슨 병이라도 있나, 하고 언뜻 생각했다.

“주방장 히코이치한테 볼일이 있어서 왔다. 오늘 여기 와 있다고 들었는데.”

“히코이치?”

이런 경우에 흔히 보게 되는 표정이지만, 반문하는 사내의 눈이 언짢은 인상으로 반짝였다. 헤이시로는 서둘러 말을 보탰다.

“무슨 공무로 보자는 게 아니다. 나는 히코이치랑 알고 지내는 사람이다. 아니, 히코이치한테 여러 모로 도움을 받고 있지.”

그러십니까, 하고 사내는 공순한 표정으로 다시 한 번 고개를 숙이고는 몸을 틀어 뒤쪽 공사 현장에다 대고 소리쳤다.

“어이, 히코이치. 손님이 오셨다. 핫초보리 나리께서 오셨다!”

턱없이 커다란 목소리다. 바쁘게 일하던 사람들이 일손을 멈추고 이쪽을 쳐다본다. 뭐? 무사 나리가? 무슨 일이지? 하는 표정들이다. 이래서는 히코이치가 나중에 곤란하겠다. 헤이시로는 말상에 헤벌쭉 웃음을 그려 붙이고, 호오, 대단한 공사로군, 쉽지 않은 공사겠어, 하고 한가로운 척했다.

자기를 부르는 소리를 듣고 총총히 선 기둥 사이로 히코이치가 나타났다. 헤이시로의 얼굴을 보더니 크게 놀라는 모습이다.

"어, 나리!"

"그래, 바쁜데 미안하다. 허, 이거 정말이지 훌륭한 가게가 되겠구나."

네, 감사합니다요, 하고 히코이치가 웃어 보였다. 그 웃음과 헤이시로의 한가로운 말상에서 공히 친밀감을 읽었는지 목수들의 긴장한 표정도 풀어졌다.

"허, 대단하군, 역시 히코이치라니까."

방금 전 그 사내가 히코이치에게 말했다. 내용과는 딴판으로 비딱한 말투다.

"우리가 모르는 사이 핫초보리 나리하고도 아는 사이가 되다니. 재주가 비상하군. 이거 몰라봐서 미안합니다."

누가 봐도 알 수 있는 이기죽거리는 소리다. 히코이치는 입가에 희미한 미소를 지으며 그 말을 무시했다.

"나리, 이쪽은 제 선배이자 이사와야의 조리사인 하나이치 형님입니다. 잘 봐주십시오."

"하나이치라고 합니다요" 하고 인사한 사내의 눈에 이번에는 노여움이 비친다.

"하지만 나리, 저는 형님이랄 것도 없는 놈입니다요. 이놈은 그저 쌔빠지게 허드렛일이나 하고 있습죠. 요리 실력은 히코이치 씨의 발치에도 못 미칩니다요."

아까 그 비아냥거림은, 양념 국물에 비유하자면 그래도 한 번은 체에 거른 것이었지만 이번 것은 고아낸 국물을 체에 거르지도 않고 그냥 끼얹은 격이다. 탁하다. 맛이 씁쓰레해서 헤이시로는 삼키지 않기로 했다.

"오산한테 듣고 왔다. 바쁜데 미안하군."

"아뇨, 천만에요. 제가 할 일은 얼추 마쳤습니다. 하지만 나리를 이리로 오시게 만들다니, 오산이란 아이가 주변머리가 없군요."

아니, 괜찮다, 하고 헤이시로는 손을 내둘렀다.

"그럼 어디 가서 감주나 마실까?"

그런 대화가 오가는 동안에도 하나이치는 뱀 같은 눈초리로 이쪽을 훔쳐보고 있다. 헤이시로는 전혀 개의치 않는 척하며, 일하는 데 방해만 했군, 하고 더욱 친근한 인사를 남긴 후에 히코이치를 데리고 자리를 떴다.

물론 정해 둔 감주 가게가 있는 것은 아니다. 헤이시로는 건들거리면서도 서둘러 반 정<sub>약 오십오 미터</sub> 정도를 걸었다. 곧 메밀국숫집이 보였지만 공교롭게도 포럼이 치워져 있다. 고헤이지가 문을 드르륵 열고 사람을 부르더니 곧 빈 나무통을 빌려서 밖으로 나왔다. 가게 바로 앞에 앉기도 뭣해서 옆으로 돌아가 격자창 밑에다 나무통을 놓고 헤이시로가 앉았다. 고헤이지가 다시 사라지더니 이번에는 메밀국숫집 안주인으로 보이는 여자와 함께 물 잔 두 개를 얹은 쟁반을 들고 돌아왔다.

"자, 드세요, 나리. 공무 보시느라 노고가 많으십니다."

헤이시로는 반갑게 잔을 들었다. 메밀차다. 고헤이지는 이런 상황에 익숙하다.

"그럼 저는 먼저 가 보겠습니다" 하고 냉큼 가 버렸다.

"아 하면 어 하는군요."

히코이치가 감탄한다.

"자네랑 오토쿠도 그렇잖나."

헤이시로가 놀렸다.

"붕장어 굽느라 애를 먹고 있더군."

"아, 예."

히코이치의 표정이 풀어졌다.

"덕분에 요즘 매일 붕장어 덮밥입니다. 배부른 소리입니다만 이젠 조금 느끼하군요."

부럽군.

"먼지는 조금 날리지만 내밀한 얘기를 나누기에는 이런 데가 오히려 좋지. 그래, 무슨 일인가?"

물 잔을 입가에 댄 채 히코이치는 잠깐 말이 없다.

"오미네 건인가? 찾았나?"

히코이치는 고개를 끄덕였다.

"나리께서 가와사키에 가시던 날, 해가 막 저물 무렵이었나요, 마사고로 씨가 사람을 보내서 기별을 했습니다."

그날은 오미네가 어디 있는지 알아냈다는 소식뿐이었고, 그 이튿날 히코이치는 마사고로와 함께 둘이서 오미네가 있다는 곳으로 찾아갔다.

"오토쿠한테는 비밀이었나?"

"예. 알리더라도 일단 오미네 씨의 상황을 확인한 연후에 알리자 했지요."

히코이치는 목울대를 꿀꺽 움직였다.

“아직 오토쿠 씨한테는 이야기하지 않았습니다.”

그럴 것 같았다.

마사고로의 이야기로는, 전남편 센키치가 오미네가 의지할 만한 남자들을 가르쳐 주었으므로 찾아내기는 어렵지 않았다고 한다.

“오미네 씨는 예전 단골손님 집에 신세를 지고 있습니다.”

“단골손님이라면 가도야 식당 말인가?”

“예. 그 단골손님도 처음 단서를 준 손님과 마찬가지로 이사와야에도 자주 오던 단골손님인데, 이미 은퇴한 상점 주인입니다.”

세상이 좁다기보다는, 불꽃놀이 배에 음식을 배달시키거나 조리사를 불러다 즐길 만큼 여유 있는 사람은 에도가 제아무리 넓다 해도 역시 그리 많지 않기 때문이리라. 그런 호사를 부릴 수 있는 사람들은 맨 꼭대기에 올라선 한 줌밖에 안 되는 사람들뿐이다.

“그래서 마사고로 씨도 오토쿠 씨를 제쳐 두고 저에게 먼저 소식을 전한 겁니다.”

그 은퇴한 상점 주인이란 사람은 환갑이 지난 노인인데 돈이라면 아쉬운 게 없는지, 혹은 과거에 오미네에게 연심을 품었다가 이번에 이루게 되었는지, 지금 오미네는 새장 속에 갇힌 새이기는 해도 꽤 안락하게 지내고 있다고 한다.

“역시 낯이 두껍군.”

헤이시로는 탄식했다. 절반은 감탄이고 절반은 어이없음이다.

“사내들은 바보야. 늙은이가 돼도 바보야.”

저도 모르게 그렇게 말하고 말았다.

“하지만 그 노인도 행복하고 오미네도 행복하다면 이러쿵저러쿵

말할 필요도 없겠지."

노인 말로는, 오미네가 찾아온 것은 보름쯤 전이었다고 한다. 그야말로 꽁지 빠진 새 몰골로 찾아와서는 사흘이나 굶었다고 제 입으로 말한 모양이다.

"노인이 순순히 이야기해 주던가?"

"예. 실은 오미네 씨를 찾는 사람이 있다고 말하자 오미네를 데려가려는 줄 알았는지, 오미네는 좋아서 내 집에 있는 거다, 앞으로도 계속 나랑 살고 싶다고 했다며 얼굴이 붉으락푸르락해서 안절부절 못하기에 사정을 다 말해 주었습니다."

역시 바보로군. 말릴 방법이 없겠지.

"그러니 아마 저희가 찾아간 사실은 오미네 씨에게 말하지 않겠지요."

"그렇겠지. 혀가 뽑힌다 해도 오미네한테는 말하지 않을 거다. 아, 혀가 뽑히면 아예 말을 못하게 되나."

은퇴한 노인에게 의탁할 때 오미네는 정말로 무일푼이었던 모양이다. 찬 가게를 뛰쳐나갈 때는 상당한 돈을 다 들고 나갔을 텐데.

"어디다 썼을까."

역시 신이치를 구하기 위해서 헛돈을 썼을까?

"노인도 그것은 모르는 눈치였습니다."

헤이시로는 안도했다. 이제 오미네를 걱정할 필요는 없겠다.

헤이시로가 가장 우려했던 상황은 빈털터리가 된 오미네가 길거리나 여인숙에서 몸을 팔지 않을까 하는 것이었다. 혹은 금세 건강을 잃고 병에 걸려서 객사하게 생겼거나. 그런 이야기가 들리면 필시 오토쿠가 그냥 놔두지 않을 터이기 때문이다.

오미네가 돈 많은 노인의 첩이 되어 편하게 지내고 있다면 아무 걱정이 없다. 오미네도 이제는 고베 나가야로 돌아가 찬 가게를 운영할 마음이 요만큼도 없을 것이다. 조금이라도 그럴 마음이 있었다면 벌써 돌아왔겠지.

"그럼 오토쿠한테는 뭐라고 하지? 사실대로 말하고 이제 오미네 걱정은 하지 말라고 훈계할까. 아니면 찾아보았지만 안 보이더라고 할까. 나는 그래도 괜찮다고 생각하지만. 이제 오미네가 오토쿠 앞에 나타날 염려도 없으니까."

설사 나타난다고 해도 오미네가 어디에서 어떻게 사는지 분명해진 지금으로서는 얼마든지 대응할 방법이 있다. 오미네가 노인에게 빌붙어 유유하게 사는 동안 뒤에 남은 오산과 오몬을 보살핀 사람은 오토쿠다. 사람이 착하다 보니 외면하지 못하고 도와주었다. 욕심 때문에 도와준 게 아니다. 오토쿠의 마음을 아는 내가 관리의 영향력을 발휘해서 오미네를 적당히 다스려 줘도 좋겠지, 하고 헤이시로는 생각했다.

"오토쿠 씨한테는…… 예, 사실대로 말해도 좋다고 봅니다만."

히코이치의 태도가 어딘지 모호하다.

"그것으로 말끔해지겠군. 됐지 않느냐."

"하지만 오미네 씨를 그대로 놔두기도 찜찜해서,"

헤이시로는 눈을 크게 떴다. 히코이치는 한 손으로 물 잔을 꼭 쥐고 제 손톱을 내려다보았다. 그러다가 헛소리라도 하듯이 줄줄이 이야기를 늘어놓기 시작했다.

"그런 생활이 오미네 씨에게 행복할 리는 없겠지요. 그 사람은 음식 솜씨도 좋고 나이도 아직 젊어요. 그런 사람이 색이나 밝히는 늙은이 품에서 노리개가 되어—,"

"어이, 히코이치."

"물론 지금은 조금 어긋났는지 모르지만, 저는 맛난 것을 만드는 여자 중에 정말로 골수부터 비뚤어진 사람은 없다고 생각합니다."

"어이, 이봐, 히코이치."

"그 엉큼한 늙은이는 제 욕심만 차리면 그만이니까 오미네 씨가 행복하게 지낸다고 말했지만 그럴 리가 없지 않습니까, 나리. 왜냐하면 오미네 씨가 대낮부터 술병을 끼고 사니—."

"히코이치!"

헤이시로는 그의 눈앞에서 짝 하고 손뼉을 쳤다.

"정신 차려."

히코이치는 정말로 낮잠을 자다 깨어난 양 눈을 번쩍 뜨고는 꿈쩍거렸다. 헤이시로는 그에게 얼굴을 바짝 들이댔다.

"너, 오미네를 만났느냐?"

히코이치는 몸을 젖히며 물러섰다.

"아, 아뇨, 만난 적 없습니다."

"하지만 얼굴은 본 게로구나. 동태도 살펴보았지?"

"저어, 잠깐…… 담 너머로. 늙은이가 그것밖에 허락해 주질 않아서요."

오미네는 예쁜 여자다. 독을 감춘 꽃일수록 예쁘고 속에 부대끼는 과일일수록 달다고 했다.

"이 일을 마사고로한테 이야기했느냐?"

"아, 예."

"그러자 마사고로가 오토쿠에게 뭐든 말하기 전에 나부터 만나 보라고 했고?"

"예."

마사고로도 지금쯤 나처럼 어안이 벙벙해서 혀를 차고 있겠군.

독부가 있다는 말은 들어 봤지만, 정말 있었군. 오미네가 바로 독부다. 담 너머로 힐끗 보기만 한 히코이치에게 득달같이 들러붙은 것이다.

"치워라, 히코이치."

"하지만 나리."

"오미네가 풍족하게 살면서도 술에 취하지 않고는 못 견디는 이유는 색을 밝히는 노인네 품에 안기는 일이 괴로워서가 아니라 예전 남자를 잊지 못하기 때문이다. 정부란 놈이 또 터무니없이 못된 놈이다. 나랑 마사고로가 달려들어서 오랏줄에 묶었기 때문에 잘 알지. 골수부터 썩은 놈이야. 오미네는 그런 놈한테 미쳐서 제정신을 못 차리고 있는 거야."

그렇게 봐서 그런지 히코이치의 거무튀튀한 얼굴에서 핏기가 가셨다.

"그놈은 곧 목이 잘린다."

"그렇게 무거운 죄인입니까? 무슨 짓을 했게요?"

"사람을 죽였다. 여자를 등쳐서 돈을 우려내다가 거치적거린다 싶으면 차 버리거나 죽여 버리지. 그런 놈이야."

히코이치의 낯이 창백해졌다.

"그럼 오미네 씨도? 오미네 씨도 속았군요."

헤이시로는 속으로 하늘을 쳐다보았다. 아아, 내가 실수했구나. 사람을 죽였다고만 해 둘걸. 다 말해 버리니까 히코이치가 다시 오미네를 동정하지 않는가.

"하지만 오미네가 제 발로 걸어 들어간 함정이야."

"그놈이 꼬드겼겠지요. 그러다가 결국 이 지경까지 왔고."

히코이치가 동요한 탓에 손이 풀려서 물 잔이 발치로 떨어졌다. 모래땅에 메밀차가 스며들었다. 그는 잔을 주우려고도 하지 않는다. 눈의 초점이 흔들리고 있다.

"어떻게든…… 수를 내야겠어요. 아무라도 나서서 도와줘야죠."

"오미네를 도와주는 일이라면 그 호색한 늙은이한테 맡겨라. 네가 도와야 할 쪽은 오토쿠네 가게다. 네 입으로 오토쿠네 가게를 돕겠다고 했던 일을 잊었느냐?"

헤이시로의 목소리가 거칠어지자 지나가던 행상이 이쪽을 힐끔 쳐다보았다.

"오토쿠한테 찬 가게를 시작하라고 부추겨서 그렇게 결심하게 만든 사람도 너다. 그런 자가 이제는 오미네를 어떻게든 도와주고 싶다고? 네가 지금 농담을 하자는 거냐?"

히코이치의 아래턱이 희미하게 떨리고 있다.

"오른손에 오토쿠, 왼손에 오미네를 잡고 어쩔 생각이냐. 분명히 말해 두지만 찬 가게 주인 자리에 두 여자를 나란히 세울 수는 없다. 혹시 너, 오토쿠네 가게에서 손을 떼고 이사와야의 주방장으로 돌아갈 생각이냐? 그렇게라도 하지 않으면 오미네를 돌봐 줄 수 없을 것 같아서?"

헤이시로가 질타하자 행상으로 보이는 남자와 어디 심부름을 다녀오는 듯한 꼬마가 걸음을 멈추고 쳐다보았다. 헤이시로가 그쪽으로 고개를 돌리자 두 사람 모두 흠칫 놀라 다시 걷기 시작했다.

"저는, 그저."

히코이치는 고개를 깊이 떨구고 떨리는 목소리로 중얼거렸다.

"오미네 씨가 불쌍할 뿐입니다."

"아무리 불쌍해도 결국은 자업자득이다. 자기도 뻔히 알면서 그리로 가 버린 거야. 누가 억지로 떠민 게 아니란 말이다. 딱한 사람은 오미네가 아니라 오히려 너다. 쓸데없는 동정심일랑 얼른 씻어 버려."

주먹을 맥없이 쥐었다 폈다 하며 손바닥의 식은땀을 주무르다가 히코이치는 침울하게 말했다.

"하지만 나리, 오미네 씨를 그렇게 놔두면 그 늙은이도 금세 곤란해질 겁니다."

이건 또 무슨 말일까. 헤이시로는 눈만 끔쩍이고 있었다.

"그 노인에게는 자식도 손자도 있고 무엇보다 가게가 있습니다. 오미네 씨가 노인에게 들러붙어 있으면 가게 쪽에서도 말이 나오겠지요. 돈이 많이 드는 여자니까요."

헤이시로는 처음에는 기가 막히고 다음에는 화가 났는데, 지금은 다시 기가 막히는 쪽으로 돌아오고 말았다. 이 말은 또 무슨 소리냐.

"한 번 만나 본 호색한 노인의 체면과 재산까지 걱정해 주는 거냐? 오지랖도 넓지."

"그 노인은 이사와야의 단골입니다."

"하지만 너는 이사와야를 그만두겠다 하지 않았느냐?"

히코이치가 입을 다물어 버렸다. 고개를 숙이고 궁색한 인상을 풍기는 그의 얼굴을 노려보며 헤이시로는 대답을 기다렸다.

"살림을 차리고 제대로 살게 해 주면 오미네 씨는 다시 일어설 수 있습니다."

작은 목소리지만 설익은 밥알처럼 속에 딱딱한 것이 들어 있는 말투였다. 일류 요리사답지 않군.

"그래서 네가 그 여자한테 살림을 차려 주겠다고? 그럴 작정이냐?"

히코이치는 심호흡을 한 번 하고 나서,

"안 됩니까?"

하며 얼굴을 쓱 쳐들었다.

"그럼 오미네 씨도 다시 일어날 수 있고 저도 다시 일어설 수 있습니다."

헤이시로는 숨을 멈췄다. 다음 숨을 내쉴 때는 둘 가운데 하나다. 고함을 지르거나 한숨을 짓거나.

하지만 결국 웃어 버리고 말았다. 히코이치의 얼굴이 딱딱하게 굳었지만 웃음을 그치지 못했다.

"아하아."

실컷 웃고 난 다음 겨우 한숨을 지었다.

"하여간 사내들이란."

헤이시로는 겨드랑이에 손을 찌르고 등을 구부렸다. 바람이 휘잉 불어 지나가자 조금 추워졌다.

"이봐, 히코이치. 이건 내 지나친 억측일지도 모르겠다만, 뭐 하나 묻자."

이럴 때는 어떻게 물어야 할지 난감하군. 유미노스케가 곁에 있으면 좋으련만.

"너, 뭔가 있었지? 그러니까, 요즘 생긴 문제가 아니라 애초에 이사와야를 그만두려고 할 때부터 너, 뭔 일이 있었던 거 아니냐?"

옳지, 표적을 정곡으로 맞히지는 못해도 맥은 제대로 짚은 모양이군. 히코이치의 수척한 어깨가 오그라들 듯이 움찔했다.

"네가 오토쿠한테 그랬다며? 오랜 세월 경력을 쌓아서 훌륭한 요리사가 되어도 내 부모 형제는 이사와야 요리를 먹어 볼 수도 없다, 그런 요리만 만드는 데 넌더리가 난다고, 그래서 오토쿠네 조림 가게를 보고 부러웠다고."

깊이 경계하는 얼굴로 히코이치가 찬찬히 고개를 끄덕였다.

"오토쿠도 너의 그 심정은 이해한다. 하지만 그렇다고 해서 이사와야에서 쌓아 온 경력을 헛것으로 만들어 버리다니 바보나 할 짓이다, 언젠가는 틀림없이 후회한다면서 걱정하더군."

"그렇습니까……."

"하지만 네가 이사와야를 그만두고자 하는 이유는 그것만이 아니지 않느냐? 나는 아까부터 아무래도 그런 생각이 드는구나. 왜냐하면 너의― 뭐라고 해야 할까, 지금까지의 생활을 다 던져 버리고 싶다, 내가 갈 길을 바꾸고 싶다는 말은 아무리 생각해도 턱없이 성급

해 보이거든. 오미네랑 살림을 차리겠다는 엉뚱한 생각을 하는 것도 너를 고민하게 만드는 다른 이유가 있기 때문 아니냐?”

이번에는 정곡을 찌른 듯하다. 히코이치는 두 손을 꼭 쥐고 있다.

“너, 방금 전에 나도 다시 일어설 수 있다고 했지. 분명히 그렇게 말했다. 대체 무엇을 다시 시작한다는 소리냐? 내가 보기에는, 아니, 오토쿠도 그렇게 볼 테지만, 너는 다시 시작해야 할 만큼 큰 잘 못이 있어 보이지는 않는데 말이다.”

히코이치는 온몸을 잔뜩 긴장하고 있다. 헤이시로는 빈 물 잔을 손안에서 굴리며 잠자코 있었다.

“오토쿠 씨도 눈이 밝지만 나리도 대단하시군요.”

그렇게 입을 여는데, 목소리가 아까까지와 달랐다. 평소의 히코이치로 돌아가 있다.

“오토쿠 씨한테도 몇 차례 훈계를 들은 적이 있습니다.”

— 왜 그렇게 서둘러요, 히코 씨. 생판 타인인 나를 손해니 이득이니 따지지 않고 도와주는 것은 고마워요. 고맙긴 하지만, 정말 그렇게 해도 되겠어요? 꼭 나쁜 짓을 저지르고 쫓기는 사람 같아요. 지은 죄가 괴로우니까 우리한테 기를 쓰고 잘해 주어서 그것으로 어떻게든 용서를 받으려고 하는 사람 같다고요.

그래, 오토쿠는 역시 사람 보는 눈이 있다. 헤이시로가 하고 싶은 말도 바로 그거였다.

“아까 나리께서도 만나 보신 제 선배 하나이치 형님 말입니다만,”

“그래.”

“못마땅한 말투로 비아냥거리지 않았습니까?”

“그랬지.”

“예전에는 전혀 그런 사람이 아니었습니다. 제게는 믿음직한 형님이었고 성격도 좋고 솜씨도 뛰어나서 정말 나무랄 데 없는 조리시였습니다.”

“그렇게 성격이 비뚤어지다니 무슨 병에라도 걸린 탓이냐? 내 눈에는 꼭 병자처럼 보이던데.”

히코이치는 고개를 저었다.

“낯이 검은 것은 술 탓입니다. 원래 술을 좋아했지만 폭음을 하게 된 것은, 그래요, 한 일 년쯤 되었군요.”

“이사와야가 화재를 당한 탓인가?”

“아뇨.”

히코이치는 잠시 입을 다물고 있다가 말했다.

“제가 이사와야의 주방장이 되고 나서부터입니다.”

주방장은 요릿집에 단 한 명뿐이다. 조리사 중에서 제일 높은 사람이다.

“그래? 네가 선배를 앞지른 게로구나.”

고개를 끄덕이기도 괴로운지 히코이치는 얼굴을 찡그렸다.

“저를 주방장으로 올린 사람은 주인 나리와 마님이십니다. 싫다고 마다할 일이 아니었지만 저는 한사코 거절했습니다. 하나이치 형님을 제쳐 두고 제가 어떻게 윗자리에 앉을 수 있겠느냐고요. 하지만 나리와 마님은 실력으로 보나 손님들의 호의로 보나 네가 윗길이라며 들어주시지 않았습니다.”

그 뒤로 하나이치의 행실이 어긋났다는 말인가.

"그런 형님을 보고 있자니 저는 견디기 힘들어졌습니다."

히코이치의 목소리가 흔들린다.

"의젓했던 형님이 그렇게 비뚤어져서 못난 아이들처럼 몹쓸 시비나 붙고 술이 지나쳐서 음식 솜씨도 거칠어지고 보조로 일하는 아이들에게도 말발도 서지 않게 되었습니다. 손님들의 신용도 떨어지고요. 금세 무너지더군요."

도저히 보고 있을 수가 없었습니다— 하고 정말로 한 손으로 눈을 눌렀다.

그러던 차에 이사와야가 화재를 만났다. 주방 사람들도 한동안 흩어지게 되었다.

"이건 계시라고 생각했습니다. 저는 이사와야에서 물러나자고 마음먹었습니다. 하지만 지금까지 가르쳐 주신 주인 나리의 은혜가 있으므로 가게가 어려울 때 나 몰라라 도망칠 수는 없었지요. 그래서 가게 재건축이 끝나면 주인 나리와 마님께 엎드려 부탁할 생각이었습니다. 하나이치 형님을 주방장으로 앉히고 새로 장사를 시작해 주십시오, 하고 말입니다."

역시 히코이치는 도망치고 있었다. 이사와야에서. 하나이치에게서. 뜻하지 않게 형을 밀어내고 올라선 주방장이라는 자리에서.

"다만 조림 가게에서 오토쿠 씨한테 했던 말은 거짓이거나 아무렇게나 해 본 말이 아닙니다. 그런 생각은 주방장이 되기 전부터 내내 마음속에 있었습니다. 요릿집 조리사란 역시 몇몇 손님만을 위해서 일하는 자리입니다. 세상의 태반을 차지하는 사람들은 우리가 아무리 요리를 만들어 내도 인연이 없어요. 서글픈 일 아닌가, 하고 문득 문득 술에서 깨어난 듯 생각하곤 했지요."

"하지만 그 이유만으로 이사와야를 그만두려던 것은 아니겠지?"

히코이치가 눈을 감고 고개를 숙인다.

헤이시로는 어느새 입을 문어처럼 쑥 내밀고 있다. 그러고 보니 유미노스케가 종종 이런 얼굴을 한다. 옮았나?

후우, 하고 그 입 모양 그대로 숨을 토해 보았다.

"네 인생도 네 직업도 네 생활도 다 네가 정하는 거다."

헤이시로는 말했다.

"옆에서 누가 뭐라고 참견할 일이 아니지. 하지만 히코이치, 나는 역시 네가 착각하고 있다고 본다."

오토쿠라면 어떻게 말했을까. 그 점을 생각했다.

"너는 하나이치가 그렇게 된 것이 자기 탓이라고 여기고 있구나. 형님한테 미안한 짓을 했다고 생각하겠지."

"하지만 나리, 저는 형님한테 많은 은혜를 입었습니다."

"그건 그거고 이건 이거다. 선배가 후배를 돌보는 거야 당연한 일 아니냐."

헤이시로는 단호하게 말했다.

"그런 동생한테 뒤쳐졌다는 이유로 분해서 엇나갔다면 그건 스스로 굴러떨어진 거지. 성격이 망가진 것도 술에 의지하게 된 것도 스스로 원해서 그리한 거다. 네가 그렇게 만든 게 아니야."

"하지만 저만 주방장에서 물러나면—."

히코이치의 목소리가 높아졌다.

"무슨 일에서나 사람마다 솜씨에 차이가 생기는 것은 당연한 일이다. 설사 나이 어린 후배고 자기가 오랫동안 돌봐 준 동생이라도 자기를 추월할 수 있는 법이지. 그런데 하나이치는 나이도 들 만큼 든 사람이 일 년이 지나도록 그걸 모른다. 그게 누구 탓이겠느냐. 하나이치 본인 탓이지.”

무너진 자존심을, 분한 심정을, 억울함을 자기 내부에서 어떻게든 소화하고 앞으로 어떻게 풀어야 할지 생각하는 것은 하나이치만이 할 수 있는 일이다. 아무도 대신해 줄 수 없다. 히코이치가 대신해 줄 수는 더더욱 없다.

“너는 이걸 간과하고 있다. 하나이치는 하나이치고 너는 너야. 이사와야의 주인과 안주인은 그걸 안다. 그러니까 너를 선택했겠지. 주인과 안주인은 하나이치에게 조리사로서 그런 자세가 부족하다는 사실을 잘 아니까 주방장 자리에 올리지 않은 게 아니냐.”

그렇게 해서 하나이치를 단련시키려는 생각인지도 모른다고 헤이시로는 생각했다. 그렇다면 하나이치는 주인 내외의 그런 배려까지 배반하는 셈이다.

“오미네 일만 해도 그렇다.”

헤이시로는 내처 말했다.

“다시 말하지만 그 여자가 그리된 것은 자업자득이다. 하지만 너는 하나이치 일이 켕겨서 보는 눈이 흐려져 있어. 오미네 뒤로 하나이치의 얼굴이 어른거리는 게지. 그래서 제 발로 타락해서 나자빠진 여자를 어떻게든 도와주고 싶다는 심정을 품게 되었을 테고.”

하지만 조금은 안심했다, 하고 헤이시로는 빙글빙글 웃었다. 히코이치가 의아한 표정으로 그를 쳐다보았다.

“네가 오미네한테 빠져서 정신을 차리지 못하는 거라면 도저히 구제할 길이 없다고 생각했다. 하지만 그게 아니구나. 너는 오미네를 쳐다보았던 게 아니야. 네가 보았던 것은 네 자격지심뿐이다.”

“저의…… 자격지심.”

갑자기 바보가 된 듯 히코이치가 따라 말했다.

“자격지심입니까.”

“그럼. 달리 뭐가 있겠느냐.”

헤이시로는 허리를 구부려 히코이치의 발치에 나뒹구는 물 잔을 주워서 자기 잔과 함께 들고 나무통에서 일어섰다.

“하나이치는 결국 무너진 자존심을 어떻게든 제 힘으로 추스를 게다. 너는 또 너대로 자격지심을 어떻게든 해결해야겠고. 힘들겠지만 이를 악물고 노력해야 한다. 그것만은 아무도 도와줄 수 없으니까.”

그러고는 가려다가 걸음을 멈췄다. 갑자기 좋은 생각이 떠올랐기 때문이다.

“히코이치. 혹시 네가 혼자 살기 외로워서 살림을 차리고 싶다면 나에게 좋은 생각이 있다.”

문득 오로쿠를 떠올린 것이다.

“좋은 여자를 알고 있지. 기량이나 외모는 오미네보다 처지지만 대신 마음씨가 아주 곱고 부지런하다. 찬 만드는 솜씨도 괜찮고. 그래, 너하고라면 보기 좋은 내외가 될 것 같구나. 다만,”

헤이시로는 머리를 긁적였다.

“혹이 달렸다.”

“혹……이요?”

히코이치는 어느새 압도된 듯했다.

"혹이, 몇 개나요?"

"둘. 예쁜 딸들이다."

여자 혼자 자식을 둘이나 키우다니. 히코이치가 의협심을 발휘해 어떻게든 도와주려고 한다면 그야말로 알맞은 상대가 아닌가.

"마음 있으면 나한테 말해라. 언제라도 자리를 마련할 테니까."

그렇게 말해 두고 메밀국숫집에 물 잔을 돌려주러 갔다. 아까 보았던 안주인이 뛰어나와, 어머, 나리, 아까는 공무를 보시면서도 기분 좋게 웃으시던걸요, 하고 붙임성 있게 말한다. 헤이시로는, 그럼, 기분 좋지, 기분 좋고말고, 하면서 받아 주고 한길로 나섰다.

히코이치 쪽을 돌아보지 않고 걷기 시작했다. 고베 나가야로 향했다. 특별히 볼일은 없지만 오토쿠의 얼굴이 보고 싶어졌다.

그러나, 거기 당도하기 전에 다른 얼굴을 만나고 말았다.

달려온다. 데구르르 구르듯이 달려온다. 유미노스케다. 인형 같은 얼굴이 딱딱하게 굳어서 숨을 헐떡이며 달려온다.

"이모부, 이모부!"

몇 발자국을 마주 달려간 헤이시로의 몸에 양손을 앞으로 뻗은 채 부딪혀서 대롱 매달렸다.

"아아, 다행이네요, 여기서 만나서. 큰일 났어요."

핏기가 사라진 유미노스케는 헤이시로의 소매를 잡고 마구 흔들어 댄다.

"저랑 이모아라이 언덕으로 가세요. 당장요. 어서요."

"뭐냐, 무슨 일이야?"

보채는 유미노스케를 꽉 잡아서 다스렸다. 몸통은 움직임이 멎었지만 유미노스케의 머리는 여전히 덜컥덜컥 흔들리고 있다.

"오, 오, 오하쓰가."

"오하쓰가 어쨌게?"

"나티, 나티됐어요."

혀를 깨물 듯 허겁지겁 말하고, 아아, 아니지, 아니지, 하고 발을 동동 구른다.

"나치, 나치."

"납치되었습니다, 나리!"

다른 목소리가 다가왔다. 마사고로다. 역시 달려온다. 숨을 헐떡이지는 않지만 땀을 흘리고 있다.

"유미노스케 님이 참 빠르시네요."

"오하쓰가 납치돼?"

고함을 지르듯이 반문하는 헤이시로에게 마사고로가 고개를 끄덕여 보였다.

"호슌인에서 자취를 감췄습니다."

글공부하는 서당이다. 아직도 다니고 있었나?

"모쿠타로는 뭘 하고?"

"그 얘기는 나중에 해요, 이모부."

유미노스케가 깡충깡충 뛴다.

"오하쓰가 어디로 납치되었는지 제가 알아요. 예, 아마 틀림없이 거기예요!"

"그래?"

“예!”

유미노스케는 핏기가 사라졌을 뿐만 아니라 눈물까지 그렁대고 있다.

“누구 짓인지도 알아요. 그러니 이모부, 어서요. 어떻게든 구해야 해요.”

우물쭈물한 제 잘못이에요, 하면서 팽이처럼 뱅글뱅글 돈다. 이렇게 안절부절못하는 유미노스케는 처음 본다. 헤이시로는 다시 한 번, 이번에는 두 팔을 뻗어 꼭 껴안았다.

“제 아우들을 먼저 보내 두었습니다. 모쿠타로 씨와 함께 벌써 가 있을 겁니다.”

마사고로가 말했다.

“어디로?”

“아오이 씨가 살던 집이에요, 이모부. 거기 말고는 없어요. 그러니까 이모부, 어서요!”


17


흔들리는 가마 안에서 유미노스케를 무릎에 앉히고 이모아라이 언덕으로 서두른다. 사키치가 아오이를 죽인 범인으로 체포된 그날 밤을 그대로 반복하고 있는 듯하다. 눈앞이 어찔할 만큼 가슴이 뛰는데도 진상은 통 모르겠다는 점까지 비슷하다.

“제가 너무 덜렁댔어요. 멍청했어요. 오하쓰한테 무슨 일이 생기면 다 제 탓이에요. 너무 후회스러워서 죽고 싶을 정도예요.”

유미노스케는 울상을 짓고서 소매를 자근자근 깨물고 있다. 저러다가는 그쪽에 도착하기도 전에 다 해지고 말겠다. 헤이시로는 이 사이에서 소매를 빼내고 엄한 목소리로 명했다.

“그런 소리 할 틈이 있으면 나한테 설명이나 해 봐라. 너는 명석한 아이 아니냐. 나중에 부끄러워할 소리는 이제 그만하고.”

유미노스케는 순순히, 예, 하고 대답했다. 열심히 숨을 들였다 냈다 하며 가슴을 진정시키려고 한다.

“오하쓰가 호슌인에서 자취를 감추었다고? 분명한 사실이냐?”

“예, 틀림없어요.”

“여전히 서당에 다니고 있었던 게로군.”

“모쿠타로 씨가 늘 붙어 있었어요. 갈 때나 올 때는 물론이고 서당 안에서도요. 그래서 전혀 걱정하지 않았거든요.”

오늘은 글공부가 정오에 끝났다. 다만 오후 두시부터 하루카 선생이 여자애들만 따로 모아서 바느질을 가르친다고 한다. 전부터 종종 했던 수업으로, 오하쓰도 배우고 있었다. 그래서 모쿠타로는 일단 오하쓰를 집으로 데려갔다가 두시에 다시 호슌인으로 갔다.

“바느질 수업은 네시에 끝났대요.”

그때까지는 아무 일도 없었다. 모쿠타로는 오하쓰와 함께 걸레를 만들었다고 한다.

만추라 해가 짧다. 공기가 붉은 빛으로 희미하게 물들면 금방 해가 떨어진다. 모쿠타로는 오하쓰를 재촉해서 돌아가려고 했다. 그런데 오하쓰가 뒷간에 가고 싶다고 했다. 서당에는 뒷간이 없다. 절 본당 뒤에 있는 것을 사용하고 있었다. 모쿠타로는 오하쓰를 그리로 데려갔고, 오하쓰가 쑥스러워하기에 뒷간 앞을 떠나 본당 옆 통행로에서 기다리고 있었다.

그런데 기다려도 기다려도 오하쓰가 오지 않았다.

불안해진 모쿠타로가 뒷간으로 가 보았다. 오하쓰가 보이지 않았다. 당황해서 서당으로 달려가 보니 하루카 선생은 아직 남아서 뒷정리를 하고 있었다. 오하쓰는 거기에도 없었다.

"모쿠타로 씨는 나는 듯이 지신반으로 달려갔습니다."

매사 빈틈이 없는 마사고로는 모쿠타로가 오하쓰를 경호하기로 했을 때 그를 도우려고 자신의 수하 하나를 이모아라이 언덕 지신반에 파견해 두었다. 모쿠타로가 오하쓰에게 매달리다시피 하면 제 소임에 소홀해지게 된다. 그것을 보완해 주면서 동시에 혹시 무슨 일이 생기면 수하를 통해서 제일 먼저 마사고로에게 기별할 수 있도록 하려는 조치였다.

마사고로의 수하는 당황해서 쩔쩔매는 모쿠타로를 질타해서 오하쓰 수색을 시작하도록 하고 자신은 한걸음에 뛰어서 혼조로 왔다.

"그때 저도 마침 마사고로 씨 댁에 있었거든요."

유미노스케는 짱구와 함께 머리를 맞대고 궁리를 하던 참이었다고 한다.

"그 소식을 듣는 순간 무슨 일이 일어났는지 바로 알았어요. 그래서 마사고로 씨에게 부탁해서 수하를 아오이 씨 저택으로 보냈어요. 오하쓰는 반드시 거기로 끌려가 있을 테니까요."

가마가 흔들려 유미노스케가 옆으로 쓰러지려 하자 헤이시로가 단단히 받쳐 주었다.

"그렇다면 너는 이미 아오이가 죽은 사건의 진상을 알아냈단 말이
냐?"

유미노스케는 고개를 끄덕였다. 요동치는 가마를 따라 예쁘게 생
긴 머리통이 오르락내리락한다.

"다만 어떤 단계를 밟아서 범인을 밝혀내야 할지를 정하지 못하고
있었어요. 너무 어려웠거든요……. 왜냐면 머릿속에 있는 것은 추측
뿐이고 결정적인 증거가 없었으니까요."

유미노스케는 양손으로 눈을 누르며 신음 같은 소리를 냈다.

"그런 소극적인 태도가 잘못이었어요. 좀 더 빨리 손을 썼어야 했
어요. 오하쓰를 호슌인에 그만 다니게 했어야 옳았어요. 하지만 그
랬다가는 하루카 선생님한테 의심을 살까 봐."

"서당 선생한테?"

"예. 하루카 선생님도 신경이 예민해져 있을 테니까 조금이라도
평소와 다른 점이 있으면 눈치를 채고 어디로 도망쳐 버리지 않을까
걱정했거든요. 그래서 마지막 순간까지 아무것도 모르는 척 오하쓰
를 계속 호슌인에 다니게 하는 편이 낫겠다고 생각했어요. 모쿠타로
씨가 곁에 있으니까 괜찮을 거라고 믿었죠."

헤이시로는 잠시 동안 말없이 가마 위에서 흔들리고 있었다. 방금
귀로 들어온 이야기가 머릿속으로 스며들 때까지.

"유미노스케."

"예, 이모부."

"방금 그 말은, 그러니까 하루카 선생이 수상하다는 말처럼 들리

는데. 내가 잘못 들은 거냐?"

유미노스케는 몸을 흠칫 긴장시켰다.

"바로 들으셨어요, 이모부. 하루카 선생님이 범인이에요. 아오이 씨를 목 졸라 죽인 사람은 하루카 선생님이에요. 이모아라이 언덕의 집을 나서다가 오하쓰의 눈에 띄었고, 안절부절못하다가 오하쓰의 목을 조르며 위협한 사람도 하루카 선생님이고요. 지금 오하쓰를 끌고 가서 이번에야말로 입을 막아 버리려는 사람 역시 하루카 선생님이에요."

헤이시로는 대꾸할 말이 얼른 떠오르지 않았다.

유미노스케는 여전히 양손으로 얼굴을 가리고 있다.

"제가 그걸 깨달은 것은 사흘 전 이모부에게 연지훈이라는 담배 이야기를 듣고 지금까지 짱구와 함께 다니며 수집했던 예전 사건들을 샅샅이 훑어 보았을 때였어요. 정말로 확신한 것은 바로 어제였고요."

원한을 토로하기라도 하듯이 낮은 목소리로 빠르게 말한다.

"어제쯤 이모부와 마사고로 씨에게 다 말씀드리고 모쿠타로 씨에게 알리려고도 했어요. 하지만 아까도 말씀드렸다시피 제가 가지고 있는 것이라고는 추측뿐이었거든요. 제 말을 순순히 믿어 주실지 어떨지 확신할 수가 없었어요."

그래서 책략을 짜고 있었어요— 라고 말하는 유미노스케는 더없이 의기소침해 있었다. 그러느라 뒤로 미루고 말았던 거예요.

캐묻고 싶은 것이 많다. 하지만 헤이시로도 머릿속이 혼란했고, 더구나 으쌰으쌰 하는 구령과 함께 몸이 흔들리고 있어서 생각이 정리되질 않는다.

"죄송해요, 이모부."

유미노스케는 고개를 돌려 헤이시로의 얼굴을 보았다.

"앞뒤 순서를 맞추고 조리있게 말씀드리질 않아서 뭐가 뭔지 통 모르시겠죠?"

"음, 솔직하게 말하자면 네가 무슨 말을 하는지 통 모르겠다. 어째서 하루카 선생이 범인이라는 말이지?"

하지만, 하고 헤이시로는 유미노스케의 머리를 쓰다듬었다.

"나는 네 머리를 믿는다. 그러니 자신 없다는 소리는 하지 말고 네 생각을 차분하게 말해 봐라."

"예."

유미노스케는 다시 앞으로 고개를 돌렸다. 그러고는 가마 안에서 헤이시로의 무릎 위에 앉아 있는 불편한 자세긴 하지만 등을 최대한 곧게 폈다.

"저는 오래전부터 아오이 씨 살인 사건은 '지나가는 마'에 씐 자가 저지른 짓, 그러니까 우발적으로 일어난 사건이라 짐작하고 있었거든요."

"음, 그건 나도 알고 있지."

"너무나 불행한 우발 사태였죠. 그럼 어떤 사고였을까."

유미노스케는 그때 그 자리에서 어떤 우연이 있지는 않았을까 하고 생각했다.

"아오이 씨를 죽인 범인은 아오이 씨에게 원한을 품고 있지는 않았을 거예요. 그냥 그날 이모아라이 언덕의 그 집 그 방에 앉아 있던 아오이 씨— 범인이 될 사람과 마주 앉아 있었던 아오이 씨가 뭔가 범인의 마음을 자극하는 언동을 하지는 않았을까 싶었어요.”

“그 사람은 손님이었을까?”

헤이시로는 물었다.

“예. 오로쿠 씨가 바쁘게 일하고 있는 사이 집 앞이나 옆을 지나 가다가 잠깐 들러서 아오이 씨와 인사를 나누고 방으로 안내를 받은 손님이요. 아마 마당을 돌아서 툇마루를 통해 들어갔겠지요. 그 집 은 그렇게 안쪽 방까지 쉽게 들어갈 수 있는 구조로 되어 있어요.”

헤이시로도 알고 있다.

“아오이 씨와 그 사람은 환담을 나눴어요. 불쑥 들른 손님이었고 오래 앉아 있어야 할 용건도 없었으므로 아오이 씨는 굳이 오로쿠 씨를 부르지 않았지요.”

그러다가 일이 터졌다.

여기서 중요한 것이 수건이에요, 라고 말했다.

“아오이 씨는 감기로 목이 아파서 수건을 두르고 있었죠. 범인은 수건을 잡고 힘껏 당겨서 아오이 씨의 목을 졸랐어요. 이것도 우발 적인 행동이에요.”

그러나 이 수법이 유미노스케 눈에는 더없이 중대했다.

“그래서 짱구와 함께 과거에 비슷한 수법으로 일어난 살인이 없었 는지 열심히 찾아다녔던 거예요.”

헤이시로는 얼마 전 유미노스케가 여름에 일어난 초상화 부채 사 건을 몇 번이나 거론하는 것을 들었다. 그것도 과거 사건의 재현이 고 과거 수법의 재현이었다. 유미노스케는 거기서 배웠던 것이다.

"심한 말다툼 끝에 발끈해서 상대를 목 졸라 죽이고 만다. 상대가 목에 감고 있던 수건을 잡아당겨서 정신없이 일을 저질렀다."

유미노스케는 수건을 꽉 쥐고 당겨서 제 목을 조르는 시늉을 해 보였다.

"저는요, 이모부, 아주 초기부터 이번 사건은 초상화 부채 살인 사건처럼 과거 사건의 반복이 아닐까 추측하고 있었어요. 다만 초상화 부채 사건과 다른 점은 수법만 동일한 게 아니라 범인도 동일하다는 점이죠."

"그게…… 무슨 말이지?"

헤이시로의 머릿속에는 아직 아무것도 그려지지 않는다.

"아오이 씨를 죽인 사람, 그날의 손님은 필시 과거에도 사람을 죽인 적이 있음이 틀림없다고 짐작했어요. 흥분한 나머지 상대방의 목을 졸라 버린—."

그 죄를 아오이를 만났을 때도 반복했다는 말인가?

"그날 아오이 씨에게, 혹은 그 방에, 아오이 씨가 한 이야기에, 태도에, 혹은 입고 있는 기모노에 범인이 끔찍하게 두려워하는 과거의 죄악을 떠올리게 만드는 무언가가 있었어요. 그래서 범인은 혼란에 빠졌어요. 더구나 아오이 씨는 과거에 자기가 죽인 사람과 마찬가지로 목에 수건을 두르고 앉아 있었고요."

그것이 그날의 손님, 아오이를 죽인 범인에게 들러붙은 '지나가는 마'의 정체다.

"너는 어떻게 그런 생각을 하게 되었지? 더구나 처음부터?"

유미노스케는 고개를 살짝 갸웃했다. 소년이 머리를 움직이자 머리카락이 헤이시로의 턱을 간질였다.

"아오이 씨가 살해된 현장이 말끔했다는 것은 전에 말씀드렸죠?"

"음, 들었다."

"아오이 씨에게 살해당할 이유가 있었던 것은 아니에요. 범인을 살인으로까지 몰고 간 것은 그게 무엇이든 아오이 씨와는 관계가 없어요. 돈도 원한도 아니에요. 어디까지나 범인의 마음속에 있는 거예요. 그러므로 아오이 씨가 상대를 두려워할 이유는 전혀 없었죠. 살해당하는 순간까지 아오이 씨는 한 점의 불안도 의심도 없었고, 그래서 현장이 어지럽혀져 있지 않았던 거예요."

어지럽혀져 있던 것은 범인의 마음속이었다고 유미노스케는 단언했다. 그 사람 마음속에는 자기 혼자만의 지옥이 있었다고.

"그렇게까지 사람을 충동질해서 앞뒤 가리지 못하게 만든 것, 그것은 과거의 죄. 은폐되고 잊혔지만 그 일을 저지른 본인은 평생 떨칠 수도 없는 무거운 죄. 저는 그렇게밖에 생각할 수 없었어요."

실제로 탐문을 시작하고 보니 말다툼 끝에 발끈해서 가족이나 배우자처럼 가까운 사람을 해치고 만 살인 사건은 생각보다 많았다.

"그런 사례들을 새삼스레 이모부께 말씀드려 봤자 부처님에게 설법하는 격이겠지만, 그런 사건이 일어나면 대개 관의 개입을 회피하고 은폐하게 마련이죠?"

"그래. 범인이 재판에 끌려나오는 일은 거의 없지. 가족들이 감싸주니까."

"그런 연유로 이번 사건의 범인에게도 그런 비밀이 있으리라고 짐작했어요. 죄를 저질렀지만 공개적으로 재판은 받지 않았죠. 그런 죄. 없었던 것으로 덮어 버린 죄 말이에요."

그러나 이미 저질러진 일이 완벽하게 지워질 수는 없다. 기억은 남는다. 죄책감도 남고 후회도 남는다.

"저는 그런 선례를 찾아보았어요. 반드시 있을 거라고 믿고서요."

유미노스케는 말을 이었다.

"분명 그럴 거라고 생각했어요. 그날 아오이 씨에게는 앞에 앉아 있던 손님으로 하여금 예전의 죄를 떠올리게 하는 무언가가 있었어요. 아오이 씨는 전혀 몰랐지만 그것 때문에 손님은 제풀에 이성을 잃고 이상해졌지요."

떠오른 기억이 무서웠고, 갑자기 혼란에 빠지는 제 모습을 상대방이 수상하게 여기고 대체 무슨 일이냐고 캐묻자 공포도 더했다.

"여기까지는 괜찮았어요. 하지만 이모부, 저는 목에 감은 수건을 이용했다는 수법에만 너무 매달렸어요. 가족끼리 다투다가 그런 수법으로 살해한 사례는 아무리 찾아도 나오지 않더라고요."

동생을 죽인 언니, 모친을 죽인 딸, 아내를 죽인 남편 등등 전례는 많았다고 한다. 하지만 피해자의 목에 둘러져 있던 수건을 사용해서 목을 조른 사례는 나오지 않았다.

"그래서 저는 수건이 아니라 아오이 씨가 별 생각 없이 뭐라고 말했거나 무슨 행동을 했고—물론 어떤 원한이 있어서는 아니고요—그것이 계기가 되었을지도 모른다고 생각을 고쳤어요. 하지만 그럴 경우 그 무언가를 알아낼 수가 없잖아요. 너무 막연하니까요."

그러던 차에 귀한 담배 연지훈이 나왔다.

"아, 그거다! 눈앞을 가린 안개가 가시는 기분이 들었어요."

미나토야가 아오이에게 준 연지훈. 아오이의 담배장에 들어 있었다. 아오이는 감기로 담배를 삼가고 있었지만 손님에게는 권했다. 손님은 기꺼이 담뱃대를 꺼냈다.

좀처럼 구경하기 힘든 담배의 진한 향이 방 안에 들어찬다—.

"그래서 담배를 조사해 보는 쪽으로 방향을 돌렸어요. 살인이 일어나던 방 안에 귀한 담배의 연기가 가득 차 있었다, 그런 과거 사건이 있었는지를 다시 탐문하고 다니면서 지금까지 수집한 사건들도 다시 훑어 보았고요."

마침내 찾을 수 있었다.

"십오 년 전 일입니다."

우시고메에 커다란 헌옷 가게가 있다. 가게 이름은 말씀드릴 수 없어요, 하고 유미노스케가 말했다.

"우시고메는 헌옷 가게가 많은 곳이지만, 그 가게는 그중에서도 연륜이 오래고 그냥 헌옷만이 아니라 무대 의상도 취급하는 관록 있는 가게라 재산이 많았대요."

그 집에 딸이 셋 있었다.

"의좋은 자매라면 좋았을 텐데 유감스럽게도 그렇지 못했답니다. 무슨 까닭인지 세 자매는 사이가 좋지 않았어요. 특히 둘째 딸이 나머지 두 자매와 마음이 맞지 않았죠. 더욱 나빴던 것은 세 자매의 모친과 둘째 딸도 사이가 좋지 않았다는 사실이에요. 무슨 일만 있으면 유독 둘째 딸만 심하게 혼내곤 했대요."

부모 자식 사이, 형제 자매 사이라도 무슨 까닭인지 마음이 맞지 않는 경우는 분명히 있다. 어느 한쪽이 나쁘다고 말하기는 어렵게 마련이지만, 피를 나눈 가까운 사람인만큼 일단 사이가 틀어지면 상처도 더 깊다.

"이느 닐 어니로 외출을 한다고 해서 모두들 몸단장을 하다가 세 자매 사이에 싸움이 일어났어요. 기모노 하나를 놓고 서로 자기가 입겠다고 다투었답니다. 여자들이란 옷을 놓고 다툴 때는 사람이 확 변하지요. 저도 그건 잘 알아요."

급기야 울고불고하는 대소동이 벌어졌고 하녀가 뜯어말려도 소용이 없었다. 그렇게 싸움이 험악해지는 와중에 맏딸과 셋째 딸이 손을 잡고 둘째 딸을 공격했다. 세 자매의 싸움은 평소에도 대개 그런 식으로 진행되었다고 한다.

"그래서 모친이 화를 내기 시작했고,"

유미노스케의 목소리가 어두워진다.

"그래도 세 자매를 똑같이 야단쳤더라면 좋았을 텐데,"

맏딸과 셋째 딸은 서로 입을 맞춰 둘째가 멋대로 떼를 써서 이렇게 되었다며 덮어씌운다. 둘째는 억울한 마음에 더욱 분노한다. 감정이 격해져서 함부로 말을 내뱉다 보니 결국 다른 이들의 눈에는 제일 못된 사람처럼 보인다.

"모친은 둘째 딸만 따로 방으로 데리고 들어가서 호되게 야단을 쳤다고 해요."

도대체가 너는 성격이 틀려 먹었어. 언제나 너 때문에 싸움이 일어나잖아. 언니한테 양보할 줄도 모르고 동생을 배려할 줄도 모르고, 왜 그렇게 네 욕심만 차리려고 드니!

둘째가 꾸중을 듣는 동안 맏딸과 셋째 딸은 기모노를 차려입고 나가 버렸다. 둘째가 혼자 덤터기를 쓰고 만 것이다.

그리고— 불행이 일어났다.

"일방적으로 야단을 맞자 더 이상 참지 못한 둘째 딸이 방 안에 놓인 화로에 올려져 있던 쇠주전자를 들고 모친에게 냅다 던져 버린 거예요."

주전자에는 물이 펄펄 끓고 있었다. 따라서 쇠주전자를 던졌다기보다 열탕을 끼얹었다고 해야 옳겠다. 혼자 덤터기를 쓴 둘째 딸에게는, 그때 그 자리에서 할 수 있던 가장 후련한 분풀이였는지도 모른다.

소름끼치는 비명 소리에 놀라서 달려온 사람들은 벌겋게 문드러진 얼굴을 쥐어뜯으며 바르작거리는 모친과 모락모락 피어오르는 김과 쓰러진 모친 옆에서 거칠게 숨을 쉬며 창백한 낯으로 주저앉아 있는 둘째 딸을 보았다.

"방 안에는 엄마가 둘째 딸을 꾸짖을 때 피우던 담배 냄새가 자옥하게 차 있었다고 해요."

매우 귀하고 냄새가 향처럼 그윽한 담배. 김과 뒤섞여 숨이 막힐 정도로 진한 냄새를 풍기고 있었다.

연지훈이었다. 세 자매의 모친은 해외에서 들어온 물건을 좋아하는 호사스러운 여자였다.

모친은 이틀간 심한 화상으로 인한 통증과 열에 몸부림치다가 죽고 말았다.

"이 사건은 세상에 알려지지 않았지만 너무나 비극적인 사건이라서 헌옷 가게 점원들은 다 알고 있었어요. 그들의 입을 막기 위해서라도 그 지역의 오캇피키가 나섰고, 그래서— 상세한 이야기가 남았던 거죠."

곧 아비지는 둘째 딸을 십에서 쫓아내고 연을 끊어 버렸다. 둘째 딸은 먼 친척집에 양녀로 들어간 듯한데, 그 후 어찌 되었는지는 아무도 모른다고 했다. 그 이야기를 들려준 오캇피키는, 무엇 때문에 알고 싶어 하는지는 모르지만 이 이야기는 다시 문제 삼으면 곤란해요, 도련님, 알겠죠? 하고 다짐을 놓았다고 한다.

"—그럼 그 헌옷 가게는 어떻게 되었지?"

헤이시로가 낮은 목소리로 물었다.

"지금도 있어요. 맏딸이 데릴사위를 맞아서요. 그래서 가게 이름을 말씀드릴 수 없는 거예요."

이야기를 들려준 오캇피키에 따르면 그 헌옷 가게에서는 지금도 담배가 금기라고 한다. 모친이 죽던 모습이 너무나 끔찍하고 비참했기 때문이다.

— 향 같은 담배 냄새에 고기 타는 냄새가 섞였는데, 지금도 그 냄새를 잊을 수가 없어요.

가마가 어디쯤 왔을까. 가마꾼들의 구령 소리는 변함없이 계속되고 있다.

"이모부."

"응?"

"둘째 딸 이름이 오하루랍니다."

"그렇지 않을까 짐작했다."

이제 남은 이야기는 본인에게 들으면 되겠구나. 그렇게 말하고 헤

이시로는 유미노스케의 볼을 가볍게 토닥여 주었다. 볼이 젖어 있
다. 유미노스케는 울고 있었다.


18


　이모아라이 언덕의 빈 저택 안에는 많은 등불이 흔들리고 있었다.
작은 촛대부터 등롱까지 다 그러모아서 어둠을 밝히고 있다. 이것도
사키치가 잡히던 그날 밤과 똑같은 풍경이다.
　헤이시로의 가마가 도착하자 어두운 마당을 가로질러 한 남자가
뛰어왔다. 흰 머리띠 하치스케 행수다.
　"이즈쓰 나리, 이게 대체 무슨 일입니까."
　뒤룩뒤룩 움직이는 눈동자가 당장이라도 쏟아질 것처럼 두 눈을
크게 뜨고 있다.
　"무슨 일이겠나. 아, 오하쓰는 여기 있나? 하루카 선생이 같이 있
겠지?"
　"같이 있죠?"
　유미노스케가 하치스케의 소매를 물어뜯을 듯한 기세로 튀어나오
는 바람에 하치스케 행수가 흠칫하며 물러섰다.
　"이, 있어요. 구석에 있는 방에. 원래는 하녀 방으로 쓰던 곳인데,
거기 벽장 안에 들어가 있습니다."
　모쿠타로가 벽장 앞에 진을 치고 앉아 간절하게 설득하는 중이라
고 한다.

"오하쓰는 무사한가요?"

유미노스케는 거품을 물 것 같은 얼굴이다.

"아직 울음소리가 들리니까……."

아아, 다행이다, 하고는 휘청하며 쓰러진다. 헤이시로가 놀라서 얼른 안아 주었다.

"서당 여선생이 왜 이런 짓을 하는 겁니까?"

"복잡한 사정이 있다. 부탁인데 여기는 우리에게 맡겨 주지 않겠나?"

"약속했으니까 그거야 상관없습니다만. 하지만 괜찮을까요? 그 여자가 칼을 들고 있다던데요. 나 참, 아이들에게 모범을 보여야 할 선생이 이게 무슨 짓입니까."

하치스케는 기분이 언짢아 보였지만, 자기들이 정보도 전해 듣지 못한 채 옆으로 밀려난 상황이 고까워서가 아니라 그저 오하쓰의 신변이 걱정되어 화를 내는 듯했다. 헤이시로는 왠지 안심이 되었다. 하치스케도 역시 오캇피키인 것이다.

"유미노스케, 정신 똑바로 차려. 안으로 가자."

휘청거리는 유미노스케의 등을 두드려 주는데 가마 하나가 또 도착했다. 발이 치워지고 짱구가 데구르르 굴러 나왔다. 이어서 마사고로가 내린다.

"늦었습니다. 오하쓰는요?"

"안에 있다!"

짱구가 아무 말 없이 뛰어와서 유미노스케의 손을 잡았다.

"자, 어서 들어가요."

허둥대던 유미노스케의 눈동자가 그제야 제자리를 잡는다. 그래, 하고 대답하더니 짱구의 손에 끌리다시피 안으로 뛰어 들어간다. 헤이시로도 신발을 신은 채 뒤를 따랐다.

헤이시로는 복도를 달려서 활짝 열린 방을 몇 칸이나 통과하며 유미노스케의 뒤통수에다 대고 물었다.

"얘야, 하루카 선생이 오하쓰를 여기로 데려왔다는 건 어떻게 알았니?"

"여기밖에 없으니까요!"

유미노스케는 달리면서 큰 소리로 대답했다.

"이 집이 시작이었어요. 하루카 선생은 이 집에서 아오이 씨를 해칠 때 십오 년 동안이나 몸속에 봉인해 두었던 귀신을 불러내고 말았어요."

달려가던 마사고로의 몸이 칸막이에 부딪혔다. 그 바람에 떨어져 나온 칸막이가 요란한 소리를 내며 넘어졌다.

"이 집에는 아이 잡아먹는 귀신이 아니라 하루카 선생의 귀신이 있었던 거예요."

유미노스케의 목소리는 또랑또랑한 정도를 넘어 면도날처럼 날카로웠다.

"그래서 하루카 선생은 사람을 죽이려면 여기로 올 수밖에 없어요. 다른 곳에서는 못해요."

하루카 선생의 귀신― 헌옷 가게 오하루의 귀신이다.

좁은 하녀 방에는 대략 예닐곱 명의 남자들이 모여 있었다. 헤이시로가 아는 얼굴도 있고 모르는 얼굴도 있다. 사내들 냄새가 후끈하다.

다다미 육 첩짜리 방 한쪽에 폭 한 칸짜리 벽장이 있다. 그 앞에 덩치 커다란 모쿠타로가 웅크리고 있다. 헤이시로 일행이 쿵쾅쿵쾅 발소리를 내며 뛰어오자 뒤를 돌아보는데, 그 얼굴이 눈물에 젖어 있다.

"고생이 많구나. 이 아이들을 지나가게 해 다오."

사내들이 길을 열어 준다. 유미노스케와 짱구가 앞장선다. 마사고로가 수하의 얼굴을 발견하자, 수하는 얼른 일어나 나와서 헤이시로에게 인사했다.

"저희가 여기로 달려와 보니 선생이 아이를 붙들고 부엌에 있었습니다."

"오하쓰가 끈 같은 것으로 묶여 있더냐?"

"아뇨, 선생이 손목을 잡고 있었습니다. 하루카 선생은 저희를 보고 자꾸 안으로 도망치다가 결국 저 안으로 들어가 버렸습니다."

"하루카 선생님, 하루카 선생님."

모쿠타로가 다시 벽장을 향해 말하기 시작했다. 울고 있는 탓에 목소리가 둔탁하다.

"제발 부탁합니다. 오하쓰를 데리고 나와 주세요. 이런 짓을 해서 어쩌시려고요. 선생님은 뭔가 고약한 것에 씐 겁니다. 그게 아니면 무슨 병에 걸렸거나요. 그러니까 아무도 선생님을 욕하지 않아요. 저희도 선생님을 잡아가려는 게 아니에요. 어떻게 그러겠습니까. 선생님은 오하쓰의 선생님입니다. 오하쓰에게 나쁜 짓을 하실 리가 없잖아요. 제 선생님이시기도 하니까 제 말을 들어주실 거죠?"

제발 나와 달라고 모쿠타로가 절하듯이 엎드려서 애원하고 있다.

짱구의 손을 꼭 쥐고 유미노스케가 뭐라고 중얼거린다. 헤이시로는 몸을 구부려 귀를 가까이 대고 그 말을 들으려 했다.

"그래, 여기로 데리고 왔지만 오하쓰를 금방 죽일 수는 없었던 거야."

유미노스케는 그렇게 말하고 있었다.

"하루카 선생님도 귀신과 싸우고 있어."

헤이시로는 단단히 닫힌 벽장으로 눈길을 돌렸다. 아이가 훌쩍이는 소리가 희미하게 새어 나오고 있다.

"이모부."

유미노스케가 창백한 얼굴로 헤이시로를 올려다보았다.

"모쿠타로 씨만 남고 다른 분들은 모두 방에서 나가 주시겠어요?"

헤이시로가 뭐라고 말할 새도 없이 마사고로가 낮고 단호한 목소리로 지시를 내리자 남자들이 밖으로 나갔다. 그가 헤이시로에게 가만히 속삭였다.

"만일을 대비해서 모든 출입구를 막아 두겠습니다."

"알았네."

유미노스케가 앞으로 걸어가 모쿠타로의 커다란 등에 살짝 손을 얹었다. 모쿠타로가 뒤를 돌아본다. 유미노스케는 그에게 고개를 끄덕여 보이고, 잠시 가만히 숨을 쉬다가 전혀 다른 사람이 된 양 차분하고 부드러운 목소리로 벽장을 향해 말하기 시작했다.

"호슌인의 하루카 선생님. 저는 모쿠타로 씨와 오하쓰의 친구입니다."

오하쓰의 훌쩍거리는 소리가 뚝 그쳤다.

"오하쓰가 걱정돼서 달려왔습니다. 선생님도 오하쓰도 어디 다친 데는 없나요?"

벽장에서는 아무 대답이 없다.

유미노스케는 다시 한 번 심호흡을 하고 나서 말했다.

"선생님과 오하쓰를 그곳으로 끌고 들어간 사람은 우시고메 헌옷 가게의 둘째 딸 오하루 님이죠."

벽장 속에서는 아무 기척이 없다. 뭔가 부스럭거리는 기척을 느낀 것은 헤이시로의 기분 탓일까, 소망 탓일까.

"하루카 선생님. 선생님이라면 오하루 님을 설득하실 수 있을 거예요. 이제 와서 오하쓰를 해쳐도, 혹은 저승 사람으로 만든다고 해도 아무 소용 없어요. 상황은 나쁜 쪽으로만 굴러갈 뿐입니다. 선생님이라면 그렇게 말씀하셔서 오하루 님을 설득하실 수 있겠죠?"

유미노스케의 목소리만이 불빛의 둥근 원 속을 가만가만 흘러간다. 바깥은 완전히 캄캄해졌다.

그때 갑자기 벽장 안에서 오하쓰가 소리 높여 울기 시작했다. 쿵 하고 안쪽에서 칸막이를 발로 차는 듯한 소리가 들린다. 모쿠타로가 벌떡 일어나고 헤이시로도 몸을 도사렸다.

벽장문이 와락 열렸다.

3척 정도 매끄럽게 열리고— 거기서 오하쓰가 구르듯이 나왔다. 그러더니 다시 벽장문이 쾅 닫혔다.

모쿠타로가 오하쓰를 낚아채듯이 안아 올렸다. 오하쓰는 목청껏 울며 손발을 마구 휘둘렀다. 눈을 찡그리고 입술을 일그러뜨리며 갈

라진 목소리로 울고 있다. 모쿠타로는 오하쓰를 안고 하녀 방에서
뛰어나갔다.

헤이시로가 벽장 앞으로 뛰어가 유미노스케 앞에 섰다.

"안 돼요, 이모부!"

"하지만—."

"지금 문을 열면 하루카 선생님이 죽어요."

유미노스케는 목소리를 높여 벽장에 대고 외쳤다.

"고맙습니다. 오하쓰는 무사히 나왔어요. 다 선생님 덕분입니다."

거의 칭송하는 듯한 말투다.

"선생님은 무사하신가요? 오하루 님이 선생님에게 고통을 주지는
않던가요?"

복도 저쪽에서 오하쓰가 요란하게 우는 소리가 들려온다. 그러나
이곳에 있는 헤이시로는 침묵에 목구멍이 꽉 막히는 것 같았다.

"그냥 내버려두세요."

벽장이 말했다. 여자 목소리다. 전혀 떨리지도 않고 갈라지지도
않은 목소리인데 다만 감이 아득히 멀다. 깊이가 반 칸도 안 되는 벽
장인데도 저 멀리서 들려오는 소리 같다.

"하루카 선생님?"

유미노스케가 부른다.

"그냥 내버려두라니까요!"

아까보다 강한 음성이다.

"저희는 선생님의 안전이 걱정돼요."

유미노스케의 목소리와 표정은 마치 하루카 선생이 정말로 도적

에게 인질로 잡혀 있어서 걱정하는 것처럼 참으로 절박하다.

"오하루 님은 선생님을 죽이려는 건가요?"

아까보나 널어졌지만 여전히 비명처럼 울어 대는 오하쓰의 목소리가 들려오는 쪽과 벽장을 번갈아 쳐다보느라 짱구의 고개가 바쁘게 도리질을 하고 있다.

"죽이면 그만이지요."

하루카— 오하루의 목소리가 그렇게 대답했다.

"저는 여기서 죽습니다. 죽게 놔두세요."

유미노스케가 예쁜 얼굴로 씽긋 웃었다. 뜻밖의 표정이라기보다 그 자리에 전혀 어울리지 않는 표정이었다. 여자들의 아랫도리에 힘을 빼 놓는, 마성이 깃든 웃음이다.

"아뇨, 저는 그럴 수 없어요. 반드시 선생님을 지켜내고 구해 드릴 거예요."

헤이시로는 그 순간 머리가 어찔했다. 유미노스케는 벽장에 틀어박힌 여자를 설득하고 있다.

"여기서 기다리고 있을 겁니다. 누가 더 끈질긴지 오하루 님과 내기를 하죠. 선생님을 위하는 마음이라면 오하루 님보다 제가 더 강해요. 절대로 지지 않아요."

그렇게 말하고는 그 자리에 단정하게 무릎을 꿇고 앉았다. 미소를 지은 채.

헤이시로는 더욱 어리둥절했다. 좋아하는 남녀가 사소한 일로 다퉜다. 화가 나서 눈물을 흘리던 여자가 벽장에 들어가 문을 잠그고 말았다. 남자가, 이걸 어쩌나, 하고 쓴웃음을 지으며 여자를 달래고 기분을 맞춰 주며 여자가 마지못한 척 나오기를 기다리고 있다. 화해하기 위해서.

꼭 그런 풍경이다.

문득 보니 유미노스케가 눈짓으로 헤이시로를 부른다. 엉금엉금 기다시피 그리로 다가가자 잘생긴 조카는 말상 이모부의 귓가에 입을 가까이 대고 속삭였다.

"부탁이 있어요, 이모부."

"뭐냐?"

헤이시로도 속삭여서 대답했다.

"미나토야 씨에게 지금 당장 환술사 무리를 쓰게 해 달라고 부탁해 주세요. 동트기 전까지 준비할 게 있어요."

뭐라?

"오로쿠 씨도 불러 주세요. 생전의 아오이 씨를 잘 아는 사람이 필요해요."

"하지만 너—."

"유미노스케 평생의 소원이에요. 여기서 하루카 선생을 놓치면 저는 그 악연 때문에 앞으로 살 수가 없을 거예요. 머리 깎고 출가해야 할지도 몰라요."

그래서는 이즈쓰 가의 대가 끊긴다.

"알겠다, 어떻게든 해 보마."

나중에 돌이켜 보니 그렇게 한심할 수가 없었지만, 그때 헤이시로는 술 취한 사람처럼 갈지자걸음으로 하녀 방을 나왔다. 눈앞이 빙글빙글 돌아 도저히 몸을 가눌 수가 없었다.

복도 모퉁이에서 기다리고 있던 마사고로가 어깨를 부축해 줘서 겨우 안정을 찾을 수 있었다. 유미노스케가 부탁한 내용을 들려주자 노련한 오킷피키도 역시 싵은 눈썹을 번쩍 치켜든다.

"도련님이 뭘 생각하시는 걸까요?"

"모르지. 하지만 평생의 소원이라니 못 들은 척할 수도 없고."

미나토야에게 부탁하는 거라면 헤이시로가 직접 가는 편이 빠르다. 오로쿠는 마사고로의 수하를 보내서 데리고 오게 하자. 그렇게 이야기하고 마당 쪽으로 나가 보니 마사고로가 아까 타고 온 가마를 돌려보내지 않고 대기시켜 두었다. 역시 빈틈이 없는 사람이다.

현관 오른쪽 작은 방에서 모쿠타로가 오하쓰를 안고 앉아 있었다. 헤이시로가 걸음을 멈췄다. 모쿠타로에게 달라붙어 있는 오하쓰를 향해 짱구가 손짓 발짓 섞어가며 뭐라고 말하고 있다.

"들어 봐요, 이내 몸은" 하면서 멋지게 튀어나온 이마를 오른손 손바닥으로 찰싹 때린다.

"전에도, 만난 적 있는, 이마가 튀어나온, 산타로라고 합니다요."

발을 바꿔 가며 깡충깡충 뛰면서 모쿠타로의 등 뒤로 돌더니 반대 쪽으로 얼굴을 쏙 내민다.

"오하쓰 님, 잘 봐 두셨나요?"

또 이마를 찰싹. 빙글 돌아 까꿍, 한다.

"얼씨구, 나오는구나, 짱구 이마로다. 요즘, 모두들 좋아하는, 행운의 이마로다. 오하쓰 님, 신나는, 춤을, 보세요."

아까까지 경기를 일으킨 듯 몸부림치던 오하쓰가 지금은 모쿠타로에게 가만히 안겨 있다. 거칠던 숨도 차분해지고 눈은 여전히 눈물로 빨갛지만 짱구의 우스꽝스런 춤에 완전히 정신이 팔려 있다.

"허이, 허이, 허이."

산타로는 빙글빙글 돌면서 익살맞은 춤을 추고는 한쪽 다리를 번쩍 들더니 한 손으로 앞이마를 찰싹 때리고 만면에 웃음을 지으며 마무리를 짓는다.

"이제, 괜찮아요."

그 말을 듣고 오하쓰가 훌쩍훌쩍 울기 시작했다. 방금 전과는 달리 힘이 빠진 모습이다. 안도감에 흘러나온 눈물이 볼을 적신다. 모쿠타로가 오하쓰를 꼭 안아 주며 같이 울고 있다. 아아, 다행이다, 다행이다. 오하쓰, 참 다행이구나.

"제법이군요" 하고 마사고로가 말했다.

"음, 기특하군."

헤이시로가 뛰어가 가마에 올라탔다.

그러나 소에몬은 미나토 상회에 없었다. 업무차 어제 에도를 떠난 참이라고 한다.

가게를 지키는 사람은 소이치로였다. 일전에는 폐가, 하며 인사를 하려는 것을 헤이시로가 사정없이 말허리를 잘랐다.

"자네, 부친한테 못 들었나? 부친이 평소 후원하던 환술사 무리에 대해서 말이야."

"환술사라고요?"

소이치로는 모르나 보다. 다 틀렸구나, 하고 생각하는데 젊은 나리의 눈가에 주름이 잡힌다.

"예, 아버지한테 들어서 알고 있습니다. 집을 비울 동안 혹시 이즈쓰 나리가 부탁하러 오실지 모르니까 그럴 때는 잘 가르쳐 드리라고 하셨습니다.”

다행이나! 헤이시로는 양손으로 소이치로의 손을 잡았다.

“당장 불러야겠네. 그 사람들이 꼭 필요해.”

손을 마구 흔들자 소이치로는 눈을 휘둥그레 뜨고 당황했지만 곧 침착한 얼굴로 대답했다.

“알겠습니다. 제가 데리고 달려가겠습니다. 이모아라이 언덕의 아오이 님이 살았다는 집이죠?”

“그래. 지신반에 들르면 위치를 잘 가르쳐 줄 거다.”

그렇게 부탁하고 헤이시로는 즉시 돌아섰다. 이렇게 급하게 가마를 타기는 처음인데, 이렇게 심하게 흔들리는 가마는 허리에 나쁠 테지만 지금은 허리를 걱정할 때가 아니다.

돌아가는 길에 문득 어떤 생각이 떠올랐다. 가마를 혼조 고베 나가야로 달리게 했다. 오토쿠의 가게 앞에 내려 문을 탕탕 두드렸다.

“누가 이렇게 시끄러워, 이 시간에.”

오토쿠가 빗장을 빼 들고 서 있다가, 어머, 나리, 하고 눈을 동그랗게 뜬다.

“오토쿠, 비상식을 부탁해!”

“예? 무슨 말씀이세요, 난데없이.”

“비상시에 먹는 밥 말이야. 부탁해. 주먹밥이라도 괜찮아. 되도록 많이 만들어서 히코이치 편에 보내 줘. 장소는—.”

밤길이니까 반드시 히코이치를 시켜야 해, 하고 다짐을 놓고 다시 가마를 탔다.

이모아라이 언덕으로 돌아가니 유미노스케는 여전히 하녀 방 벽
장 앞에 앉아 있다. 낭랑하게 소리를 높여 뭔가를 읊는 중이다.

"저 아이가 뭐 하는 거지?"

"논어입니다, 나리."

기둥 뒤에서 들여다보던 마사고로가 감탄한 건지 어이없어하는
건지, 그로서는 보기 드물게 흥분한 목소리로 일러 주었다.

"유미노스케 님이 논어를 외고 계십니다. 나는 이렇게 배웠는데
이 해석이 제대로 된 해석이냐, 선생의 의견을 들려달라, 하고 말입
니다."

간이 큰 것도 좋지만 저 정도라면 제정신인지 실성했는지 헷갈릴
지경이다. 유미노스케도 그만큼 필사적인 것이다.

"하루카가 대답을 하던가?"

"역시 대답하질 않네요. 하지만 살아는 있어요. 종종 작은 목소리
가 흘러나오고 움직이는 기척도 있으니까요."

날 그냥 내버려둬라, 죽게 내버려두라, 라고 말하는 것 같다.

"다만 아까 유미노스케 님에게, 당신처럼 나이 어린 사람이 이렇
게 늦게까지 이런 곳에 있으면 안 됩니다, 얼른 집으로 돌아가세요,
하고 말했습니다."

영락없는 서당 선생이다. 아니, 하루카는 선생이 맞지. 마사고로
의 눈가에 웃음이 묻어 있다.

"아무래도 유미노스케 님의 우세 같습니다. 귀신이 기를 못 펴고
있어요."

모쿠타로는 오하쓰를 데리고 집으로 돌아갔다. 흰 머리띠 하치스

케는 안절부절못하고 있다. 벽장을 와락 열어젖히고 선생을 끌어내면 될 일입니다. 들고 있는 비수는 재빨리 빼앗아 버리면 되잖습니까. 왜 이렇게 팔짱 끼고 보고만 계십니까?

"책략을 쓰려는 거다. 가만히 보고 있자."

말은 그렇게 했지만 헤이시로도 유미노스케의 속을 다 알지는 못한다. 환술사 무리를 불러다 무엇을 하겠다는 걸까?

"그런데 하치스케."

헤이시로는 중요한 사실 하나를 떠올렸다.

"하루카 선생에게 가족이 있었지?"

호슌인 신자회 대표로 일하는 집이 있다고 했다. 아마도 우시고메의 불행한 헌옷 가게의 먼 친척뻘로 오하루를 양녀로 받아 준 집이리라.

"하루카 선생이 저러고 있으니 조만간 그 집 사람들도 알게 될 게야. 먼저 손을 써 두지 않으면 곤란하겠다."

우리 귀한 양녀에게 뭘 하시는 겁니까? 하루카가 무슨 짓을 했다는 말씀이십니까? 하고 항의할 수도 있다.

"이 문제는 일단 사에키 나리에게 부탁드려야겠군. 자네가 심부름을 해 줘야겠네."

하치스케가 뚱한 얼굴을 한다.

"이렇게 황당한 상황을 어떻게 설명해야 합니까?"

"내가 편지를 써 주지."

헤이시로는 휴대용 소형 벼루를 꺼내서 급하게 휘갈겨 쓰기 시작했다.

"사에키 나리는 핫초보리에 살지 않는다는 소문도 있던데, 자네, 어디 거처하시는지 알고 있나?"

"예, 알긴 합니다만."

"부탁하네. 일 잘하는 오캇피키가 없다면 우리가 무슨 일을 할 수 있겠나."

하치스케가 나가자 그와 자리를 바꾸듯 오로쿠가 도착했다. 제 발로 걸어서 오기는 했지만 끌려온 거나 같은 심정이리라. 차분한 그녀도 뭐가 뭔지 알지 못하는지라 얼떨떨해하는 얼굴이다. 헤이시로는 오로쿠를 부엌으로 데려가 물을 끓이고 차를 타 달라고 재촉했다. 일단 평소 익숙한 일을 시키는 편이 좋겠지.

"곧 비상식이 올 거야. 그게 도착하면 할 일이 많아질 테니까 너도 도와다오."

반 각 정도 지났을까. 멀리 수레바퀴 소리가 들린다 싶더니 소이치로가 도착했다. 예상보다 꽤 빠르다. 제법 보탬이 되는 젊은 나리로군.

수레는 두 대인데, 체격이 훌륭한 장정이 끌고 있다. 차림새는 마치의 점원 같지만 머리가 까까머리에다 옷자락을 허리에 여민 다부진 모습이다. 웃지도 않고 붙임성 있는 말도 건넬 줄 모른다. 잠자코 고개를 숙이고 있다.

짐은 완전히 천으로 덮여 있어서 무엇이 실렸는지 알 수 없다. 하지만 아무래도 짐뿐만 아니라 그 밑에 사람도 숨어 있는 듯하다.

소이치로도 수레 곁에 올라타 있었다.

"나리, 여기에 세우면 되겠습니까?"

"오오, 고맙네, 고마워. 자넨 이제 돌아가도 되네."

헤이시로는 그가 내리도록 거든다기보다 끌어내리다시피 하며 말했다.

"자네들이 고생이 많다. 나는 핫초보리의 이즈쓰 헤이시로라는 사람이다. 미나토야 소에몬이 현명하게 손을 써 준 덕분에 자네들을 금방 이리로 데리고 올 수 있었다."

"저어, 나리."

소이치로가 소매를 잡는다. 헤이시로는 그를 돌아보며 말했다.

"자네 아직 거기 있었나? 마침 잘됐군. 유미노스케를 불러 주겠나? 안에 있네. 그런데 여기는 누가 두령이지?"


이즈쓰 헤이시로는 미나토야 소이치로와 나란히 앉아 있다.

하녀 방 옆에 있는 깜깜한 방이다. 다다미가 치워져 있어 그냥 마룻바닥이다. 게다가 먼지투성이다. 하녀 방과 이 방을 나누는 칸막이 틈새로 희미한 불빛이 새어 들고 있다. 빛 덕분에 코앞에 쳐든 제 손이 간신히 보인다.

"이 사람들한테 방해가 되지 않도록 가만히 앉아 계세요."

유미노스케가 말했다. 그래서 헤이시로는, 이제 돌아가도 된다고 내쳤던 소이치로와 함께 이번에는 자기가 이렇게 내쳐지고 말았다.

"나리."

소이치로가 소리를 죽여서 말한다.

"조카분은 환술사들을 불러다 무얼 하시려는 겁니까?"

헤이시로는 뚱한 얼굴로 겨드랑이에 손을 끼우고 있다.

이 방에 들어오기 전에는 부엌에 있었다. 히코이치가 도착하여 비상식을 먹었다. 헤이시로가 먼저 집어 들지 않으면 다들 먹지 않겠다고 했기 때문이다. 입맛이 당기지 않는다고 말했지만 막상 먹어 보니 맛이 좋아서 몇 개나 먹었다. 소이치로에게도 권하고 당장은 할 일이 없어서 기다리고 있는 사람들에게도 차례대로 먹게 했다.

그러고 나서 소이치로에게 상황을 들려주었다. 아오이가 살해된 사건의 진상을 소이치로는 얼른 믿지 못하는 눈치다.

환술사 무리가 도착하자 유미노스케는 즉시 나와서 잠시 동안 그들과 상의했다. 결국 헤이시로는 누가 두령인지 알 수 없었고 수석 배우의 얼굴도 보지 못했다. 모든 일을 유미노스케에게 맡길 수밖에 없었다.

"나도 모른다. 잠자코 보고 있으면 알게 되겠지."

뚱하니 그렇게 말했을 때 머리 위에서 부스스 먼지가 떨어져 내렸다. 소이치로와 함께 위를 올려다보니 천장 판자가 조금 어긋나 있고 그리로 가는 불빛이 새어 나온다.

"죄송합니다."

남자의 낮은 목소리였다. 도구 담당인가? 천장 위를 기어다니며 무슨 장치를 하고 있는 듯하다.

"나리, 거기 칸막이를 한 치쯤 살짝 열어 주시겠습니까?"

헤이시로보다 먼저 소이치로가 움직여서 칸막이를 열었다.

"예, 감사합니다요. 바람이 통하지 않으면 이 장치가 제 역할을 못하니까 죄송하지만 칸막이 앞을 막지 않도록 부탁드립니다요."

헤이시로는 소이치로와 얼굴을 마주 보고 서로가 앉아 있는 자리에서 조금씩 비켰다.

하녀 방에서는 유미노스케가 여전히 칸막이를 상대로 이야기를 늘어놓고 있다. 이번에는 『대일본사』인지 뭔지를 논하는 중이다.

"환술사들이 도착했다고 제가 알리러 갔더니 조카분이 벽장을 향해, 선생님, 배가 고프네요, 야식 좀 먹고 오고 싶은데 괜찮겠지요? 하고 천연덕스럽게 말씀하시더군요."

소이치로는 작은 소리로 말했다.

유미노스케다운 능청이다. 그러고는 환술사들과 상의를 하러 나갔다. 대체 어떤 환술을 펼쳐 달라고 부탁했을까. 하루카 선생을 어떻게 할 작정이지?

"조카분이 자리를 비우려고 하실 때 대머리 오캇피키가 수건이 어쨌다는 둥 하며 벽장으로 다가가려고 하자 조카분이 무섭게 노려보시더군요."

그 서슬에 하치스케 행수가 주눅이 들더란다.

"하루카 선생님을 살리고 귀신을 실수 없이 잡으려면 이 벽장문을 절대로 열면 안 됩니다, 하고 정말 대단한 서슬로 말씀하셨습니다."

유미노스케도 제대로 화가 나면 꽤 무섭다. 그때 하치스케 행수가 물러서지 않았다면 사정없이 메다꽂았을지도 모른다.

"제 스승이신 사사키 선생님 말씀으로는,"

하녀 방에서 유미노스케는 지친 기색도 없이 말하고 있다.

"다케다 님의 병법은 산간 전투에 능하다는 정설이 반드시 옳지만은 않다고 하셨습니다. 물론 가이 국은 산이 많아서 성도 산성뿐이지만, 성에는 반드시 물이 필요할뿐더러 강이나 호수 옆에 자리 잡는 성도 많습니다. 수로를 끊으면 그 영향은 오히려 해성보다 크고, 또 방어전의 사기에도 관계가—."

이 대목에서 후아아 하고 하품을 한다.

"아아, 병법은 어렵군요. 저는 사실 좀 더 쉽고 편한 이야기가 좋습니다. 『태평기』가 재밌더군요, 선생님. 신국에 맞서는 악령을 퇴치하는 대목은 몇 번을 들어도 가슴이 뜁니다."

어딘지 멀리서 방울이 울리는 듯한 소리가 들렸다. 잘못 들었나, 하고 헤이시로는 귀를 다시 기울였다. 그때 유미노스케가 자리에서 일어섰다.

"뒷간에 다녀와야겠습니다. 괜찮지요? 금방 돌아올 테니까 걱정하지 마세요, 선생님."

유미노스케가 나가자 벽장 앞에는 아무도 없게 되었다. 불빛만 흔들리고 있다.

그런데 그 불빛이 이내 어두워졌다. 불꽃이 작아지더니 하녀 방 네 구석에 어둠이 스며든다.

헤이시로는 뭔가를 느꼈다. 무슨 냄새가 난다.

향 같기도 한 짙은 연기다. 기분 탓이 아니다. 분명하게 맡을 수 있다.

나리— 하고 말을 하려는 소이치로의 입을 손으로 얼른 틀어막았다. 그러고는 눈을 맞추며 고개를 끄덕여 보였다.

바로 옆 복도로 어떤 기척이 다가온다. 스륵, 스르륵, 하고 옷자락 끌리는 소리가 난다.

그러나 발소리는 들리지 않는다.

하녀 방과 복도를 가르는 문지방에 검은 그림자가 멈춰섰다. 불빛이 미치지 않아 잘 보이지는 않는다.

사람 그림자가 한 발 앞으로 내딛는다. 불빛의 둥근 원 속으로 들어선다.

또 한 발, 앞으로 나선다. 다시 스르륵 하는 옷자락 끌리는 소리.

한 치쯤 열린 칸막이 틈새로 담배 연기가 희미하게 스며 들어온다. 향이 느껴진다. 연지훈인가, 하고 헤이시로는 생각했다.

소이치로가 숨을 삼킨다. 헤이시로는 얼굴을 들었다.

칸막이 틈새로 하녀 방에 서 있는 여자의 모습이 보였다. 옆얼굴이 보인다. 단단하게 틀어 올린 머리칼에 백발이 섞여 있지만 피부는 희고 도톰한 볼과 턱은 아직도 충분히 요염하다.

몸에 걸친 옷은 도라지 무늬 기모노. 그 기모노에서 그윽한 담배 향기가 난다.

아오이다. 아오이가 나타났다. 저 얼굴. 헤이시로가 보았던 죽은 얼굴이 그대로 살아났다.

아오이는 몸을 빙글 틀어서 등에다 꼼꼼하게 여민 오비를 이쪽으로 향하고 벽장을 쳐다보았다.

"하루카 선생."

벽장에 대고 부른다. 색기 있는 음성이다. 비단으로 쓰다듬는 것처럼 매끄럽게 들리는 소리다.

"이런, 하루카 선생이 고생이 많군요."

헤이시로는 시선을 모았다. 벽장문이 움직이지 않을까?

"그런 곳에서 뭘 하고 있어요? 나오세요, 선생. 두려워할 건 아무것도 없으니까."

　벽장문은 꼼짝도 안 한다. 아오이의 소매가 날렵하게 흔들린다. 손에 담뱃대가 들려 있다. 이 향은 거기서 흘러나오고 있었다.

　"그래요, 선생, 나는 이 집에서 망자가 되었어요."

　웃음을 지으며 말하는 것처럼 명랑한 목소리다.

　"선생도 참, 왜 그렇게 사람을 놀라게 하셨어요. 놀라서 죽을 뻔 했잖아요. 아니지, 나는 정말 죽고 말았군요."

　담뱃대를 들지 않은 다른 손으로 소매를 잡고 쳐들어 입을 가리고 쿡쿡거리는 소리로 웃는다. 헤이시로는 몸이 덜덜 떨리는 것을 간신히 참고 있었다. 저건 아오이다. 아니, 아오이가 아니지. 환술이지.

　"하지만 선생. 나는 애초에 죄 많은 여자라서 그대로 살다가 죽었으면 설령 제 수명을 다하고 죽었다 하더라도 육도<sub>중생이 선악의 업에 따라 필연적으로 이르는 지옥, 아귀, 축생, 수라, 인간, 천상의 여섯 가지 세계</sub>로 떨어지게 되어 있었어요. 그러니 이렇게 저승에 가지 못하고 망자가 되어서 남은 편이 차라리 다행인지도 몰라요."

　덕분에 아이 잡아먹는 귀신도 쫓아낼 수 있었어요, 하고 마치 꽃을 공중으로 뿌리며 즐거워하는 양 손을 번쩍 쳐들어 보인다.

　"아이 잡아먹는 귀신을 몰아내고 대신 내가 이 집의 업이 된 거예요. 낭군님, 낭군님, 낭군님이 없네. 내가 기다리는 낭군님은 아직 이승에 있구나. 아아, 그게 아쉽네."

　젊은 여인이 앵돌아질 때 흔히 그러듯 팔을 꼬고 몸을 뒤틀며 흔든다. 그때 헤이시로는 보았다. 눈앞의 아오이— 환영의 목에 선명하게 남아 있는, 수건에 졸린 흔적.

"아이, 하루카 선생도 참, 어서 나오세요. 아무도 해치지 않을 테 니까. 망자가 나오면 산 인간들은 다 잠들게 되어 있어요."

헤이시로는 슬금슬금 기어서 칸막이 틈새에 눈을 갖다 대고 하녀 방을 들여다보았다가 깜짝 놀랐다. 유미노스케와 짱구가 문지방 옆 에 주저앉은 채 천장을 향해 입을 벌리고 깊이 잠들어 있었다. 그 뒤 에는 마사고로도 보이는데, 그는 앞으로 고꾸라지듯이 엎어져서 고 래 같은 소리로 코를 골며 잠들어 있다.

"어서요, 선생."

그렇게 말하고 아오이는 가만히 손을 뻗어 벽장문을 열었다. 탕, 하고 소리를 내며 기둥에 부딪혔다가 다시 튀어나올 만큼 힘차게.

벽장 아랫단에서 남색 기모노에 헝클어진 머리칼을 한 여자가 파 랗게 질린 얼굴로 웅크리고는 두 눈을 희뜩거리며 아오이를 올려다 본다.

저것이 하루카— 오하루의 모습이다. 두 손으로 단도 자루를 꼭 쥐고 있다. 여자가 품에 넣고 다니는 비수이리라.

"어머, 뭐예요, 위험한 장난감을 들고."

아오이는 꾸중하는 말투로 말하고는 어린아이처럼 얼른 몸을 구 부려 하루카의 손에서 단도를 빼앗았다. 이런 건 안 돼요, 하며 복도 쪽으로 휙 던져 버린다.

단도가 떨어지는 소리는 들리지 않았다. 어둠에 빨려 들어가 버린 것 같다.

"자, 선생, 어서 나오세요."

아오이는 하루카에게 손을 내밀었다. 단도를 빼앗긴 채 허공을 헤매던 손이 그 손을 잡았다.

"어머, 손이 얼음장이네."

아오이는 그렇게 말하고 빙긋이 웃었다.

"망자인 나보다 더 차갑네."

하루카의 입가가 덜덜 떨리고 있다. 옷깃은 흐트러지고 오비도 느슨해져 있다. 눈 주위는 피로로 검게 변했고 눈물 자국이 남아 있다.

"괜찮아요. 여기는 내 집이니까."

하루카의 손을 확 끌어서 벽장에서 거의 끌어내다시피 하며 아오이가 말했다. 어린아이를 타이르는 듯한 말투다.

"선생이 그런 짓을 하는 바람에 내가 여기를 떠날 수 없게 되었어요. 하지만 마음 상하지는 않았어요. 나는 개의치 않아요. 이승에 있었다 해도 아수라장을 살아야 했을 테니까 차라리 이쪽이 속 편할 정도예요."

하루카는 입을 멍하니 벌리고, 싫다고 도리질을 하듯이 고개를 가로저었다.

"그러니까 선생, 선생이 여기서 죽어서 망자가 되면 곤란해요. 나는 집에 군식구 두는 걸 좋아하지 않아요. 선생은 아무리 봐도 오로쿠만큼 보탬이 될 성싶지도 않으니까 하녀로 부리기도 힘들겠죠. 나도 선생처럼 학식 있는 분을 하녀로 부리고 싶지는 않아요."

하루카가 겨우 목소리를 냈다.

"다, 당신은."

"내 얼굴을 잊었어요?"

아오이는 길게 찢어진 아름다운 눈을 크게 떠 보였다.

"어머, 너무하는군요."

당장이라도 다다미 위에 맥없이 주저앉을 듯한 모습으로 하루카는 간신히 얼굴을 들고 있다. 핏기는 고사하고 생기도 전혀 없다. 헤이시로의 눈에는 그 방에 두 망자가 서 있는 것처럼 보였다.

"물론 나는 그렇게 죽어도 불평을 할 수 없는 여자긴 하지만,"

아오이는 혼잣말처럼 말하고는 요염하게 입을 오므리고 한숨을 토했다.

"그렇지만 선생이 한 일은 너무 심했어요. 내가 선생의 성미를 거스르는 짓이라도 했나요?"

하루카가 벌벌 떨기 시작했다. 아래턱이 위아래로 덜덜 흔들렸다. 손가락을 뻗어 아오이를 만지려고 한다. 하지만 아오이의 옷자락이 살짝 물러나 거리를 둔다.

"아니면, 내가 받아야 할 천벌이었을까요?"

아오이는 생각에 잠긴 표정으로 고개를 갸웃한다.

"이승에서 저지른 잘못에 대한 벌이 그리 떨어졌을까요? 그렇다면 선생은 부처를 대신해서 나에게 벌을 내린 부처의 사자인가요?"

아오이는 하루카를 내려다보고 있다. 하루카는 다다미에 손톱을 세우고 있다.

"선생, 나처럼 되면 안 돼요."

아오이가 말했다.

"아직은 죽으면 안 돼요. 선생은 나처럼, 아아, 이건 천벌이로구나 하고 받아들이면서 순순히 망자가 될 수 없어요. 이 세상이라는 누름돌이 너무 무거운 사람이나 그럴 수 있는 거예요."

몸을 휙 돌리고 나가려는 것처럼 걸음을 내딛다가 마음이 바뀌었
는지 다시 돌아선다.

"보세요, 내가 선생의 어머니를 닮았나요?"

하루카가 양손으로 입을 막고 말이 아닌 고함 같은 소리를 냈다.
아오이는 고통스러운 듯 얼굴을 일그러뜨리고 그녀를 응시한다.

"선생, 나를 해칠 때 어머니에 대해서 말했어요. 무슨 일이 있었
는지 모르지만. 다투기라도 했나요?"

매끄럽게 내려온 어깨를 살짝 으쓱하며 아오이가 말했다. 이제 용
서해 드리세요.

"선생 모친도 선생을 용서해 주셨을 거예요. 그러니 선생도 이제
그렇게 귀신처럼 무서운 얼굴은 하지 마세요."

이번에는 정말로 하루카를 놔두고 복도 쪽으로 발길을 향했다.

"나도 아들을 만나 보고 싶었으니까, 선생을 원망하지 않는다고
하면 거짓말이 되겠지만,"

발치에 있는 하루카를 타이르듯이 아오이의 말이 내려온다.

"하지만 이것도 내가 감당할 마땅한 대가겠지요. 그러니 선생한테
는 나처럼 되면 안 된다고 설교하는 것으로 그치기로 하지요."

도라지 무늬 소매가 문득 부풀어 올랐다.

"그럼 선생, 어서 돌아가세요."

아오이는 걷기 시작했다. 헤이시로는 그 모습을 눈으로 좇았다.
한 발, 두 발, 세 발. 좁은 하녀 방을 가로지르는 화사한 그 모습.

걸어감에 따라 점차 희미해진다.

잠들어 있는 유미노스케와 짱구 옆을 지나친다. 이때는 이미 거반

자취를 감춘 상태다. 마사고로의 뒤를 지나간다. 어깨 근처까지 사라졌다.

복도로 나서자 기름이 떨어진 등롱처럼 소리도 없이 희미하게 사라진다.

딸랑딸랑딸랑…… 하고 어디선가 다시 방울 소리가 들린다.

자욱하던 연기가 희미해진다.

하루카가 다다미를 긁어 대며 울기 시작한다.

"어, 선생님."

갑자기 유미노스케가 눈을 떴다. 이어서 마사고로와 짱구도 벌떡 일어났다.

"어, 이게 뭐야, 어느새 잠이 들었나!"

놀라서 당황하는 마사고로에 개의치 않고 유미노스케가 기쁜 듯이 펄쩍 뛰었다.

"하루카 선생님이 무사하군요! 무사히 살아났어요! 귀신이 가 버린 거예요, 선생님!"

실성한 듯 울어 대는 하루카를 안아 일으키는 유미노스케. 흠칫거리는 짱구. 마사고로는 인왕상 같은 얼굴로 턱을 쓰다듬고 있다.

칸막이를 열려고 일어서는 헤이시로의 팔을 소이치로가 잡았다. 눈이 휘둥그레 열려 있다.

"그것은―."

그의 눈은 아직도 아오이가 사라진 복도의 어둠에 못 박혀 있다.

"그것은 정말 아오이 님이었습니다."

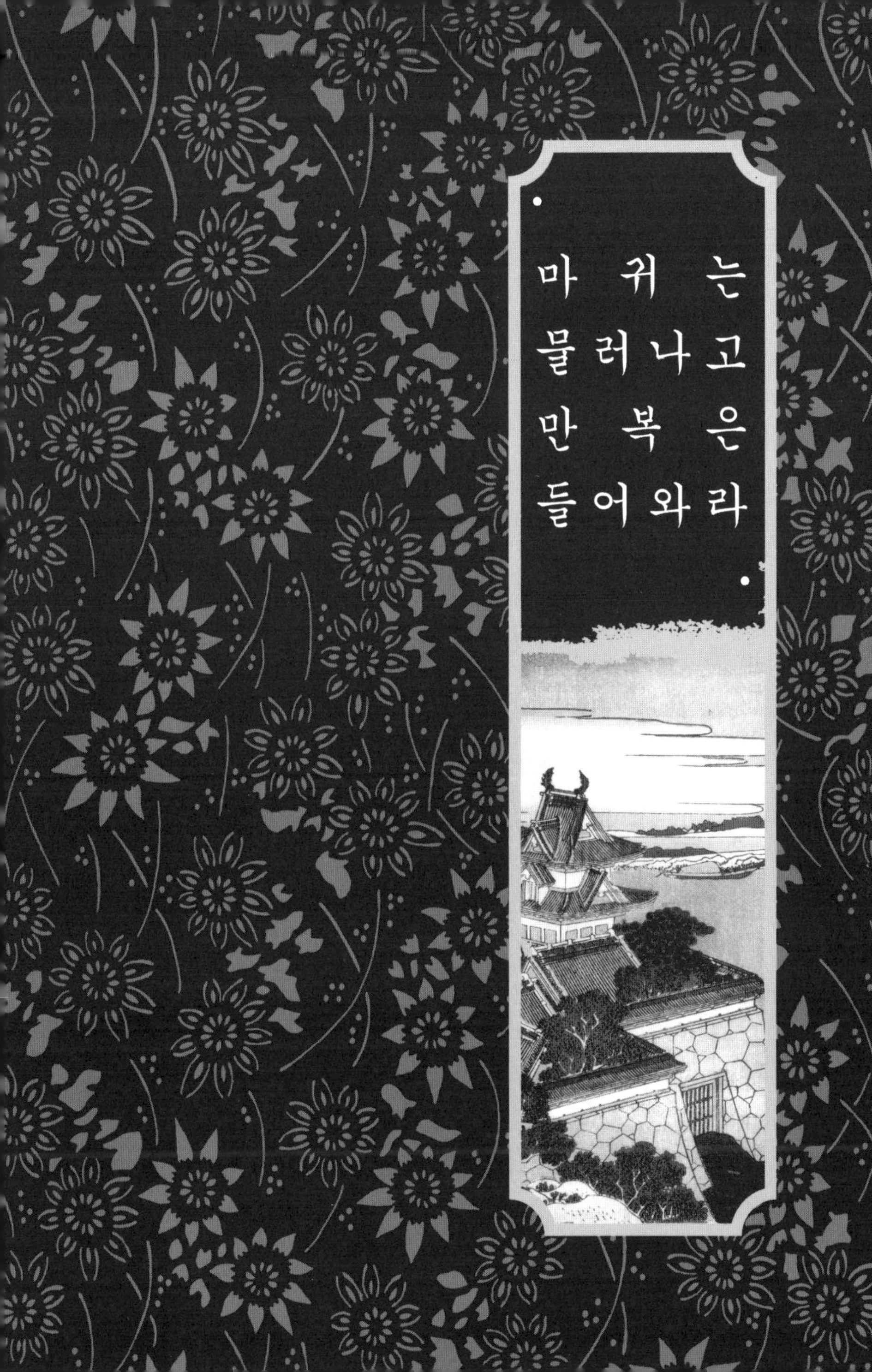

마귀는 물러나고
만복은 들어와라

마귀는 물러나고 만복은 들어와라 !
: 입춘 전날 액막이로 콩을 뿌리면서 외는 주문 .

이즈쓰 헤이시로는 방바닥에 뒹굴고 있다.

여기는 핫초보리의 자기 집이 아니다. 오오지마에 있는 사키치네 집이다. 처음 와 본 집이지만, 부담 없이 가까운 사람의 집이란 바로 이런 것이다.

툇마루에 면한 장지를 활짝 열어 놓아서 사실은 조금 춥다. 하지만 작은 뒤뜰 건너 담장 너머로 보이는 무가 저택을 에워싼 나무들이 벌써 낙엽을 절반쯤 떨구고 서 있는데, 한적하고 차분한 정취가 가득한 것이 참으로 아취 있는 풍경이라 추위를 꾹 참고 즐기는 중이다.

사키치는 방금 전까지 뒤뜰을 비로 쓸다가 지금은 낙엽과 삭정이를 모아다 저쪽에서 고구마를 굽고 있다. 오케이도 바지런히 돌아다니며 일하다가 조금 전에야 헤이시로의 종아리에 솜을 둔 한텐을 덮어 주고는 자리를 잡고 앉았다.

"한적하니 좋은 곳이구나."

꽤·멀리 나들이 나온 양 말하지만 실은 이곳도 후카가와 안이다. 마음이 편안하고 부담도 없는 곳이니 그렇게 비치는 것이다.

헤이시로는 사키치와 오케이에게 하루카 선생에 대하여 이야기해 주었다. 그날 밤 이모아라이 언덕 저택에서 일어난 사건에 대해서도 말했다.

이야기가 끝날 즈음에는 고구마도 다 익어서, 오케이가 뜨거운 차를 타 주었다.

"그렇다면 유미노스케 님의 추리가 이번에도 정확히 맞았군요."

사키치의 눈이 웃고 있다. 이제 모닥불도 꺼졌고 연보랏빛 연기도 거의 오르지 않는다.

"하나부터 열까지 다 맞았지."

이모아라이 언덕 저택의 하녀 방 벽장에서 나온 하루카 선생— 오하루는 지신반으로 신병이 넘겨졌고 거기에서 전부 자백했다.

그날 아오이의 집에는 정말로 예정에도 없이 들렀다고 한다.

"그 일이 있기 보름쯤 전이었나요, 하녀 오로쿠 씨의 딸들이 어떤 남자 때문에 위험에 처해 있다면서 오로쿠 씨가 크게 걱정한 적이 있어요. 그때 저는 오로쿠 씨에게 사정을 듣고 그 저택의 부인— 아오이 마님하고도 만난 적이 있습니다."

아오이는 이미 하루카 선생을 알고 있었다.

"그날도 마침 저택 옆을 지나가는데 오미치인지 오유키인지가 공놀이 노래를 부르는 소리가 들리더군요. 무서운 남자는 이제 걱정하지 않아도 된다는 소식은 들었지만 자세한 사정은 몰랐던 차라, 마

침 잘됐다, 오늘은 오로쿠 씨를 만나서 그 이야기나 들어 보자고 생
각했습니다.”

오로쿠는 저택 뒤란에서 일하고 있었다. 하루카는 오로쿠를 찾아
담 안으로 들어와 뜰을 가로지르다가 아오이가 혼자 있는 방 앞을
지나게 되었다.

인사를 나누고, 그런 곳에 서 계시지 말고 안으로 드세요— 하는
권유에 하루카 선생은 방으로 올라섰다. 이내 이런저런 세상 살아가
는 이야기가 시작됐다.

아오이는 감기에 걸려 있었다. 어머, 감기시군요. 예, 한심하게도
감기에 걸렸네요.

— 오로쿠가 지금 바빠서 제대로 대접해 드리지는 못하지만, 선생
은 혹시 담배를 좋아하시나요?

귀한 물건이 들어왔거든요. 넋이 나갈 만큼 향이 좋은 담배랍니
다.

연지훈이었다.

“과거의 죄가— 이미 저질러서 돌이킬 수도 없게 된 사건이 제 머
릿속에 되살아났습니다.”

하루카의 안색이 돌변하자 아오이는 깜짝 놀라 어디가 아프냐고
걱정해 주었다고 한다. 식은땀을 흘리고 덜덜 떠는 것이 별안간 학
질에라도 걸린 듯했다. 하루카의 모습은 분명히 심상치 않았다.

“지금도 기억합니다. 아오이 마님이 이렇게 말했습니다.”

— 어머, 선생, 왜 그래요? 꼭 귀신이라도 본 것처럼 안색이 창백
해요.

이때 헤이시로가 하루카에게 물었다. 혹시 아오이는 자네가 죽인 모친을 많이 닮지는 않았나?

하루카는 고개를 저었다.

"닮지 않았습니다. 어머니는 그렇게 고운 여자가 아니었어요. 다만—."

그 순간 하루카는 좁은 지신반 안에 있던 사람들이 아마도 평생 잊지 못할 눈빛을 보여 주었다. 노려보는 눈빛도 아니고 원망하는 눈빛도 아니다. 그것이 거기 있음을 알면서도, 그것이 자기를 집요하게 따라다닌다는 사실을 잘 알면서도 오랫동안 도망치고 회피하고 눈길을 외면해 왔지만, 이제는 마침내 똑바로 쳐다보며 덤벼들 각오를 한 눈빛.

"그때 어머니는 도라지 무늬 기모노를 입고 있었습니다. 저도 그때 그 방에 앉을 때까지는 까맣게 잊고 있던 사실입니다만."

그 말을 듣고 헤이시로는 등줄기가 싸늘해졌다.

아오이가 살해당할 때 옷걸이에는 막 지은 도라지 무늬 기모노가 걸려 있었다.

환술사 무리가 만들어 낸 아오이의 환영도 분명히 도라지 무늬 기모노를 입고 있었다.

그것은 아오이— 소이치로의 말을 빌리면 '진짜 아오이'이자 동시에 오하루가 죽인 모친이었단 말인가.

도라지 무늬 기모노와 연지훈 냄새. 그날 그 방에서 오하루의 죄가 되살아났다.

혼란에 빠진 하루카의 모습에 아오이는 의구심을 품었다. 되살아난 죄에 당황하고 이성을 잃어 가면서도, 하루카는 여기서 아오이에게 의심을 사면 모처럼 확보한 지금의 생활, 호슌인의 하루카 선생이라는 위치가 지극히 위험해진다는 생각을 하고 있었다.

"마님에게 괴이한 여자로 의심을 사면 곤란하다— 이러다 무슨 일을 계기로 과거가 파헤쳐질지도 모르니까요."

모두들 존경하고 친근하게 여기는 호슌인의 하루카 선생이 알고 보니 제 어미를 살해한 오하루라는 사실이 말이다.

그래서 평정을 가장하려고 안간힘을 썼다. 그러나 아오이는 세상 물정에 환한 여자다. 하루카에게 장단을 맞춰 주면서도 눈초리는 이미 이전과 달랐다. 하루카는 그것을 감지할 수 있었다.

"이대로 두면 안 된다, 이대로 둘 수는 없다고."

생각하고 말았다.

방을 나가는 척하다가 아오이에게 와락 달려들었다. 목에 감긴 수건을 잡아당기기 시작한 일은 기억하지만 그다음은 너무 정신이 없어서 자기가 어떻게 했는지 기억하지 못한다고 했다.

그 집을 도망쳐 나오던 중에, 마침 심부름을 갔다가 좁은 길을 걸어서 돌아오던 오하쓰와 마주쳤다.

그다음은 익히 알려진 바와 같다—.

환술사 무리의 훌륭한 수완에 넘어간 오하루는 모든 것을 털어놓고 이제는 조금쯤 편해진 듯 보였다.

헤이시로는 아오이의 환영에게 도라지 무늬 기모노를 입히자는 생각이 유미노스케의 머리에서 나온 줄로 믿고 있었다. 하지만 나중에 들으니 그렇지 않았다.

"저도 막판에 오하루 씨한테 직접 듣기 전까지는 오하루 씨의 모친이 살해당할 때 도라지 무늬 기모노를 입고 있었다는 사실을 몰랐어요."

기모노는 아오이 역을 맡은 환술사 여배우의 제안이었다.

— 여자가 여자를 죽였는데 그 자리에 기모노가 있었다는 말이잖아요? 그렇다면 어떤 무늬든 그 기모노에 의미가 없을 리가 없어요. 한번 입어 보기로 합시다.

이 역시 무서운 안목이다. 다만 유감스럽게도 헤이시로는 사후 처리로 우왕좌왕하느라 결국 그 여배우를 만나 보지 못하고 말았다. 환술사 두령의 얼굴도 끝내 보지 못했다.

"오하루 씨는 지금 어떻게 지내고 있습니까?"

모닥불 잿더미를 발로 꼭꼭 밟아 끄면서 사키치가 물었다.

"아마 양부모 집으로 돌아갔겠지."

"그럼 나리도 모르시나요?"

"그래. 우리는 아오이를 죽인 범인을 알아낸 것으로 족하니까. 남은 일은 사에키 나리와 하치스케에게 맡기기로 약속되어 있었고."

그런 절의 신자회 대표를 맡을 정도라면 오하루의 양부모네 집안도 그 지역에서는 제법 명문일 터이므로, 미나토야가 사키치를 위해서 그렇게 했듯이 영향력을 발휘해서 수사를 회피하고 사건을 덮어 버릴 것이 틀림없다. 헤이시로도 각오한 바였다.

사에키 조노스케는 오하루의 양부모를 참으로 능숙하게 다스려주었다. 헤이시로 일행이 오하루를 철저히 조사하는 동안 호슌인의 신자회 대표라는 집안에서 아무런 견제도 들어오지 않았던 것이다.

그날 밤 오하루의 양부모 집안을 견제해 달라는 헤이시로의 급한 전갈에 대해 사에키가 짧은 답장을 보냈다. 접혀 있던 종이를 펼치자 한가운데 딱 한 글자,

'승承'이라고만 적혀 있었다.

이튿날 점심때가 지나서 헤이시로가 오하루를 하치스케에게 넘기고 물러가려고 할 때 전갈이 도착했다. 종이를 펼쳐 보니 이번에도 딱 한 글자.

'안安.'

모든 조치를 취해 두었으니 안심하라는 뜻일까? 아니면 없었던 일로 덮어 주기로 하고 그냥 푼돈을 받고 끝냈다<sup>일본에서 한자 安은 '저렴하다'라는 뜻으로도 쓰인다</sup>는 뜻일까? 어느 쪽인지 판단하기 힘들어서 헤이시로는 잠시 쓴웃음을 지었다.

그리고 오늘 아침 헤이시로가 오오지마로 가려고 하는데 세 번째 전갈이 왔다. 역시 딱 한 글자였다.

'불佛.'

"오하루가 출가한다는 뜻이 아닐까?"

헤이시로가 사키치와 오케이에게 말했다.

"그 선생한테는 감옥살이나 참수형보다 그쪽이 더 강력한 처벌이 되지 않을까 싶은데, 내 생각이 너무 순진한가?"

젊은 부부는 얼굴을 마주 보았다.

마침내 사키치가 작은 소리로 말했다.

"아무튼 살아 보기로 했다는 말이군요."

"음, 그렇지."

"모든 걸 짊어지고?"

이번에는 오케이가 혼잣말처럼 묻는다.

"자기가 저지른 일은 늘 따라다니게 마련이지. 도망칠 수는 없는 거야."

미안하다, 사키치. 헤이시로는 게을러 빠진 사람처럼 누운 채 사과했다.

"이렇게 되었으니 네 마음이 편치 않겠구나."

사키치는 헤이시로를 똑바로 쳐다보았다.

"아닙니다. 그렇지 않아요, 나리. 저는, 저는―."

말문이 막혔는지 부부는 다시 눈을 마주 보았다. 사키치도 오케이 옆에 나란히 무릎을 꿇고 앉아 함께 깊이 머리를 숙였다.

"정말 감사합니다."

치워라, 하고 헤이시로가 웃었다. 여전히 누워 있다.

"실은, 나는 조금 후회했었다."

"후회요?"

"그래. 유미노스케가 환술사 무리에게 아오이의 환영을 연출하도록 했다는 사실을 알았을 때 너도 불렀으면 좋았을걸 하고 말이다. 너에게도 아오이의 환영을 보여 주고 싶었다."

생생하게 살아서 움직이고 말도 하는 아오이의 환영. 그들에게 미리 부탁해서 그 환영이 사키치에게 사죄하는 말을 한 마디라도 하게 했으면 좋았을 텐데, 하고.

"하지만 그렇게 말했다가 유미노스케에게 핀잔을 들었다. 사키치 씨에게는, 다른 사람은 몰라도 사키치 씨에게만은 그런 환영을 보여

쥐서는 안 된다고 말이야."

　— 이모부. 환영은 환영일 뿐이에요. 아무리 꼭 닮아도 그건 진짜 아오이 씨가 아니잖아요. 여태까지 속아 온 사키치 씨인데 마지막 순간까지 환영을 내세워서 속일 수는 없어요.

　— 아오이 씨를 용서하고 말고는 사키치 씨 마음에 달렸어요. 지금은 더더욱 아오이 씨의 환영으로 사키치 씨를 속여서는 안 돼요.

　헤이시로는 크게 부끄러워하며 반성했다.

　오케이가 고개를 숙이고 소맷자락으로 눈가를 훔쳤다. 헤이시로는 웃었다.

　"얼굴이 조금 여위었구나."

　오케이는 흠칫하며 눈길을 쳐들었다.

　"하지만 얼굴만 가지고는 알 수 없지. 배가 뾰족하게 나오면 아들이고 둥글게 나오면 딸이라고들 하지만, 뭐 아무 쪽이면 어떠냐. 건강한 아기면 됐지. 잘 보살펴 줘라."

　젊은 부부의 얼굴이 빨개졌다.

　"어떻게 아셨어요?" 하고 사키치가 묻는다.

　"저도 어제 알았거든요."

　"좋은 일은 말 안 해도 알지."

　사키치네 집안에 아기가 생겼다고 가르쳐 주면 아내는 반색하며 기저귀를 짓기 시작하리라. 헤이시로 부부에게는 자식복이 없지만, 그래서 그런지 아내는 더욱 아기를 좋아한다.

　"소이치로 님은 어떻게 지내시나요?"

　"그자는 멀쩡해. 지금은 장사에 힘쓰면서 어머니 곁에서 지내고 있을 게다."

"정말 미나토 상회를 떠나실 생각일까요?"

"글쎄다. 여전히 망설이고 있겠지. 소지로 상태가 여전하다고 하니까 나가려야 나갈 수도 없을 테고."

아오이의 환영을 본 뒤 소이치로는 며칠간 상태가 심상치 않았다. 헤이시로는 하루카보다 그가 더 걱정되었을 정도다.

하지만 바로 그제, 소이치로가 제 발로 헤이시로를 찾아왔다. 먹음직한 과자가 듬뿍 담긴 나무 상자를 선물로 들고 와서는 새삼스레 정중하게 인사를 차려서 헤이시로는 적이 거북했다.

덕분에 좀처럼 볼 수 없는 장면을 볼 수 있었습니다, 하고 그는 말했다.

"미나토 상회를 가리던 안개도 걷혔습니다. 아버지도 기뻐하십니다. 하지만 나리, 오하루라는 사람의 일이 저는 아무래도 남 일 같지가 않다는 기분도 듭니다."

부모 자식 사이도 쉽지만은 않습니다, 하고 중얼거렸다. 헤이시로는 잠자코 있었다. 그 말에 포함된 의미가 하도 복잡해서 함부로 말할 수 없다고 느꼈던 것이다.

"그런데 소이치로가 돌아갈 때,"

헤이시로는 그때도 역시 다다미에서 뒹굴며 그를 보냈다.

"너무 놀라서 벌떡 일어나 앉고 말았다."

"무슨 일이 있었나요?"

사키치가 미간을 모은다.

"가만히 뒷모습을 바라보는데, 그자의 걸음걸이가 미나토야 소에

몸을 꼭 닮았더란 말이다.”

나리~, 나리~, 하고 문밖에서 한가로운 목소리가 들린다.

“이제 돌아가실 시간입니다요. 말씀은 다 나누셨습니까?”

어머, 하고 오케이가 일어선다. 헤이시로는 몸을 틀어 대답을 하려다가 어쿠쿠, 하고 낯을 찡그렸다. 사키치가 손을 뻗는다.

“괜찮으세요, 나리? 이럴 때는 굳이 무리하지 마시고 저희를 오라고 불러 주셨으면 좋았을 텐데요.”

“아니다.”

헤이시로가 통증을 참으며 웃는다. 그날 저녁을 그렇게 심하게 가마 위에서 흔들렸더니 아니나 다를까 그 뒤에 허리가 삐끗하고 말았다. 그래서 방바닥에서 뒹굴뒹굴하고 있다.

“나도 침상 가마라는 걸 타 보고 싶었거든.”

오오지마의 이 집까지 올 때는 환자를 옮기는 침상 가마를 타고 마사고로의 수하들에게 메게 했다.

“떼를 쓰시는 것도 적당히 하셔야죠.”

따라온 고헤이지는 잔뜩 골이 나 있다.

“이번이 끝입니다요, 나리. 다음은 없는 줄 아세요.”

골을 내면서도 유미노스케 님이 부탁하시더라면서 간쿠로의 묘 앞에서 정성껏 합장을 한다.

침상 가마를 탄 헤이시로를 사키치와 오케이는 한참을 따라나와서 배웅했다. 논두렁길을 걸어가는 오케이가 넘어질까 봐 사키치가 신경을 쓰는 모습이 흐뭇하다.

어쨌든 기분이 좋다. 침상 가마를 타 보니 버릇이 들 것 같다. 벌

링 드러누워서 푸른 하늘을 쳐다보며 어디든 느긋하게 실려 갈 수
있으니 말이다.

모든 사람이 매일을 이렇게 편하게 살 수 있다면 오죽 좋을까.

하지만 그럴 수는 없지.

하루하루 차곡차곡 쌓아올리듯이 차근차근.

제 발로 걸어가야 한다. 밥벌이를 찾아서.

모두들 그렇게 하루살이로 산다.

쌓아올려 가면 되는 일이니까 아주 쉬운 일일 터인데 종종 탈이
나는 것은 무슨 까닭일까.

제가 쌓은 것을 제 손으로 허물고 싶어지는 것은 무슨 까닭일까.

무너진 것을 원래대로 되돌리려고 발버둥을 치는 것은 어째서일
까?

"에이취!"

가마꾼이 요란하게 재채기를 하는 바람에 침상이 기우뚱했다. 헤
이시로가 허리를 누르며 비명을 질렀다.

"이봐, 이봐, 좀 살살 가자!"


이번에는 삐끗한 허리가 나을 때까지 보름 가까이 걸렸다.

그래도 오토요의 혼인 날짜에는 맞출 수 있었다.

십일월의 대길일. 오토요가 마침내 시집을 간다. 하얀 면모자 밑
으로 도톰한 볼이 들여다보인다. 신랑은 오토요의 예쁜 손을 잡을
때 감루感淚를 흘렸다.

피로연에는 헤이시로도 초대받았다. 동반한 아내는 가와이 상회

언니한테 빌린 도메소데<sup>평민 부인이 입을 수 있는 기모노 중에 가장 격이 높은 예복</sup>로 성장을
했다.

오토요의 집에서는 혼인식은 새해가 밝은 뒤에 올려도 괜찮지 않
겠냐고 제안했다고 한다. 하지만 연지 가게의 젊은 나리가 서둘렀
다. 이제는 잠시도 오토요랑 떨어지고 싶지 않다고 했단다.

방을 세 개 터놓고 죽 늘어앉은 하객들은 대략 쉰 명가량 될까. 이
인원도 최대한 줄이고 줄인 것이라고 하니 대단하다.

음식은 오토쿠네에게 맡겼다. 오토요가 부탁했다. 오토쿠가 이번
에도 그렇게 귀한 잔치 요리를 내가 어떻게 감당하겠느냐고 꽁무니
빼려는데, 히코이치가 제 가슴을 탕탕 치며 안심시켰다.

"어떻게 감당하려고 그래요? 오십 인분 연회 요리라면 우리 힘으
로는 도저히 안 된다니까요!"

"이사와야의 젊은 조리사들을 부를게요."

단단히 작정한 표정으로 히코이치가 말했다. 이사와야의 젊은 조
리사들을 불러다가 잠시나마 오토쿠네 가게를 위해 함께 일해 보면
서 자신의 고민을 저울에 달아 보고 과연 어느 쪽으로 기우는지 확
인해 보려는 듯.

"그리고, 저어, 나리."

"왜? 나는 요리 같은 거 모른다."

"오로쿠 씨한테 도와달라고 부탁해도 괜찮을까요?"

이모아라이 언덕 저택에 비상식을 짊어지고 갔던 히코이치는 오
로쿠와 인사를 나누게 되었다. 아오이의 환영을 만들어 내려면 생
전의 아오이를 잘 아는 오로쿠를 불러야 한다고 제안한 사람은 유미

노스케다. 따라서 헤이시로가 맘먹고 꾸민 일은 아니다. 하지만 히코이치는 오로쿠의 깔축없는 일솜씨에 감탄했고 여자다운 모습에도 마음이 살짝 동한 모양이다. 만약 이 일이 잘된다면 이즈쓰 헤이시로의 오랜 마치 순시관 인생에 처음으로, 책략을 꾸며서 결실을 맺는 셈이다.

"나한테 묻지 마라, 얼빠진 작자야. 그런 건 직접 물어봐야지."

그런데 이렇게 완성된 요리를 보니 결과가 썩 훌륭하다. 아내가 상을 가득 메운 화려한 접시들을 보고 눈을 휘둥그레 뜬다.

"이게 바로 당신이 매일처럼 들러서 수다를 떨다 오는 오토쿠 씨네 음식이에요?"

수다를 떨다니, 무슨 말을 그렇게 하나.

화합의 건배<sub>양가의 가족과 친족이 화합을 위해 술잔을 드는 절차로, 전통 혼례의 마지막에 치른다</sub>도 벌써 마쳤다. 이제 흥겨운 분위기에서 즐기면 된다. 술잔이 돌자 좌석이 흥겨워진다. 그런데 놀랍게도 말석 쪽에서 귀에 익은 목소리가 들려왔다.

"오늘 혼례를 진심으로 축하드립니다."

몬쓰키<sub>남성의 예장인 하오리에 가문의 문장이 찍혀 있는 예복. 결혼식이나 행사 등 공식 석상에서 입는다</sub>에 하카마<sub>치마처럼 생긴 남성의 하의. 예를 갖추는 자리에서는 하오리에 하카마를 함께 갖춰 입어야 했다</sub> 차림으로 절을 하는 사람은 마사고로였다.

"저는 혼조 모토마치의 메밀국숫집 주인 마사고로라 합니다. 신부 오토요 님이 늘 저희 가게를 애용해 주시는 단골이시라, 오늘 이렇게 축하를 드리러 달려왔습니다."

당당한 말투다. 오캇피키로서도 풍채가 당당하거니와 이렇게 보니 흡사 대상인 같은 풍격이 있다.

"경하스러운 출발에 저희 쪽 젊은이들이 이 흥겨운 연회에 한몫 거들고 싶다고 해서 양가 어른들의 허락 아래 곡예를 보여 드리려고 지금 대기중입니다. 잠시 여흥으로 즐겨 주시면 감사하겠습니다."

좌중에 박수가 일어났다. 말석 쪽 칸막이가 소리 없이 열린다. 그 칸막이 너머도 역시 방이다.

"허, 쉬이~, 허, 쉬이~."

꽃으로 보기 좋게 꾸미고 비단으로 장식한 계단식 단에 유미노스케가 하얗게 분칠한 얼굴로 예복을 차려입고 의젓하게 앉아 있다.

헤이시로는 입을 멍하니 벌렸다. 아내가 "어머, 어머" 하고 소리를 지른다.

"오토요 누님의 혼례를 축하합니다, 축하합니다, 축하합니다."

"허이, 허이~."

누가 장단을 넣나 했더니 계단식 단 옆에 역시 얼굴을 하얗게 분칠한 짱구가 얌전히 앉아 있다. 놀랍게도 샤미센까지 껴안고 있다.

"어머, 세상에!"

아내가 또 놀란다.

"짱구 이마, 백분이 많이 필요했겠네요."

"시댁이 연지 가게야. 백분이라면 넘칠 정도로 많지."

헤이시로는 겨우 그 말만 했다.

"새로 이룬 가정에 행복이 폭포처럼 철철 넘쳐나시라는 뜻으로 팔단 폭포를 보여 드리겠습니다. 허, 쉬이~."

유미노스케가 오른손을 가볍게 쳐든다. 하얀 손가락 끝에서 팔색의 종잇조각들이 무수하게 쏟아져 내렸다.

연석에서 환성이 터진다. 더 잘 보려고 오토요가 면모자를 쳐든다. 신랑이 손을 쳐들어 신부를 거들어 준다.

"오, 유미노스케, 너무 예쁘다."

"오토요 누님도 정말 예쁘십니다!"

이번에는 왼손 손가락을 흔든다. 그러자 금사 은사가 허공에 선을 그으며 날아간다. 챙챙챙 하고 샤미센을 뜯으며 짱구가 "허이, 허이! 금사로 맺어진 신랑 각시야~" 하고 명랑하게 노래한다.

멍하니 입을 벌린 채 넋 놓고 바라보던 헤이시로는 공연이 왠지 낯설지 않다고 느꼈다. 깔끔한 진행— 샤미센의 음색. 그렇지! 내가 아는 그거였군.

손목을 뱅글뱅글 돌리다 손차양을 만들며 노래하고 춤추는 유미노스케. 그때마다 손가락 끝에서 눈보라처럼 쏟아지는 종잇조각들. 연석이 흥겨움으로 달아오른다. 웃음소리와 탄성과 박수 소리.

"허이, 얼쑤, 허이!"

유미노스케는 양손을 크게 쳐들어 좌우 손가락 끝에서 다시 금사 은사를 뿌려대고 우아하게 빙글 돌았다. 짱구도 샤미센 자루를 빙글 돌린다.

갑자기 하얀 연기가 쑤욱 솟아오르더니 두 사람의 모습이 연기 속으로 사라졌다. 이내 계단식 단과 꽃장식 한복판에서 하얀 옷에 물에 젖은 듯이 새까만 머리, 붉은색이 선명한 연지 입술로 웃음을 그리며 천녀 같은 미녀가 나타났다.

"더없이 경사스런 혼인에 꽃의 요정과 달의 요정을 불러내서 춤추고 노래를 불러 드렸습니다. 마음에 드셨나요, 여러분?"

요염한 목소리로 그렇게 외친다. 그냥 말을 하고 있을 뿐인데 노래처럼 들리는 까닭은 천상의 미성이기 때문인가.

"꽃의 요정, 달의 요정, 이제 내 품으로 돌아와요. 자, 여러분의 행복을 기원하며 나와 함께 천상으로 올라가요."

여자가 길고 하얀 소매를 사뿐히 쳐올리자, 자취를 감췄던 유미노스케가 어느새 오른편에 나타나고 짱구가 왼편에 나타났다. 그 순간 천녀의 눈동자가 헤이시로에게 날아와 요염하게 반짝였다.

저 여자는—.

세 사람이 함께 깍듯이 절을 하자 어디서랄 것도 없이 눈보라처럼 쏟아져 내리는 새하얀 종잇조각에 휩싸였다. 세 사람은 허리를 숙인 자세 그대로 둥실둥실 하늘로 올라간다. 스르륵 스르륵 칸막이가 닫힌다.

요란한 갈채가 터졌다. 신랑 신부도 일어나서 포옹하는 듯한 자세로 박수를 치고 있다.

"오, 알겠다!"

헤이시로가 펄쩍 뛰었다.

"저건, 예전에 죽었다던 제 3대 뱌쿠렌사이 데이슈로구나!"

그리고— 아오이의 환영이다. 아까 생끗 웃으며 헤이시로의 눈을 보았던 그녀의 얼굴은, 틀림없다, 그날 밤의 아오이다.

그랬던가. 미나토야가 후원하는 환술사 무리는 비속한 곡예를 한다는 이유로 막부의 눈 밖에 나서 에도에서 추방당한 그 무리였다. 그들이 세상의 이목을 피해 이렇게 모습을 바꾸고 나타난 것이다.

헤이시로가 꼭 한 번만이라도 좋으니 다시 이 눈으로 보고 싶다고 간절히 바라던 그 곡예가 방금 전 눈앞에 펼쳐진 것이다.

"유미노스케 녀석, 어느새 데이슈의 제자가 됐구나!"

쿡쿡쿡, 하고 소리 죽여 웃는 소리와 여인의 속삭이는 목소리가 귓가에 들렸다.

— 나리, 이거 비밀이에요.

이것도 환술인가? 아니면 헛들었나?

"이이가, 그러다 침 흘리겠어요. 적당껏 해요."

이즈쓰 헤이시로는 아내가 눈을 흘기며 꼬집는 것도 느끼지 못하고 있었다.

자기

역 후

【역자 후기】

에도 시대를 배경으로 한 소설은 독자가 처한 현실과 한참 동떨어
져 있는 낯선 세계라는 점에서는 에스에프 판타지와 다를 것이 없습
니다. 또 에도 시대의 구체적인 풍속과 풍경이 전혀 낯설다는 점에
서는 일본 독자나 한국의 독자나 매한가지입니다.

이런 점들이 작가에게 더 많은 활동 공간을 내주게 됩니다. 『얼간
이』 역자 후기에서는 에도 시대물을 쓴다는 것이 얼마나 번거롭고
어려운 일인지 언급한 바 있지만, 뒤집어 놓고 생각해 보면 작가의
상상력과 가공에 관한 한 현대물보다 시대물이 더 너그럽다고 해야
겠지요. 고증을 걱정하지 않는 우리나라의 텔레비전 사극들처럼 말
입니다.

실제로 어느 논자는 현대 일본에서 읽히는 시대물은 태반이 역사
적 실상과 거리가 멀다고 지적하기도 합니다. 수많은 영화와 연속
극, 소설들이 만들어 낸 허구가 또 다른 작가의 또 다른 허구를 부추

겨 온 과정이었겠지요. 아마『얼간이』와『하루살이』도 그런 과정에서 완전히 벗어난 작품이라고 할 수는 없을 겁니다.

하지만 미야베 미유키는 에도 시대의 풍경과 생활, 제도 등에 대하여 어느 작가보다도 열심히 조사하고 반영해 온 것이 사실입니다. 해서 일본에서도 그녀의 에도 시대물은 스토리도 스토리지만 그런 점에서도 각별한 애정을 받고 있습니다. 어느 에세이에서 작가는 자신의 고향 후카가와를 '사랑스러운 동네'라고 말하며 무한한 애정을 드러낸 바 있는데, 그런 애정이 작품의 질을 통해 독자들에게 전해진 거겠지요. 아닌 게 아니라 읽다 보면 이 시리즈의 진정한 주인공은 에도 시대의 후카가와라는 생각도 들곤 합니다.

역자로서는 미야베 미유키의 에도 시대물을 읽으면서 마치 위고의『레 미제라블』을 읽을 때 느꼈던 지적 호기심 비슷한 것을 느꼈습니다. 개설서로 접했던 19세기 유럽사상사, 경제사, 정치사 책들보다『레 미제라블』한 권이 더 생생하고 훌륭한 교과서처럼 느껴졌거든요. 그것은 흔히『장발장』이란 제목으로 출간되었던 '요약본'으로는 얻을 수 없는 것이었습니다.

그런 점에서 미야베 미유키의 에도 시대물은 역자에게 즐거운 작업이었습니다. 에도 시대에 대해서 아는 것이 없는지라 내내 자료를 찾아 읽어 가며 번역해야 했기 때문입니다. 오다 노부나가를 비롯한 전국 시대 무장들의 이야기라면 한국에 많은 작품이 소개되어 왔지만, 그런 시대 소설과는 전혀 다른 각도에서 일본 문화를 보는 시각을 보여 준다는 점도 무시할 수 없는 매력이겠지요.

『얼간이』의 다음 이야기『하루살이』도『얼간이』와 동일한 체제를 취합니다. 말하자면 비빔밥 만들기 같은 방식입니다. 다양한 재료들을 따로따로 양념해서 조리하므로 얼핏 한상차림처럼 보이지만, 곧 그 반찬들을 한 그릇에 모아서 비빔밥으로 완성하는 것이죠.

해서 꽤 두터운 장편이지만 마디마디 쉬어 가는 맛에 의외로 잘 읽힙니다. 단순히 호흡의 문제라기보다 각 단편마다 생생하게 조형되는 인물상이 줄거리를 몇 덩어리로 정돈해 준다고 할까요.

등장인물에 대한 작가의 시선은 이 작품에서도 여전합니다. 그것은 '따뜻함'이라는 말보다는 '애틋함'이 더 어울릴 겁니다. 등장인물 누구 하나 희로애락과 욕망에 휘둘리지 않는 사람이 없습니다. 약점을 드러낸 인간은 있어도 이해할 수 없는 악인은 없습니다. 인간의 그러한 약점이 그녀 작품의 어둠을 이루고, 그 약점에 대한 측은지심이 그녀 작품의 따뜻함이 됩니다. 이는 현대물이냐 시대물이냐에 관계없이 두루 확인되는 미야베 미유키의 인간관이겠지요.

『얼간이』와 마찬가지로 추리와 미스터리를 기대한다면 싱겁다고 느낄 수 있습니다. 하지만 『얼간이』가 그랬던 것처럼 시대물을 기대한다면 귀한 작품이 되리라 믿습니다.

이 소설의 원제 '히구라시日暮らし'에는 쓰르라미라는 뜻이 있습니다. 쓰르라미는 늦여름부터 초가을에 나타나서 운다고 하여 일본의 전통 문학에서는 가을을 상징하는 시어로 통합니다. 그런데 그 말은 하루 벌어 하루 먹는 팍팍한 생활을 뜻하는 '소노히구라시其の日暮らし'라는 말도 떠올리게 합니다. '히구라시'는 그런 중의를 가진 말입니다. 그것을 '쓰르라미'로 옮겨서는 그 중의를 제대로 살릴 수 없어 부득이 '하루살이'로 옮겼습니다.

‘하루살이’라고 하면 절박하고 위태로운 생활이란 느낌을 받겠지만 이 작품에서는 그런 느낌으로 쓰이지는 않은 듯합니다. 자리를 털고 일어난 짱구가 심기일전해서 쓴 글자가 ‘하루살이’인 장면을 보면, 힘겹겠지만 하루하루 내 몫을 해내며 열심히 살아가겠다는 각오의 의미로 읽힙니다.

역자는 헤이시로와 유미노스케가 등장하는 3탄에 대한 기대를 버리지 못하고 있습니다만, 발리우드Bollywood 영화를 연상케 하는 성대한 라스트 장면이 자못 파장 분위기라 미심쩍기도 하고 그렇습니다. 유미노스케가 정식으로 헤이시로의 양자가 된다면 오하쓰를 따라다니는 우쿄노스케보다는 훨씬 주변머리 좋은 무사가 될 것 같은데요. 부디 그런 속편이 나오기를 빌어 봅니다.

이규원

초판 1쇄 발행  2011년 1월 20일
10  9  8  7  6  5  4  3        쇄

| | |
|---|---|
| **지은이** | 미야베 미유키 |
| **옮긴이** | 이규원 |

| | |
|---|---|
| **발행편집인** | 김홍민 · 최내현 |
| **책임편집** | 박신양 |
| **편집** | 유온누리 |
| **표지디자인** | 이혜경디자인 |
| **용지** | 화인페이퍼 |
| **출력** | 한국커뮤니케이션 |
| **인쇄** | 현문 |
| **제본** | 현문 |
| **독자교정** | 권정현, 박보람, 임승헌 |
| Thanks To | 김지선, 송문주 |

| | |
|---|---|
| **펴낸곳** | 도서출판 북스피어 |
| **출판등록** | 2005년 6월 18일 제105—90—91700호 |
| **주소** | (121—826) 서울특별시 마포구 망원동 513 상암마젤란21 101-902 |
| **전화** | 02) 518—0427 |
| **팩스** | 02) 701—0428 |
| **홈페이지** | www.booksfear.com |
| **전자우편** | editor@booksfear.com |

ISBN 978—89—91931—76—3 (04830)
       978—89—91931—29—9 (세트)

책값은 뒤표지에 있습니다.
파본은 구입하신 곳에서 교환해 드립니다